2000年春，作者在人民日报大院留影（张雅文　摄）

　　1974年夏从大庆油田进入人民日报社，到2008年10月60岁退休，作者在记者、编辑岗位上工作了34年。

　　1968年5月，作者（三排左二）与天津市河北大学附属中学高一丁班部分同学在校门口合影（二排左一为班主任邹德树老师）

　　1968年夏，下乡插队前夕，作者与同学郭安（左二）、臧平分（左三）在河北大学附中"圣功楼"前合影

1969年4月25日，作者告别天津，奔赴内蒙古自治区呼伦贝尔盟新巴尔虎右旗达赉公社六村插队，开始"知青"生涯。

作者在草原骑马照 （袁晓树 摄）

作者与六村知青战友袁晓树（右一）、王伊新（左一）男生宿舍前合影

1971年秋，作者与六村知青战友在男生宿舍前合影（袁晓树 摄）

左起为李津君、王毅刚、作者、何自力、汪文心

在 1205 钻井队井场上的作者（赵志田 摄）

1972年11月至1974年8月，作者被选调到黑龙江省大庆油田钻井指挥部"铁人"王进喜生前率领的1205钻井队当钻井工人，后调到钻井指挥部政治部工作，参加了大庆油田七十年代新会战——喇嘛甸油田大会战。

在1205钻井队的井场钻井后，作者与所在的一班钻工合影（赵志田 摄）

前排中为队长张秀志，前排左一为班长于臣，左二为作者

在1205钻井队下班后，作者（后排右二）与一班的师傅们合影（赵志田 摄）

著名数学家华罗庚与大庆油田主要领导、1205钻井队工人合影（前排左七为华罗庚，左六为大庆油田主要领导、后任石油部部长的宋振明，后排右六为作者）

1973年夏，著名数学家华罗庚前来大庆推广"优选法"，在喇嘛甸油田1205钻井队井场与大庆油田领导和工人亲切交流。

作者在王府井人民日报社旧址留影

1974年8月，作者来到北京，进入人民日报社开始几十年的新闻生涯。

在巴黎圣母院前合影

1975年11月—12月，应法国外交部邀请，作为中法建交后第一个中国新闻代表团成员，作者（右一）随孙铁青（左二，时任北京日报总编辑，后任人民日报副总编辑）为团长的中国新闻代表团访问法国。

秦川（左三）与西班牙共产党总书记卡里略亲切会谈

1980年5月，应西班牙共产党邀请，在中西两党恢复关系前夕，作者随时任人民日报副总编辑秦川访问西班牙。

作者和时任人民日报驻福建记者张铭清（左一）与胡绩伟在武夷山合影

1983年4月，应福建省委书记项南邀请，作者随时任人民日报总编辑胡绩伟赴福建调研采访。

1989 年 3 月，作者与人民日报采访"两会"的部分记者在人民大会堂前合影（沈进 摄）

在人民日报几十年记者生涯中，作者曾多次采访全国人大、政协"两会"。

作者在国产运七—100型飞机上采访

1985年12月1日，国产运七—100型飞机在首都机场试飞，并在首都机场召开国务院民航办公会议，作者前往采访。

1988年12月，作者赴西安采访军工企业时，与驻航空系统各厂军代表合影

在作者的新闻生涯中，曾长期采访石油、水电等能源部门和核工业、航空、航天等国防科技工业。

作者在火箭发射前，与"长征三号"合影

1990年4月，作者赴西昌卫星发射中心，采访"长征三号"火箭成功发射"亚洲一号"卫星。

作者在核电站反应堆前留影

1992年11月，在祖国大陆第一座核电站——秦山核电站建成并网发电前夕，作者赴秦山采访。

1987年10月，作者赴中国海洋石油总公司渤海油田钻井船采访

1990年11月，作者赴中国海洋石油总公司南海油田钻井船采访

1991年夏，作者在塔克拉玛干大沙漠腹地塔中油田钻井平台采访

1987年、1990年至1991年，记者多次远赴渤海、南海、新疆等油田采访。

人民日报社领导和老同志与年轻记者、编辑在报社编辑部大楼前合影（前排左起为余焕椿、钟立群、谭文瑞、胡绩伟、裴达、许静、安子贞）

胡绩伟总编辑与大家亲切交谈，勉励大家刻苦学习，认真钻研，努力提高新闻采写和编辑水平

1983年夏，人民日报社领导和老同志与即将参加中国社会科学院新闻研究生班学习深造的年轻记者、编辑亲切交谈并合影留念。

1992 年 5 月，作者在"两弹一星"元勋、中国核科学开拓者、著名核物理学家王淦昌家中采访（蒲莉　摄）

王晓棠将军与作者回忆往事，亲切交谈（许涿　摄）

2000 年夏，作者赴山城重庆采访著名表演艺术家王晓棠导演的表现海峡两岸同胞骨肉亲情的影片《芬芳誓言》的开机仪式。2018 年 4 月 26 日，作者到八一电影制片厂，与王晓棠将军回忆往事，亲切交谈。

2004年7月，作者在台北与被称为"经营之神"的台塑董事长王永庆合影（姚小敏　摄）

2003年、2004年，作为祖国大陆赴台驻点采访记者，作者赴宝岛台湾采访。

2008年10月，人民日报海外版领导和港澳台侨部的同事欢送作者退休。

2010年夏，作者与妻子王素卿赴美探亲，与女儿张晓萌一家在尼亚加拉大瀑布前留影。

2017年夏，作者与女儿一家在美国奥兰多迪斯尼乐园留影。

2016年4月，在北京照全家福。

秋天的收获

Qiutian De Shouhuo

张何平 / 著

人民日报出版社

北京

图书在版编目（CIP）数据

秋天的收获／张何平著 . —北京：人民日报出版
社，2021. 12
ISBN 978-7-5115-7162-5

Ⅰ . ①秋… Ⅱ . ①张… Ⅲ . ①新闻—作品集—中国—
当代 Ⅳ . ①I253

中国版本图书馆 CIP 数据核字（2021）第 217001 号

书　　　名：秋天的收获
　　　　　　QIUTIAN DE SHOUHUO
著　　　者：张何平

出 版 人：刘华新
责任编辑：林　薇　王奕帆
封面设计：中联华文

出版发行 人民日报出版社

社　　　址：北京金台西路 2 号
邮政编码：100733
发行热线：（010）65369509　65369512　65363531　65363528
邮购热线：（010）65369530　65363527
编辑热线：（010）65369526
网　　　址：www. peopledailypress. com
经　　　销：新华书店
印　　　刷：三河市华东印刷有限公司
法律顾问：北京科宇律师事务所　010 – 83622312

开　　　本：710mm×1000mm　1/16
字　　　数：362 千字
印　　　张：26
版次印次：2022 年 3 月第 1 版　　2022 年 3 月第 1 次印刷

书　　　号：ISBN 978-7-5115-7162-5
定　　　价：98. 00 元

序

从《春天的耕耘》想"三八式"
李庄

人民日报社原总编辑李庄在伏案工作

　　读张何平同志的书稿《春天的耕耘》，颇受启发。由此及彼，想起我们一代人——"三八式"新闻工作者的过去，颇多感慨。

　　"三八式"新闻工作者，特别是其中的编辑记者，不少人已归道山，其余也退居二线。偶或聚首，唏嘘当年。半个世纪，矢志革命，百折不回，也曾壮志凌云，舍生忘死，拼搏精神不能说差。但是仔细想想，又难举出多少能使党、使人民、使自己满意的成就。有人说，我们难比上一代优秀新闻记者的业绩，也难说比得上许多正在奋进的年轻新闻工作者。我认为这是大实话。

这种不足从何而来？我看有三个原因：（一）我们的起点一般比较低。新中国成立以前，我长期在太行根据地从事新闻工作。我不记得比较熟悉的哪个编辑、记者是大学毕业生。我不是说当时的大学毕业生都有深厚的学识功底，混文凭、骗资格者并不罕见。但从总体说，多数大学生远比我们这些中、小学生读书多，学识广。我们满腔热血当小学生，"在新闻中学习新闻"，用力多而提高慢。这种历史局限严重地制约了我们这一代人的进步。（二）新中国成立时，这一代人多达而立之年，不少人还担负了某些编辑行政工作。从1950年到"文化大革命"，我粗略计算，大大小小政治运动达七八次之多。"三八式"编辑记者多数出身不好，又长期接受党的老老实实、说真话、求真理的教育。这是我们的幸运，也曾努力实践。以后在"左"的思想指导、影响下的政治运动中，或者噤若寒蝉，彷徨畏惧，或者身受冲击，情绪低沉，严重影响专心致志补学知识、提高业务的努力。党在"文化大革命"后决定今后不搞政治运动，十分及时，大得人心。"三八式"编辑记者在历次政治运动中经受锻炼，得到正面教育和负面影响，总的来说，对后来者难以数出有多少启示作用。（三）"三八式"编辑、记者中的许多人，我是其中的一个，"任务观点"很重，多数不是"有心人"，不懂得积累工作素材和思想资料，至今追悔莫及。几十年，我们勤勤恳恳"学革命"，忙忙碌碌"赶任务"，精神亢奋，工作积极，从这方面说，多数人无愧于共产党员的光荣称号。由于党的教育和实践锻炼，政治、业务水平也有进步。但是，由于环境动荡和个人短见，长期未能静下心来研读有用的书（有个时期也找不到多少书），孤陋寡闻、人云亦云，未能养成用自己的脑子思考问题、保存与运用现实和历史资料的习惯。接受任务非常爽快，任务完成一了百了。黑发人变成白发人，至今愧悔莫及。

世界进步很快，青年人一日千里，过去不多见的"有心人"多起来了，张何平同志就是其中的一个。他未到知天命之年，经历竟同"三八式"有某些相仿处。所不同的他是先读书，后当工人，再当新闻记者。在人民日报社工作已20多年，担任过记者、编辑、编辑兼部门行政领导，党让做什么就做什么。只坚持一条：手不离笔。他先后撰写几百篇稿件，其中有不少曾经产生重大影响的文字，这同他少年时代在基层锻炼的经历有直接关系。知识分子同工农兵结合，在实际斗争中改造思想，这一关是要以不同形式度过的。何平同志读高中以后先是到内蒙古呼伦贝尔大草原插队，之后又当工人，而且是在大庆油田"铁人"王进喜所在的"1205"钻井队当工人。工作很艰苦、很繁重，那种千方百计完成任务、不怕任何牺牲的精神，对青年人是最好的教育。参加新闻工作不久，就赶上中央决定再不搞政治运动的好时机，得以安心工作、学习，加上本人勤于积累资料，善于思考问题，在新闻工作中不断做出好成绩，《春天的耕耘》只是他奋斗成果的一小部分。

我和张何平同志共事多年，同志加朋友。他在"文化大革命"后期到人民日报社时，我还"靠边站"。他当时没有不少青年人都有的那种"斗气"，对"靠边站"的人也没有什么"傲气"，文质彬彬，安心干领导分配的工作。我曾想能在那种"斗争"气氛中持冷静态度，读永远有用的书，做问心无愧的事，十分可贵，将来必有出色成就。20多年的事实，证明我没有看错。

（人民日报社原总编辑李庄于 1997 年 11 月 15 日为作者新闻作品集《春天的耕耘》所作的"序"）

前　言

此书收录的主要是 1998—2008 年我在人民日报社工作期间至退休前 10 年中的大部分新闻作品（因篇幅所限，此间采写的数量众多的消息未收入）。这期间我刚从人民日报海外版文艺部调入台港澳侨部（香港澳门回归后，改为"港澳台侨部"），此书收录的新闻作品多为这个领域的报道。

1998 年出版的第一部新闻作品集《春天的耕耘》（新华出版社，1998 年 4 月），主要收录的是我自 1974 年进入人民日报社从事新闻采访工作到 1997 年 20 多年的新闻作品（这期间先后在记者部、编委办公室、记者部、海外版工作）。为这部新闻作品集起名"春天的耕耘"时，正在北京大学法律系学习的女儿晓萌说："现在出书都要起个吸引眼球，能抓人有卖点的名字。'春天的耕耘'是不是太通俗了、太普通了？"我对她说："粉碎'四人帮'，祖国迎来了'春天'，各行各业的人们都在'春天'辛勤耕耘；我把他们耕耘的成果写出来，笔耕，不就是'春天的耕耘'吗？"女儿听后说："这本书叫'春天的耕耘'，以后如再出一本，是否叫'秋天的收获'呢？"

时光如梭。转瞬 10 年过去了，到 2008 年 60 岁我退休。此间虽然担任部门领导，且长年夜班，从事报道策划、编辑版面等繁杂工作，但笔耕不辍，又采写了大量消息、通讯、专访、特写、述评、言论等，内容多为台港澳侨报道。在报社老同事的鼓励下，现将这一时期的作品选编成册（根据老同事的建议，挑选出之前若干篇较有影响和代表性的作品以及当时漏选的作品放入此书）。春种秋收。作为《春天的耕耘》的续集，《秋天的收获》算是对自己几十年新闻生涯画上了一个句号吧。

在给此书想书名时，不禁想起20多年前与女儿就《春天的耕耘》的对话，于是不假思索地给自己的这部新闻作品集起名"秋天的收获"。想不到当年的一番"戏说"竟"梦想成真"。

当年出版《春天的耕耘》，与新华出版社责任编辑黄春峰商谈封面设计时，我提出，既然是"春天的耕耘"，封面就要春意盎然。春峰同志和封面设计师晓明精心构思，设计了春天盛开的蒲公英，新绿的叶子，金黄的花朵，一眼望不到边，满眼绿色，生机勃勃。

由《春天的耕耘》想《秋天的收获》，既然是"秋收"，封面该有果实累累的丰收画面或者漫山遍野枫叶红艳的景色吧？就在寻找理想画面之时，我来到了位于京城东南面女儿的家中，惊喜地发现自家小院中，小红枫迎风摇曳，叶红正艳，煞是喜人！这棵小红枫是爱妻王素卿20年前亲自在苗圃挑选的，多年来她精心浇灌养护，年年红艳，今秋尤甚。这不正是我要为《秋天的收获》所寻求的理想封面吗？或许冥冥中已有安排，让爱妻生前喜爱的小红枫作为《秋天的收获》封面，既能表达爱妻对我的又一部新闻作品的关注，又能表达我对不幸病逝5年多的爱妻的思念和慰藉。

在出版《春天的耕耘》时，人民日报社原总编辑李庄欣然作序：从《春天的耕耘》想"三八式"，既是反思他们这些"三八式"老一辈新闻工作者的"得与失"，更为我们这些小字辈记者"鼓与呼"。凡是看过这篇序言者，无不为老前辈"贬己扬他"的高风亮节所感动。李庄同志是德高望重、成绩斐然的老一辈新闻工作者中的佼佼者，他精心为《春天的耕耘》作序，对我们这些新闻界的晚辈给予厚爱，寄予厚望，言辞恳切，语重心长，所言所语，对我们以及年轻的新闻工作者如何做人做事，做出成绩，有着"良师益友"般的导引和启迪作用。所以，在《秋天的收获》中，仍以当年李庄同志的这篇序言作序，既是以作品向关爱我们、指导我们成长的老领导的汇报，也是借此表达对已去世的李庄同志和人民日报社老领导、老前辈的感激和缅怀之情。

《秋天的收获》收录了为数众多的新闻作品，许多是对重要人物、重要事件、重要会议和重大成就的报道，不少产生了强烈反响，对各项工作有推动作用，许多作品在海内外获得好评。但正如我当年出版《春天的耕耘》时所说，我所报道的许多人和事，是很重要的，我只不过把他们所做过的事、所说过的话，原原本本地记录下来，如实报道。没有更多的技巧、过多的铺垫，更无过分的渲染。文如其人，字如其事。如果说，这其中有些写作技巧，也是得益于在人民日报社工作多年，在中国新闻界这个大熔炉、大学校里，受到众多老领导、老前辈的言传身教、耳濡目染，以及众多同事好友帮助、激励的结果。正是如此，才使我在几十年的新闻工作生涯中取得了一些成绩，春华秋实，先后出版新闻作品集《春天的耕耘》和《秋天的收获》。

张何平

2021 年 12 月

目　录
CONTENTS

通讯特写篇

人物访谈篇

述评综述篇

评论杂文篇

新闻研讨篇

01

通讯特写篇

本报记者在唐山

——唐山大地震采访追忆

1976 年 7 月 28 日凌晨 3 时 42 分 53 秒，震撼全世界的唐山大地震爆发。人民日报记者迅速奔赴灾区，采写了大量的报道。

当年地震发生时，我正在王府井人民日报社旧址的宿舍熟睡。巨大的震动和摇晃把我们在报社的单身汉都惊醒了。我们许多人穿着裤衩和背心跑到了楼下，大家聚集在大院里。当时我在记者部，凭着记者的职责和敏感，我们几个年轻记者立即从车队要车到北京的大街小巷去看灾情。但看到的损失并不严重，有的平房山墙倒了，有的人在跑出家门时被掉下来的砖瓦砸伤。

就在我们自发地在北京大街小巷查看灾情时，报社和记者部的领导也在紧锣密鼓地忙活着。

地震发生后不知震中在哪里，哪里受灾最重。寻找震中成为最急迫的大事。地震发生后 15 分钟左右，正在王府井报社招待所住宿的记者部的柯愈春同志，就被招待所负责人陈大姐的丈夫李旺叫到值班室接听电话。电话是当晚值班副总编辑张潮同志打来的，让柯愈春马上到报社，赶快派记者去寻找震中。张潮说，现在不知震中在哪儿。有的说在通县，有的说在天津宁河，还有的说在密云，因为密云水库震裂了。张潮让他赶快找记者，派出去寻找震中。

当时，家在天津、经常到天津采访的记者部的石德连同志也在招待所住，柯愈春叫上他和在报社单身宿舍的四五个记者，兵分三路去"刺探"。不到个把个钟头，探索回来一些消息。石德连说，先问的国家地震局，说仪器全震坏了，不灵了。他随后又问北京地震大队，回答说北京附近几个地震台的测量仪也全震翻了，无法确定震中在哪里。石德连还告诉柯愈春，说中南海有的领导都发脾气了。李先念副总理说，地震局怎么搞的？震中都不知在哪里！这么大的地震都没有预报，如发生在中南海怎么办？让赶快找震中。

当时，在报社招待所还住着在报社学习后留下来打算正式调来的河南省南阳日报的记者王皓和从山东借调的省委宣传部副部长许平。他们当时都在记者部工作。他们和住在报社内的七八位记者部的记者，纷纷向报社核心小组和记者部领导请战。领导经过紧急商量后，决定兵分四路，一路在北京郊区探查，一路往天津市，一路向山东胜利油田方向，一路奔三河、玉田和唐山市一带。许平和王皓获准向唐山方向探查震情。

当时的记者部主任是延安时期的老记者李千峰，他还是报社宣传小组成员，记者部党支部书记。那时的支部书记就是一把手。部领导成员还有黄彩忠（支部副书记）、柯愈春（支部组织委员）、郭晨（支部宣传委员）等。清晨上班后，他们紧急布置记者出动，汇集各路信息，向社领导及时报告。那时，记者部就是"突击队"，有什么紧急情况和大事都当仁不让，一马当先。地震发生后，记者部自然成为消息和采访的中心。

当天早晨6时许，许平和王皓匆忙穿好衣服，带上采访本、钢笔，拿上一部120照相机和6只胶卷，跑到食堂买了几个油饼，边吃边上了报社派出的吉普车，风驰电掣地向唐山进发。车队派了两个司机：贾小岗师傅和徐长厚师傅。他们经三河、玉田、丰润县，克服难以想象的困难，在28日上午10时半到达震中地区——唐山。当时唐山房倒屋塌，全城几乎被夷为平地，通信完全中断。许平和王皓想方设法到唐山郊区部队的通信站，接通了记者部与国务院办公厅的联动绝密红机子，传回唐山发生了毁灭性的地震，这里是震中的消息。

据说，当时人民日报是第一家到达唐山的首都新闻单位，灾民最先见到了党中央机关报派来的亲人。

当天中午，柯愈春正要到食堂吃饭时，许平、王皓打来电话，报告灾情。电话中，王皓哭喊着说："整个唐山已经没有了！"柯愈春吓了一跳，他对王皓说："你不能这样讲！你说话要负责任！怎么回事儿？"王皓说："现在唐山到处都是尸体，我是在死人堆里给你打电话！"他还告诉柯愈春："可以说，唐山没有一栋楼房是完整的！"王皓和许平还汇报说："这里非常危险！余震不断，危房随时都有倒塌的可能！"许平、王皓他们在电话中急切要求党中央、国务院尽快派部队和医疗队赶到唐山救人，并建议派直升机空投面粉、饼干和大饼、馒头等熟食给唐山城区和丰南县的灾民。

当时，报社已经在旧楼图书馆与食堂的空地上办公，记者部也把电话拉到那里。柯愈春听后感到情况相当严重，他对许平、王皓说："你们有情况赶快报！有一点报一点，不求完整。"

柯愈春马上把电话内容向李千峰报告。千峰同志说："你赶快把他们报回来的情况向核心小组办公室报告。"柯愈春提出："这两位同志都是通讯员，光他们去了还不行，关键时刻我们的记者要上。"千峰同志赞同，说："记者应马上去！今天走不了了。明天（29日）早上动身。"老李对柯愈春说："你去吧，再找一个。让张何平去吧。他年轻力壮，家又在天津。"下午，千峰同志亲自向我交代了任务。

当时，柯愈春的妻子和小孩从湖北老家来，住在报社招待所。孩子有病，每天都要到协和医院打针。同住在招待所的报社收发室的毕祝德同志听说老柯要到唐山，就主动把这活儿揽过来。他对柯愈春说："你不用管了，这事我全包了！"

事后得知，在许平和王皓从唐山传回信息之前，7月28日凌晨4时左右，党中央、国务院已初步确定：大地震的震中在唐山一带。因为中央领导从电信部门获知，唯独唐山的通信全部瘫痪，震中十之八九就在唐山。

唐山人的直接进京告急，使中央确切得知震中在唐山及唐山损失惨重的消息。7月28日凌晨4时许，唐山开滦煤矿工会副主席李玉林从废墟爬出来后，和武装部干部曹国成等人开着一辆红色救护车，拼尽全力向北京疾驰，到中南海向中央领导报告灾情：100多万的唐山人至少有 80 万人被压在废墟中，上万名矿工还在井下……

正是根据许平和王皓传回的信息（这个消息及时上报了中央）和从中央得到的消息，报社知道了震中在唐山，唐山的灾情严重。

考虑到是到灾区，报社给我们安排了一辆吉普车，嘎斯 69，派了司机张修金师傅开。报社让我们每人拿上一件雨衣。张师傅还带了几块木板，说如果车陷进去了，好垫在车辘轳底下。我们又到食堂拿了许多馒头和花卷，因急着出发，刚出屉的热花卷和热馒头用卷筒牛皮纸一包，就装上了车。还带了两大塑料桶水。那时，大家都情系灾区，心往一处想，急灾区所急，我们去灾区采访，真是要人给人，要车给车，要什么给什么。我们装上东西后就急如星火般地出发了。

车过天津，看到不少房子坍塌，满城的人都挤坐在马路中央，在我们家附近的马路上，我从人群中找到了我妈妈。她听说我要到唐山，立刻带我到家里（地震前，我家所住的楼房翻修，搬到附近路边靠墙搭建的临时建筑，俗称"临建"。地震时，已经翻修好，未及时搬进的楼房三层坍塌，而我家就在三层），让我把家里有的十几斤西红柿全带去，没顾得上和妈妈说几句话，我们赶忙向唐山进发。路上，我们见到有卖西红柿的，满满一大筐。售货员听说我们是记者，要到唐山震中，只收了我们一元钱，把一筐西红柿全给了我们。

中午，车到天津宁河境内，灾情越来越重了，县城不少路边道口摆满了用棉被裹着的尸体，哭声震天。在宁河县城，我们找到一位负责的同志简单了解了一些情况，就往唐山开。

路上，我们看到不少地方塌陷，裂开长长的大口子，翻出白沙、黄沙、黑沙，冒着黑水。下午，车到宁河，在河上，我们看到一幕令人撕心裂肺的惨景：一只小船向河边划来，船头放着一具用被子裹着的死尸，双脚还露在外边。一个四五十岁的女人让人心碎地哭一声喊一声："我的儿啊！你怎么就走了啊！"

但宁河大桥断裂，无法过去。河岸这边密密麻麻挤满了各路人马，上百辆要到唐山救灾的车辆，有的车上拉着各种物资，更多的是军车，车上站满了指战员，大家都急着要过河，人声嘈杂，乱成一团。38 军舟桥部队正在抢着搭桥，首长们在紧张地指挥，维持秩序。

我们找到在河边指挥架桥的部队首长，把报社的介绍信给他看。我们的信上抬头写的是"唐山抗震前线指挥部"，下面盖着人民日报编辑部的红色大印，信上写着特派出记者赴唐山地震灾区采访，请沿途各地各部门予以照顾，口气挺硬。那时，人民日报的牌子特别好使，各地对人民日报的记者也大开绿灯。所谓舟桥，就是把许多小舟整整齐齐地排成一溜，拴绑在一起，上面再铺上木板。很快，舟桥架好，部队首长让我们这辆车先过去。过了河，我们看到许多村庄被夷为平地，死尸越来越多，有的堆了几米高，而且这些尸体都从村子里拉出来，堆在大路两旁特别显眼的地方。当时，我们都纳闷：码得这么高，还摆在路边干什么？我还对老柯他们说："可能是县里想让上边知道这里的灾情重，好多要些救济啊！"

过了河，天渐渐黑了，我们的车也开不动了。沿途到处是老百姓，有的还有枪，拦着我们的车不让向前开，甚至还拿着枪坐在副驾驶座位上，让我们把伤员拉到医院，说不能见死不救！我们一再向他们解释：我们到唐山有任务，要去了解情况，向中央报告，要解救千千万万的人！尽管那时灾民都急红眼了，但老百姓还是懂道理的，让我们开了过去。就这样，我们走走停停。但如果不采取措施，我们今晚就无法到达唐山。

后来，张修金师傅把车灯开小，以减小目标。在临近唐山的一个小镇，我们找到了一位领导，他介绍了一些情况，说38军也在这儿，建议我们找找他们。我们找到38军的一位首长，请求支援。部队首长让我们跟着他们的指挥车走。

38军的这支部队有两辆指挥车，也是吉普，前面还有4辆摩托车开道。跟着部队的指挥车，当晚七八点钟，我们到了唐山。

我们是从唐山东面进去的。首先见到在一座倒塌的银行前，许多战士从废墟中挖保险柜，怕被灾民哄抢。后来，从采访中得知，发生了这么大的地震，唐山的银行竟没有被抢。

夜色朦胧中，我们看到房倒屋塌、一片废墟的惨状，有的电线杆上竟悬挂着被从屋子里震出来的尸体！马路上满是惊魂未定、劫后余生的人群。他们大都胡乱地穿着能遮挡身子的衣服，人人灰头土脸，不少人的脸上、身上青一块、紫一块的都是伤。他们或坐或站，在他们的身边，是一个个用被褥包裹着的尸体！使人吃惊的是，满城却听不到哭声！后来我才知道在突如其来的大灾大难之时，人们是哭不出声、流不出眼泪的，或许是还顾不得。等到人们回过神儿来，看到自己生活的城市一夜之间几乎被夷为平地，而与自己朝夕相处的亲人再也回不来时，唐山人的眼泪会流成河，而他们的哭声将惊天动地！

见到吉普车，见到从首都来的记者，唐山的老百姓就像见到了大救星！他们呼啦啦地围了上来，七嘴八舌地说："我们这里发生了大地震！唐山没了！我们的亲人死了！""我们两天没吃东西了，游泳池的水都喝光了！""喝的水都有味了，天又不停地下雨，活着的人许多都得病了！"他们还上车来看："你们车上有吃的没有？有没有水？"他们更关心地问："中央知道这里的情况吗？"他们七嘴八舌地向我们诉说各自家里的死伤情况，还把一个小孩领到我们面前，说小孩家住的两栋楼一个人都没了，就活了他一个！

看着房倒屋塌、尸横遍野的惨状，听着灾民的血泪诉说，我们的心都要碎了！我们一遍遍地向他们喊着："毛主席、党中央知道了唐山发生了大地震，解放军大批救援部队就要到了，大批医疗队就要来了，救援物资正在往唐山运。""我们来唐山就是要把这里的情况向中央报告，我们一定把你们这里的情况赶快地汇报上去！"……听到毛主席、党中央知道唐山发生了大地震，亲人般的解放军和医疗队就要到了，灾民们心踏实了，他们让出路让我们走。临走时，我们将车上的一些西红柿、水和吃的给他们留了下来。

半夜，我们把车开到郊区，这里损失相对小些。在一个工厂，接待我们的人听说我们没有吃饭，就让我们每人喝了一碗面糊糊。他们说水是从遵化拉来的，唐山市内连钢铁厂降温的水池子里的水都被喝光了。我们垫着雨衣，在车里和车旁眯瞪了一两个钟头。

清晨看到的惨状更是惊心动魄，终生难忘！一座座楼房和平房倒塌成片，水泥板下还压着不少已经死亡，还未来得及或无法用人力挖出的人，一些楼房虽还保留着楼架子，但一两面墙壁没了，还有的一两层楼没了，五层楼变成三四层，甚至有些五六层的房间砸向三四层，西边的砸向了东边。压在水泥板下的尸体到处可见，有的死在阳台上，有的尸体在半空悬挂。尤其是医院、招待所和火车站这样的公共场所，死伤的人太多，一时来不及或顾不上救援。

地震发生时，住在平房的人相对死伤少。未受伤或伤轻的人，赶紧抢救亲人和邻居；而楼房由于使用水泥板，而又未用钢筋焊接，地震时猛烈晃动，这些水泥板砸下来，要了不少人的命。所以，唐山人管水泥板叫"要命板"。有些楼体虽未倒塌，但由于没有吊车，人们无法上去救援，许多伤者就这样得不到及时救援而丧命，许多尸体也来不及处理。

我们向唐山市委所在地走去。但全市一片废墟，市委大院房倒屋塌。经多方打听，几经曲折，我们终于在市中心新华路找到了"市救灾指挥部"——停在马路上的一辆被砸坏的公共汽车，见到了穿着背心、满身血迹伤痕、被抢救出来的市委书记许家信。谈话中得知，地震发生时，他和家人都被砸在屋里，但他被救出后顾不上抢救亲人，立即到市委机关指挥救灾，等他回到家里，他的夫人脚都冰凉了，当时如果及时抢救，还有生存的可能。当时，唐山的许多领导干部也是如此，在突如其来的地震发生时，他们首先想到的是自己的责任，首先到单位组织抢救，自己的亲人因为耽误了抢救时间而永远地闭上了双眼。从谈话中还得知，地市委领导许多人遇难：地委13名常委死了7名，第一书记和代理第一书记均遇难，除去两名当时不在唐山的常委，其余的3名常委和许家信（地委书记兼市委第一书记）都受了伤。许家信告诉我们，现在估计全市死亡30多万人，还有四五十万人被压在废墟中。他们现在组织活着的人赶紧抢救在倒塌的房屋下边压着的还没死的人，但缺少救援的工具。现在余震不停，抢救很有风险，没有吊车，压在倒塌房屋里的水泥预制板人根本抬不动；但房屋倒塌后，废墟基本连成片，如用大吊车又很难进去，希望有小一点的吊车。现在，老百姓用能找到的镐锹和撬杠来挖来撬，很困难。水泥板压在人的身上，用撬杠撬人根本受不了。没办法，大家只好用手挖搬，许多人手脚都是伤。希望赶快派部队救援，派小吊车来。

许书记还说，由于医院严重损坏，许多医生护士死伤，缺医少药，许多被抢救出来的重伤员得不到救治，又运不出去，需要赶快派医疗队来，派飞机和车辆来。地震发生两天了，许多人都没吃东西，喝不上水，急需食品和水。许书记还说，地震发生后，断水、断电、通信中断，陡河水库告急！它在唐山市北 15 公里处，库底高出唐山市 10 米，现在大坝断裂，暴雨不停，水位猛涨，一旦决堤，震平了的唐山将变成一片汪洋……

采访中还得知，地震发生的当天上午，唐山地委就向所属各县市下达了抗震救灾的通知，部署救灾工作。看着浑身是伤的市委书记在惊天大灾面前，依然忠于职守，挑起领导全市干部和群众抗震救灾的重任，在简陋的"临时指挥部"夜以继日地工作，镇定自若地指挥，使唐山地委、市委这面大旗高高地飘扬，我们充满无限敬意！党在，人民就有了主心骨！有党中央、毛主席的关怀，再大的困难也能克服，再大的灾害也能战胜！这是当时唐山人民的坚强信念，唐山抗震救灾的历程一次次印证了这一点。

这时，大批救援部队陆续来到了唐山，有北京军区的 38 军、沈阳部队的 40 军等，许多医疗队尽快赶来了，大批救援物资源源不绝地运到唐山。但秩序一时较为混乱，缺少统一指挥。指挥部设在唐山飞机场。救援物资要先往飞机场运，然后再拉出来分到各地；大批重伤员要往机场送，抬上飞机运到各地医治。去往机场的道路只有一条，车水马龙，拥挤不堪，各种车辆排了十几里，进不去出不来。不少重伤员由于耽误了抢救时间，就死在了路上和机场。我们看到，不少车拉着粮食和药品，被急红了眼的灾民一拥而上，一箱箱、一袋袋抢了扛起来就走。还有人从年幼者的身上强抢他们扛走的物品。在通往农村的大路小道上，我们看到许多农民用自行车驮着用棉被裹着的长长的像是尸体的东西。后来才知道，原来是有些人趁火打劫，到没有人救援或来不及抢救的地方，以安葬遇难亲人的名义从死者的身上扒手表、抢首饰等值钱的东西。刚发生地震时，成群的灾民到倒塌的百货店、食品店抢各种东西……

我们要立即把唐山的灾情向报社报告。经再三打听，晚上，我们找到了在唐山郊区的总参通信兵的电话站。我们把介绍信和记者证给他们看。但由于这里是军用专线，与人民日报社无法接通。于是，我们把电话打到总参值班室，请他们把我们说的情况原原本本地记下来，并告诉人民日报社记者部和总编室的值班电话号码，请他们立即转告。为了慎重起见，我们还记下了接电话的人的姓名。

我们当时的电话主要讲了三点，由柯愈春口述：

一、唐山地震特别严重，估计死了几十万人。现在好多人还压在倒塌的房子和瓦砾堆里，有不少人还活着，听得见喊"救命"，但由于到处都是堆得高高的水泥板、砖头，连成一片，大吊车根本进不去，无法援救。大吊车即使能开进去，但一有大的震动，有的危房就要倒塌，压在下面的人就更难救出了。请尽快多调些6吨的小吊车来。

二、现在，尸体都堆放在马路上，与活着的人在一起，太阳曝晒，尸体发出恶臭，有的还流着水。人们担心会发生瘟疫。请赶快消毒，派飞机撒药。并建议要向死亡者的家属做工作，把死者与活人分开，赶快掩埋尸体。

三、救援部队到唐山后，缺乏统一指挥，沈阳军区、北京军区都派来部队抢险救灾，但缺乏统一指挥、调度，希望尽快解决。建议以陡河为界，两个军区的部队分开救灾。总参值班的同志及时把我们的报告转告了报社。报社立即向中央反映。

转天，在机场指挥部，我们与许平、王皓和贾师傅、徐师傅他们会合。会合后，我们又想方设法在指挥部与记者部打通了电话。请求报社派大批记者到唐山采访。李千峰主任告诉我们由总参转告的情况非常及时，非常重要，已经向中央报告。并说中央非常关心唐山的灾情，报社专门成立了报道班子，记者部全力以赴，向北京、天津都派出了记者。唐山也会增援的。电话中，他还特别嘱咐我们要注意安全。

对当时唐山的混乱情况和建议，我们也及时向指挥部反映。很快，根据各方面的反映，指挥部就发出通知，采取措施，制止了混乱无序的局面。唐山市民也自发地组织起来，维持秩序，对趁火打劫、发地震财的人采取了措施，我们看到有的人被愤怒的群众绑在电线杆子上；在通往农村的路口设卡，检查从唐山带出的可疑物品。这一招还很灵，据说有的人左右胳膊上戴着十几块手表，不少伪装成尸体的包裹满是财物。同时，指挥部决定，救援物资不再运到机场，直接运到各个救灾点。同时，飞机空投了不少来自全国各地的救援食品。那些饱含着全国人民深情的大饼，人们拿到手里时还是滚烫的呢！

当时，看到飞机空投大饼、饼干，汽车拉来成山的白面、大米和药品，人们的喜悦和感激压过了悲伤。我不止一次听到老大娘和中年妇女们用浓重的唐山口音说："过去，我们净吃棒子面，粗粮；现在可好了，净吃大米白面了！"

到地市委了解情况和报告了灾情后，我们又马不停蹄地到几家大企业采访，了解受损的程度。到唐山的第二天，我们首先到了唐山钢铁厂。在唐钢的大院，满身伤痕的厂领导向我们介绍了情况。地震对唐钢的破坏相当严重，职工和家属死伤很多。但厂领导和许多职工从废墟里爬出来后，顾不上抢救自己的亲人，首先来到工厂，组织和参加抢救。许多人身上都挂着伤，如果在平常，都要在医院救治和在家养伤的，但这时他们却要带伤抢救遇难的同事。使我们深为感动的还有，他们不仅在忙着抢救伤员，还在组织人力，清理废墟，修理机器设备，力争尽快恢复生产。在厂领导向我们介绍情况的过程中，我们见到和听到不少劫后余生的职工们，见面后相互打听各自家庭的损失程度。我们惊讶于他们似乎用一种满不在乎的语气相互问答："你家怎样？""还行，死了仨。""你家呢？""死了五个。"……这种问答和情景，使我终生难忘，也使我经常思考。我常想，如果在平时，别说是谁家死了人，就是有人病重住院，大家都要关怀地问个不停，甚至家人需要请假照看，领导和同事还去慰问。而此时，这些家里死了亲人的人，甚至死了好几个亲人的人，不仅不在家料理他们的后事，却先想着跑到自己的单位，向组织报到，向领导要任务，参加抢险，还要忍痛含悲，克服难以想象的巨大困难，清理废墟，尽快恢复生产。这得需要多大的勇气、多高的觉悟啊！这些，以及在唐山采访的1个多月耳闻目睹的无数事实，使我真切地感受到，唐山人民不愧是英雄的人民！

我们还到了开滦矿务局的赵各庄、吕家坨、马家沟煤矿。地震发生时，井下有许多工人在采煤，这几个矿是损失最严重的。地震时，整个唐山煤矿有上万名工人在井下作业，他们的安危为人们所牵挂，但庆幸的是大都安然无恙，通过自救脱离了险情。

在我们前往各处采访时，多次在被夷为平地的唐山市里（基本没有住户街道了）穿梭来往，楼房上、瓦砾中还有不少未来得及处理的尸体。满街都是胡乱穿着些能遮挡身体衣服的人，许多女人穿着男人的背心和裤衩，或坐或站，有的在做饭、吃东西，而她们的身边却放着还来不及掩埋的尸体。许多从瓦砾中抬出来的尸体赤身裸体，甚至是被抢救出来的活人，有的也没有衣物遮挡。那时，人们也顾不了许多了，也没有什么私心杂念，活着的人不过是与死神擦肩而过，而且余震不断，谁也说不定什么时候就会送了命。我们在瓦砾中穿行，爬上爬下地采访，见到不少尸体还被压在水泥板下，有的浑身青紫，龇牙咧嘴，手脚断裂，可想而知当时受了多大的苦痛！而有的身上却看不出有伤，永远闭上了双眼。

在地震现场，我们看到许多平房倒塌了，但死伤少，而住楼房的死伤多，但即使是楼房，也不一样。一字形的板楼倒塌的就多，丁字形和马蹄形有相互支撑的楼整体倒塌的就少；有地下室的抗震力相对较强。没有钢筋焊接的预制板楼，就倒塌得厉害，而二三楼有的就震没了，被上面的房间压飞了。所以事后大家说，分房子，人们都抢二三楼，看来也没什么好处。预制板一定要用钢筋焊接，不然真是"要命板"。在现场观察和采访时，我们还发现，预制板虽然要命，但有的倒塌时却被大衣柜和床头架住了，许多人未受其害，即使受伤，砸的也是腿脚，而不是脑袋。看来，家里要有些家具，睡觉时头一定要靠近床头……

我们还听许多人讲地震发生的情景：先是看到了火光，然后是巨大的冲击波，过了几秒钟轰隆隆的响声传来，房屋先是上下颠了两三下，然后又左右剧烈晃动了几下。几秒钟后，一片漆黑，整个唐山死一般的万籁俱寂。三四秒后就是一片惊天动地的哭声、喊声、救命声……

同时，我们还了解到，地震前唐山的气候、河水、动物等出现许多反常的征兆。

因为当时唐山每天余震不断，别的地方说不定也要发生地震，唐山地震的这些情况是平时想象不出来的，对预防震灾、减少发生地震时人员伤亡以及怎样抗震救灾具有参考价值。于是，我们把观察到的这些都及时用电话口述或写成内参的形式，向报社和领导汇报。

这几天，我们在唐山采访时，一批批救援部队、一批批医疗队以最快的速度开到唐山，见到党中央、毛主席派来的救星，唐山人的喜悦和激动是无法用言语表达的。人们在天大的灾害面前，首先想到只要有党和毛主席，就没有过不去的难关；有全国人民的支援，有亲人解放军，有医护人员，唐山人民就有救了！在唐山采访听到和见到的一切，解放军和医护人员在唐山所做的一切，让人们由衷地感受到，人民解放军真是英雄的解放军！医护人员真是白衣天使！那时，由于"三支两军"，解放军在各地介入，许多人对解放军有看法，但在唐山抗震救灾中，解放军的威望空前提高。哪里有危险，哪里就有解放军！人民对解放军无比信任。对医疗人员也是如此，在救死扶伤方面，他们做到了别人无法做到的事情。

在我的记忆里，解放军方面，首先是北京军区的38军这支抗美援朝的"万岁军"开进了唐山；医疗队方面，首先是当年救助海城地震的辽宁省医疗队奔赴唐山。但他们来到唐山才知道，唐山地震的严重程度，远远超出他们的想象，是当年海城地震所无法比拟的，而他们派来的区区百十来人，药和器械都远远不够。到唐山后，他们夜以继日地工作着。

很快，就在地震三四天以后的8月2日，人民日报的大队人马来了！他们于下午四五点到达唐山，但由于通向机场指挥部的路太堵，后半夜两三点才到。大家就席地而睡，天一亮，就找河北省军区借帐篷。

报社派来以核心小组成员、政文部主任孙鸿志和宣传小组成员、经济部主任张沛组成的赴唐山地震灾区采访小组，有20人。记得有记者部的郭晨、何黄彪，经济部的叶剑韵、丛林中、李文，文艺部的蒋荫安，总编室值夜班的陈满正，情况组的黄振中，摄影组的吕相友、蒋铎，科教部的陈祖甲等。在半个月之后，听说社领导提出，唐山采访很苦，大家都去锻炼锻炼，于是又分别由杨列慎等社领导带队，先后派来几批记者，每批20人左右。当年到唐山的人员记得还有陈柏生、王金凤、郭龙春、葛娴、解波、尹品端、王钟人、刘桂莲、肖关根、张平力、吴迎春、卢存淑等。其中，陈柏生、郭龙春、葛娴、郭晨、何黄彪、刘桂莲、王钟人、肖关根、颜世贵、张平力和我都是记者部的。这些同志只是我根据记忆和问了有关同志写到的，不一定准确，更不会齐全。我也问了当年到唐山的一些人，都说去的人太多了，谁也说不全。可以说，当时报社到唐山采访的记者比这三四倍还多。王家洲、萧泽曜和崔奇等社领导也曾为了解灾情、看望本报记者、撰写社论和人民日报抗震救灾总结到了唐山。汽车队的刘清江等许多司机师傅也都去过唐山。

第一批大队人马到来后，柯愈春和许平、王皓就赶回报社汇报。他们虽然在唐山采访了五六天，但那是极为艰苦的日子，他们及时向报社和中央报告了真实的、重要的情况，对中央迅速做出救灾决策起了重要参考作用。尤其是最早到达唐山的许平和王皓，他们伏在腿上或趴在车头上，赶写出七八篇重要的稿件和内参，受到中央领导的高度赞许："两位记者表现了特别能战斗的精神，这才是与人民休戚与共的好记者。"

回京后，柯愈春、许平和王皓向报社的1300多位同事做了一场报告，并赶写出《唐山灾区需要解决的几个问题》情况汇编报送党中央、国务院。文中所提的6方面的意见基本都被采纳。之后，根据中央领导的指示，许平和王皓在唐山抗震救灾中的事迹，经记者部颜世贵同志采写成通讯，刊登于当年9月的国务院的一期简报上。

大队人马到唐山后，立即投入紧张的采访和写作中，一篇篇饱蘸同志们心血和深情的稿件和内参源源不断地传回报社，刊登在人民日报上或报送到中央。

唐山人民在前所未有的毁灭性的灾害面前所表现出来的英雄气概，深深地感动了每一个人。100多万人的城市，几十万人死亡，全城被夷为平地。当时，国外舆论声称唐山永远从地球上消失了。但英雄的唐山人民顾不上掩埋亲人的尸体，许多人甚至宁可先救他人而不顾自己亲人的安危。在亲人震亡、余震不断的情况下，唐山人民忍悲含泪，用惊人的毅力，无比的坚韧，顽强拼搏的精神，抗震救灾，尽快恢复生产。这些是我们采写的主要内容。我自己就去了唐山钢铁公司、赵各庄煤矿、唐山自行车厂、唐山陶瓷厂、陡河电站等处采访。记得自行车厂是唐山最早恢复生产的企业，地震后的第七天就生产出了自行车。马家沟煤矿在震后15天就生产出了第一车煤……

人民解放军的英勇无畏、为了人民的安危甘于牺牲的精神在唐山地震中表现得淋漓尽致，真是不愧于英雄的称号。在余震不断的情况下，他们顶着骄阳、忍受腐烂尸体的恶臭，在瓦砾堆中，用铁锹挖，用镐刨，甚至用手抠，救出了无数个被压在水泥板下的同胞，挖出了一具具死难者的尸体。那时，每天都传来又救出多少人的好消息。直到14天后，再没有一个生还者。这些被救出来的人民群众，无比感谢党和毛主席，感谢英雄的人民解放军。部队许多官兵为营救老百姓受了伤，不少人的手都被砖头、水泥板磨出了血，但他们仍不下火线，带伤战斗。起初，大家都没有手套、口罩。后来，尸体腐烂流水，气味越来越浓，才给战士们发口罩。但对于熏人的恶臭，口罩根本无济于事。我看到解放军把一具具尸体装上车，再把堆得满满的成车的尸体拉去掩埋。刚开始，一具尸体用一个大塑料袋装，后来，尸体腐烂，一抓脑袋、胳膊和腿都断了，有的尸体腐烂得不成形了，于是就把这些尸体连胳膊带腿，也搞不清谁是谁的，装到了一起。尸体腐烂流出的水湿了车，往车下流个不停。满城都是腐烂的尸体味儿，拉尸体的车更是臭不可闻！而我们的解放军官兵就站在车上，每天都要用手抬、用胳膊抱、用肩扛尸体！这需要多么坚强的毅力和多么强的忍受力啊！

我们含泪采访在唐山救灾的英雄军队，人民子弟兵，有北京部队的，有沈阳部队的，有的是红军团，有的是英雄连，在战争年代战功赫赫，如今在地震灾区又立新功。我们报道他们可歌可泣的英雄事迹，他们的事迹深深感动了人民，首先感染和鼓舞了我们这些采访他们的记者。

医疗队员"白衣天使"在唐山救灾中发挥了无可取代的作用。面对几十万人的伤亡，多少医疗队员也是"杯水车薪"！北京的、上海的、辽宁的，地方的、部队的……来自各地的医生、护士几乎夜以继日地抢救伤员，几天几夜不闭眼，顾不上喝水吃饭。他们挽救了成千上万人的生命！他们可歌可泣的事迹通过我们的报道传遍全中国，传向世界。

当时，大家是集体作战。孙鸿志是总负责人，经验丰富的老记者张沛主要抓报道，出点子，大家七嘴八舌讨论，定下来后人都撒出去采访。许多大稿子是每人提供一两段、几个例子，然后由丛林中、蒋荫安、叶剑韵、何黄彪等高手执笔串成稿，最后由张沛、孙鸿志等定稿。署名都是"本报记者"。在七一党的生日、八一建军节还特别策划了几篇大通讯，报道共产党员、领导干部和人民解放军、医护人员在抗震救灾中的英雄事迹。

大队人马到来后住在机场指挥部的帆布帐篷里。帐篷很大，但起初只有一顶，只能男女合住。当时大家也顾不上什么了，地震后，无论是在北京还是唐山，大家都是露天而居，有帐篷住就很不错了。在唐山，见到大地震所造成的人员伤亡后，在余震不断、大地震随时都可能再次爆发的情况下，别说没房子可住，就是有房子，谁也不敢图安逸而冒险住进去！

帐篷里，男同志一边，女同志一边，开始连个布帘子也没有。大家在帐篷里安顿下来后，马上投入紧张的采访。每天早上，孙鸿志、张沛等人召集大家研究工作，然后大家按照分工或两人一组或单独各自出去采访，负责执笔的同志忙着给文章搭架子、构思。出去采访的同志，大多边采访边写作，经常在废墟中垫着瓦砾或把纸铺在自己的膝盖上写草稿。下午或傍晚，大家陆续回来后，将草稿或修改或誊写清楚交给负责执笔的同志。无论是孙鸿志、张沛等社领导还是执笔的同志，都是坐在小马扎上，垫着小木箱或铺盖卷写。外边嘈杂声一片，屋里大家或蹲或坐，七嘴八舌，接电话打电话不停。就是在这么简陋的条件下，一篇篇饱含深情、饱蘸心血的唐山抗震救灾实录源源不断地传回报社，刊登在第二天人民日报的显著位置上。尽管是戎马倥偬中的急就章，但由于点子和题目好，材料真实、鲜活、生动，加上执笔者的妙笔生花和张沛的画龙点睛，许多通讯可说得上是美文佳篇，最主要的是大家智慧和心血的结晶！

据不完全统计，从 8 月 4 日刊登第一篇发自唐山的通讯到 9 月 1 日在北京召开"唐山丰南地震抗震救灾先进单位和模范人物代表会议"，不到一个月的时间，人民日报在一版显著位置刊登近 20 篇本报赴唐山记者火线采写的通讯和拍摄的几十幅照片。其中在头版头条通栏位置刊登的长篇通讯有：

——8 月 4 日《英雄的唐山人民》，报道了在严重的自然灾害面前，唐山人民毫不畏惧，团结战斗，抗震救灾的动人事迹。

——8 月 10 日《唐山人民心向毛主席》，报道唐山开滦煤矿工会副主席李玉林和武装部干部曹国成等，带着唐山市几十万人民的委托，驾驶着一辆矿山救护车开向北京，向党中央国务院报告灾情。

——8 月 14 日《地动山摇何所惧》，报道唐山市的一些厂矿迅速恢复生产的喜讯。

——8 月 15 日《心中装着大多数》，报道开滦煤矿吕家坨矿党委常委贾邦友等党员干部带领 600 多名工人安全撤离井下，返回地面的事迹。

——8 月 17 日《红色电波通北京》。报道解放军驻唐山某部无线电连吴东亮等人抢救电台，有关部门用这个电台向中央及时发报等。

此外，还在一版和其他版的显著位置，刊登了《震不垮的战斗·堡垒》《共产党员是革命的硬骨头》《英勇无畏的人民子弟兵》《十五个昼夜》《英雄的工人 钢铁的意志》《重灾面前想全国》通讯等。同时，刊登了本报记者从唐山拍摄的许多照片，有的配通讯，有的发专版专栏。

尽管当时是"文革"期间，由于派性和当时的"批邓、反击右倾翻案风"，人民日报人际关系很不正常，许多人的观点看法和做法不尽相同。但在唐山，在大地震面前，大家坚强团结，表现出人民日报记者对人民群众的深厚情感、崇高的敬业精神和高超的新闻业务水平。患难之中，大家团结友爱，相互关心。我因为较早到了唐山，再加上年龄比大家小，受到的关爱和照顾更多。当时，从报社出发前，我来不及准备行李，穿上一双塑料凉鞋，光着脚，连双袜子都没有，披了一件旧衬衣就跑到了唐山。连日来在废墟中穿行，在瓦砾中爬上爬下，鞋磨破了，衬衣破了好几个大口子。好在当时在唐山大家都如此，不算特殊。使我感动的是，大部队到达后，带队的孙鸿志大姐给我带来了我在单身宿舍的衣物。令我至今难忘的还有，在大部队到达唐山当天，见到我身上穿的衬衣破了，解波大姐就拿出针线给我缝好。因为当时没有替换的，衬衣在我的身上，她就着我的身势来缝，挺费劲的，当时我感动得热泪盈眶。大部队来了，就好像孤儿找到了亲娘，又好像掉队的战士追上了大部队，我的心里踏实多了。后来，陈柏生大姐也来了。1974 年我到人民日报以后，一直跟着她采访，无论是做人还是做记者，我都从她身上学到了许多东西。到唐山之前，我们正在北京大学"蹲点"采访。这次在唐山重逢，一起采访，又有机会向她学习。像以往一样，在唐山，她也给我许多母爱般的关怀。

　　大家在帐篷里吃住睡工作，饭从指挥部临时伙房里打，记不得吃的什么，反正那时能喝上水，吃上饭就不错了，吃什么都香。大批救援部队到来后，一批批救援食品和物资源源不断地送来后，唐山老百姓吃住条件得到很大改善，人心稳定，社会秩序良好。我们的生活条件也随之改善。说来也有意思，住在一起，晚上睡觉的毛病和特点就暴露无遗，说梦话、打呼噜、咬牙，五花八门。特别是呼噜声此起彼伏，彻夜不息。尤其是有的同志，那呼噜打得真叫有水平，真叫绝！声音之大，时间之长不说，还挺怪，打着打着突然停顿，令人担心要窒息了。就在大家担心之时，突然发出一阵怪声，接着又照常呼噜起来，一直到睁眼。女同志那里也有打呼噜的，但比起男同志则逊色多了。我自小就有打呼噜的毛病，那时和同志们一起外出采访，同住一屋，很担心吵着别人，经常等人家睡着了自己再睡。但自从到唐山后，才知道自己的水平还不高，见到有许多人都打呼噜，也就不感到难为情了，所以该睡就睡，无须担心。但对于睡觉轻，听呼噜声就睡不着觉的人来说就是折磨了，白天忙碌一天，晚上又睡不着觉，第二天又得工作，而且天天如此，没个盼头。但大家谁都没有怨言，把打呼噜当作笑谈，顶多捂上耳朵睡。后来，来的人多了，帐篷陆续增加到两三顶，男女就分开住了。

天越来越热，还经常下雨，废墟里的尸体一蒸一浇，散发出的恶臭弥漫。由于担心大灾之后必有大疫，飞机成天撒敌敌畏、六六粉什么的，人们的头上身上自然都是，甚至连露天吃的饭里都有，但大家顾不上这些了。当时，从废墟里挖出的尸体大多埋在铁路两旁，开始一个尸体一个坑；后来尸体太多，埋不过来了，一个坑埋好几具尸体；再后来，尸体腐烂流汤了，不成形了，就一堆堆掩埋。但当时坑挖得很浅，埋的尸体又多，再加上经常下雨，许多尸体就暴露在外边。为了避免暴发大瘟疫，指挥部采取了许多措施，如喷洒药水等。同时，将暴露在外的尸体重新加深掩埋。当然，这些事情都由解放军去干。唐山这么大的灾难，没有发生大瘟疫，应该说是个大奇迹了。

当时在唐山灾区采访虽然异常艰苦，但有两件事使我终生难忘，甚至是奢侈的享受。一个是在到唐山后的第五六天，我们竟然能洗上热水澡！那是在机场指挥部，在部队搭起的野战帐篷里有一个淋浴室，部队首长特别照顾我们记者，让我们用热水洗澡。当时正值酷暑，我又连日采访泡在废墟中，汗水泥水满身，身上很脏，疲惫不堪。经热水一洗，疲劳顿消，身上干净多了。虽然以后我洗过无数次澡，许多条件比这次强多了，但在唐山野战部队帐篷里的这次淋浴令我终生难忘！

还有一个是在38军112师用木板房和帐篷围起的临时指挥部大院中的聚餐。那天，我正在112师采访，采访后，师首长让我留下和他们一起吃饭。在一个上百平方米的大院中，近百人一起会餐。食堂炒了一些菜，与平时没两样，只不过饭菜都打在一起，大盆大碗端上来，大家一起吃。与以往不同的是，部队首长把后方家属们刚刚送来慰问自己的饭菜都拿出来"共产"。这些用大小、形状不一的饭盒装盛，首长家属们精心制作的各种各样的饭菜不仅好吃，而且满怀深情和爱意。

在抗震前线，我们能吃上这些既可口又温馨的饭菜，心里暖洋洋的！

令我们人民日报的记者更加难忘的是北京军区空军在紧张繁忙的抗震救灾中，为我们大开绿灯，几乎每天都用飞机载我们记者回北京送稿件、送照片。因为当时我们没有其他手段可以传稿、发照片。而新华社记者有电台，随时发稿。大部队来后，短的稿件和内参，我们前线的记者根据领导口述或本人写的草稿通过电话念给记者部值班的同志，当时记者部李千峰等每位领导和在报社的记者，都接过这样的电话传稿，边听边记。后来，稿件越来越多，每天都指定专人守在电话旁，边听边记。当时，颜世贵、欧庆林和张平力等人都日夜坚守在电话旁。特别是年轻单身的张平力，精力充沛。他整天睡在二楼的一间大办公室，日夜守着电话，他记得快，边听边记边编，写后立即交给李千峰、黄彩忠、柯愈春、郭晨等部领导或郭龙春、程光锐、余焕春等老编辑精编。地震后，报社在王府井大院内搭帐篷办公，记者部大部分办公室在编辑部大楼四楼。他们每日不停地来往于大楼各层和大院之间，异常辛苦。

短稿子可以用电话传，而长稿子和照片就没办法了。记不得是谁与北京军区空军联系，部队首长批准只要人民日报有稿件要发，他们随时派飞机连人带稿子一起送。我记得大部队到唐山的第三四天，摄影记者吕相友要回报社送照片，我便同他一起回报社汇报并送稿。他经常采访部队，同北空领导特别熟。当时他打了个电话到军用机场，我们坐车到机场后，安－2飞机已经发动了，我们一上去就起飞了。这是个双螺旋桨的飞机，苏式的。飞机上除飞行员就我们两个人。我没想到坐军用飞机竟然这么简单，这么快！当然，这是人家对人民日报的关爱。但我感觉，同吕相友的名气和他同部队的良好关系是分不开的。李文和当时在唐山的丛林中同志及摄影组蒋铎同志等都乘坐北空的飞机回京送过稿子和照片。抗震救灾中，人民解放军对人民日报的帮助和支持，相信每一个在唐山采访的记者都不会忘记。

当时，记者部的记者几乎全部都投入抗震救灾的报道。除了唐山，还向天津、芦台和北京派出了许多记者。记得在天津和芦台有石德连、柯愈春、李彦、杜进祥、许平、欧庆林等人，社领导安岗在那里坐镇指挥。那时，记者部在北京的，除了部领导，还有郭龙春、程光锐、章世鸿、余焕春、颜世贵、刘进荣、黄发兴、朱元胜、田永有、王钟人、张平力、翟启运等人。李千峰、黄彩忠、柯愈春、郭晨等部领导和郭龙春、程光锐、余焕春等老编辑整天坐在报社大院的帐篷里，编发大家的稿件。大家都为抗震救灾出了力。

在第一批到唐山的大部队里，有李文同志。到人民日报经济部之前，他是唐山钢铁公司报道组的。他的父母都在唐山。地震发生时，他正在上海采访，而他的放暑假的大儿子正在唐山爷爷家。地震后，李文与父母失去了联系，亲人生死不知。到唐山后，他白天忙着采访写稿，晚上为采访车带路，因为房屋震塌成片，看不出有什么道路，但他对唐山熟悉，有他帮忙引路，大家采访就省了很多事儿。其实，连日来他多次路过父母家，但只见楼房都平了，估计亲人也不在了。

几天后，孙鸿志同志让他去家里看看，找找父母，并让司机董英发师傅开车和他同去。还好，到附近一打听，说老爷子他们都没事儿，就在附近指挥救灾（他父亲是路北区委书记）。过几天，李文把他的大儿子带到指挥部，刚9岁的孩子主动为大家打开水，扫地，天天能吃上大米饭，高兴坏了。

李文在唐山一直坚守到最后，直到粉碎了"四人帮"。10月10日，报社让记者从唐山撤出。李文和当时留在唐山的两位大姐——总编室的韩国华、国际部的方荣萱把帐篷交还给省军区，把报社拉来的一些床板子和电话等设备装上了大卡车，怀着依依不舍的复杂心情，告别了唐山。人民日报记者唐山抗震救灾报道的历程就此画上了句号。

当时的一些复杂情况，使我在这里不得不写上一笔。

当时，报社不断地向唐山派记者，后来几乎半个月轮换一次，大家不知疲倦地采访写稿。每天都从广播电台听到大家的稿子，从带来的报纸上看到大家辛劳的结晶。大家沉浸在一种激情和亢奋之中，耳闻目睹可歌可泣的英雄事迹，大家有非写出来、非得写好的冲动和干劲。可惜，我当时写作能力差，不能挑大梁执笔写大稿，就以勤补拙，不停地采访，提供短篇素材。那些采访经验丰富、文字功底深厚的前辈记者和写作高手，在唐山有了用武之地。这与以前每天硬着头皮，奉命采写编发那些"批邓、反击右倾翻案风"的内容太不一样了！那时，听说，尽管毛主席病重，但他关心灾区人民，每天都要让人念关于地震的简报，听取汇报，并在震后的第三四天就派主持国务院工作的华国锋率中央慰问团到唐山慰问。客观地说，当时我们感到报社领导对地震灾区也很关注，派出精兵强将到抗震救灾前线，每天在报纸上用大量篇幅报道。报社前方和后方的员工，都拧成一股绳，推着报社往正常的方向走。那时，我们在唐山，感到就好像到了解放区，想怎么写就怎么写，想写多少篇就写多少篇，没有限制，没有禁区。

但好景不长，8月中下旬之后就传来上面的旨意，批评人民日报关于地震的报道发得多了，稿件中暴露灾情了。可是，不写灾情，不写人家不怕疲劳连续挖出多少人，家里死伤多少人还在尽快恢复生产，事迹怎么感人？

对这些事情，当时大家都有议论，在大灾面前，大家都可能与遇难的唐山同胞一样，随时被死神召去，议论这些也不怕了。但再后来，让大家在抗震救灾的现场狠抓"批邓"，就更不得人心了。据当时传达，中央（实际是"四人帮"）批评前一时期报道抗震救灾多了，冲击了"批邓"，现在要以"批邓"促抗震。于是，让大家在唐山抓以"批邓"促抗震的报道。

另外，又把我们这些地震前在"六厂二校""蹲点"的记者紧急调回报社，重新回到原来的岗位。自从地震发生后，大家都从那里跑到抗震前线，早就不愿待在那里搞那些不得人心的东西了，但这回逃不脱了，谁让你是人民日报的记者呢。当时报社还是在"四人帮"的控制下。于是，我不得不回到北京大学继续"蹲点"，直到毛主席病逝。1976年9月9日那天，我正在位于昌平的北京大学200号基地，想要采访半导体学家黄昆教授。这时，北京大学革委会副主任黄辛白来到200号基地向师生们沉痛地宣告伟大领袖毛主席不幸病逝的噩耗。

20年后，1996年9月初我到昌平北大200号基地送女儿晓萌到这里读法律系一年级。旧地重游，200号荒凉依旧，但国家却发生了天翻地覆的变化。在200号，我脑海里浮现20年前的一幕幕，真是感慨万千！庆幸我们迎来了春天，但愿我们的国家再也不要发生当年那样的天灾人祸了！

后记

在我动手写这篇回忆录时，恰好收到王皓同志从河南南阳寄来的一本刚刚出版的他的新闻作品集《时代放歌》。其中，有一篇《响彻华夏的壮曲悲歌》，追记了当年他和许平等人在唐山采访的难忘经历。由于他们是在地震当天就到了唐山，看到了更原始的情况，而且还拍了6卷照片（回报社后按规定上缴了，不知下落）。从这篇回忆可以看出，他是根据采访记录和回忆以及翻阅当时的人民日报写出来的，材料非常翔实具体。由于没有翻找采访笔记本和查阅报纸和资料，我的这篇回忆大都是根据脑海里的记忆。王皓的回忆录真是"雪中送炭"！我参考和引用了他文章中的一些内容。为了把一些事实搞准确，我又分别请柯愈春、李文、张平力、张修金、贾小岗等同志一起回忆，得到他们的热情帮助。限于时间和精力，未及向更多的同志求教，请更多的同志一起回忆，尤其是李千峰等记者部的一些老同志已经不在了，永远地失去了向他们请教的机会。这篇回忆，肯定会有许多遗漏或不准确。将来如能翻出采访笔记，查阅资料，请更多的当年参加唐山地震采访的同事一起回忆，肯定将写得更准确和更充实。但我更希望，我的这篇回忆能"抛砖引玉"。人民日报所有参加当年唐山抗震救灾的同志，无论是记者、领导还是汽车司机（他们当年一起参加了采访，与记者同吃同住，风雨同舟），还是其他所有为抗震救灾出了力、做出贡献的同志，或自己写或请人记录下这段终生难忘的历史。毕竟，这是人民日报历史上不可缺少的一页。我认为，这是人民日报历史上值得大书特书的一页，是值得我们每个从那个年代过来的人自豪并引以为荣的一页！

写于 2007 年 3 月

不该发生的悲剧

——对朱毓芬提拔以后服毒身亡事件的调查和思考

她走了。走得那样匆忙，岁月在她生活旅途中只交替过 48 个春秋；走得那样突然，周围的人几乎都不相信这是真的。

等到北京化工七厂的 500 多名干部职工确信，他们再也见不到自己的技术副厂长朱毓芬的时候，闪过的第一个念头便是：她是累死的。人们知道，朱毓芬长年累月吃住在工厂里，因劳累过度而患上心脏病和高血压。然而，公安部门宣布的化验结果出人意料：她因口服敌敌畏中毒死亡。时间：1982 年 11 月 27 日凌晨。地点：死者办公室（兼宿舍）。

人们始而惊愕，继而思索：她为什么要走这条路呢？

错误的指责

那是历史新时期的最初年月。在千万个走上各级领导岗位的中年知识分子中，朱毓芬是那种既令人羡慕又历经磨难的先行者之一。

1978 年 11 月，她被提升为技术副厂长。对化工七厂，这似乎是一种历史的必然。这位 50 年代毕业于华东化工学院的女工程师，八年来为化工七厂的兴建和发展"操碎了心"：她曾住茅草棚，吃大锅饭，和同志们一起建设黑索金（一种烈性炸药）车间；她在工厂转产离子交换树脂和纺织用上浆剂的生产中做出了不少贡献。

1981 年，市化工局打算把同外国某公司谈判的一项补偿贸易交给化工七厂。一个技术力量薄弱的小厂，能搞好近千万元的新项目吗？

又是朱毓芬，临危受命，在厂长张全福的领导下，挑起这副重担，"我再拼搏几年，把这个项目搞上去，就算对得起化工七厂的职工了"。

这是两个多么不同的共事者啊：粗心、马虎、敷衍和不肯学习的厂长，领导着细心、认真、负责和刻苦钻研的副厂长。一大堆外文资料从国外寄来了。厂长看了看皱起眉头："我一个英文字母都不识，谁懂谁看吧！"副厂长把资料抱回办公室，一段一段地翻译。她天天晚上靠安眠药抗争严重的失眠症，坚持学习和工作到深夜：研究新的设备和工艺流程，熟悉配方，了解原料来源，打听利润情况，甚至努力掌握土木建筑的各项知识，还要复习因为荒废而陌生了的英文……

再旺盛的精力也有极限，时针每天只能跑一圈。技术副厂长再能干，再拼命，也只是一个人。而要建起一个崭新的车间，她多么需要得到厂长的支持，多么需要一支能征善战的队伍！可身挑重担的朱毓芬面临的是一种什么样的工作条件啊：开始只配给她一名助手。实在干不过来，她向厂长提出增加点人员，厂长没有给。连朱毓芬原先主管的技术部门，也不让她调动个把人员……不错，化工局重视这个项目，局外经处的同志也认真负责地开展工作，但项目毕竟是化工七厂的，不能依靠局里一辈子。朱毓芬在工厂里工作得不到支持，很难开展。她忧心忡忡："唉！难死了！要人没人，要物没物！""说不定哪一天我就顶不住了！"

进入商务谈判阶段，张全福代表工厂主谈经济合同。他说话随便，谈不到点子，抓不住要害。"唉，和这样的人一起同外商谈判，有损国人体面。"认真负责、敢于直言的朱毓芬憋不住了，"厂长，往后谈判注意点，别信口开河！"张全福大为不悦。在进行引进项目可行性讨论时，双方意见不同，张全福指责朱毓芬："你当众驳我的面子！""你不支持我的工作！"

局里要工厂汇报"六五"规划。厂长匆匆忙忙向副厂长索取有关材料和数字，以便"应付"。工作一向极其认真而又正忙于手头一大堆急事的朱毓芬，生气地说："数字不是拍脑门拍出来的！"她经过整理计算后才送去。厂长向副厂长要新项目的有关技术资料，副厂长因故没有及时提供。张全福在厂务会上公开指责朱毓芬："你对我搞技术封锁！"这些指责，使朱毓芬十分委屈。因为每次谈判都是厂长参加的，十几本材料都在他手中，他要什么资料数字都给送去了，怎能说"技术封锁"呢？

有意的刁难和无形的压力

需要派人出国考察技术并签订合同。谁去比较合适呢？"我和朱毓芬要去美国。"张全福早早就说。然而，局领导把他找去了："厂里要抓生产，搞整顿……局党组决定你留下主持工作，朱毓芬出国考察。"厂长当场就闷了一下。过后，他发牢骚："这次我被刷了！"并私下对另一位没有出国的工程师说："要是我去，咱们两个人去最合适。"私心杂念是个"魔鬼"，它会诱惑和驱使人们走上邪路。出国人员准备行装等事宜的时候，张全福故意刁难拖延，造成出国人员精神上的极不愉快。

这是出国前的一次厂级领导干部碰头会，讨论引进项目的安排和部署。当朱毓芬谈到种种困难时，身为厂长的张全福，不仅没有认真分析困难，热情鼓励自己的助手，反而对朱毓芬施加压力："谁出国签字，谁回来负责！"会后，他再次对某副厂长说："谁签字谁负责，谁签字回来谁组织干，我就不管了！"那位副厂长曾当面批评张全福："谁签字都是对化工七厂负责，你厂长都要负全部责任，回国后组织干，要靠大家，而不是靠哪一个人！"

作为技术副厂长的朱毓芬，本来就感到工作压力太大，精神负担过重。劳累，焦急，担忧，她的工作和思想处于极度紧张之中。厂长施加的压力，加剧了她的紧张情绪。她几次找到局里，无论如何要求厂长出国："叫老张去吧，要不什么事都推到我身上。"她忧心忡忡地对另外两位副厂长说："我负不了这么大的责任！我负不了这个责任！"

尽管这样，在从国外带来的信件里，仍然跳动着朱毓芬一颗忠诚而又急切的心："我不愿再去其他城市了，恨不得快点回厂研究工程进度、土木建设、国内订货和明年夏天产品上市……"回国后第二天是星期日，星期一朱毓芬就赶到厂里。她很高兴，因为工厂总算有新产品了。然而，她的心很快又沉了下来：临出国前确定的几件事都没有着落，同厂长商量工作更加困难。只是在局领导的干预下，才组成党总支书记挂帅的新项目领导小组……

党总支书记对这些情况了然于心。但他不敢批评张全福的错误言行。

朱毓芬曾多次向信任、支持和大胆使用自己的化工局反映厂领导班子的状况和工作困难，局里对这个厂的领导班子问题也做过考察，但没有及时、果断地采取措施。朱毓芬等着，等着……但没有能等到那一天！

怪论的伤害和政治上的排斥

一提起朱毓芬，化工七厂广大职工的脑子就浮现出她那难忘的形象：始终积极要求进步，用党员标准严于律己；工作极其认真负责，每经手一件事都要办好；对技术精益求精，不会的非学会不可；正派、耿直，吃苦耐劳，从不占公家便宜……多数党员说，她具备党员条件了。技术人员众口一词：朱厂长入不了党，"化七"的知识分子更没指望了。党支部和党总支几次讨论，大多数成员都认为可以发展朱毓芬同志入党。但是，由于"左"的影响和对知识分子的种种偏见，尤其是个别党员干部的刁难排斥，朱毓芬填写入党志愿书近一年，几经周折，仍被拒于党的大门之外。

在讨论朱毓芬入党时，少数党员竟然有这样的怪论："朱毓芬这样的技术干部入什么党？""发展知识分子入党是赶时髦。"

同朱毓芬不和的一位党支部副书记，先是提出还要让各小组讨论讨论。小组讨论结果，仍然表示同意，并提出朱毓芬的一些缺点。那个人又提出，让她就缺点写检查。朱毓芬很快写出诚恳的、实事求是的检查。那个人又说，朱毓芬在同厂长有矛盾的问题上"强调客观多"，是否发展，还要"看看张全福的态度"。

张全福曾欣然同意做朱毓芬的入党介绍人，并同另一位介绍人向支部递交材料，同意介绍她加入党组织。可是，自 1982 年 4 月以后，随着他同朱毓芬在工作中矛盾的加深，他的态度也发生骤变：他多次流露，"做不做介绍人还要考虑"；他说朱毓芬的缺点是"思想意识问题"。朱毓芬出国前夕，党支部再次向张全福征求发展朱毓芬入党的意见，他说，出国前发展不适宜，如支部决定发展，他可以不参加会或不表态。张全福是党总支副书记、厂长和介绍人三重身份的"关键人物"，他不同意，党支部又拖了下来。

党一手教育培养起来的朱毓芬，渴望成为党的女儿。她在给局党委的信中说："看到党的路线正确，各项政策落实，入党愿望更加强烈。"在局党校学习班上，每逢周末，不管老的小的，职务高的低的，都高高兴兴地一起过党组织生活，她便独自拎起手提包，悄然而伤感地离开党校。……岁月流逝，一颗焦急的心恢复了正常的跳动。朱毓芬在给局党组的信中说："重要的是思想入党，只要自己对共产主义事业有坚定的信念，入不入党同样可以为四化做贡献……我决不因此对工作有丝毫影响。"

悲剧的导火线

直接导致朱毓芬悲剧发生的，是去年 11 月 26 日晚上的一次谈话。那是朱毓芬约请张全福去谈的，没有第三者参加。地点在朱毓芬的办公室。从晚上 7 点多谈到深夜 11 点。谈话后的第二天凌晨 3 点多，朱毓芬服毒身亡，没有留下任何谈话内容。据张全福讲，先是研究引进项目的设计、施工计划以及生产准备、人员培训等问题。最后，当朱毓芬主动征求张全福对她入党的意见时，"谈崩了"。

3 封内容简短的遗书，放在死者的办公桌上。写给局领导的称："今晚有人这么打击我，我是不能忍受的，很抱歉我不能很好再来完成党交给的任务……"留给本厂职工的话是："感谢党、人民和你们的帮助，使我成长为现在这样能为人民做点事的人，但有人对此是这么惧怕和仇恨，我实在忍受不了这样的屈辱，所以还是离开的好……"她用悲愤的心情同丈夫和女儿诀别："我们相处这么好，可以幸福地生活，但我实在忍受不了，所以只能离开你们了……"

假如……

化工七厂的职工十分同情朱毓芬的遭遇，对她的不幸去世，无不感到痛惜："朱厂长是一个难得的人才啊！她的死是我们'化七'的一大损失。""即将上马的引进项目正需要她带领着大伙干，她却永远离去了。"有的同志念叨："现在，我还常常梦见朱厂长呢……"

在痛惜之后，化工七厂的职工议论道："不管怎样，朱厂长也不应该走这条路啊！"是的，朱毓芬不应该死，也可以不死，她的做法确实不可取。然而，究竟怎样做才能避免这类悲剧的再次发生，使走上领导岗位的千万个知识分子能够更好地工作，发挥其作用呢？这正是公开这篇报道的目的。要回答这个重大的问题，需要广大读者的思考和广阔生活的实践。

假如朱毓芬身负重任后，工作上能得到厂长的支持，而不是遭到责难；假如她迫切要求入党的心情能够得到充分理解，而不是怪论横生，节外生枝，刁难排斥；假如她在承受各种舆论的压力时，工厂的党组织能够坚决而有力地扶正祛邪；假如在她心情无比痛苦时，有党组织的领导来开导她；假如谈话那天晚上，身为党总支副书记的张全福，能充分肯定朱毓芬积极要求进步的精神，发生激烈争吵后又能及时做思想工作；再假如，局党组在考察化工七厂领导班子后，能够及时、果断采取措施……那么，悲剧也许不会发生。

从另一方面说，假如朱毓芬是个刚强的人，是个胸怀开阔的同志，那么，她的内在力量应该能顶住外部的压力，不会为一时的失望而放弃未来的希望，不会因为眼前的挫折和困难而忘掉党和人民的强大力量。然而，她不是完人，她优点突出，缺点也明显：性格急躁，律人过严，工作方法少，不善于听取不同意见……她的内在力量还不足以抗争"左"的影响、对知识分子的偏见和嫉贤妒能的恶习。

千万个德才兼备的中青年知识分子，纷纷走上各级领导岗位。他们的才能和积极性是否得到充分发挥？他们在想些什么？他们遇到了什么新的困难？善良而正直的人啊，你是否已在思考这些问题，请把关注的目光投向他们吧！

（原载《人民日报》，1983 年 4 月 13 日，与洪天国合作）

评朱毓芬之死

　　我们还没有从蒋筑英、罗健夫病逝后的痛惜中平静下来，又惊悉48岁的女工程师朱毓芬服毒身亡。她死在自己热爱的岗位上，死在委屈和悲愤中。蒋筑英、罗健夫死于不可治愈的疾病，人们尚且提出这样的问题：为什么不在生前给他们提供好一些的条件，以延长他们的生命？朱毓芬死于非命，人们更有理由提问：是谁把她逼上绝路？应该怎样避免这样的悲剧？

　　把朱毓芬生前的情况和许多同龄知识分子相比，有理由认为她曾经是幸运的。她是工程师，四年前就当了分管技术的副厂长，受到过信任和重用，她还有个美满的家庭。如果朱毓芬只追求地位、职称和舒舒服服过日子，她完全可以混下去，不会有什么烦恼、郁闷，更不会走上这条绝路！

　　然而，我国知识分子的一大特点，正在于他们绝大多数不甘碌碌无为。特别是新中国培养出来的蒋筑英、罗健夫、朱毓芬这一代知识分子，他们热爱党，热爱自己的事业，愿意为祖国的四化献身。从关于朱毓芬的报道中，我们可以看出她毕生的追求和抱负：她要为祖国化工事业的发展做贡献，她要入党，做工人阶级先锋队中的一名战士。这种强烈的事业心、使命感和入党的愿望，深刻地反映了经过十年动乱，特别是经过拨乱反正以后，中国知识分子的新觉醒。这是多么值得党和人民引以为傲的一代社会主义新人啊！

　　不幸的是，我们造就了一代新人，并且在经过长期的实践、思考之后，终于突破了论资排辈等旧观念，把他们推上了领导岗位，委以重任，却没有同时给他们的工作以充分的支持。朱毓芬之死，应验了一句老话："木秀于林，风必摧之。"她有过忍耐，有过等待，有过抗争，但她终于做了嫉贤妒能这种恶习的牺牲者。

在我们的周围，确实能看到这样的"顶头上司"。他们工作无能，整人有术，水平低偏不爱学习，本事小偏能揽大权，明明是嫉贤妒能却又冠冕堂皇，明明是排斥刁难却又理由十足。他们把改革者的进取视为对自己权力的威胁，把创业者的成就视为自己晋升的障碍。党中央三令五申落实知识分子政策，把优秀的中青年干部提拔到领导岗位上来，他们难以公开反对，却会暗中刁难，出难题，给"玻璃小鞋"穿，花样多得很。"唉！难死了！""说不定哪一天我就顶不住了！"朱毓芬生前的呼喊和最后的一死，正是一个信号，它提醒我们：重要的不仅是把优秀知识分子提拔到领导岗位上来，而且还要全力支持他们的工作，特别是要支持他们同种种歪风邪气做斗争。

《水浒传》中有个大家都讨厌的人物——白衣秀士王伦，此人是个心胸狭隘、嫉贤妒能的小人。他先是刁难林冲，后又排斥晁盖。梁山泊指望他是兴旺不起来的。历史上有无王伦其人，我们未做考证，但王伦式的小人总是有的。不幸我们有些干部也沾染上王伦的恶习。一年多前，本报报道过北京化工学院一名副教授被嫉妒者的流言中伤而得精神病的事实；如今又出现了朱毓芬被逼死的事件。这固然与某些责任者的个人品格有关，但问题在于，为什么他们能够得逞？这同长期以来党内对知识分子的"左"的错误思想，不能说没有关系。这种"左"的错误思想，把知识分子视为异己力量，视为改造对象。这种思想不彻底清除，很容易滋生各种歧视知识分子的病毒，给嫉贤妒能者以可乘之机。可见，肃清"左"的影响，仍然是当务之急。

中共北京市经委党组和化工局党组已经对朱毓芬死亡事件做了严肃处理，并要求所属单位"吸取教训，改进工作"，这是完全正确的。朱毓芬的死，令人痛心。她走这条路是不足取的。现在，有大批中年知识分子走上领导岗位。我们要了解他们的处境，支持他们的工作，帮助他们排除工作中的干扰和困难。但是，尽管我们可以提出这样的要求，却很难保证他们在今后生活道路上就不会遇到这样那样的小人。如果遇到这种情况，我们希望这些同志都能从朱毓芬的死吸取教训：不要以为自己是孤立无援的，党和人民相信你们，也会支持你们的斗争！这样，类似朱毓芬的悲剧，就不会重演了。

（原载《人民日报》，1983 年 4 月 13 日，人民日报评论部李德民执笔）

记取教训　改进工作

——北京市妥善处理女工程师朱毓芬死亡事件

本报讯　记者张何平、洪天国报道

最近北京市妥善处理了一起嫉贤妒能、刁难排斥党外技术干部导致死亡的事件。

北京化工七厂48岁的女工程师、副厂长朱毓芬，是全厂职工公认的又红又专、苦干实干的知识分子，正担负着一项引进项目的技术领导工作时，于1982年11月27日服毒身亡。

事件发生后，中共北京市委和市人民政府十分重视，并直接指导这起严重事件的正确处理。

北京市经委和化工局党组对此事件进行了认真的调查，指出，导致朱毓芬死亡的主要原因是"左"的思想流毒和歧视知识分子的偏见。原化工七厂党总支副书记、厂长张全福，受"左"的思想影响，又有严重的私心杂念，在对待党外技术副厂长朱毓芬的工作和入党问题上，采取了极为错误的态度和做法，对这起事件的发生负有重要责任。化工局党组织决定，撤销张全福的党内职务，建议免去其行政职务。目前，张全福表示诚恳接受组织上给予的处分，对自己的严重错误也有了一定的认识。

不幸身亡的技术副厂长朱毓芬已得到公正的评价，在北京市领导同志参加的追悼会上，化工七厂的职工和有关部门的同志，深切悼念好干部朱毓芬。悼词指出，朱毓芬同志生前对党怀有深厚的感情，热爱社会主义事业，拥护党的路线方针政策，工作勤勤恳恳，任劳任怨，艰苦朴素，严于律己。悼词还指出，朱毓芬同志不仅治学态度严谨刻苦，而且工作作风深入踏实，她有强烈的革命事业心和高度的责任感，为化工七厂和北京市化学工业的发展做出了一定的贡献，人们对她的不幸去世深感痛惜。

市经委党组织 2 月 25 日就张全福同志的严重错误，通报各局、总公司和直属厂党委（党组），要求他们从中吸取教训，改进工作。"通报"严肃批评了目前存在的一些错误言行，指出：有些党员，特别是某些担负领导工作的党员干部，不能正确地对待强过自己的人，不仅不虚心向别人学习，反而做了某些伤害别人的事情，有的党员甚至害怕知识分子入了党，政治上有了资本，就更难领导了。这是十分错误的。

鉴于化工七厂党总支软弱涣散，政治思想工作薄弱，对酿成这个事件也有一定责任，化工局党组责成其做出深刻检查。局党组正在对这个厂的领导班子进行整顿，已选派得力的干部任厂长，调一名高级工程师担负全厂的技术领导工作。在化工局和新的厂领导班子的领导下，朱毓芬同志生前未竟的事业在继续，引进项目的建设工作正在加紧进行。

（原载《人民日报》，1983 年 4 月 13 日，与洪天国合作）

"长征三号"火箭进入国际空间技术商务领域

我国成功发射"亚洲一号"卫星

江泽民 邓小平 杨尚昆 李鹏 邓颖超等热烈致贺

本报西昌4月7日22时电　记者张何平报道

中国自行研制的"长征三号"运载火箭于今晚北京时间21时51分，在西昌卫星发射中心发射起飞21分钟后，准确地将"亚洲一号"卫星送入转移轨道，首次成功地用我国的运载火箭完成为国外发射商用卫星的服务。

"亚洲一号"卫星于今晚北京时间21时30分由竖立在巨型塔架上的"长征三号"运载火箭发射升空。在电子计算机和发射场指挥员下达"点火"指令后，"长征三号"喷着绚丽耀目的烈焰，在山呼海啸般的轰鸣声中拔地而起，直冲云天。发射升空后，一、二级火箭先后脱落成功，三级火箭相继两次点火，载着"亚洲一号"卫星在太空飞行。三级火箭工作16分钟以后，星箭分离，卫星进入近地点距地球200公里、远地点距地球36000多公里的大椭圆轨道，从而成功地把我国首次承揽发射的第一颗外国卫星送上太空。从火箭点火起飞到实现星箭分离，为时21分22秒。

"亚洲一号"卫星的制造厂商美国休斯公司和亚洲卫星公司的专家，与中国航天专家一道进行了这次发射合作。成千上万的汉、彝、藏等各族人民，以及来自17个国家和香港、台湾地区的200多位嘉宾，聚集在发射现场，目睹了中国运载火箭发射外国卫星的壮景。

发射亚星是"长征三号"火箭连续成功进行的第六次发射。自1984 年 4 月 8 日"长征三号"首次成功发射我国第一颗通信卫星以来，"长征三号"火箭已成功地将我国自行研制的五颗通信卫星送入地球同步转移轨道。

由中国长城工业公司承揽的这次发射亚星服务的合同，是 1989 年 1 月 23 日在北京签订的，从签订合同到发射前后仅 14 个月。全国人大常委会副委员长荣毅仁等领导同志，在西昌卫星发射中心观看了卫星发射实况。

（原载《人民日报》，1990 年 4 月 8 日；《人民日报》海外版，1990 年 4 月 9 日）

雷霆万钧　直射九天

——"长征三号"火箭发射"亚洲一号"卫星目击记

4月7日，北京时间21时15分，西昌卫星发射中心。

峰峦起伏，群山静谧。几小时前还是乌云密布、雷雨交加的西昌卫星发射中心上空，此时出现点点繁星。茫茫宇宙为中国当代的"射天者"，慷慨地敞开了一扇透明的"窗口"。

刚才还是由绿色活动平台紧紧抱拢着的巨型发射塔架，此刻缓缓地敞开了宽阔的胸膛，袒露出一枚乳白色的、秀丽挺拔的巨大火箭。她就是我国自力更生研制的"长征三号"运载火箭。在她的腰身，刚刚喷上的两面鲜艳的五星红旗和两排"中国航天"四个红色的粗体大字，在发射场耀眼的灯光映照下，格外醒目。昂首挺立的火箭上端，托着一颗外国制造、将为亚洲地区服务的通信卫星——"亚洲一号"。15分钟后，这颗卫星将随"长征三号"火箭起飞。

由发射场指挥员下达的15分钟准备的指令，立即传到卫星发射中心指挥大厅，传到西安卫星测控中心，传到早已等候在太平洋上的远洋测量船。霎时，从四面八方反馈来的各种信号、回答，频频传向发射场地下控制室和中心指挥大厅。

在离发射塔架只有几百米的地下控制室，站在发射场指挥员身边的是一位鬓发斑白的老科学家。此刻，他正凝视屏幕、荧光图表上的各种数据。他就是为我国航天事业建立殊勋，被大家尊称为"总总师"的任新民。作为卫星通信工程包括火箭、卫星、发射、测控通信和通信地球站五大系统的技术总指挥，每次发射，任新民都在这里"坐镇"，为卫星上天"保驾"。从去年11月进入发射场，除短暂出国外，

4个月来，任新民没有离开过现场。这位75岁高龄的老科学家，不顾年迈体弱，多次爬上几十米高的塔架。发射人员说："任老总在场，我们心里就有了底！"从任新民此时的神态和充满自信的目光来看，他对这次发射已是成竹在胸。

"10分钟准备！"两颗红色绿色的信号弹在发射场上空升起，表明火箭进入临射状态。绝大多数操作人员迅速撤离发射场，只有"唱最后主角"的加注手们紧张地为火箭加注燃料。

"5分钟准备！"

当这声高亢的指令传到发射中心指挥大厅时，无论是在指挥岗位的"老总"，还是在楼上大厅透过玻璃观看发射实况的几百位中外来宾，心都缩紧了。屏幕上各种数据、图表频频显示，指挥、调度命令和回答此起彼伏。"卫星转内电""运载遥测好"……各种情况表明，一切准备良好。

坐在指挥大厅左首第一排中央的发射指挥长曲从治，表情坚毅、从容，不失大将风度。作为这次发射的现场最高指挥长，他正密切注视着图表、屏幕上的各种显示，综合发射测试、测控、通信等各方面情况，以便及时做出判断。发射前，当记者问他这次担当重任的心情时，曲从治坦率地说："心情很复杂，既感到荣幸，又感到压力很大。荣幸的是中国的航天技术将从我们这里跨入国际发射服务市场；压力大是一定要一箭成功，不能有任何一点疏忽和麻痹。"不过，看得出他对这次发射充满了信心！

坐在曲从治附近的是亚洲卫星公司首席执行官、美国休斯公司副总裁等几位外国航天专家。当发射场指挥员下达"15分钟准备"及以后的几个指令后，亚星公司发射任务主任迅速告诉中方，"亚星"已完成卫星转电、电缆脱落等动作，发出卫星正常、允许发射的信号。

"2分钟准备"的指令，是对发射场下达的。发射控制室内遥测和外测系统转电，发射场四周高速摄影机和火箭上磁带记录仪等设备一齐启动。

1分钟后，各系统控制遥测、外测插头脱落，火箭转电，卫星转电，电缆摆杆自动摆开……

箭在弦上，发射在即。人们屏住呼吸，心都提到了嗓子眼。一瞬间，指挥大厅和参观大厅静得出奇。

"牵动！"

"开拍！"

"点火！"

"起飞！"

随着一连串短促有力的指令，中国运载巨龙"长征三号"在惊天动地的呼啸声中拔地而起，以雷霆万钧之势直冲云天，山谷激荡，大地震颤。人们翘首仰望，只见"长征三号"火箭尾部迸发出橘红色璀璨的烈焰，向着东南方疾飞！渐渐地，火箭尾部的火光隐隐消失，火箭越飞越远，越来越小……

作者（左一）在西昌机场与"长征三号"火箭总设计师谢光选（左三）合影留念（左二为新华社记者吴森辉，左四为中新社记者朱大强）

眼望火箭升空飞行，坐在指挥大厅的谢光选心潮澎湃。作为"长征三号"的总设计师，他为自己参加研制的火箭成功地发射我国的五颗通信卫星而高兴，也为成功地发射"亚星"而自豪。进入国际市场，发射外国卫星是这位年近古稀的老专家的夙愿。

20多分钟后，从西安测控中心的各个观测站点和位于赤道太平洋上的远望号测量船传来振奋人心的喜讯："长征三号"三级火箭一、二次启动、关机，"火箭起旋"，"星箭分离，发射成功"！

作者（左三）等在西昌机场同指挥完成这次发射商用卫星服务，被航天人称为"总总师"的任新民（左四）合影留念（左一为航天工业部办公厅主任焦勇）

顿时，欢呼声浪从四面震响，像大海的波涛，像空中的惊雷，在大凉山的苍莽密林中回荡！

（原载《人民日报》，1990年4月8日；《人民日报》海外版，1990年4月9日）

中国核电从这里崛起

——记我国自行设计建造的秦山核电站（上）

编者按：12月15日零时15分，我国自行设计建造的秦山核电站成功地并网发电。至此，中国大陆结束了"有核无能"的历史，迎来了核电发展的新局面。

秦山核电站的建成投产，是中国现代化建设的一项重大成就，是高技术转化为生产力的一个突出范例，是改革开放新时期奏响的又一支自力更生凯歌。

在秦山核电站并网发电前夕，本报记者赴秦山现场采访，撰写长篇通讯。本版在今明日分两次刊登这篇通讯。

作者在秦山核电站采访（右二为核工业部办公厅主任李鹰翔）

举国瞩目的秦山核电站胜利建成，12月15日开始并网发电了！

这是我国主要依靠自己的力量设计、建造的第一座核电站。它的建成，结束了中国大陆无核电的历史，使中国成为世界上为数不多的有能力独立自主设计建造核电站的国家之一。

秦山核电站的建成，是我国和平利用核能，使之造福人类的伟大成就，是我国核工业发展的又一重要里程碑。正如曾经参加过我国原子弹、氢弹事业核工业元勋们说的那样，秦山核电站的建成同我国第一颗原子弹爆炸成功一样的激动人心，一样的有重大深远的意义。

秦山核电站的建成，使我国闯出了一条"以我为主、中外合作"发展核电的道路，标志着我国的核电事业跃上了一个新的台阶。

秦山，中国核电事业正是从这里崛起！

"没有周总理，就没有今天的核电站！"

中国核工业起步并不晚，在不太长的时间就取得了举世震惊的进展。中国第一颗原子弹爆炸是1964年，第一颗氢弹爆炸是1967年。中国核工业创业者们披荆斩棘，英勇奋斗，使中国跻身于世界核先进国家的行列。然而，与此极其不相称的是，中国大陆在很长一段时间内却是"有核无能"，没有核电站！

核电在当今世界上已经成为大量发展的一种先进能源，成为核能、核技术和平利用的最主要标志。有核武器，没有核电站，还算不上核先进国家。数年前，当中国第一座军用生产堆设计总工程师欧阳予代表中国出席国际原子能机构召开的一次会议时，就遇到了挑战：

某国代表在会上建议把有核电国家和无核电国家分开编组，并陈词："衡量一个国家是不是核大国，不应看它有没有原子弹，而应看有没有核电站。"

"当然，中国还是称得上核大国的，可以例外。因为中国的台湾有几座别人帮助建成的核电站。"那位代表又似乎有意地补充了这一句。

欧阳予这位浓眉方脸的四川汉子愤怒地攥紧了拳头，但他站不起来。

作为中国第一代核专家，欧阳予曾经多次目送过自己参加研制的原子弹、氢弹爆炸上天，可是当地球上已经巍然耸立起近400座核电站的时候，核电在祖国大陆却仍然一片空白。作为核专家，他深感羞愧，但更多的是感受到历史赋予的沉重分量。

局外人可能并不知情，早在我国第一颗原子弹、氢弹成功爆炸不久，我国就把核电建设摆上了议事日程。其中，倾注着敬爱的周恩来总理的睿智和心血。

1970年2月在我国核潜艇陆上模式堆即将建成启动之时，周总理就明确指示我国要搞核电站，当上海市负责人汇报缺电缺煤情况时，周总理指出，从长远看，解决上海地区用电，要靠核电站。

这年的12月15日，周总理还主持会议，听取了核电站原理方案的报告，并亲自为核电建设制定了"安全、适用、经济、自力更生"的方针。

使核电建设者尤为难忘的是，1974年3月31日，周总理抱病召开中央专委会，审议批准了核电站工程建设方案，确定第一座核电站选用压水堆型，电功率为30万千瓦。周总理特别强调，要精心设计，精心施工，采取严格安全措施。"无论如何不要污染国土，不危害人民。"总理还指出，"对这项工程来说，掌握核电技术的目的大于发电"，要通过工程建设，培养和锻炼队伍。

人们记得，这是为加强"两弹一星"研究试验工作的领导而成立的中央专委会的第16次会议，也是周总理生前主持召开的最后一次中央专委会。这次会后，总理住进了医院，再也没有回到他生活、工作了许多年的中南海西花厅。

遵照周总理的指示，一大批在核科学领域功勋卓著的专家和工程技术人员献身核电，投入了空前规模的研究设计工作。从1974年至1982年，经过8年的科学试验和技术攻关，先后取得了300多项科研成果。

当中国第一座核电站发出光和热，人们向总设计师欧阳予祝贺时，欧阳予泪水盈眶，动情地说："真正的中国核电站总设计师是周总理。没有周总理，就没有今天的核电站！"

伟人早去，事业已竟。今天，秦山核电站的建设者感到欣慰，他们完成了敬爱的周总理赋予的光荣使命，实现了周总理的遗愿。一大批核电站的建设者掌握了技术，积累了经验，为今后中国核电的起飞奠定了坚实的基础。

"裂变和平之光"

原子弹爆炸是裂变。核电站就是靠原子核裂变发出巨大的能量，因此，核电也被称为"裂变和平之光"。在秦山采访，你也会强烈地感受到另一种"裂变"的力量，这就是成千上万建设者所释放出来的巨大的能量。正是这种威力无比的"裂变之光"，使中国第一座核电站的建设以锐不可当、雷霆万钧之势向前推进。如果不是"文革"的干扰和美国三哩岛事故冲击等原因，中国核电建设者们的能量早就能释放出来，秦山核电站也会早些放出"裂变和平之光"。

中国核电的真正起步是中共十一届三中全会以后。中共中央、国务院先后听取了核工业部、水电部、机械部负责人关于我国核电建设问题的汇报，并就核电发展规划、技术路线等问题提出了许多原则意见。经过反复调查研究和论证，1981年11月，国务院再次批准了首座核电工程项目。随后于1982年11月，批准这一工程建在浙江省海盐县的秦山。

这一决定极大地鼓舞了核建设者。设计人员仅用一年时间就完成了秦山核电站的初步设计方案。

一大批核专家和建设者从大西北荒凉的戈壁滩，从大西南险峻的深山沟，从核潜艇基地向秦山涌来。

秦山，这个鲜为人知的荒山野岭，从此成为全中国乃至世界所瞩目的地方。

秦山核电站依山面海，坐落在西衔钱塘江、东吞太平洋美丽的杭州湾畔。这里距上海 126 公里，距杭州 92 公里。架设 10 公里输电线路，就能和华东电网连在一起。在工业密集、缺电缺煤的华东地区建设核电站，对于改善浙江、上海乃至整个华东地区供电状况，无疑有重要意义。

在秦山核电站并网发电前夕，记者来到秦山采访。与往日山炮轰鸣、"人欢马叫"的喧闹气氛相比，此时秦山倒显得出奇的静谧。站在秦山北麓鸟瞰电站，远处，一道长 1800 多米的拦海大堤从东南向西北逶迤而去，锁住了滚滚浪潮。眼前，一座 60 多米高、乳白色的立式穹顶圆筒形建筑——"核岛"拔地而起，直入蓝天。在它奇伟挺拔身躯的两侧横卧着汽轮发电机组厂房和现代化的动力区建筑。千百年来寂静的山洼、海滩，如今已崛起了一座辉煌的核电城。

秦山核电站工程总指挥、中国核工业总公司副总经理赵宏告诉记者，1990 年 7 月主体安装工程基本完成后，调试工作随之展开。反应堆和一回路主系统的耐压试验、汽轮发电机组冲转试验、安全壳的强度和密封性能试验、装卸料机的调试……结果表明，设计是正确的，主要设备的质量是好的，主要系统的质量和功能也是满足要求的。有些数据和结果，与国外先进水平相比毫不逊色。

7 月 31 日，反应堆开始装料，历时 9 天。之后，又用了近两个月时间，进行次临界状况下的冷热态试验。经国家核安全局批准，10 月 29 日下午 4 时起，秦山核电站进行首次临界试验。这是目前国内反应堆最复杂的临界试验。10 月 31 日上午 10 时 50 分首次达到临界，实现了反应堆的首次链式核裂变反应。接着，核电站又在低功率下用核蒸汽冲转汽轮发电机组。值得欣慰的是，每次重大试验都是一次成功。

（原载《人民日报》海外版，1991 年 12 月 20 日）

中国核电从这里崛起

——记我国自行设计建造的秦山核电站（下）

大协作威力比原子弹还大

自力更生，是秦山核电站建设者坚定不移的信念。靠自力更生，建设者们克服了许多难以想象的困难。全国五一劳动奖章获得者、负责核电站土方工程的核工业总公司二二公司二公司负责人王运来告诉记者，工程一开始，就遇到一个技术大难关：要在 20 余米深的参差不齐的反应堆核岛基础上浇灌混凝土。1 万多平方米大小，2 米多厚，不允许有一丝裂缝。这种高难度施工，在中国建筑施工史上从未有过。而且，工期只有 3 个月。这在拥有先进技术和先进设备的西方国家，没有 7 个月也拿不下来。为避免裂缝，他们琢磨出连续浇灌，一次几千立方米和加"填加剂"的办法，可是，工地没有这些设备。外购，多花几十万元上百万元不说，还要延误工期。困难难不倒这支为建设我国第一座原子能基地立下功勋的英雄队伍。经过多次试验，他们终于探索出新的手段，提前 4 天完成任务，创造了国内大面积混凝土防裂施工技术的奇迹。3 年后再次检查，仍无一条裂缝。

当工程进展到安装阶段时，又遇到了"拦路虎"。反应堆一回路主管道焊接，直径 840 毫米、壁厚 70 毫米的不锈钢管道与设备对口焊接误差不得超过 0.05 毫米，要知道一个焊口就得用焊条 1100 多根，75 公斤重啊，还是一个高技术焊接项目，世界上只有法、美、日等几个发达国家能独立完成。为了确保质量，起初向国外咨询。可是，一个国家开口就要20万美元咨询费。另一个国家虽然只要8万美元，但要中国政府出面交涉。承担设备安装的核工业二三公司三公司决定自己干。这也是一支为中国核工业建功立业的队伍。他们的命运总是与中国核工业的每项"第一"相关：原子弹、氢弹、核潜艇。中国第一座核电站建设，也当仁不让。他们从几百名优秀电焊工里精选出10人，培训了一年半，经过反复模拟试验，获得15000多个数据，终于掌握了焊接规律，攻克难关。16个主回路管道，焊接质量全部优秀。

反应堆安全壳穹顶吊装也创造了奇迹。这个庞然大物直径36米，高9米，重142吨。要把这个大家伙准确无误地吊到60多米高的安全壳的顶上，难度极大。国外吊装是用专门的8000吨米履带吊，每台2000多万美元。二三公司总工程师王中勤和同事们群策群力，巧妙果敢地用200多吨塔吊吊装成功。在场的德国专家惊讶地告诉现场总指挥："我到过许多国家负责吊装同类型的安全壳穹顶。你们的吊装是我经历过的最好的一次。"

核电是一个庞大的、复杂的系统工程。核电是一个国家高科技、工业水平和综合国力的反映。秦山核电站，是在中央领导下，全国大力协同、共同奋斗的结晶。中国核工业总公司总经理蒋心雄对此感触尤深。他告诉记者，秦山核电站仅反应堆、一回路和二回路就有30多个主辅工艺技术系统、170多个配套系统，牵涉近20个专业。核电站光设备就有4万多台件，仪器、仪表近30万个，电缆有1000多公里长。整个工程设备、仪器95%是国产的，主要设备特别是燃料组件，从材料、工艺到制造，全部国产化。这些设备来自全国600多家企业。仅上海市就有几十万人参加设备的试验和制造。参加秦山核电站建设的勘察设计单位就有7家，施工单位11家，科研单位、大专院校100多家。回想当年的"两弹"成功，看看今天的秦山核电崛起，这位核工业负责人感慨地说："社会主义大协作的力量，比一千颗、一万颗原子弹的威力都大！"

安全，核电命运之所系

秦山核电站的建设者们头脑中牢牢树立这样一个观点：核电站的生命在安全。

我国是在 1979 年 3 月美国三哩岛事故之后设计、建造这座核电站的，在建设过程中苏联又发生了切尔诺贝利核泄漏事故，对安全就更为重视。

作为秦山核电工程建设及设计总负责人的赵宏、工程技术总负责人的欧阳予，尤感肩上分量的沉重。他们告诉我们，核电站是否安全，由以下三点所决定：一、设计是否完善；二、设备制造、安装和工程建设是否高质量；三、操作运行是否正确。在这些方面，秦山核电站一步一个脚印，迈出了坚实的步伐。

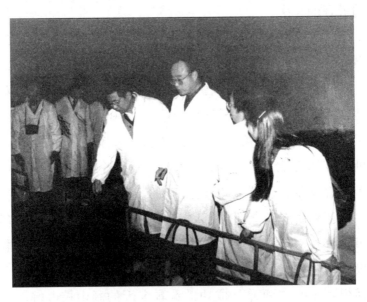

作者在秦山核电站"核岛"采访

设计上，建设者们的方针是"纵深防御，综合设防，多道屏障，万无一失"。秦山核电站采用的是目前世界上技术最成熟、使用最普遍、实践证明最安全可靠的压水型反应堆，它本身就有防范放射性物质外泄的三道屏障，可以有效地将放射物封闭在设备内部，不致溢出危害周围的群众。考虑到如果发生反应堆主管道双端断裂的极限事故，以及断水、断电、地震、雷击、台风、海潮、火灾、飞机撞击等几十种可能同时出现的情况，设计中采取了多种对策和防护措施，尽量多留安全余量。如材料选取密封性好、耐压性强、安全系数大的；防范措施起码两套以上，而且互不连通，各用各的电，各走各的路。一种手段不行，用另一种。

在抗御自然灾害上，秦山核电站的设计也都做了周密、安全系数大的设计。如防海堤，可抗千年一遇的海潮和千年一遇的海浪。堤坝可防8米高的海潮，而历史上这一带最高海潮为6米。尽管浙江地区是低烈度地震地区，百年内最大地震烈度为6度，反应堆防震烈度设计超过8度。排涝设计也是大安全系数的，即使当地历史上最高一年的降雨量同时倾注至秦山，也可在12小时内排净。

指挥系统方面，也充分体现了纵深设防和独立性的思想。万一反应堆主控制室不能使用，还可启用应急控制室。厂内还设有应急指挥中心。万一厂内指挥中心不能启用，厂外生活区还有一个指挥中心。详细、周密、具体，可以操作的应急计划和防范措施，深得国际原子能机构专家的赞赏。

设备质量是好的。关键设备从材料、结构上都做过不少次试验。如一回路主管道，做过百分之百的超声波和 γ 射线探伤以及超压试验；燃料组件，做过冲刷、腐蚀等试验，还放到反应堆内做过25000兆瓦日的辐射试验，试验结果是好的，才放心地用到反应堆内。

土建、安装都有健全的质保体系来保证……

为了使核电站安全运行，秦山核电站在人员培训上花了大气力。操纵员大多为80年代初毕业，学过反应堆物理、工程电学的大学生。从1986年起，先后采取办讲习班、到反应堆和火电厂进行岗位实习、请国外有经验的核电运行专家来厂讲学等多种方式进行培训。主控室操纵员还先后到国内外核电站模拟机上接受操作训练，并到国外核电站跟班培训。一年调试证明，这些操纵员对其担负的工作是可以胜任的。

外国专家满意的评估

1989 年 4 月和今年 1 月，国际原子能机构先后派出两批专家到秦山。第一批评审团 11 位专家分别来自美、日、法、德、意、加拿大、西班牙和罗马尼亚 8 个国家。核电专家们按项目管理、核岛机械、常规岛机械、土建、质保、调试、运行准备、人员培训 8 个领域进行评判。结论是："秦山核电站人员是高质量的，是有经验的，有能力的。""整个核电厂的建造是高标准的，并且正在按令人满意的国际水准向前推进，没有任何危及建造的完成和建成后电厂启动的安全问题。""专家们预期秦山将是一座安全的、高质量的核电厂。"

今年 1 月，国际原子能机构派来进行后续审查的美、日、法三国专家，对秦山核电站建造质量和安全再次做了肯定评价。

在秦山核电站并网发电之际，我们问秦山建设者，当初到秦山来想的是什么呢？副总经理张怀麟快人快语："没有别的想法。我们想的是怎样使咱们国家有核电站，把大陆没有核电的空白填上，为人民谋幸福！"

秦山建设者创造的业绩令人振奋。我们想，当年，中国核工业开拓者们在"两弹"惊天动地的伟业中所表现出来的自力更生、发愤图强、顽强拼搏、为国争光的精神，曾极大地激励着中国人民建设社会主义的热情；今天，中国核电建设者们在秦山核电工程中所继承发扬的这种精神，不也同样能够激励中国人民在社会主义的道路上，取得新的、更加辉煌的成就吗？

（原载《人民日报》海外版，1991 年 12 月 21 日）

石油战歌

在我国工业战线上，有一个年轻的部门——石油工业。它生机勃勃，蒸蒸日上，充满了青春活力。它在党的领导和全国人民的支援下，在全国经济各部门中一直领先、高速度发展，为社会主义革命和社会主义建设提供了宝贵的经验。它的高速度发展，是坚持"独立自主、自力更生"伟大方针的一曲凯歌。

一

稍微熟悉中国近代工业发展史的人，都会知道旧中国石油工业是一幅什么样的图景。从清政府到国民党反动派，由于他们推行的是一条投降帝国主义的路线，扼杀民族工业的发展，造成了我国石油工业长期落后的状况。新中国成立前，全国原油产量少得可怜，基本上依赖进口。旧中国成了帝国主义倾销石油的市场。依靠进口"洋油"过日子，使中国人民付出多少血汗的代价啊！

长期以来，帝国主义极力散布"中国贫油"的论调。他们的"权威"们主观断言，只有在海相沉积层中才能找到石油，中国大部分地区是陆相沉积层，"几乎无石油蕴藏的可能"。而中国国内也有那么一些人，人云亦云，说什么中国石油的"储量之微，概可知矣"。就这样，"中国贫油论"的精神枷锁禁锢了人们的头脑，严重地阻碍了中国石油工业的发展。

中国真的"贫油"吗？中国工人阶级的先锋战士"铁人"王进喜说过："我就不相信，石油光埋在他们的地底下！"我国史书记载，早在秦汉时期，就曾发现高奴（今延安一带）河上有"可燃"物，甘肃酒泉有"石漆""燃极明"，这些都是石油。宋代科学家沈括在《梦溪笔谈》中写道："石油至多，生于地中无穷。"16世纪我国在四川嘉州开凿出世界上第一口油井。著名科学家李四光研究了我国地质构造的特点和规律，论证了我国存在着储量丰富的石油远景地带，驳斥了"陆相沉积层无油"的谬论，认为，依靠天然石油发展中国石油工业"是大有可为的"。历史和现实已经证明，我国是世界石油资源丰富的国家之一。

社会制度决定着社会生产力的发展。丰富的石油资源，在旧中国得不到很好的开发和利用。1939年开采的玉门油矿，到新中国成立前的11年中，只生产了几十万吨原油。国民党反动派搞了十几年的石油工业，到新中国成立前总共留下二十几名地质人员、十几名钻井工程人员和3名采油工程人员，以及一些极其简陋的设备。

在这样的条件下，能不能尽快地开发和利用我国丰富的石油资源，甩掉中国石油工业落后的帽子呢？新中国成立后，这个问题一直尖锐地摆在中国人民面前。玉门油矿新生了，克拉玛依油田投产了，石油年产量不断增长。但是，仍然满足不了我国社会主义建设飞速发展的需要。一场勘探新油田的战斗打响了。1958年，我国石油地质工作者在毛主席提出的"破除迷信，解放思想"的精神鼓舞下，展开了大规模的石油地质调查，终于在陆相沉积的东北平原上找到了大庆油田；接着，又在渤海湾地区找到了胜利油田、大港油田。新油田一个接一个地被发现，宣告了帝国主义制造的"中国贫油论"的彻底破产，粉碎了社会帝国主义妄图用石油控制中国的迷梦。

新油田迅速地开发和投产，使我国从60年代起，石油工业每年平均以百分之二十几的高速度持续上升。我国石油和石油产品不仅可以自给，而且开始出口。我国早就向全世界宣告，依靠"洋油"过日子的时代已经一去不复返了！

二

我们在千里油田采访的日日夜夜，无论是和老一辈石油工人畅谈，还是和新一代青年工人相处，他们都会给你讲述很多关于会战的动人故事。老一辈石油工人讲起会战，总是那样感情激奋，无限神往，当年鏖战急的情景如在眼前，心中充满着胜利的欢欣。新一代石油战士讲起会战，又是那样信心百倍，感到当一名石油工人的光荣和自豪，懂得了肩上挑的担子究竟有多重。

会战，是毛主席的群众路线和集中优势兵力打歼灭战的光辉思想在工业建设上的具体运用。对石油队伍来说，一次会战是一次锻炼和考验；对石油工业来说，一次会战是一次跃进和发展。实践证明，会战是多快好省地开发和建设油田的胜利之路。

没条件创造条件也要上

"铁人"王进喜的豪迈誓言

油田会战有上百次、上千次，可是谁也忘不了大庆的第一次会战。1960 年的大庆会战，是在"帝修反"猖狂反华，我国国民经济遭到暂时困难的情况下开始的。当时几万名石油大军一下子冲上寒风呼啸、冰天雪地的大草原，各方面的条件都十分困难。"中国人死都不怕，还怕困难么？""铁人"王进喜发出了"宁可少活 20 年，拼命也要拿下大

55

"铁人"王进喜讲述大庆创业历程和"大庆精神"

油田，把石油落后帽子甩到太平洋去"的豪迈誓言。广大职工以"铁人"为榜样，点起篝火学"两论"，创造条件拼命干，只用了一年多的时间，就基本探明了油田储量和面积；只用了三年的时间，就建设起大庆油田。60 年代大庆油田第一次会战，打出了中国无产阶级的志气和威风，打出了中国石油工业发展的新速度和新水平。13 年后，在大庆油田一个新油区的会战中，大庆工人又攀登了新的高峰。这个新油区，1973 年 3 月开始设计，4 月上钻机打井，6 月上基建，98 天就出了油；到 1974 年底，就建成了相当于大庆油田 1960 年至 1964 年 5 年建成的生产规模，使大庆油田又大大地跨进了一步。

大庆，毛主席表彰和树立的这面红旗，会战 15 年来，为我国石油工业的发展创造了丰富的经验，树立了光辉的榜样。以"铁人"王进喜为代表的老一辈石油工人在大庆会战初期开创的英雄业绩，永远激励着广大石油工人奋勇前进。靠革命加拼命的精神夺取油田建设高速度的大庆会战的光荣传统，已经成为我国石油工业发展的传家宝。

在千里油田，人们想会战，盼会战，爱会战，会战的赞歌唱不完。胜利油田广大工人和干部在一片荒原海滩上，进行开发建设一个新油田的会战。这个地区方圆几十里不见人烟，夏天蚊虻成群，冬天寒风刺骨，经常遇到河水、海潮和凌汛的威胁，是个"人过不停步，鸟过不搭窝"的地方。在这样的地方搞会战，确实艰苦，确实困难。可是，广大工人说："我们石油工人不怕苦。我们要发扬'铁人'精神，不能等条件，要创造条件上！"

当会战命令一下达，几千人的队伍一天多的时间就拉上去了。没有房子住，搭简易草棚；没有水吃，到几十里外去运，或是下雨时接雨水吃。钻杆、设备进不了井场，学习"铁人"当年人拉肩扛的精神，踩着没膝深的泥水，抬进去。"不流血和汗，舒舒服服拿不下大油田！"广大会战职工就是凭着这种革命加拼命的精神，只用了不到半年的时间，就完成了一年的工作量，实现当年设计，当年打井，当年建设，当年投产，赢得了油田建设的新胜利。

三

在我国石油工业战线上，有一支英勇善战、能打硬仗，经得起大风大浪考验的队伍。就是这样一支石油大军，十几年来，奋战各油田，冲锋陷阵，一往无前，为高速度发展我国石油工业立下了不朽的功勋。

在这支队伍中有一批老工人，他们受过旧社会沉重的阶级压迫和剥削，政治觉悟高，有极大的社会主义积极性。他们最懂得干社会主义的意义。他们说："大干社会主义有理，大干社会主义有功，大干社会主义光荣，大干了还要大干！"

这支队伍经常补充一些青年人，他们朝气蓬勃，奋发有为，踏着"铁人"的脚步前进。他们说："当一辈子石油工人，为共产主义奋斗终生，这是最美好的理想。"

这支队伍中还有一批技术人员，他们坚定地走知识分子与工农相结合的道路，沿着"又红又专"方向，努力在三大革命运动中改造自己，钻研技术，为开发建设油田贡献自己的力量。

职工家属也是这支队伍中的重要组成部分。她们坚定不移地走毛主席指引的"五·七"道路，以"五把铁锹闹革命"的精神，创建油田大寨，为发展工农结合、城乡结合的新矿区，顶起"半边天"。

作者与此次采访报道的人民日报记者在大庆油田井
场合影留念（左起为欧庆林、程光锐、王皓、作者）

　　一面鲜艳的红旗在大庆油田上空迎风飘扬，一批生龙活虎的年轻人在钻台上紧张战斗。"铁人"王进喜生前领导的 1205 钻井队正阔步前进。这个钻井队参加大庆会战 15 年来，共打井 586 口，相当于大庆钻井队平均水平的 3 倍，一个队打了 3 个队的井，15 年干了 45 年的活。有人议论他们"只会流汗，不会算账"。1205 队的工人说："我们最知道为革命流汗的意义，我们不算个人主义的小账，要算共产主义的大账。"

　　胸中有燃不尽的烈火，脚下有攀不完的高峰。被誉为"铁人"式的英雄钻井队——胜利油田 3252 钻井队，于 1973 年一举创造了年钻进尺 15 万米的新成绩，实现了"铁人"生前提出的"日上千，月上万，一年打井 15 万"的奋斗目标，写下了世界钻井史的新篇章。这 15 万米的进尺记载着我国石油工业飞速发展的新历程，表现了我国石油工人无坚不摧、无高不攀的英雄气概。

　　多么好的队伍，多么可爱的人，创造了多少英雄的业绩！每当我们在千里油田的新闻橱窗里，或是在抓革命促生产先进单位、模范人物的喜报上，看到那些身披彩带、胸戴红花、满面红光的英雄形象，读着他们那些激动人心、可歌可泣的英雄事迹，眼前就浮现出许许多多的战斗场面：

在大庆油田，有一次，当一个泵站加热间突然起火的时候，21 岁的青年采油工蒋成龙，一步扑过去抢关闸门，他双手紧握滚烫的手轮，一圈、两圈、三圈，拼力地关着。为了保护油井，他奋不顾身，忘我战斗。

在胜利油田，32192 钻井队在一次打井发生井喷的时候，共产党员、司钻吴玉田冲上钻台，奋勇抢险，最后，光荣地牺牲在战斗岗位上。他停止呼吸时双手还紧紧握住刹把……

我国浩浩荡荡的石油大军是由许许多多像 1205、3252 那样的钻井队、采油队、施工队和千千万万个蒋成龙、吴玉田这样的英雄组成的。他们既有一不怕苦、二不怕死的革命精神，又有严肃认真、实事求是的科学态度。大庆油田油建 11 中队 15 年来安装油井、水井 2320 套，管线 1002 公里，总共焊接了 70 多万道焊口，口口不渗不漏，质量优良。广大工人说："'三老''四严'的作风，是我们对革命事业极端负责的具体表现，是我们对党对人民的无限忠诚。"

英雄的队伍大步走，干部领队站排头。战斗在油田各条战线的广大干部，以身作则，继续革命，受到人们的称赞。他们大多数来自工人，从基层走上领导岗位，和工人的感情最深，带头学习马列主义，时刻不忘参加劳动，密切联系群众。他们常常和工人一样，夏天一身汗，冬天一身冰，雨天一身泥，风天一身土，吃在野外，住在野外，劳动战斗在第一线。他们吃苦在前，享受在后，关心群众比关心自己为重，关心革命比关心个人为重，艰苦的环境顶着上，危险的时刻冲在前。被称为"钢铁钻工"的大庆油田钻井指挥部党委常委、革委会副主任吴全清就是突出的代表。

吴全清曾经担任过大庆油田"永不卷刃的尖刀"1202 钻井队的队长。他时时处处以"铁人"为榜样，努力战斗。他家在油田，可是结婚10年，年年在队上同工人一起过春节。为了阶级兄弟的安全，为了保护国家财产，他先后三次身负重伤。一次井上发生卡钻，吴全清在病中听到消息，立刻跑到井场。解卡钻时，他怕发生危险，把全班工人都动员下了钻台，当他跨到刹把前，刚握起刹把时，就听到一声巨响，一寸粗的钢丝绳崩断了，悬坐在转盘上的200多斤重的大吊卡立刻飞了出来，打倒了吴全清，使他身负重伤。经医院全力抢救，当他战胜死亡，睁开双眼，望着守在病床前的同志，第一句话就问："队上情况怎么样？"

像吴全清这样的好干部，在千里油田还有许许多多。广大工人说："我们石油队伍由这样的干部来领，来带，就会无往不胜，永远高举红旗，攀上更高峰！"

四

是什么力量使我国石油工业在短短的二十多年发生了翻天覆地的变化？石油战线广大干部和工人回答说：是靠坚持"两论"起家的基本功指引我们向前。

"青天一顶星星亮，荒原一片篝火红。石油工人学'两论'创业有了指路灯。"在那艰苦创业的日日夜夜，大庆的广大职工响应油田党委的号召，开展了大学《实践论》和《矛盾论》的群众运动。他们就是用"两论"作指南，高举"鞍钢宪法"的旗帜，拿下了我国第一个大油田。现在，我们的石油战士也是用"两论"作指南，坚持抓革命，促生产，使大庆红旗更加鲜艳，人们的革命精神更加焕发。

在大港油田，人们讲述了"采油铁姑娘"安学芬的动人事迹。那是去年隆冬的一天，采油女子七站新建的96井要提前安装投产。可是油建师傅忙，要等两三天后才能来。怎么办？为了早出油，安学芬发动全站姑娘动手干起来。从早晨一直忙到夕阳西下，把管线全部安装好了。伙伴们走后，她又细心地检查井上部件、管线，把加热炉的水烧好，回到宿舍已经深夜了，指导员劝她休息，她没有休息，用冷水冰了冰头，又坐在灯下，全神贯注地读书学习。这在安学芬已经习以为常了。到油田后的四年多来，不管工作再忙，时间再紧，身体再累，她每天晚上都要坚持学习。几年来，安学芬和全站采油工人一起，在"参加变革现实的实践"中刻苦学习，用唯物辩证法认识油井变化的规律和地下的情况，并且运用这种认识挖掘油井的潜力。她们通过对一口油井的长期观察和多次分析，大胆实践，打开一个新的层位，使这口油井的原油日产量增加了近五倍。安学芬，这位 21 岁的姑娘迅速地成长起来，加入了中国共产党，勇敢地挑起了管理几十口油井和几万米输油管线的采油队长的重担，成为大港油田著名的标兵。

像安学芬这样的油田新一代犹如满天繁星，成千上万。老一辈石油工业创业者们，北战南征，以"两论"为武器，打开了一座座封闭亿万年的石油宝库。新一代的石油工业建设者们，也同老一辈工人一样，挑起千斤重担，不畏艰难，奋勇前进，为高速度发展我国石油工业献出自己壮丽的青春。

1975 年 9 月，在采写《石油战歌》期间，作者与人民日报社同事参观"铁人"王进喜英雄事迹陈列室（左起为作者、程光锐、蔡沛林、王皓、王英秀、姚堤、欧庆林）

当我们来到大庆油田，来到"铁人"王进喜带领 1205 钻井队打出的第一口油井旁的时候，不禁浮想联翩。四分之一世纪，不过是人类历史长河中短短的一瞬，可是，历史发生了多么大的变化啊！

为发展我国石油工业奋斗一生的"铁人"王进喜曾经豪迈地说过："总有一天，要使我国石油流成河！"这一天正在一步一步地到来。请看，一条条输油管道正在把滚滚的原油从石油工业基地送往祖国各地；一座座石油化工厂正在我国的土地上兴建起来；而一个个新的油田又在不断地被发现、被开发……我国石油工业的高速度发展，为社会主义建设输送了新鲜的血液，增添了巨大的物质力量，同时，也必将为支援世界人民的革命事业做出贡献。

（原载《人民日报》，1975 年 10 月 3 日，与程光锐、欧庆林、王皓合作）

踏着"铁人"脚步走

——记大庆 1205、1202 英雄钻井队

在大庆油田和中国石油工业 50 年来的发展史上，镌刻着两个熠熠闪光的名字：1205 钻井队和 1202 钻井队。这是铁人精神和大庆优良传统铸造的两支英雄队伍。近日，记者走访了他们。所见所闻，深感宝刀不老又谱新篇。

竞争出生产力

1205 钻井队是中国工人阶级的先锋战士、"铁人"王进喜生前带过的队伍，1953 年 9 月在玉门油矿组建，1960 年 3 月来大庆参加会战。1202 钻井队 1953 年 8 月在玉门油矿组建，1960 年 4 月奔赴大庆。50 年来，这两支钻井队进行着激烈的劳动竞赛。

从 1990 年起，这两个钻井队连续 13 年实现年人均交 1 口井的奋斗目标。截至今年 8 月 7 日，1205 钻井队已累计向国家交井 1573 口，累计钻井进尺 198 万米；1202 钻井队交井 1576 口，累计钻井进尺 194.4 万米。

这就好像体育比赛，与高手竞技，能出好成绩；也好比赛马，一马当先，万马奔腾。1205、1202 两个英雄钻井队的比拼，带动了一波又一波的竞赛高潮，推动着大庆油田的开发建设和中国石油工业的前进步伐。竞赛中，两个钻井队"双赢"。1205"钢铁钻井队"和"永不卷刃的尖刀"1202 钻井队，成为中国石油人引为自豪的"双子星座"。

竞争出人才

1205、1202 钻井队是战功赫赫、英雄辈出的集体。20 世纪 60 年代大庆会战初期树立的五面红旗"王马段薛朱"中的"王",就是 1205 队老队长"铁人"王进喜;"马",就是 1202 队老队长马德仁。70 年代大庆新会战中树立的十面红旗中,就有"继承铁人精神的好队长"、1205 队队长高金颖和"钢铁钻工"、1202 队队长吴全清;而这十面红旗之首,就是"学铁人的带头人"、时任钻井指挥部党委副书记的屈清华,而他也曾担任 1202 钻井队队长。他在任队长期间,曾率领全队创造出钻井进尺月上万米、年上 10 万米的全国最高纪录。

进入新时期,1205、1202 钻井队又涌现出申冠、马军、陈宏等一批全国劳动模范和"五一劳动奖章"获得者,涌现出 500 多名先进模范人物。作为行业的排头兵,他们向大庆油田和外单位先后输送了 2000 多名干部。

回顾难忘的经历,曾任 1205 钻井队指导员、现任大庆井下作业分公司党委书记的田洪明心潮澎湃。他言辞真切地说:"1205、1202 队既是竞争对手,但更是手足兄弟和战友。从这个意义上说,1205 队就是 1202 队,1202 队就是 1205 队,你中有我,我中有你,谁也离不开谁。几十年来我们并肩战斗,互相学习,所以能出经验,出人才。多打井多出油,为国家做贡献。"

竞争出精神

在 1205 队用十几栋铁板房围成的"四合院"的正中,有几块标语牌,其中一块写着"铁人"老队长的思想品德:"为国分忧,为民族争光"的爱国主义精神;"宁可少活 20 年,拼命也要拿下大油田"的忘我拼搏精神;"有条件要上,没有条件创造条件也要上"的艰苦奋斗精神;"干工作要经得起子孙万代检查"的科学求实精神;"甘为党和人民当一辈子老黄牛"的高尚精神；"决不能特殊，决不能高人一头"的可贵品格。

2012 年夏，作者在北京看望 20 世纪 70 年代大庆新会战中树立的十面红旗之首，被称为"学铁人的带头人"，原大庆油田钻井指挥部党委副书记屈清华，听他讲述当年艰难创业，奋勇拼搏的历程（王素卿 摄）

在回"娘家"、与老战友和年轻工人促膝谈心之前，80 岁高龄的1202 钻井队元老张云清思来想去，联系这些标语牌悟出了一个道理：50 年来，为什么 1205 和 1202 红旗不褪色，尖刀不卷刃？实践告诉我们，那就是不管条件、环境千变万变，继承和发扬党的优良传统不能变，弘扬"爱国、创业、求实、奉献"的大庆精神不能变，发扬光大铁人精神不能变。要以这几个不变应万变。同时，坚持与时俱进，才能做到攻无不克，战无不胜。

1205 钻井队队长李新民、1202 钻井队党支部书记陈世明说，昨日的辉煌靠铁人精神；再创辉煌，我们更要踏着铁人的脚步走！

（原载《人民日报》海外版，2003 年 8 月 25 日）

从"死亡之海"到"希望之海"

——记塔里木盆地石油勘探开发（上）

一场波澜壮阔、气吞山河，誓把塔里木盆地变为中国石油工业战略接替地区的大会战，正在塔克拉玛干大沙漠腹地和边缘如火如荼地进行。

当代石油地质工作者前赴后继，以大无畏的精神和所向披靡的气概，撩开了塔克拉玛干大沙漠神秘的面纱。沉寂千百年的"死亡之海"上，闪现出中国石油工业的希望之光。

近两万名石油将士在茫茫大漠浴血奋战。"死亡之海"在他们的手里正在成为中国人民翘首盼望献出宝藏的"希望之海"。

揭开塔里木神秘的面纱

连绵起伏的天山，把新疆分为北疆和南疆。南疆中部有一块著名的盆地——塔里木盆地。56 万平方公里的塔里木盆地的面积比法国还大，相当于五个半江苏省，其中 33 万平方公里为茫茫沙漠所覆盖，那就是世界上第二大沙漠，也是唯一没有探明的流动型大沙漠——塔克拉玛干沙漠。

"塔克拉玛干"，维吾尔族语是"进得去出不来"的意思，沙漠中自然条件十分恶劣，故而人称"死亡之海"。然而，却很少有人知道，"塔克拉玛干"的维语原意是"埋藏珍宝的地方"，又被称作"希望之光"。

多少年来，不少仁人志士在这片茫茫大漠探险寻宝，寻找希望之光。近几十年来，中国的石油地质工作者在塔里木这座中国陆上最大的盆地风餐露宿，艰苦勘探，试图撩开塔里木的神秘面纱，找到油气资源。

作者在塔克拉玛干大沙漠

新中国成立后的第三年，一批年轻的地质工作者就怀着青春的激情涉足塔里木盆地，奏响了走向瀚海的序曲。

1958年，又一批勘探队员来到塔里木。他们九进九出"死亡之海"，取得了被地质学家称之为"里程碑"的突破，当年10月在盆地北部库车古丝绸之路上龟兹国的地域发现了依奇克里克油田，最高年产量8.6万吨，尽管这个油田规模比较小，但这是在塔里木盆地发现的第一个油田，鼓舞和支持了人们在塔里木寻找油气的信心。

时隔近20年，1977年5月，塔里木盆地西南部叶城地区发现了柯克亚油气田。柯克亚喷出的工业性油气流，使人在尽情享受胜利喜悦之时看到了在塔里木找油的希望。

在二三十年条件异常艰苦的地质勘探过程中，石油地质工作者们既有成功的喜悦和兴奋，也有死亡的残酷和悲壮。几代"油迷"为了实现在塔里木找油的梦想，英勇无畏地向大自然挑战，几百名壮士献出了宝贵生命。由于设备和技术落后，当时无法在自然条件十分恶劣，地下情况复杂的占盆地2/3面积的塔克拉玛干大沙漠常年勘探施工，直至80年代初，塔里木盆地的地质构造之谜仍未揭开。

十一届三中全会以后，改革开放的春风，吹到了塔里木，吹到了"死亡之海"。

1983年夏，原石油部从国外引进具有世界先进水平的沙漠地震勘探设备和技术，聘请美国专家联合组建了两支地震勘探队。中美联合队和另一支全部由中国人组成的沙漠地震队，分为三路，涉过塔里木河，浩浩荡荡地闯进了塔克拉玛干这块未被人类征服的处女地。另一批勘探队也利用先进设备和技术，在盆地外围普查详探。

经过几年艰苦卓绝的奋斗，几千名地球物理勘探人员像用梳子梳头一样完成了19条横穿沙漠的地震大剖面，勘探范围60余万平方公里。经过分析、解释和大型电子计算机的反复计算，制作出清晰显示各种信息的地层剖面图，搞清了塔里木盆地的形成和"三隆四坳"的构造格局。

大量钻探和地震勘探资料证明，塔里木是一个复合型含油气盆地，有海相和陆相几套生油层系，资源非常丰富。据地质评价预测，这个盆地石油和天然气资源蕴藏量分别占我国油气资源蕴藏总量的1/7和1/4，石油发展前景十分诱人。

千百年来蒙在塔里木盆地之上的神秘面纱终于被撩开！

石油地质专家们欣喜若狂地评价：塔里木盆地石油勘探取得的重大突破，不仅充分说明这个盆地油气资源十分丰富，同时也说明这个盆地是我国石油工业发展最有利和最现实的战略接替地区。

塔里木盆地地质构造之谜的被揭示，为我国在这个内陆盆地寻找大型、特大型油气田指明了方向，大大加快了塔里木石油的勘探开发步伐。

拉开塔里木会战帷幕

塔里木隆隆的钻机声叩响了多少人的心扉。滚滚喷泻而出的油龙气流激发了石油将士的凌云壮志。

1984 年 9 月 22 日凌晨 4 时 10 分。中国石油勘探开发史上，将永远记载着这一令人难忘的时刻。

蓄积亿万年的原油、天然气，从 5000 多米的地层深处，沿着钢管喷射而出，直冲云天，轰鸣之声十公里可闻，打破了塔克拉玛干沙漠昔日的沉寂，响彻了黄夜高远而静谧的星空。

由地质矿产部钻探的塔北库车县与轮台县之间的沙参二井喜喷高产油气流，预示着塔里木盆地找油的广阔前景。

历史也将记住这一难忘的日子。

1988 年 11 月 17 日。塔里木盆地北部轮台县以南 30 公里处的轮南二井，烈火腾空，浓烟翻滚，一片欢腾。

"轮二"出油了！

11 月 28 日，中国石油天然气总公司向党中央、国务院报告了这一特大喜讯：塔里木盆地勘探又获重大突破。报告称："轮南二井获得日产原油 682 立方米，天然气 11 万立方米的高产油气流；塔里木盆地又发现了一个新的高产层系。"

这一喜讯对苦于石油短缺的中国，不啻是"雪中送炭"。喜讯上报后，李鹏总理立即批示：这是一个好消息，望新疆石油工业战线上的同志们继续努力，争取在塔里木地区拿下一个较大的油田。

"轮二"井喜喷原油，意义非同寻常！它使塔里木盆地又发现了一个新的高产层系。在以往石油部、地矿部打的一些探井中，曾发现上第三系、下白垩系、侏罗系、奥陶系是高产油气层。这次又证实在全盆地分布广泛的三叠系地层，同样具有高产能力。

轮南二井获得高产油气流还进一步证实，塔里木盆地埋藏在 4000 米以下的储集层，孔隙度比较高，渗透性比较好，原油比重轻，油、气都很丰富。勘探成果打消了过去人们的一些疑虑，使塔里木盆地在进一步展开勘探的同时，进入了一个拿面积、拿储量的新阶段。

很快，中国石油天然气总公司做出了甩开勘探、大上南疆的决定，吹响了拿下整装大油田的进军号。

1988 年 11 月 19 日，中国石油天然气总公司向国务院呈送了关于加快塔里木盆地油气勘探的报告。报告提出："七五"计划后两年，争取发现一批大型油气田，探明和控制相当规模的油气地质储量，力争在 1992 年建成一定的原油生产能力，为"八五"期间全国油气产量的增长出力。

就在这个报告中，石油天然气总公司还提出，从 1989 年起，进一步加强领导，增加队伍，采用新的工艺技术和新的管理体制，在塔里木盆地组织开展一场高水平、高效益的石油勘探开发会战。

党中央和国务院批准了这一关系到中国石油工业命运的战略决策。

1989 年 4 月 10 日，塔里木石油勘探开发指挥部在新疆巴音郭楞蒙古自治州首府库尔勒市成立。来自大庆、四川、中原、胜利、华北和新疆石油局等单位的各路精兵强将，携精良装备，会师塔里木，拉开了向茫茫戈壁、浩浩瀚海要油要气的特大会战的帷幕！

（原载《人民日报》海外版，1991 年 10 月 18 日）

从"死亡之海"到"希望之海"

——记塔里木盆地石油勘探开发（下）

希望之光在升起

历史常常具有戏剧性，石油史也不例外。中国的石油发现最早在西部。中国的石油工业最早也是在西部。延长、玉门、克拉玛依油田曾经是中国石油工业的主力油田。32 年前，当发现大庆油田的喜讯传来时，中国的石油大军挥师东进，在中国石油发展的大舞台上演出了一幕幕威武雄壮的活剧。轰轰烈烈的石油大会战，把大庆、胜利、大港、辽河、华北等一个个大油田镶嵌在祖国的锦绣大地上。

今天，在"稳住东部、发展西部"的方针指引下，早已成长壮大起来的浩浩荡荡的中国石油大军又挥师西向，在曾经涉足过的广阔无垠的戈壁沙漠展开了一场新时期的夺油会战。

60 年代初进行的大庆石油勘探开发会战，曾使中国石油工业发生了具有深远意义的历史性转变。今天，在东部老油田普遍进入晚期，产量递减加快之时，塔里木盆地石油会战的战略意义是难以估量的。这是一场重中之重的会战。党和人民对塔里木会战寄予了殷切的希望。

一部新中国石油工业史，从某种意义上说，也是一部会战史。优越的社会主义制度，可以集中人力、物力和财力，在党政军民学各部门和全国人民的大力支持下，在较短的时间里做出许多按常规做不到的事情，创造出难以想象的奇迹来。过去，大庆会战是如此，胜利油田会战是如此，今天，塔里木会战也是如此。"会战"名称虽然未变，但其内容却有了很大变化。塔里木石油会战，在一定意义上说，实际是一场高技术、新工艺之战。新中国石油工业经过40多年的发展，已从技术、装备、人员素质等方面具备了打一场高水平、高效益会战的条件。新的管理体制则能够保证这场前所未有的在茫茫沙漠展开的会战收到事半功倍的成果。

目前在塔里木会战的各路人马有19000多人。聚集着来自各大油田的精锐部队，有28支地震队，46支钻井队。设备是最先进的，全国7000米钻机全部调到塔里木，集中了全国近1/2的综合录井仪器，测井设备是世界一流的。新体制实行项目管理和甲乙方合同制，在各方面建立专业化的服务系统，不搞"大而全""小而全"。会战指挥部人员也是少而精的，按甲乙方合同制，真正属于塔指的人只有3000名。前线与后方人员的比例为3：1。乙方会战各路"诸侯"均不带家属，不建基地，人员定期轮休，人们管这种组织形式叫"铁打的营盘，轮换的兵"。生活服务则主要依托当地。

新的管理体制和新的工艺技术，使塔里木石油会战的轮子沿着高水平、高效益的轨道疾驰。两年多来，石油勘探接连取得重大突破。

1989年10月31日，从被称为"死亡之海"的塔克拉玛干沙漠腹地传来振奋人心的喜讯：在8200平方公里的全国最大的巨型构造——塔中构造上的塔中一井，中途测试中获得高产油气流，日产原油576立方米，天然气36万立方米。这一具有战略意义的重大突破，进一步证实了塔里木盆地蕴藏着丰富的油气资源，开辟了在塔里木寻找大型高产油气田的有利战场。

今年七一前夕，塔里木油气勘探又传捷报：盆地北部的吉拉克地区发现了一个大型油田。轮南57井和轮南58井连续获得高产油气流，其余四口探井均发现良好的油气显示。

"希望之海"的明天会更加美好

有人预言：中国石油的希望在新疆，新疆石油的希望在塔里木。

塔里木石油会战两年多的成果，使人们看到了塔里木石油的希望之光。轮南、吉拉克、东河塘、桑塔木四个油田正在或将要为"八五"期间全国原油的增长出力。英买力、塔中等地区打出了一批高产油气井。目前，在塔里木已经初步探明和控制了一定规模的石油地质储量，基本拿到了"八五"期间建成 500 万吨原油生产能力的储量资源。

正在开发建设的轮南生产试验区，已投产生产井 20 多口，初步形成日产原油 1600 吨的生产水平。预计到今年年底，这个试验区可建成 100 万吨的产能，当年可产原油 50 多万吨。从轮南至库尔勒的输油管线今年七一动工，年底将投产。另一条从库尔勒至北疆吐鲁番—哈密盆地鄯善的输油管线将于明年动工。

高水平、高效益的会战为新技术的应用和推广提供了广阔的疆场。在塔里木勘探开发中配套采用了数字地震、综合录井、数字测井、优化参数快速钻井、深井压裂酸化等多项新技术，逐步形成了适应自己特色的工艺技术系列。新技术、新工艺和新装备的应用，大大提高了工作质量和效率，一系列生产建设上的难题迎刃而解。新技术带来了高水平。以钻井来说，现在塔里木的深井钻井速度、钻井周期和钻井质量，均居于全国前列。打一口 5500 米的深探井，国内一般用 300 多天，这里只需 193 天；打一口 4950 米的生产井，塔里木最快的井队只用 43 天，已经达到世界水平。

去年 8 月，江泽民总书记在视察塔里木石油探区时，高度评价塔里木盆地石油勘探取得的重大成果。他勉励并希望会战职工再接再厉，继续努力，争取在 1991 年年底交出一个令人兴奋的成果来。

回顾这一年来的会战历程，塔指负责人欣慰地告诉记者，拿下了 500 万吨产能资源，就是向中央交出的一份合格的答卷。

有人从塔里木归来曾这样抒发自己的感慨："一条浑浊的河流，哺育了一小块绿洲，却遮掩不住漠野荒凉；又怎知，那满目荒芜，覆盖着辽阔的富饶……"

当我们驱车在轮南、在塔里木河畔、在沙漠边缘采访，当我们乘坐飞机飞临塔中盆地，俯瞰沙海巍峨矗立的井架，当我们双脚踏在炙热的金色沙丘上，目睹石油工人在人迹罕至的瀚海中忘我无畏地拼搏的英姿时，钻机的轰鸣、人声的鼎沸告诉我们，塔里木绝不再是令人望而生畏的"死亡之海"。我们深深地爱上了这片辽阔的土地，为它的富饶而惊叹，为它的勃勃生机而兴奋，憧憬着它的未来。

作者在塔克拉玛干大沙漠腹地塔中油田采访

当我们离开塔里木时，会战指挥员告诉记者，塔里木石油会战正在进入一个新的阶段。这就是：一手抓 500 万吨建设，一手抓发展更大的场面。更大的场面是什么？主人没有细讲，只透露一句：找更大规模的油田。

在新疆，我们常听到这样一句话："新疆要大富，石油要大上。"这是新疆各族人民的共同心声，也是全国人民的愿望。

塔里木盆地石油会战，肩负着全国人民的重托和期待。

"希望之海"的明天会更加美好！

（原载《人民日报》海外版，1991 年 10 月 21 日）

东方巨响　世纪相聚

——一场别开生面的"主题联欢会"侧记

　　1964 年 10 月 16 日 15 时，我国第一颗原子弹爆炸成功。周恩来总理在人民大会堂向参加大型音乐舞蹈史诗《东方红》演出的 3000 多名演职人员宣告了这一振奋人心的消息，顿时人民大会堂为之沸腾。新闻工作者拍摄了"蘑菇云"的壮美画面，新闻媒体向国内外报道了这一历史性事件，举国为之欢庆。然而，44 年前，科学家与艺术家、新闻工作者虽然共同见证了这一震惊世界的历史性事件，但他们未能相聚；44 年后，在北京中华世纪坛举办的一场别开生面的联欢活动，使他们实现了欢聚的夙愿。

　　今年 10 月 16 日 15 时，北京中华世纪坛小剧场内载歌载舞，笑语喧哗，一场名为"东方巨响　世纪相聚"的主题联欢会隆重举行。之所以选择在这里举行，举办者自有其深意：中国第一颗原子弹爆炸是世纪性的大事，44 年将近半个世纪，在这里举行"世纪聚会"可谓名副其实。当年参与组织核试验的原二机部部长刘杰、首次核试验委员会办公室主任李旭阁等老领导来了；为"两弹一星"建立卓越功勋的科研人员来了，他们中有十几名两院院士，其中 5 位是"两弹一星"功勋奖章获得者：陈能宽、于敏、任新民、孙家栋、屠守锷；参加过《东方红》演出的部分主要演员来了：唱《农友歌》的王昆、唱《情深谊长》的邓玉华、唱《松花江上》的李光羲、指挥家严良堃等；拍摄我国第一颗原子弹爆炸照片的解放军画报社摄影记者孟昭瑞，拍摄毛泽东、刘少奇、周恩来、朱德等党和国家领导人接见《东方红》演职人员的新华社摄影记者杜修贤等老新闻工作者也兴致勃勃地来到会场。大家共同回忆那段终生难忘而美好的经历，展望共和国更加辉煌的未来。

当年在周总理、聂荣臻元帅直接领导下搞"两弹一星"，担任首次核试验总指挥的开国上将张爱萍在我国第一颗原子弹爆炸成功的当天，在茫茫的大戈壁滩，眼望腾空而起的"蘑菇云"，激情难抑，即兴填词一阕《清平乐》："东风起舞，壮志千军鼓。苦斗百年今复主，矢志英雄伏虎。霞光喷射云空，腾起万丈长龙。春雷震惊寰宇，人间天上欢隆。"联欢会上，配乐诗朗诵《我国首次原子弹爆炸成功》，将人们的思绪带回那叱咤风云的年代。

听着老战友的激情诗篇，中国核工业创建者之一，原子弹、氢弹、潜艇核动力研制的主要领导，93 岁的刘杰老部长深情地回忆了一段往事：那是 1962 年夏，在北戴河参加中央工作会议的刘杰晚饭后在海边散步时，迎面遇见陈毅元帅。快人快语的陈老总问他："你们什么时候交货啊？"刘杰当然知道老帅说的"货"是什么，对"货"的殷殷期盼之情，便答道："我们也正在考虑这件事。"听到回答，陈老总连声说道："好啊！要快呀！你看我的头发都白了。你们快点搞出来，我这个外交部长的腰杆子就硬喽！"

中国第一颗原子弹爆炸成功的消息是于爆炸成功的当日，即 1964 年 10 月 16 日以中国政府声明和新闻公报向国内外发布的。全国人民和世界是在此后获悉了这一历史性的事件，可是此前却有 3000 多名幸运者提前得知了这一重大喜讯。

联欢会上，大型音乐舞蹈史诗《东方红》的主要演员之一、歌唱家王昆，幸福地回忆当时的情景。她说："当时《东方红》已经成功地演完了，大家排好了队，与中央领导合影留念。毛主席、刘主席、周总理、朱总司令等党和国家领导人在第一排。我和郭兰英等在第二排，我正好在毛主席和周总理的中间。我听见主席对总理说：'总理啊，你怎么不把那个兴奋的事情告诉大家啊？'总理说：'我怕他们把地板踩塌了啊。'毛主席等领导人走后，大家纷纷拥了过来问我主席和总理说了什么。我说，我只听见什么'兴奋的事情'。不一会儿，周总理在麦克风前向我们宣布了我国第一颗原子弹爆炸成功的特大喜讯，并风趣地说：'大家可以欢呼，可以鼓掌，但不要把地板跳塌了呀！'当时，大家兴奋激动不已，欢呼鼓掌，相拥而泣。"回忆往事之后，84 岁高龄的王昆声情并茂地演唱了当年她在《东方红》中演唱的《农友歌》。

回忆当年，歌唱家邓玉华也激动不已。她说，现场气氛那个热烈啊，3000 多名文艺工作者的欢呼都要把大会堂的屋顶掀开了！当时我的感受是，作为一个中国人特别幸福、自豪！

联欢会上，多次播放了我国第一颗原子弹爆炸时的画面。惊天动地的一声巨响，表明了中华民族强大的生命力和中国人民的英雄气概。边看画面，鬓发斑白的核事业的开拓者们和风华正茂的年轻一代边深情地缅怀毛主席、周总理等一代伟人和老一辈革命家的丰功伟绩，追忆为"两弹一星"无私奉献的众多有名或无名的英模。他们中有的已永远离开了所热爱的事业和人们，但他们的丰功伟绩和不朽精神却长存！

联欢会上，人们的耳畔响起当年抛弃国外优厚的待遇毅然回国投身新中国建设的老一辈科学家的心声，"回国不需要理由""我出国是为了祖国，回国也是为了祖国""科学没有国界，但科学家是有祖国的""我愿以身许国！"……听着这些掷地有声的话语，现场的上百名"核工业的子弟兵"们热血沸腾。他们齐声响亮地告诉大家，他们从记事时起听到父辈们常讲的一句话就是："献了青春献终身，献了终身献子孙！"作为"核工业的子弟兵"，他们感到光荣和自豪；无私奉献，心甘情愿；继承父辈事业，弘扬"两弹一星"精神，更是责无旁贷！

联欢会上，还有这么一段令人颇感兴趣的插曲，一个 44 年后的"揭密"。首次核试验委员会办公室主任、第二炮兵原司令员李旭阁将军和原核工业部办公厅主任李鹰翔，向大家介绍了第一颗原子弹爆炸前设定的密语程序。他们说，根据周总理的指示，为了严格保密，当时编出了一些密语，如把原子弹叫"丘小姐"，因为原子弹是圆圆的，像球，取谐音故称"丘小姐"，发射铁塔上放原子弹的地方叫"梳妆台"，插雷管叫"梳辫子"。如到铁塔上给原子弹插雷管就说："上梳妆台给丘小姐梳辫子。"原子弹撞击中心部件叫"投篮"等。就连发射时间也设计了密语，以预定的发射日 20 日为"零时"，零时是正点，16日就是正点减四。由于严格纪律和采取措施，保密工作做得相当成功。

"东方巨响 世纪相聚"主题联欢会是由中华人民共和国国史学"两弹一星"历史研究分会、中国核学会、中国宇航学会主办，北京天际远景文化传播有限责任公司、《纳税人报》承办的。主办方介绍，以描写研制"两弹一星"为背景的 30 集电视连续剧《中华魂》不久将与观众见面。主办方还透露，将与中央电视台合作拍摄 5 集有关"两弹一星"的纪录片，向新中国 60 年大庆献礼。

（原载《人民日报》海外版，2008 年 10 月 27 日）

王晓棠和她的《芬芳誓言》

时下，在山城重庆，电影艺术家、女将军王晓棠正率领摄制组冒着酷暑，拍摄一部她称之为"为两岸人民服务"的影片《芬芳誓言》。

《芬芳誓言》，高雅而有诗意的片名；《芬芳誓言》，展现了一段刻骨铭心、凄婉动人的故事：

2000年的夏天，离开大陆、告别家乡52年之久的台商丁嘉尧带着儿子、儿媳和小孙儿回到重庆投资办厂。此次回乡，他还要实现两个夙愿：寻找多年来魂牵梦萦的未婚妻黄一兰；寻找当年曾救他于危难之中的恩人"小兵"。剧情由此而展开。

与许多电影不同，这是一部有强烈纪实风格的影片。王晓棠力图把她拍得真实，她说，真实是做人、做文、做电影的灵魂。为追求真实，她做出了一个几乎令所有的人都吃惊的决定：用从未演过电影、不会演电影的人来演这个电影！这真是一个大胆的决定。这不是她心血来潮、一时冲动。为构思这个题材，她思索了好几年；为策划这部影片，她经营了好几年。她说："这不是一般的故事片，如果我拍成故事片，那就是失败。"为此，她要用群众演员，要他们自己演自己。在这部影片中，有作家，有教授，有大学校长，有众多的台胞、台属、台商，而扮演他们的就是他们自己。比如，重庆市作协主席、台属黄济人就演黄济人，许地山的侄子台胞许由就演许由，苏绣大师顾文霞就演顾文霞。将来在影片的字幕中就这么打出来。王晓棠要的是真实。她说："唯有真实，才能准确地反映两岸同胞的这段辛酸史，才能引起他们的共鸣。"王晓棠要的是纪实风格。她说："如果不是这种风格，这部电影不会成功。"这是一种大胆尝试，一种"冒险"，既需要勇气，也需要本事。作为女人，王晓棠作风细腻过人；作为将军，决事果断，一旦决定，她就义无反顾，一往无前。

自己不演自己的只有两三个人，其中便有片中的男一号丁嘉尧，他由蒋文良教授来演，当然，他也是群众演员。

那是在全国政协的一次会议上，蒋文良和王晓棠坐在一个桌旁。蒋文良正和他当年在重庆大学任教时的学生，如今的广东佛山市副市长李玉光聊天。他们那带有重庆口音的普通话引起王晓棠的注意。王晓棠也是重庆人。她挪到蒋文良的身边，攀谈了几句，就果断决定邀请他演电影，演《芬芳誓言》的男一号——丁嘉尧。

蒋文良在重庆生活了52年，1992年调到全国总工会。他当过大学教授，与演电影从未沾过边儿。他感谢王晓棠的好意，但担心演不好，说："我从未演过戏。"王晓棠说："我们要的就是你没演过戏。"据她介绍，这部电影反映两岸同胞亲情、友情、乡情，尤其需要有切身体会和真情实感，"你们来演会使两岸同胞感到真实、亲切"。后来，她给蒋文良看剧本，蒋文良一看是感情戏，感到难度太大，更担心了。王晓棠鼓励他："不要紧，大家都这样。"蒋文良要演电影，一时在全国政协引起轰动。

看到老师被邀请出演，过去"可望而不可即"的名演员如此热情、如此敬业，副市长李玉光也禁不住跃跃欲试，他为王晓棠出谋划策：佛山有不少台商，欢迎到佛山选台商演员。就这么一句话，使王晓棠的视线从北移到南。

扮演丁嘉尧的儿子、儿媳的演员就是在佛山被王晓棠"挖"出来的。他们在生活中也是一对小夫妻。男的叫陈泉宏，今年29岁；女的叫洪屹，今年20岁。陈泉宏扮演丁嘉尧的儿子丁亚锋，洪屹扮演儿媳林海珠。其实，这对小夫妻本身就是一段很好听的故事。小陈的父亲早在1986年就到大陆投资办厂，而合资方就是洪屹的母亲。1992年，小陈来到这家工厂，替父亲做事。当时，洪屹还是个只有13岁的中学生，小陈眼中的小妹妹。经过7年的真诚交往，他们相爱了，从"兄妹"到夫妻。自然，工厂也从合资变成独资。去年4月，这对小夫妻作为"中国 100 对恩爱夫妻"之一，上了中央电视台《万家灯火》栏目。

陈泉宏对我说，为了《芬芳誓言》，他做出很大牺牲，但在所不惜。为了支持小夫妻拍电影，老父亲特地从台湾赶来帮助管理工厂。小陈说："我看了剧本很感动，而王将军（台商习惯称王晓棠"王将军"）给我的印象比剧本更感动。"

在开机仪式上，陈泉宏坦言他看剧本的感受："黄一兰和丁嘉尧一等就是 50 多年，这简直是能用眼泪来洗澡！我和太太分别几天，我都无时无刻不想她。50 年怎么熬啊！"他说，"在当前两岸关系有些紧张的情况下，拍这么感人的片子很有意义。我期待影片赶快拍好，让每一个中国人都能看到。"

作者与王晓棠将军在《芬芳誓言》开机仪式上合影

许由，全国人大代表、台盟中央委员、全国台联理事、大学教授，著名作家许地山的侄子。他祖籍台南，祖父许南英在甲午战争后日本占领台湾时，曾组织民团抵抗。许由也是由于王晓棠的真诚相邀，欣然出演。他热情地向我介绍了《芬芳誓言》的部分梗概：

丁嘉尧年轻时在重庆与黄一兰相识、相爱。1948 年丁奉命去台湾。

在分别的当晚，这对有情人立下一个共同的誓言：曾经沧海难为水，除却巫山不是云。不料这一别就是52年，丁到台湾后从商。一次偶然的机会，他见到了来台湾参加学术研讨会的渝州大学校长戴宏民。戴教授邀请从事包装工业的丁嘉尧回故乡投资办厂。丁嘉尧请戴宏民帮助寻找他仰慕已久的一个叫黄济人的大陆作家。黄是台属，其父亲、舅舅都是国民党的高官。他以写国民党高级将领而著名。他所写的报告文学《将军决战岂止在战场》，曾被拍成影片《决战之后》，在台湾引起强烈反响。

回渝后，丁嘉尧在游船上如愿见到黄济人。丁请黄帮助寻找"小兵"和黄一兰。当年由于"小兵"的冒死相救，丁脱离险境，但从台湾被抓到大陆当兵的"小兵"，却不能再回台湾。

许教授说，这时，他被引入了剧情。黄济人请他帮助寻找。他一方面请台联、台盟的朋友帮忙找"小兵"，一方面请堂妹、许地山的小女儿许燕吉帮助，通过黄一兰的儿时好友、苏绣大师顾文霞寻找黄一兰。

《芬芳誓言》的另一部分内容，我从影片另一编剧、副导演兼美工王宸这里听到：后来，丁嘉尧终于见到了"小兵"，就在他们当年分手时的老地点——南京中山陵。一个往山上奔，一个往山下跑，相拥而泣。

而丁嘉尧与未婚妻黄一兰却始终未能重逢。就在约定同丁嘉尧见面的前4天，黄一兰因赶制赠心上人的绣品，悲喜交加、劳累过度而倒下了。闻讯后，丁嘉尧连夜乘坐飞机、汽车赶去探望，想不到却是一个生离死别的结局。

悲痛欲绝的丁嘉尧取出多年珍藏的一条手绢，当年分手时，黄一兰曾用它包了满满一包黄桷兰，作为情定终身的信物。顾文霞拿来一个当年曾装过麦乳精、如今已锈迹斑斑的铁筒，那是丁嘉尧托人来看望黄一兰时，客人带来的礼品，黄一兰以为是丁嘉尧所送，多年来一直当宝贝珍藏。她用来放省吃俭用存下来的钱，盼望着有朝一日与丁嘉尧成亲时用，还想用来接济"小兵"。

在苦苦等待之中，黄一兰曾对顾文霞说："我一生太苦，在等待中度过。我希望所有的人都快乐、幸福。如果有一天我不在了，你们想我时，那就把我们大家都喜欢的那首歌再唱一遍吧！"

作者与电影《芬芳誓言》副导演王宸回忆拍摄往事，亲切交谈（许涿　摄）

艺术家和专家们称赞《芬芳誓言》剧本题材新颖、主题昂扬并具有独特艺术魅力，非常生活化，形象地揭示了海峡两岸同胞血浓于水的主题。他们相信将要拍出的这部影片是"雪落平原细无声""强烈的纪实风格会增强它的真实性和艺术感染力""一定是第一流的片子，不仅在大陆打响，而且能够入岛，也让台湾老百姓感动、说好"，王晓棠说："我相信，黄一兰用她的全部生命发出的'芬芳誓言'，一定会引起两岸同胞的共鸣！"

把这部纪实风格的影片艺术地拍好，需要更多的艺术家参与和支持。王晓棠诚邀两岸名流做顾问：台湾著名导演李行，大陆著名导演谢铁骊，著名编剧和评论家黄宗江、陆柱国。摄制组兵强马壮，摄影、音乐、美术、化装、剪辑等都是行家里手。王晓棠把拍这部影片称为"上直航船"，希望大家同舟共济，到达彼岸。艺术家们乐于上这艘

"直航船"。黄宗江说："这条船哪，我上了！这条船可是大陆和台湾直通的第一条船，由我晓棠大妹子掌舵，我要再当一次水手！"

在影片开机仪式上，王晓棠眼含热泪，吐露心声："我曾当过 6 年林业工人。在艰难困苦岁月，是人民帮助了我，给了我活下去的勇气和力量。我那时就想，只要我能重返银幕，我就一定演好人民，报答人民。"她说："这个'人民'既有大陆朋友，也包括台湾同胞。这次拍《芬芳誓言》，就是为两岸人民服务。"

万海水，广州市台资企业协会会长，1949 年到台湾，他的经历颇像丁嘉尧。去年他曾作为全国几万名台商的代表赴京参加国庆观礼活动。如今，他也被王晓棠请来当演员。在开机仪式上，这个白发苍苍的老者哽咽着，几乎语不成音地说："感谢王将军拍出这么好的电影，这部影片将为中华民族留下非常有意义的历史镜头。"

王晓棠以她的激情、人格魅力和为人民奉献的精神，感染着人们。人们喜爱王晓棠塑造的艺术形象，更敬重她的人品。在和王晓棠的相处中，你听不到她的抱怨，尽管从她个人和家庭的遭遇来说，她比许多人都有抱怨的"资格"；你感受不出她的疲惫，她总是热情洋溢、精力充沛，尽管她事必躬亲，比许多人都操心受累。她在银幕上塑造了一个个光彩夺目的艺术形象，她任厂长、当将军、做电影事业取得了骄人的成绩，但你听不到她讲自己的过去，她的目光和注意力总是向前。

王晓棠，中国电影家协会副主席，德艺双馨的艺术家，女将军，过去她当演员时在银幕上成功地塑造了许多熠熠生辉的艺术形象；当八一电影制片厂厂长，以大将风度，调动千军万马，拍摄了《大转折》《大进军》等鸿篇巨制；如今，当编导，拍《芬芳誓言》，她也一定能够成功，使这部有独特风格的力作，在中国电影的画廊中争奇斗艳，吐露芬芳！

（原载《人民日报》海外版，2000 年 8 月 16 日）

彩虹映照黄土地

——陕西省国际友好城市活动记事

陕西自古帝王川，历史上有 13 个王朝在此建都，历经 1100 多年。特别是周、秦、汉、唐几朝，正是中国历史上最鼎盛的时期。在这片古老广袤的黄土地上诞生了无数传奇，上演过辉煌大戏。

改革开放唤醒了大西北，热了黄土地，三秦大地发生了深刻的变化。在这片黄土地上广泛开展的国际友好城市交流活动，就是这些变化的一种催化剂。

"杨森"：友城结硕果

1998 年 11 月 4 日，比利时首相让－吕克·德阿纳和夫人在保罗·杨森博士及陕西省领导的陪同下来到西安杨森制药公司，兴致勃勃地参观了这家蜚声中外的合资企业。

一组组数据展示了西安杨森十几年来创造的辉煌业绩：成立 16 年来上缴的税金就可以再建 12 个开业之初规模的企业；连续 5 年被评为中国十大最佳合资企业之一，其中，两度荣获第一名；1996 年荣登"中国医药工业 50 强"榜首；1999 年被美国《财富》杂志中文版评为"中国十大最受赞赏的外资企业"……

可以毫不夸张地说，"杨森"是中国改革开放取得巨大成功的一个范例，也是陕西省开展国际友好城市活动结出的硕果。

陕西省与杨森公司总部所在的比利时安特卫普省早在 1985 年就建立了友城关系。从那时起，两省你来我往，在经济、科技、文化等领域广泛交流合作。陕西省的大熊猫"丹丹"作为"友好大使"在安特卫普皇家动物园展出4个月；两省分别通过对方举办的秦始皇兵马俑展和安特卫普省生活风情展，加深了远隔重洋、历史文化迥异的两地人民之间的了解和友谊，仿秦铜车马作为两省友好的象征永久陈列在安省政府大楼的前厅；安省投资200万比利时法郎在西安交大建立了陕安培训中心，旨在为陕西乃至中国西北地区的企业培训外语专业人才；双方每年互派留学生、饭店管理人员和厨师……

2001年，安特卫普省省长凯米尔·鲍罗斯先生率领代表团访陕，与陕西有关部门和企业签署了一批合作意向书和合同。鲍罗斯省长还率先将防霉药物涂在兵马俑的碎片上，由此拉开了杨森公司与秦兵马俑博物馆关于秦兵马俑及相关文物防治霉菌合作项目的序幕。

朋友加亲戚

刚从国外长驻回来，在陕西省政府外办从事多年友城工作的雷廷，颇为动情地向记者讲述他的感受：做友城工作，要重感情，讲友好。那种朋友加亲戚的关系和气氛正是友城之间所特有的。

陕西省对外建立友城关系，始于1974年。当时中日邦交正常化后，日本国内出现了一股"中国热"。在中日两国领导人的关怀和推动下，西安市率先与日本奈良、京都市分别结为友好城市。随后，陕西省又相继与美国明尼苏达州、日本京都府、比利时安特卫普省、意大利特拉维索省、日本香川县、巴西马托格罗索州、德国图林根州等10个省府州县建立友好关系。截至目前，陕西省共有对外结好省市37对。

西安青龙寺遗址，肃穆幽静，林木葱茏。庭园中栽种着数百棵日本香川县各界赠送的松、梅、樱花等树木，已蔚然成林。不时有一批批日本游人前来参观、膜拜。这里有着一段令人难忘的历史。

空海，日本香川县人，唐德宗贞元二十年（804）随遣唐使入唐。805年5月，入青龙寺拜长安佛教界颇有影响的密宗高僧惠果为师，研习密教。806年年初，遵师遗命归国盛弘佛教。空海在传教的同时，把中国先进的文化也带入了日本，受到朝野各界的崇仰。

陕西省和香川县等在青龙寺遗址内建立了空海纪念碑、惠果空海纪念堂。在惠果空海纪念堂落成之时，时任全国政协副主席、中国佛教协会会长赵朴初老人欣然题词礼贺："秋色焕长安，一时海会集群贤，千载两邦欢……"

在青龙寺，中日两国人民还建造了中日友好和平之钟楼和世界和平祈念塔，纪念 1994 年陕西省与香川县结为友好关系，以祈两国永久和平与繁荣。

是窗口，更是桥梁

陕西省外办副主任饶笃钧告诉记者这么一个笑话：以前，许多外国人只知道西安和兵马俑，对陕西省很不了解，甚至有人问："陕西在西安的什么地方？"

借助友城，使世界了解了陕西，使陕西走向了世界，友城的"窗口"作用不可小视。

对友城的作用，陕西省外办友好城市处处长白安平还有另一番见解：友城是一扇窗口，但更是一座桥梁。

正是通过这座桥梁，陕西省友城活动在引进国外先进技术、管理经验和资金，进行人才交流和培养等方面扮演了不可或缺的角色。通过这座桥梁，陕西将为越来越多的国际友人所关注，这块黄土地还会发生更大的变化。

（原载《人民日报》海外版，2002 年 7 月 19 日）

丝绸之路新起点

——西安市国际友好城市活动记事

闻名于世的丝绸之路，是 2000 多年前中国人走向世界、进行国际交流的开放之路。它的起点就在陕西西安。

在古城西安市区西部，一组数十米长、土黄色调的雕塑形象地再现了古丝绸之路商旅艰难前行的情景。当年在这空前繁荣的丝绸之路上，无数吃苦耐劳、不畏艰险的商人和学者，从西安出发，驾驭着沙漠之舟——骆驼，穿过一望无际的沙漠，为东西方文化交流和经济发展做出了贡献。

当历史进入 20 世纪下半叶，这座历史古城重新焕发光彩。西安以它博大的胸怀和重振汉唐雄风的气魄，与世界上的许多城市广泛结友。目前，西安市已与 15 个国家的 17 座城市结为友好城市，数量之多位于我国省会城市之首。

古都新曲

西安是历史古都，与西安结好的城市也大多沾个"古"字。日本奈良、京都两市是日本的古都，同西安的交往源远流长。

1974 年，在周恩来总理、中日友协会长廖承志和日本外相大平正芳等领导人的关注支持下，西安与奈良、京都先后结好，从此开始了近 30 年源源不断的交往。西安与日本这两座城市交流合作的内容十分广泛，以互赠珍贵动植物开始，继而在工业、农业、科技、文化、教育、体育、宗教等方面深入交流。丝绸之路的自行车、汽车拉力赛，成为双方钟爱的保留项目。

说到西安、奈良，不能不提及这两座古城友好的先行者阿倍仲麻吕。他 16 岁时随日本第九次遣唐使入唐，在长安国子监学习，曾以优异成绩考中进士，被唐玄宗赐名晁衡，历任司经局校书、左补阙、仪王友等职，72 岁时卒于长安。1979 年、1978 年阿倍仲麻吕纪念碑分别在西安和奈良落成，双方互派代表团参加隆重的仪式，这两座纪念碑作为中日两国、西安与奈良两市友好的象征，一时传为佳话。

以棋为媒

西安市外办友城处副处长侯晓红诙谐地把友城结好比喻为谈恋爱，说日本船桥市与西安市结好就是以围棋为媒。唐朝时，船桥市民吉备真备到长安留学，将围棋传回日本。

以棋为媒，两市于 1994 年结为友好城市。两市的交流从围棋开始，接下来的交流却远远超过了围棋。

西安与法国波城市的结好也与体育有关。1999 年西安市作为东道主主办第四届全国城运会的主场馆，就是由波城无偿提供全部设计图纸建造的。最近，波城计划在该市建造友城公园，特意为西安市辟出一块风水宝地，将在这里永久展出秦兵马俑和西安古迹的复制品，他们说要让波城的老百姓领略友城西安的风采。

亲上加亲

在西安市结好的国外友城中，有的相互间也是友城关系，外办的人把这戏称为"三角恋爱"。如西安市与日本奈良、韩国庆州结为友好城市，而奈良与庆州也是友城关系。因此在开展友城活动中，西安、奈良、庆州这 3 家"亲戚"经常碰面，相互做东，异常热闹。

西安市外办主任成丽娟就经历过这番热闹的场面。1999 年，她曾随西安市一位副市长到奈良参加一个会馆成立百年庆祝活动，正巧碰到庆州市长也访问奈良，3 位友城市长在此相聚，倍添兴致。庆典中，3 位市长都身穿日本民族服装，在欢乐的鼓乐声中把大豆大把大把地撒向空中，祈求丰收太平。这种欢快感人的情景使她至今难忘。

也就是这时，奈良市长提议，3 个友城轮流做东，每年举办一次体育大赛。现已在庆州、奈良分别举办了两届。今年 9 月，在西安将举办第三届。

寻找双赢的结合点

西安市开展国际友城活动近 30 年，内容逐渐从文化交流向经济合作转变。成丽娟主任告诉记者，加大经贸往来力度，是目前市委、市政府的友城工作思路，也是她这个刚刚走马上任的新主任肩负的重担。而按友城处曹燕萍的话说，这就叫作"寻找双赢的结合点"。

西安市与加拿大魁北克市多年的交往就颇有成效。魁北克市历任市长每次访问西安都带来许多项目，内容涉及能源、绿化、旅游、经贸、科技等。2001 年 12 月圣诞节前，西安、长春与魁北克市 3 座友城在魁北克就曾联合召开经济研讨会。今年 6 月，魁北克市政府执委会副主席克鲁德·拉罗斯先生率领政府官员和能源专家至西安，出席由双方各筹措 500 万元人民币兴建的能源培训中心的揭牌仪式。面对双方成功的合作，拉罗斯先生坦诚地畅谈他的感受："访问西安，不仅看到了古城、世界第八大奇迹，也看到了西安高科技和人才的优势。如果更好地保护文化，西安将成为一个世界旅游热点城市。"

的确，国际友城活动使古都西安向世人展示了它的神韵和英姿，如今，丝绸之路的新起点上又谱写出了国际交往的新篇章。

（原载《人民日报》海外版，2002 年 7 月 30 日）

《茶馆》倾倒台北

尽管推进缓慢但风势强劲的"敏督利"台风袭击台湾，7 月 1 日晚，来自祖国大陆的经典名剧《茶馆》，还是在人们的期盼中如期在台北上演。这是《茶馆》的第 503 场演出，也是在祖国宝岛的第一次亮相。

能够容纳近 2600 名观众的台北"国父纪念馆"几乎座无虚席。从演出前络绎不绝的人流、在大厅内踊跃购买《茶馆》剧本和 VCD 的观众，到演出中间不时爆发的阵阵笑声、掌声和赞叹声，谢幕时全场观众起立经久不息的掌声和叫好声，无疑，《茶馆》在宝岛的演出取得巨大成功，台湾同胞同大陆的同胞一样喜爱《茶馆》。

未演先轰动

如同打仗"兵马未动，粮草先行"，《茶馆》演出之前，主办单位和台湾的媒体就先造势。早在 1 个月前，台北的许多条大道的两侧就悬挂了数以千计的《茶馆》海报，报纸刊登《茶馆》剧照的大幅广告，电视、网络纷纷跟进报道，掀起了一个不小的高潮。海报和广告称"《茶馆》是中国百年第一经典舞台剧"，《茶馆》阵容强大，有 67 名团员莅台演出，"集合大陆当今影视舞台界最顶尖名角"。

宣传材料和媒体对老舍先生、《茶馆》剧情及其在中国文学艺术上的地位和成就，做了比较充分的报道。称老舍先生是"人民艺术家"，"以长篇小说和剧作著称于世。他的作品大多取材于市民生活，为中国现代文学开拓了重要的题材领域。以其独特的幽默风格和浓郁的民族色彩，从内容到形式的雅俗共赏而赢得了广大的读者"。宣传材料还对北京人民艺术剧院和《茶馆》剧组演员褒扬，称北京人艺"以其丰富多彩的演出剧目，严谨精湛的舞台艺术和情醇意浓的演出风格，在海内外享有盛誉""北京人艺不仅是一个有着丰厚传统的剧院，更是一个在艺术上不断探索、创新，与时代脉搏相结合的剧院。北京人艺在中国话剧史上，创造了许许多多的辉煌，她无愧于国家级艺术殿堂的称号，是国宝级的明珠，是中国话剧的希望所在"。

在《茶馆》首演的当天，《中国时报》以大半个版的篇幅刊登中天电视执行副总经理陈浩的长篇报道。作者对《茶馆》推崇备至："而迷人的还是戏剧本身，当幕一拉起，灯光照在舞台上，人声杂沓，晚清的市井小民在茶馆里一桌一桌地讲话，每一个细节都是戏。你自然就目不暇接地盯着舞台人物的穿着、言语、手势、姿态……光是那第一幕戏，戏剧大师曹禺说的'古今中外剧作中罕见的一幕'，绝非虚言，你若人在剧场，千言万语说不尽。"

从《茶馆》导演林兆华和主要演员梁冠华、濮存昕、杨立新等与记者的见面会，《茶馆》在剧场彩排，直到首场演出，几十家台湾媒体连续跟踪采访，以《〈茶馆〉到台北》《胖胖王掌柜，〈茶馆〉渡海来》《茶馆老人泪沾襟，中国之命运悲壮走一遭》等为题纷纷报道。采访的记者多是二三十岁的年轻人，不少人对《茶馆》的剧情和它所展示的年代并不熟悉，为了使自己的报道有更多内容和更准确，记者们向导演和演员们踊跃提问，现场气氛十分热烈，摄影摄像记者则是抢拍了许多生动的画面。6 月 30 日下午，《茶馆》原本在剧场进行走位、不着装的排练，应记者的要求，扮演王掌柜的梁冠华、扮演常四爷的濮存昕和扮演秦二爷的杨立新穿上戏服，演出全剧末尾也是最感人的一段：3 位风烛残年的老人聚首，回忆过往，凄然向空中撒纸钱为自己提前送终。几位著名演员的认真态度和精湛技艺征服了在场的记者。有位记者写道："扮演老人的杨立新虽然未染白头发、粘着白胡子上场，但见他身形佝偻、挂着拐杖，坐下后仍不时微微颤动、嘴角抽搐，依旧把老迈的'秦二爷'演得惟妙惟肖。"

感动和震撼

演出前，作者与来自北京人民艺术剧院的导演林兆华、主要演员梁冠华合影

尽管不是周末，尽管有台风的干扰，《茶馆》首场演出还是吸引了几千名台北市民冒雨而来。观众中，有近一半是六七十岁的老人，但四五十岁的中年人、二三十岁的年轻人也不少，甚至还有小学生。这些生活在台湾地区，看琼瑶三毛的书、听邓丽君的歌长大的中年人，甚至听张惠妹、S. H. E的歌还上着学的学生们，能看得懂《茶馆》吗？

长达3个小时的演出中没有人提前退场，演到精彩处，观众该笑的时候笑了，该流泪的时候流泪了，该鼓掌的时候鼓掌了，而且还不时有赞叹声、喝彩声。当全剧结束时，全场起立长时间热烈鼓掌。这一切都令人信服地说明：台湾的观众看懂了，喜欢了。

中场休息时，一位鹤发童颜的老人在走廊久久地凝视《茶馆》的海报，似乎仍沉浸在剧情之中。老先生告诉记者，他姓辛，今年81岁，山东人，1938年到了北京，当时14岁。"我对剧中人物的一举一动一言一行都很熟悉，风俗习惯一点也不陌生，他们的服装我从小就穿过。"他说，11年前北京人艺在台湾演出《天下第一楼》时，观众老年人多，年轻人少；今天，来了不少年轻人，这很好！记者问一位正在上高二的姓张的女生："你对这出戏看得懂吗？戏中人物的北京方言听得懂吗？"这名小女生说："对《茶馆》，我们在学校里学到了一点，戏中人物的对白大部分听得懂。"她还告诉记者，她父母的老家在江浙一带，在那里还有亲戚，小时候曾随父母到过杭州、南京、上海和一些说不出名字的地方。一个多月前，她就从街头海报和报纸广告中知道大陆《茶馆》要来台湾演出，妈妈早早地就订了票，今天和妈妈一起来看首场演出，很开心。

在下半场开演前，记者同邻座的一位中年女士攀谈。这位小学教师告诉记者，许多年前，她就看过《茶馆》的书，当时这还是"禁书"，只能偷偷地看。对老舍先生和沈从文等作家的书，还有鲁迅先生的著作如《阿Q正传》等，看了很多。"当时，正版的看不到，看的是影印本。""觉得他们对那个时代及人物的刻画蛮深刻的。"问她今天的观感，她说："演员演得很棒！"她还告诉记者，她到过北京，看过人艺的《天下第一楼》。为了体会茶馆的气氛，她还特意到北京的茶馆听过京韵大鼓。

帷幕徐徐落下，掌声和叫好声却仍不绝于耳。一位快人快语的邹老先生抒发感慨："清末那个环境老百姓穷得卖儿卖女；民国初军阀混战人民很苦；日本侵略时人民更是饱受煎熬⋯⋯时代的变迁、人民的苦痛，《茶馆》在这么短时间内把它表现出来，很好！"他还对记者说："这出戏告诉人们，人民一定要团结，国家一定要富强。不然就要被别人欺负。"

虽然剧终人散，剧院的出口有几个已经关闭，但仍有一些观众抢着选购《茶馆》的 VCD。其中的一位邱小姐对记者说："我认为《茶馆》是中国舞台剧中最值得欣赏的。我喜欢看表演艺术，作为中国人总是要看自己家里的东西。"他们告诉记者，从前年就盼着《茶馆》来台湾，今天终于如愿以偿！

《茶馆》从 7 月 1 日起在台北连演 8 天，将有更多的民众欣赏到"永久的《茶馆》"的永久魅力，自然也会从中得到各自的感受。

（原载《人民日报》海外版，2004 年 7 月 3 日）

"反军购　要和平"

——台北市民"6·19"大游行纪实

"反军购，要和平！""反军购，救教育！""政客军火靠不住，停止军购！"……6月19日上午，数千台北市民打着旗帜和标语，高呼反对军购的口号，参加了由民间团体和各界人士发起的"反军购，全民发声"大游行。

游行从10时开始，但当记者9时30分到达游行的集合地——台北火车站对面的广场时，数以百计的台北市民早就来到现场。他们中有教师、工人、环保工作者及社会各界人士。他们在胳膊上拴着"反军购，全民发声"的布条，手拿反对军购的传单，高举表达他们反对军购意愿的各种标语，并一遍遍跟着游行的组织者高呼反对军购的口号，演唱为这次游行谱写的歌曲。

人们从四面八方络绎不绝地赶来，不到10时，广场上已聚集了上千人。数十家媒体的记者忙碌地进行采访。游行发起人之一的周圣心女士在讲演中激动地说，12年的"国教"已喊了10年，当局借口没钱不愿实施，现在却要用发行公债、出售土地的方式，筹措6108亿元来购买美国已经要淘汰的武器。这有什么好处？她算了一笔账：6108亿元新台币可以让拖了10年的"国教"做10轮，全年度100亿元的环保预算可以支用60年。另外，可以资助台湾100万名弱势者100年的健保费，可以盖2000个台湾少数民族文化会馆，还可以让台湾的四大城市都享有便捷的捷运系统……但是，一个卖地举债的军购特别预算案，马上吃掉这一切！她说："我们希望有一个更安全、更美丽的台湾，希望用我们的发声使这个超级的军购案被冻结或延缓。台湾的前景在哪里？海峡两岸关系怎样发展？我们要用我们的行动展示市民的力量，希望找到一个给台湾带来长治久安的出路。"

10时许，游行队伍浩浩荡荡地出发。在行列中，记者采访了一位拄着拐杖的老人。记者问："军购能给台湾带来安全吗？"老人摇着头，大声回答："不会！这完全是骗人的！"记者还见到一位电视节目主持人来参加游行，面对同行的采访，她明确表示："我反对军购，这个数字太荒谬了。军购会破坏两岸的和谐。"

参加今天抗议军购游行的，还有宗教界人士。一位基督教专业人士对记者说，军购在战略认知上就犯了错误。军购对台湾毫无意义。他认为台湾当局应该用新思维，为发展两岸关系做出明智的决定。

在游行队伍中，一位肩头扛着自己4岁半的小女儿、做房地产生意的陈先生告诉记者："执政者在理念和行动上同老百姓有很大的落差。买军火的钱来自人民，执政者的决策不能这么错误。我们要用行动表达自己的心声，今后有这样的活动还要参加。"

游行队伍沿着忠孝东路东段走向中山南路，当经过"立法院"时，队伍停了下来，齐声呼喊："反军购，要和平！""反对军购，争取教育预算！"游行的组织者大声演讲："我们要和平，爱台湾。我们是为了下一代更美好而游行，为了把被破坏殆尽的这块美丽的土地恢复美丽而游行。我们要问：我们的钱非要花在军备上吗？不能把钱花在教育、环保上吗？"

11时，游行队伍到达"二二八"公园，在这里，他们以演出行动剧和合唱歌曲的形式，再一次表达强烈反军购的心愿。一位身穿黑色衣服的"死神"，张牙舞爪，手举火把，嘴喷烈火，把火到处点燃。最后，"黑色死神"点燃了拼成台湾地形的绳索，寓意购买军火无异于引火自焚。

由"黑手那卡西"乐队为这次抗议军购活动而创作，并带领大家齐声演唱的歌曲，使游行活动又一次掀起高潮。歌词讽刺而诙谐，乐曲铿锵有力："造飞机，造飞机，6108亿；蹲下去，蹲下去，借钱买武器；蹲下去，蹲下去，人民惨兮兮；弯着腰，弯着腰，送钱给美国；

飞上去，掉下来，还要说声：Thank you very much！"在人们的呐喊和嘲笑声中，歌手们建议：我们不要说"Thank you"，要大声说"No！"在一片"No"声中，台北市民的这次反军购游行示威活动落下了帷幕。

（原载《人民日报》海外版，2004 年 6 月 21 日，与姚小敏合作）

妈祖精神　两岸共仰

——湄洲妈祖文物台北展览侧记

　　首尊敕封宋代妈祖圣像、圣像出巡时悬挂在大戟上的仪仗旗、橘红色和大红色的妈祖龙袍、彩绘珠灯、供品以及书籍文物等，将台北"国父纪念馆"的中山画廊俨然装点成一座妈祖庙宇。闻讯而来的台湾各界民众今天一大早就赶来，瞻仰来自福建莆田湄洲的妈祖文物。

　　开幕式剪彩还未开始，提前进入场馆的市民就忙着观看琳琅满目的展品，图个先睹为快；更有信众在妈祖金身圣像前虔诚膜拜；而在馆内忙碌的还有那些身穿红色背心的女志愿者，为了完成好为展览解说的任务，在开幕式前还争分夺秒地在展品前又看又说又记，她们说："这是在'做功课'，为了解说得更好，就要准备得更充分些。"

作者和同事姚小敏与台湾"国父纪念馆"秘书彭婷婷在妈祖圣像前合影留念

莆田市对外文化交流协会会长林光大向来宾介绍说，这次来台展出的 161 件妈祖文物，都是在莆田市博物馆珍藏、精选的有代表性的妈祖信仰文物，包括原妈祖庙供品明代星图、历代妈祖像、妈祖庙中的各类祭器，如金漆透雕果盒、桌灯；还有妈祖出巡中的仪仗器物等。其中，属国家一级、二级和三级的文物多达 84 件，堪称品类多，文物价值高。尤为难得的是，文物中有一尊典藏于莆田文峰宫、南宋时期首尊受朝廷敕封晋爵的妈祖木雕圣像，已有 800 多年的历史，是迄今文献记载中历史最为久远的妈祖木雕圣像。这些文物是研究妈祖信仰形成、发展和历代社会经济史、海外交通史、航海史、科技史及宗教学、民俗学的珍贵资料。他表示相信，莆田的妈祖文物一定能给台湾民众带来丰富的精神食粮，将使台湾同胞在妈祖信仰文化上与祖国大陆同胞产生美好的感情共鸣。

台北"国父纪念馆"馆长张瑞滨在致辞中说，妈祖在台湾人民的心目中占有举足轻重的地位，海峡两岸民众每年举行的瞻仰朝拜妈祖活动的场面使人震撼。这次湄洲妈祖文物到台湾展出，使岛内同胞在心灵上又一次受到震撼，尤其是这尊宋代敕封的妈祖神像来台湾，更免除了台湾同胞长途跋涉到福建朝拜的劳顿之苦。

耄耋之年的台湾知名人士邱创焕先生说，两岸都尊奉妈祖，企盼妈祖保佑平安幸福。这次湄洲妈祖文物到台湾展出很有意义，给人许多启示。现在台湾要花 6000 多亿元台币买武器，还嫌不够，还要再花 2000 多亿。买那么多武器干什么？他说，现在台湾的产品有三分之一多卖到大陆，对繁荣岛内经济帮助很大。他希望今后两岸在经济上多多合作，在文化上多多交流，使两岸同胞和平幸福。

与妈祖文物展出的同时，展厅的一角还出售来自妈祖家乡的妈祖文物工艺品和由台湾岛内制作的有妈祖像及湄洲妈祖庙等图案的精美钱包、名片夹等，还有特意为配合此次展览设计的妈祖文物纪念邮票。记者在现场采访了邮票的出版商，也是此次活动协办单位之一的台湾"中华邮政公司"副总经理苏天富先生。问及协办这次活动的动机，苏先生坦称：关心公益事业，推动两岸文化交流；弘扬妈祖精神，促进岛内族群和谐。

来自祖国大陆的湄洲妈祖文物将在台北、台南各展出一个月，相信宝岛民众在瞻仰圣物之时，更领略中华民族文化的博大精深，也将受到妈祖福泽广被大爱精神的陶冶。

2005年台湾"国父纪念馆"曾一士副馆长（左三）参访人民日报社，与人民日报海外版副总编辑王行增（左二）和港澳台侨部编辑记者在"金台园"合影（许涿 摄）

（原载《人民日报》海外版，2004年6月21日，与姚小敏合作）

题记：8 月中旬，海峡两岸的黄埔校友聚首黄浦江，纪念"七七抗战全面爆发暨八一三淞沪抗战 70 周年"。他们在嘉定参观"淞沪抗战 70 周年文物文献展"，到浙江富阳寻访当年侵浙日军投降仪式旧址。一路行来，他们重温历史，缅怀抗战英烈，冀望国家早日统一，民族富强昌盛——

两岸黄埔一样情

也许对现在的许多年轻人来说，抗日战争是很遥远的事情。然而，对海峡两岸的黄埔军校校友而言，抗日战争并不遥远，他们的记忆中更没有忘记。当年，他们和全中国军民一起浴血奋战，在中华大地谱写了惊天地、泣鬼神的壮丽诗篇。

8 月中旬，当海峡两岸的黄埔校友聚首黄浦江，纪念"七七抗战全面爆发暨八一三淞沪抗战 70 周年"时，他们每个人无不心潮澎湃，热血沸腾，思绪又回到了当年硝烟弥漫的战场。

一

1942 年 5 月 25 日，数万名日军精锐部队将八路军总部包围于山西辽县麻田以北的南艾铺一带，身为八路军副参谋长的左权将军为掩护主力突围，被敌人的炮弹击中，壮烈殉国！

左权是八路军在抗日战场上阵亡的最高将领，牺牲那年，他唯一的女儿太北刚满两岁。作为黄埔军校一期生、抗日名将左权的后代，左太北怀着对先烈前辈无比崇敬的心情，参加了在上海举行的纪念抗战的各种活动。8 月 14 日在"黄埔论坛"大会的发言中，她深情地缅

参加这次纪念活动的黄埔一期生，在抗战中壮烈殉国的八路军副参谋长左权将军的女儿左太北

怀了父亲的卓越功绩，为父亲用生命和热血实践了当年上黄埔军校的誓言"不要钱，不要命，爱国家，爱百姓"而自豪。她还回忆起父亲与在中学、黄埔军校和莫斯科中山大学都是校友的邓文仪伯伯，虽然政治观点不同，但在抵御日本帝国主义侵略的战争中，他们成了一个战壕的战友。回顾这段历史，她希望两岸黄埔同学和亲友要像当年在抗日战场上那样，紧密团结，发扬黄埔精神，为完成祖国统一大业贡献力量。

曾任黄埔军校教育长的张治中将军，在1932年上海"一·二八"抗战和1937年"八一三"淞沪抗战中，冒着枪林弹雨率中国军队与日军进行了英勇的战斗。为了实现和平，张治中将军曾三到延安，为实现国共合作而奔走，被称为"和平将军"。这次，张治中将军之子、北京港澳台侨海外联谊会会长张一纯与海峡两岸的黄埔新朋旧友在黄浦江畔相逢，心情格外激动。在重温历史、缅怀先烈之时，张一纯还深情地回忆起敬爱的邓颖超同志对他的勉励和嘱托。他告诉记者，邓妈妈在病重之时，曾语重心长地对他说："你父亲为祖国统一大业做出了贡献。你要继承父亲的遗志，实实在在、扎扎实实地做好对台工作，一定要做到底。"

　　作者与参加此次纪念活动的曾任黄埔军校教育长，被称为"和平将军"的张治中将军之子张一纯和他的儿孙在淞沪抗战纪念馆合影

　　年逾古稀的张一纯表示，当年父亲为实现国共两党合作，建设强大的中国而牵线搭桥；为了推动两岸关系和平稳定发展，他也要做个"桥梁"，实实在在地多做些有利于两岸同胞的事情。

二

　　8月13日上午，"同仇敌忾　共赴国难——纪念'八一三'淞沪抗战70周年文物文献展"在嘉定揭幕。220多件珍贵文物和230多幅珍贵照片展现了当年那段气壮山河的历史。

　　在"八一三淞沪抗战中国军队指挥系统表"和淞沪抗战示意图，冯玉祥、张治中、蔡廷锴、蒋光鼐等抗日名将的戎装像前，在毛泽东与蒋介石在重庆举杯庆祝中国抗日战争胜利的照片前，两岸黄埔同学仔细观看，久久凝思。在苏州河畔的四行仓库保卫战遗址，抗日英雄谢晋元将军之子谢继民激动地讲述"八百壮士"誓死固守、奋勇杀敌的英雄事迹，使大家感奋不已。

作者在谢晋元将军率"八百壮士"奋勇抵抗日军的四行仓库旧址纪念馆

参观完展览后，上海黄埔同学会常务理事黄浪萍指挥大家唱起了当年鼓舞中国军民奋勇杀敌的抗战歌曲《中国不会亡》："中国不会亡，你看那民族英雄谢团长；中国一定强，你看那八百壮士孤军奋守东战场……"歌声激昂，两岸黄埔同学的思绪仿佛又回到那炮火纷飞的抗日战场。

8月15日，台湾退役将领抗战史迹参访团一行顶着骄阳，到浙江富阳县侵浙日军投降仪式旧址"受降厅"寻访。在当年侵华日军杀害我国同胞的"千人坑遗址"和"受降厅"，85岁高龄的村民林镇南老人以幸存者和见证人的身份，向台湾客人讲述日军的暴行和1945年9月4日中国军民在这里接受侵驻浙江和厦门地区的日军投降的情景。

抚今追昔，台湾"中华黄埔四海同心会"原会长谢元熙将军对记者说："当年为什么遭受侵略，就是因为国家太穷。国家富强，四海归心。我每次到大陆来，都一再讲，国家要强！国家强了，谁都不敢侵略我们。中华儿女在国际上才能扬眉吐气。"谈到两岸关系，他有如下

作者与参加此次纪念活动的来自台湾的黄埔军校退役将领，在当年侵浙日军投降仪式旧址附近的富春江畔合影

观点：只要台湾不搞"台独"，大家要彼此照顾，互相合作，拼经济，拼发财。两岸都发财了，就是中国人的福气，中国就强了。

82岁高龄的台湾"中华战略学会"理事兼孙子兵法研究组召集人李启明将军，这次经金门乘船到厦门来大陆参访。回顾当年抗战面对共同敌人，国共两党同仇敌忾、奋勇御敌的历程，李启明激动不已。作为战略学家和孙子兵法研究专家，他以孙子兵法对记者阐述他的两岸"双赢"方略。他认为，"双赢"对两岸都有好处，"台独"这条路绝对走不通。统一是民之所望，大势所趋，但须水到渠成。

台湾"中华黄埔四海同心会"原会长黄幸强将军在"黄埔论坛"发言中说，历史是一面镜子。我们要认清，国家只能团结，不能分裂。一个中国的认同那是全球所有中国人一致的体认。面对未来，两岸应在异中求同的大前提下，携手合作，共同走向统一。

三

在上海，台湾退役将领抗战史迹参访团还参观了上海市城市规划展示馆，乘坐磁悬浮列车，乘船夜游黄浦江；在杭州，台湾客人泛舟西湖，享受"人间天堂"美景；在四省通衢的衢州游览参观，感受中华民族的悠久历史和博大精深的文化；在琳琅满目的义乌小商品城徜徉、选购……所见所闻，客人无不留下深刻印象，感慨不已。

在参观上海市城市规划展示馆，看了未来的上海和"世博会"宏伟蓝图后，出生于台湾新竹的罗吉源将军激动地向记者谈了他的感受："我的感想是'五个大'：大魄力、大手笔、大愿景、大进步，完成后将把中国变成崭新的大中华！'五个大'之外，还有一个期待：期待这个宏图早日实现！"语言简练，情真意切，发自肺腑。

8月15日中午，在浙江黄埔同学会举行的午宴上，祖籍江苏盐城、抗战期间曾就读于盐城中学的陈廷宠将军在致辞中抒发感怀："我们每次到大陆来，都看到又有新变化。作为同胞，作为黄埔同学，我们为之感到高兴，并希望大陆更加进步！"

8月18日，来自北京，组织这次活动并陪同台湾客人参访的黄埔同学会的工作人员，怀着依依不舍的心情送别即将返台的台湾退役将领。当宾主惜别之时，记者的耳畔又一次回响起"中国不会亡，中国一定强"！

（原载《人民日报》海外版，2007年8月21日）

不能忘却的纪念

——台北举办"台籍志士抗日回顾展"

7月7日，在这样一个特殊的日子里，在台北，一个个闪亮的名字又一次牵扯了人们的思绪，激起了人民的缅怀。

丘逢甲、林献堂、蒋渭水、莫那鲁道、李友邦、连震东……他们都是台湾反帝、反殖民抗日运动史上不朽的英魂。

今天下午，台北市文献委员会等单位、社团在中山堂举办"台籍志士抗日回顾展"。台北市市长马英九、抗战老人严秀峰女士出席了开幕式。

据悉，中山堂原为日据时期的总督府，也是台湾光复时日军签署降书的地方。在此举办抗日纪念活动，意义自非寻常。

这次展览共分三个部分："反侵略之武力反抗期""争民权之民族运动期""祖国抗战、台湾光复期"。每个部分通过图片和文字介绍抗日志士的光辉业绩，展示了一批批台籍志士前赴后继、反抗日本侵略者的宏阔画卷。

台湾同胞反侵略反殖民的历史悠久而漫长。1894年，清廷甲午战败，翌年被迫签订《马关条约》割让台、澎。自此，台湾同胞反侵略、反殖民的抗日运动此起彼伏。1937年7月7日，卢沟桥事变，日军大举侵华，中华儿女奋起全面抗日。此时，在日本殖民统治下的台湾同胞，基于民族情感，在这场民族解放斗争中并没有缺席。

主办者表示："在殖民统治下的台湾抗日运动与祖国抗日运动的合流，正是七七抗战纪念台籍志士最有意义的地方。"

已届耄耋之年的严秀峰女士，早年即随丈夫李友邦转战大陆抗击日寇。李友邦是台北芦洲人，抗战爆发后奔赴大陆。1939 年在浙江成立台湾义勇队及少年团，组织培训台胞，武装抗日。

严秀峰女士以历史见证人的身份，向记者讲述了那段难忘的岁月。她说，日本侵华后，岛内同胞在殖民统治者的高压下，仍然顽强进行反抗。许多台湾同胞深深体会到，抗日是关系整个中华民族的生存问题，只有中国战胜，祖国才能独立自由，台湾才能重归祖国怀抱，台胞也才能脱离日本帝国主义的枷锁。很多台籍志士因此前往大陆，组织团体，投身抗战。

作者采访抗日英雄李友邦将军的遗孀严秀峰女士

马英九在开幕致辞时表示，今天我们把尘封多年的照片展示出来，纪念台籍抗日志士，不是为了宣扬仇恨。历史可以原谅，但不能忘却。

无党籍"立委"苏盈贵说："没想到，今天，在这块土地上还能有一个地方用来纪念台籍抗日志士。"他说："对历史，真正的意义是汲取教训，追随典范，这都需要坚定的勇气和真正的智慧。"世事无常，苏先生当是有感而发。

（原载《人民日报》海外版，2004 年 7 月 8 日，与姚小敏合作）

宝岛喜相逢

——祖国大陆和平小天使访台纪实

经过海峡两岸有关方面一年多的艰苦努力，8月14日，第五届祖国大陆和平小天使访问团终于踏上了赴宝岛台湾访问、交流的行程。

带着祖国大陆亿万少年儿童的深情厚谊，带着4200万云南各族人民的美好祝愿，由昆明市和西双版纳傣族自治州24所中、小学50名学生为主体的祖国大陆和平小天使访问团，在向家乡父老汇报演出之后，便急匆匆、兴冲冲地经广州、绕香港，登上了飞往台湾的班机。

"彩云的故乡"多姿多彩的风情和秀山丽水的滋润，使得这群孩子们多才多艺。他们中的大部分在昆明市小茶花艺术团和青少年活动中心受到艺术的熏陶和严格的训练，"孔雀之乡"西双版纳的几名能歌善舞的孩子和省杂技团学员队小演员的加入，更为这个访问团增添了几分靓丽。

能以自己的歌声舞姿和各种精湛技艺为台湾小朋友演出，小天使们兴奋异常。对他们要去的地方和那里的人们，他们既陌生，又熟悉。

云南师大附小的赵可小同学，早就期盼着与台湾的小伙伴重逢。去年7月，当50名台湾和平小天使访问云南时，她曾以随团小记者兼导游的身份结识了许多当地的小朋友。她向台湾小伙伴介绍云南白族姑娘头上的"风花雪月"，介绍大理崇圣寺三塔，陪他们游傣园，和他们在摩梭之家围着篝火狂欢。在世博园台湾展区，两岸小朋友种下了5棵友谊树。最难忘的是分手的前一天在世博园举行的话别会上，当两岸小朋友同唱周华健的《朋友》时，大家拥抱着哭成一团。从那以后，赵可与台湾小伙伴的联系不断，通信、打电话、寄贺卡、发电子邮件。

听说赵可将在这几天到台湾，台湾的小朋友高兴得睡不着觉；赵可更是按捺不住早日见到他们的心情。

擅长吹奏傣族民间乐器葫芦丝的白族小姑娘字悦和李雯是第二次登上宝岛。3年前，她们曾作为"山娃娃艺术团"的小演员访问过台湾。谈起访台的感受，字悦说："虽然时间不长，但结下了深厚的友谊。我觉得离别的时候特别难受。"

当我看到年仅 11 岁、身高 130 厘米的赵艳珊小姑娘两只胳膊上长长的伤痕时，我怀疑她是否还能到台湾演出，而且是表演难度很大的杂技《滚灯》！她的右臂是两年前演出时摔折的，而左臂是在今年 2 月练功时摔断的，做了钢钉内固定手术，缝了 11 针。为了能让台湾的小朋友看到她的表演，赵艳珊坚持做身体其他部位的力度和柔性训练，每天练功长达七八个小时。拆除钢钉后，她立即投入《滚灯》的训练，泪水混着汗水，嘴上却说不累，看得老师们的心都要碎了！

云南省歌舞团编导张来善为创编这一组具有浓郁民族风情和较高艺术水准的赴台演出节目可谓呕心沥血。他对台湾并不陌生，对台湾同胞更是怀有深情；台湾同行对他的艺术才华早有领略并深为敬佩。1991 年，张来善曾作为云南省歌舞团舞蹈队队长赴台表演大型民族舞剧《阿诗玛》和云南民族舞蹈，演出在全岛轰动，获得巨大成功。这次，他作为幕后的编导，甘当人梯，把孩子们推向前台，但从孩子们的身上，可以强烈地感受到这位艺术编导的匠心和独特的艺术功力。谈到上次演出和此次赴台，张编导颇有感慨："当年赴台，走到哪里，我的心都是热的，很激动；这次又去，定会有新的感受。"

访问团中有十几位"大天使"，是他们推动着两岸和平小天使们的互访，并以父母般的慈爱关怀着孩子们。他们有的曾几次带团出访，甘苦备尝。有的多年从事两岸同胞的交流工作，并竭诚为台湾同胞服务，有的本身就是台胞、台属。副团长杨津昌是台中清水人，领队史茂林是台北人，秘书长陈杰是阿美人。团里的许多人在台湾有亲属、好友，可谓血浓于水，骨肉相连。此番到宝岛，回家乡，看望亲人，拜访老友，自然心潮澎湃，激情难抑！

当飞机飞临台湾地区上空，宝岛的美丽轮廓映入眼帘的时候，坐在我身边的张程琰小姑娘感慨不已："过去，我从地图上看台湾；现在是从飞机上看台湾；马上就要在岛上看台湾，我好激动！"当祖国大陆和平小天使访问团进入桃园机场候机大厅时，早已等候在这里的50多位台湾小天使和他们的父母立刻拥了上来，给每一位祖国大陆的亲人挂上绚丽的花环，两岸小天使们互赠礼物，手拉手走出大厅，欢声笑语洋溢。为两岸和平小天使互访、交流辛勤奔走操劳近10年的翁林澄先生和他的夫人郑秀英女士以及企划人协会的同事们笑容可掬地迎来老友新朋。赵可的好朋友陈怡珊一眼就看到了赵可，两位小姑娘笑着、叫着、拥抱着。到过云南的台湾小天使们在人群中焦急地寻找着自己的好朋友，更多的台湾小朋友忙着结识新伙伴。

当晚在圆山大饭店举行的两岸和平小天使联欢餐会上，更是把这种亲情、友情和乡情推向了高潮。两岸和平小天使簇拥在一起，说着笑着，合影留念，一遍遍地同声歌唱；两岸"大天使"热情地相互致辞。祖国大陆和平小天使访问团团长陈贵州说："我们是为增进两岸小朋友的友谊和了解而来。两岸小朋友都是华夏子孙，是中华民族的英才。我们要通过两岸和平小天使的交流互访，使他们从小培养同胞情、民族爱。"他衷心地希望这项活动越办越好。（待续）

（原载《人民日报》海外版，2000年8月31日）

相见格外亲

——祖国大陆和平小天使访台纪实

祖国大陆和平小天使赴台的第二天，是接待家庭的活动。一大早，50个孩子就被50个台湾小天使和他们的爸爸妈妈接走了。这一天，是海峡两岸的孩子尤其是台湾的小朋友盼望已久、最开心的日子。他们将同来自祖国大陆的哥哥姐姐弟弟妹妹们一起度过虽然短暂但最难忘的时刻。

在板桥市上小学三年级、不到10岁的杨凤兮小姑娘，结识了一位在昆明市少年文艺学校上二年级的叫祁亚菲的小姐组。凤兮的妈妈高嘉明女士一眼就喜欢上了这个文静、懂事、多才多艺的姑娘。听说亚菲不仅会跳舞，还会弹古筝，高女士更是欣喜，她告诉记者："我现在正跟着老师学古筝，亚菲可以教教我。"高女士把亚菲当成自己的孩子，带着这对刚刚结识的小姐妹到海边玩耍，下午在家里搞了个小型的交流活动，自然少不了切磋古筝。

在亚菲她们离别台湾的前一天，在台北儿童育乐中心露天广场冒着酷暑演出的时候，我又见到了高女士、小凤兮，还有凤兮的弟弟、小表姐和爸爸杨炳辉先生。他们专程来看孩子们的演出，来看"女儿"和"姐姐"亚菲。他们给亚菲带来那天家庭活动的照片，还给亚菲带来了几件小衣服。高女士说："亚菲很懂事，什么都不要。孩子来时带的衣服不多，我给她买了几件漂亮的小衣服，女孩子嘛，总得穿得漂亮点。"言语中透着母亲对儿女的疼爱之情。高女士对我说："两岸的孩子们有共同的血缘、基因、特长，特别投缘。通过孩子们的交流，可以化解上辈子的恩恩怨怨。这样的交流活动今后要多办，不仅我们家，所有接待家庭都希望这种活动继续搞下去。"

扮演彝族儿童，表演舞蹈《看花花》《小木鼓》的宋周阳，在 50 个孩子中年龄最小，只有 9 岁。小家伙胖乎乎的，特别爱笑，一笑俩酒窝，尤为招人喜爱。他结识了一位叫徐庆睿的台湾小伙伴，是台北健康小学一年级的学生，比小周阳还小两岁，个儿却高出周阳半个头。

小庆睿的妈妈王敏女士今年 7 月到过河南，去了安阳、郑州等地。她考虑小周阳住在高原，见到大海不容易，就带着两个孩子乘坐游轮在海上观光，回台北后，又领着周阳登上有 46 层高的目前台北最高的新光三越大楼，俯瞰全市。

这一天，台北的接待家庭带着祖国大陆的和平小天使们参观台北"故宫博物院"，游海洋生物馆，逛红毛村、小人国，浏览市容……几乎把台北所有的名胜古迹和孩子们感兴趣的、好玩的地方都转遍了。台北的和平小天使和他们的爸爸妈妈、哥哥姐姐、弟弟妹妹以浓浓的友情、乡情和亲如一家的骨肉之情，陪着来自祖国大陆的 50 个小同胞度过两岸孩子和他们各自的家庭终生难忘并都将十分珍惜的一天。

这一幕，不仅在台北，在新竹、在台中、在南投都在反复出现，在祖国大陆的孩子们到达的每一个地方，他们都强烈感受到台湾的小朋友和他们家人的深情厚谊。

在新竹六福村，幼稚园教师徐俐伶女士不辞辛劳地领着自己的两个儿子，带着一群大陆来的和平小天使逛游乐园、参观野生动物园。她的 10 岁的儿子黄士嘉与大陆小天使陈泽哥哥结为对子。徐女士非常高兴自己的孩子能参加这样有意义的活动，她告诉记者："孩子开始不敢报名，怕考不上。我鼓励他来体验。要不暑假将过得没有意思。"为了选拔能与大陆小天使结为对子的小朋友，台湾有关接待部门很早就通过媒体发消息、登广告，选拔才艺小天使，报名十分踊跃，很多小朋友都想来，被选中的都是幸运者。

新竹山崎小学五年级的小同学李慧敏就是一个幸运儿，而且她还被选为新竹小天使的代表，与大陆小天使的代表、将要与上云南大学附中的李晓纾姐姐交换礼物。小姑娘长得十分可爱，穿得漂漂亮亮的，还特意在两根长长的发辫上拴了几绺紫色的穗穗儿，就像过节似的喜兴。别看她年龄小，听说已经在当地的媛婷舞蹈团学了3年，见到能歌善舞的大陆小哥哥姐姐们，"以舞会友"，她特别高兴。

早早地就来到会场、兴致勃勃地带着两个孩子观看大陆小天使精彩表演的范姜莹芝女士格外高兴，她的10岁的女儿李郁华也被选为才艺小天使。范姜女士是家庭主妇，丈夫是建筑工程师。小郁华多才多艺，尤擅长书法，其作品曾参加在北京举办的中华少儿书画大赛，获优秀奖。范姜女士是土生土长的台湾人，祖上六七辈在台湾生活，在她的记忆中，她的祖先是从山西到广东，最后来到台湾。她告诉我，她曾到过桂林、南京、苏州、上海、成都等地。她印象中大陆不错，沿海地带很发达。因为这次大陆和平小天使来自云南，表演的云南民族歌舞很撩人，她想有机会再去大陆时，一定到云南看看。

在台中，郑丽娟女士领着自己的一儿二女形影不离地陪着大陆小天使祝琨璘。她的大女儿洪于婷与弟弟妹妹高兴地认识了这位大陆小姐姐。在麦当劳快餐店，两岸小伙伴们快快乐乐地吃着、说着、叫着、笑着，郑女士和所有在场的台湾小天使的爸爸妈妈们开心地听着、看着，就像一家人那样亲亲热热。（待续）

（原载《人民日报》海外版，2000年9月4日）

情真意切

——祖国大陆和平小天使访台纪实

8 月 18 日一大早，祖国大陆和平小天使便离开台中市，赶赴去年台湾大地震的重灾区南投埔里镇。沿途到处断壁残垣。

埔里、南光、爱兰 3 所小学的几百名师生早早地就等候在地震后搭起的临时校舍前，不停地挥动小彩旗，一遍遍热情地喊着"欢迎！欢迎！"手拉手、亲亲热热地把 50 个远道而来的祖国大陆的小伙伴领进活动板房教室。

天太热，100 多位孩子挤在一间教室内满满登登的，再加上几十个大人，更是热得出奇，几乎叫人喘不过气来，由此大陆的孩子们体验到了灾区台湾小同学的疾苦。室内酷热，两岸小朋友的心更热，他们相互介绍，谈着彼此感兴趣的话题。埔里小学王校长向大陆的小同学介绍说，这 3 所学校有悠久的历史，其中埔里小学就有 103 年的校龄。去年"9·21"大地震前共有 2826 名学生、132 位教职员工。大地震将 3 所学校的校舍全部震毁，在社会各界的帮助下，40 天内搭起 60 间教室，师生们在简陋的条件下坚持上课。"但是，再怎么苦也不能苦我们的孩子；再怎么穷也不能穷了我们的下一代。"他高兴地告诉大家，眼下新校园正在建设，今年 7 月 3 日动工，明年 2 月将建成。新的校园将是既现代又实用，可以符合现代化教育的要求。

埔里的小同学向大陆和平小天使演了几个小节目，其中快板书《回顾"9·21"大地震》令人震撼："9·21，大灾难，让人刻骨铭心的这一天。轰然一声响，大楼拦腰断，罹难人数有两千，伤残人员八九千，美好的家庭毁于一旦……"祖国大陆和平小天使访问团中的许多"大天使"经历过当年唐山大地震，对地震的危害有切身体验，这段回顾引起大家的强烈共鸣。记者当年曾在唐山大地震的第二天赶赴唐山采访，虽时隔24年，但对大地震给这座百万人的城市带来的灭顶之灾及城市被毁的惨状和唐山人民在废墟上崛起的英雄气概记忆犹新，历历在目；来到宝岛埔里，目睹地震造成的灾难和台湾灾区人民重建家园的决心，仿佛当年情景再现，感慨不已。

祖国大陆和平小天使访问团副团长、全国少工委副主任高洪噙着泪花对埔里这3所小学的师生们说："来到地震灾区，心情很激动。台湾大地震牵动着两岸同胞的心，向你们表示深切的慰问！你们在艰苦的条件下教学，规划宏伟蓝图，我们期盼并祝愿你们的新校园将更美好。"

随后，大陆和埔里灾区的和平小天使们被分成七八个小组，在各个教室里共同绘制"天灯"。"天灯"又称"孔明灯"，相传是三国时期诸葛孔明发明的。孩子们在"天灯"上画上各种象征和平、幸福的图案，写上美好的祝福。有的写道："愿海峡两岸和平小天使的友谊地久天长！"有的写道："我有一个最大心愿，就是祖国的和平统一。我希望我们都能做到，因为我们是同一颗心，同一条血脉。"有的写道："祝愿祖国和平统一，让我们永远快乐！"

当晚，两岸和平小天使点燃了他们用共同的心声制作的"天灯"，"天灯"带着孩子们的美好企盼和祝福飞向夜空。

怀着美好的祝愿，两岸的孩子们在流水淙淙、林木森森的水里蛇窑，兴致勃勃地自己动手绘制各种陶器，在"和平陶"上签名、按手印，在记载此次访问活动的纪念陶板上签名、写下各自的祝福。为两岸和平小天使互访奔波了10年的台湾企划人协会副理事长翁林澄先生，在陶板上龙飞凤舞地写下了"云舞飞扬"4个大字。他向记者介绍，两岸和平小天使互访已历时9年，往返5届，每一届都有一个主题，如"爱、和平、希望""自然与环保""我们都是中华儿女""同饮长江水"等。他在陶板上工工整整地写下了这5次活动的时间和主题，说这块陶板是海峡两岸和平小天使交往的珍贵纪念，值得永久珍藏。

在景色如画的日月潭畔，大陆和平小天使与头插鲜花、身着艳丽盛装的邵人的妈妈奶奶们，在她们震后重建的家园载歌载舞，尽情联欢。这个只有不到300人的台湾人称之为"邵人"中的许多人近年来都到过大陆访问、观光，在台湾也接待了不少祖国大陆同胞。这次，她们见到这些来自大陆能歌善舞的十来岁的娃娃们，格外亲切。说起大陆的湖光山色、名胜古迹、各民族风情和近些年巨大的变化，她们赞不绝口。

怀着依依不舍的心情，孩子们告别热情的邵人老人，告别了风情浓郁的邵人家园，告别心往驰之的日月潭，在赴台北的途中，到了一处名为"菩提长青村"的埔里老人村，慰问在这里居住的震后无家可居的老人。

"菩提长青村"实际上就是活动板房，房子和生活设备是台北和埔里的佛教团体捐献的。在一排排的板房里，住着几百名大多为单身的老人，他们有的是湖北人，有的是山东人，有的是云南人……

最小的有60多岁，年长的有七八十岁，许多人是当年从大陆过来的。他们几十年乡音未改，猛然间见到从祖国大陆来的亲人，先是木然、一愣，继而激动得老泪纵横。

孩子们就像见到了自己的爷爷奶奶，不用大人们说什么，他们满怀深情地为台湾的爷爷奶奶们唱啊、跳啊。孩子们眼含热泪地演，爷爷奶奶噙着泪花，悲喜交集地听着、看着，血浓于水的情景是任何文字和语言也表达不尽的。

演出结束，孩子们亲亲热热地或搀扶或推着轮椅把爷爷奶奶们送回他们自己的房间。"相见时难别亦难。"离别时，老人孩子无不心凄凄、泪涟涟。深受台湾同胞喜爱，歌声甜、舞姿美的10岁的小女孩刘恋，恋恋不舍地同台湾的爷爷奶奶再见。她用她那稚嫩甜美的声音对我悄悄说："爷爷奶奶真可怜，我真想把他们接回家。"（待续）

（原载《人民日报》海外版，2000年9月5日）

同有一个梦

——祖国大陆和平小天使访台纪实

相传云南是彩云的故乡。天上美丽的彩云，每天早晨从云南升起飘向远方；到了傍晚，又飞回云南，落进深山。

来自云南的 50 个和平小天使，就像一片美丽的彩云，从苍山洱海飘来，飘过大海落到阿里山下、日月潭畔。彩云象征着和平，象征着吉祥。

祖国宝岛的骨肉同胞喜气洋洋地迎来祖国大陆的这一片"彩云"。"彩云"所到之处，欢声笑语不绝、友情亲情洋溢。

在台北锦州会馆，在台中明德教室、明美雅筑、廖本吉先生和洪志旻先生家等处，祖国大陆和平小天使与台湾的小伙伴尽情尽兴地同欢。在这里，两岸小朋友的艺术才华淋漓尽致地展现，血浓于水的情感滔滔不绝地宣泄。钢琴、黑管、萨克斯、古筝、巴乌、葫芦丝……各种洋的土的乐器，在这些孩子们的手下、嘴里，流淌出美妙动听的声音；民族的、西洋的，大陆的、台湾的各种优美动人、风格独特的舞蹈，使大、小天使们一饱眼福；猜谜语、做游戏、唱民歌、说快板、跳迪斯科、绘声绘色地介绍祖国大陆和宝岛的风土人情……使孩子们不时发出阵阵开心的笑声，使在场的两岸同胞们无不受到强烈的感染，也情不自禁地汇入欢乐的海洋，共同度过了一个个难忘的夜晚。

联欢时间是短暂的，但两岸同胞的亲情和友谊地久天长，他们的歌声和微笑在海峡两岸播撒。正如孩子们在宝岛之行中一路唱到的："请把我的歌带回你的家，请把你的微笑留下。明天明天这歌声，飞遍海角天涯；明天明天这微笑，将是遍野春花。"

祖国大陆和平小天使访问团在宝岛的各种活动，通过台湾媒体的报道，传遍千家万户。人们为两岸孩子们的童真和爱心而感动，为来自各民族聚居的云南的这些孩子们带来的绚丽多姿、具有独特魅力的艺术所陶醉。他们渴望亲眼看见大陆和平小天使的风采，亲耳听到那亲切熟悉的乡音，亲身感受那股浓郁温馨的亲情。

8月20日下午，台北热得出奇。38摄氏度的高温，对这些居住在四季如春、年均温度只有24摄氏度的春城的孩子们，可谓是个大火炉。演出场所又是在露天广场，艳阳高照，地面滚烫，在这上面演出，真好比在烤得火热的铁板上翻滚。闷热的天气让人喘不过气，汗流不止，血往头上涌，浑身燥热，孩子们个个小脸儿涨得通红，无须再涂抹红油彩。可爱可敬的小天使们忍着热魔的折磨，以饱满的激情坚持为台湾的小伙伴和他们的亲人及台北的市民演出。

台北的老百姓感动了，他们早早地就等候在儿童育乐中心的广场上，人头攒动，人山人海；台湾的媒体感动了，他们早早地就来到演出现场，高高地架起摄像机，端着照相机，挥汗如雨，或站或蹲地准备捕捉精彩的一刻；这次演出的台方筹划单位和众多的工作人员感动了，在现场，他们个个汗如雨下，跑前忙后、一丝不苟地忙活着。

在铿锵有力的锣鼓声和悠扬悦耳的乐曲中，昆明市小茶花艺术团和青少年活动中心以及来自西双版纳的孩子们，精神饱满地表演了一个个具有天真童趣、民族特色和时代风貌的节目：歌舞《龙年的祝福》、彝汉儿童舞蹈《看花花》、云南民歌《猜调》、独唱《猜猜我是谁》、傣族民间乐器葫芦丝《月夜》、基诺族舞蹈《基诺山的孩子》《西班牙红裙舞》以及大型节目《儿童民族服饰表演》等。

天上不时掠过一架架飞机，空中彩旗飘扬、彩球漫舞，地上歌声悠扬、舞姿翩翩，儿童育乐中心的露天广场涌动着两岸同胞亲如一家的暖流。孩子们的表演精彩、感情真挚，观众们热血沸腾、心潮澎湃。场上，掌声赞叹声不绝，无论是大人还是孩子，台湾的父老乡亲们尽情地欣赏着孩子们这妙不可言的表演，享受着这美好难得的时刻。

带着亲情，带着友谊，带着祖国大陆和台湾同胞的深情厚谊，8月

21 日夜晚，在台北"国父纪念馆"，海峡两岸和平小天使举行了一场名为"云舞飞扬"的交流演出。演出获得巨大成功，有 2500 多个座位的会场座无虚席，掌声笑声此起彼伏。精彩的歌舞、器乐演奏，高潮迭起，特别是人们翘首以盼的云南杂技团小演员赵艳珊表演的惊险杂技《滚灯》，更让人惊叹不已。这个只有 11 岁、身高仅 130 厘米的小姑娘不久前在训练中摔伤了左臂，带着对台湾同胞的深情，带着伤痛来到台湾。几天来的奔波劳累，使赵艳珊无法正常练功，能否成功演出成为访问团领导和艺术编导最担心的问题。访问团原想向观众说明这一情况，以求一旦有失误能得到他们的体谅。但赵艳珊天衣无缝、精美绝伦的表演，征服了观众，更令访问团的大人们叹服。她在小小的圆台上以腹部支撑，四肢向上连同用头和嘴顶起 6 盏灯，每盏有七八支燃烧的蜡烛的绝技，深深地印在人们的脑海里，印在这次祖国大陆和平小天使访台的史册上，也为这次赴祖国宝岛之旅画上了圆满的句号。

在向满场观众挥手致意、告别的时刻，海峡两岸和平小天使同唱《同是一个梦》："浩瀚的海洋，在两岸之间，我俩已经相隔多少年；巍巍的山巅、模糊的容颜，曾经为你流泪多少遍。是否曾想过，岁月穿如梭，可有还没完成的诺言；是否曾想过，沧海桑田后，如何面对相聚的一天……一样的大地、一样的天空，你我未来命运相与共；一样的皮肤、一样的脸孔，心中拥有同是一个梦……"歌声久久地回荡在舞台，回荡在会场，回荡在两岸同胞的心中。（续完）

（原载《人民日报》海外版，2000 年 9 月 7 日）

探访邓丽君墓

星期天（2003 年 2 月 23 日）的早晨，台湾的一位朋友来接，让我们去看邓丽君的墓。

我们住在台北仁爱路的福华饭店，汽车载着我们向台北的北面驶去。由于我们出来得早，路上的汽车还不多，在满地都是汽车的台北，这种路况很难得，似乎有意为满足我们探访邓丽君墓提供方便。

汽车经过淡水、三芝、石门，最后到达台北县金山乡管界，在沿台湾北面的滨海行驶一段后，开始向山上爬去。台湾的朋友告诉我们，金宝山墓园就要到了。邓丽君逝世后，就埋在金宝山。

金宝山有一个很大的墓园

金宝山地处台湾的台北县境内，山并不很高，远远就能看到一片墓园。当"金宝山"三个大字映入我们的眼帘时，朋友说："到了，但我还要问问，邓丽君墓在哪个区。"

这片墓园很大，沿着山势分成了许多区域，许多人因为各自的经历，长眠在地下，我们无法判断他们的过去和历史，但是，有邓丽君这样的名人、这样的歌手与他们做伴，他们在天堂里应该不会寂寞。车子在入口的黄线区内停下，朋友去问路，我们被墓园入口处的一座充满阳刚之气的雕塑所吸引。雕塑表现的是水牛拖运木料在坡道上前行，农民奋力推车，人和牛同心协力的情景。

我们正要探个究竟，朋友很快就回来了，因为在这里邓丽君的墓人尽皆知，一问便知。朋友指着那件雕塑说："这件作品肯定是朱铭的。""朱铭？"我们问道。"他是台湾著名的雕塑家，拥有自己的私人美术馆，且把美术馆当作公园经营，他的美术馆在金宝山墓园的下面，占地很大。"朋友解释道，"其实，金宝山墓园的老板也是把墓园当花园来经营。"

我们接着往前行走，经过"和园""福园"等，就看到了"邓丽君纪念公园"。与其说是看到，不如说是听到，因为邓丽君的歌曲正随风飘来："海边掀起浪涛，激荡了我的心，记得就在海边，我俩留下爱的吻……我的爱，我等你回来……我的爱，你到底在何方……"

邓丽君纪念公园位于金宝山墓园的"爱区"，分为广场和墓园两个部分，大约占地150坪，广场比墓园大一些，约为80坪，广场部分是金宝山墓园的公共用地，真正属于邓丽君的，只有70坪的地方。台湾的1坪，相当于3.3平方米。

走进公园，广场地上埋着一架钢琴，琴键露在地面，过去游人可以在琴键上踏出钢琴的铿锵声音，由于小朋友们过多踩踏，钢琴在修了5次后，变成了哑琴。我们现在只能看到一个固定的钢琴键盘。钢琴有10个音阶，只能是钢琴键盘的一部分了。

公园内还有小憩之地，游人可以在这里边休息边听邓丽君的歌曲。小憩之地在广场的旁边，有石桌、石凳，是一个露天棚的形状，上面是树枝垂伏。这里最引人注意的是，石座中间有一幅邓丽君的照片，是少女时代的模样。这样的安排，仿佛邓丽君就坐在你身边，和你坐在一起谈心。照片是彩色的，邓丽君青春焕发，光彩夺人。照片装在一个镜框中，周围有点发黑和发黄，似乎有些陈旧，可能已经保存相当长的时间了。

邓丽君的墓地只花了一块钱

走进邓丽君的墓园，前面是一个小花坛，鲜花簇拥着邓丽君的全身塑像，塑像呈青铜色，长长的披肩发被风吹起，面容微笑的她充满青春活力。花坛很有讲究，所栽种的花叫"四季花"，除了四季会开花外，它还会在不同的季节开不同颜色的花，有"四季常青"的寓意。花坛里的花组成一个大音符的形状，借喻邓丽君和她的歌曲永驻人间，永远流传，把美永远留在世人的心间。

邓丽君墓

沿着甬道往前走，就到了邓丽君的墓前。邓丽君的墓既简洁肃穆又使人感到温馨，棺盖用的是南非大理石，棺盖上面雕刻的是粉白色的玫瑰花环。棺盖前面摆放着祭拜者献的鲜花，中间镶嵌着一张邓丽君的照片，是彩色的头像。棺盖后面是一个石雕，上面是邓丽君的卧像，左右手交叉于胸前，凝视人间，石雕上写着"邓丽筠，1953—1995"的字样，是邓丽君来到人世生活的时间。

现在的台北，正是气温适宜的时候，树木青翠，花朵飘香。在邓丽君墓园的周围，可以看到杜鹃花，白的纯洁，红的灿烂。有一些季节性很强的树木，也开始枝头吐绿，洋溢着春天的气息。

邓丽君是1995年5月8日因哮喘病发作，在泰国清迈去世的，时年42岁。她去世后遗体运回台湾，埋于此间。据该墓园管理人员介绍，她的遗体可以保持50年而不变。

有意思的是，邓丽君去世后，精明的墓园老板争相邀请将邓丽君的墓地建在自己的墓园，并提供了许多设计方案。在为邓丽君择地安葬之前，她的亲人和好友跑了几个墓地，最后选择了金宝山。这块70坪墓地的取得，只花了新台币一元钱。金宝山墓园的老板之所以象征性地收一块钱，他看中的是邓丽君的名气。他确实很有头脑，把墓园当花园来经营。在他看来，邓丽君的墓地当然会成为一个旅游胜地，歌迷和游客必定慕名前来参拜。据管理人员许先生介绍，邓丽君的这块墓地在几年前价值几百万，现在已上升为几千万元。邓丽君的名气为这块墓园带来了无限的资产和商机。记者在现场看到，一批又一批的游客来到邓丽君的墓地参观和献花，怀念这个誉满华人世界的情歌歌手。

作者在"筠园"（聂传清　摄）

邓丽君棺盖的右边，立有一块大石头，上面是宋楚瑜的题字"筠园"。邓丽君原名邓丽筠，艺名叫邓丽君，"筠园"因此而来。石头前有一棵树，树上挂着许多参拜者用小木牌写的挽言，是凭吊邓丽君的。这棵树的奇特之处是，树干上分三股，三股上再分六股，到树顶，树就犹如一把伞的形状，好似"万民伞"。树上所挂木牌上的挽言，似为万民伞上的赞语。这可能是设计者的匠心，把一棵树变成了"万民树"。

邓丽君确实也受得起这一荣誉。

献给邓丽君的鲜花和"万民树"

墓园持续播放着邓丽君的甜美歌曲。

朋友买了一束鲜花，在邓丽君的墓前献上。沿着甬道出来，才看见一块石碑隐藏在树林中，是邓丽君的墓志铭。石碑不大，墓志铭的文字也不多，从中可以了解邓丽君的生平。

邓丽君的祖籍是河北省大名县，她于1953年1月29日出生于台湾云林县，自幼就展示了歌唱天赋，14岁进入歌坛，从此优美的歌声遍及港台和祖国大陆，以及东南亚、日本和美国等地，被誉为"国际天王巨星"；她精通英、日、法三国语言和粤语，才华横溢；她传扬中华文化，为海外华侨华人所赞誉和爱戴。她逝世后，两岸同胞和海外华侨华人同感惋惜，同声哀悼，万千民众同往祭拜。

邓丽君在很多人心目中是中国有史以来最成功的女歌手。她给我们留下了诸如《襟裳岬》《原乡人》《千言万语》《路边的野花不要采》《月亮代表我的心》《恰似你的温柔》《四季歌》《我一见你就笑》《但愿人长久》《风从这边来》《又见炊烟》《何日君再来》《夜来香》《云河》《小城故事》《在水一方》《我只在乎你》《酒醉的探戈》等歌曲，这些歌曲脍炙人口，经久传唱。

出生于20世纪50年代前期的邓丽君。于七八十年代红极一时，她的魅力就蕴藏在那甜美的嗓音和极富感染力的演唱中。她曾经在谈及成功的秘诀时说："我没有什么特别的方法，但是我唱歌的时候把我所有的感情，所有内心的感受，都用我的歌声表达出来了，不管是欢乐也好，寂寞也好，痛苦也好，我只是用歌声来表达的。"

邓丽君逝世后，一些团体和个人为邓丽君在网上建立了许多专门的怀念网站、网上纪念馆等，介绍她的生平、歌曲、影视活动、图片等，以及一些怀念邓丽君的文章。其中有一个名为"邓丽君之墓"的网站，访客登录后，可以为邓丽君献花、上香、点烛、点歌、留言，悼念这位杰出的女歌手。

在"万民树"和邓丽君怀念网站、网上纪念馆和"邓丽君之墓"的网站上，人们可以看到许许多多充满感情的留言。

台北的一位叶姓歌迷写道："你的风采依旧，你的歌声百听不倦，再见你也许只能在梦中。"

一位署名"张文豪"的歌迷写道："你的歌声如涓涓细流，流入人们的心头，让人不禁想去寻觅它的源头。"

自称"小妹晴媛"的歌迷写道："盼能为你传达一些声音，以及您未完成的梦，永远爱你的生生世世歌迷。"

一位名叫"高碓小如"的歌迷写道："邓姐，虽然你已离开，但相信只要提起邓丽君三个字，没有人不会说：美声、美人！你就是这样常在人们的心中，我们永远爱你。"

一位署名为"君迷"的人写道："邓姐：我常幻想你能同我采一缕日光，在漆黑的夜晚，点燃我心中的希望，让我枕着憧憬和安然进入梦乡。"

一些歌迷写道："邓丽君小姐：你的甜美歌声常回响耳旁，你亲切的笑容常忆心头，你是我们的骄傲，我们的荣耀。想念你。"

"你唤醒了两代人的爱情，你歌颂了两代人的情怀，人民怀念你。"

"伊人已故，歌声永存！"

"愿你在天堂依然美丽。"

还有用邓丽君的歌词怀念邓丽君的留言：

"任时光匆匆流去，我更在乎你，心甘情愿。"

"你问我爱你有多深？我爱你有几分？我的情不移，我的爱不变，月亮代表我的心。"

"我想你，姐姐，不知道何日君再来！"

（原载人民网，2003 年 2 月 28 日，与聂传清合作）

山林间的艺术殿堂

——台北朱铭美术馆一瞥

今春的一天，记者乘车前往台北市区以北四五十公里的金山乡，参观坐落于山林间的艺术殿堂——朱铭美术馆。

朱铭是台湾当代雕塑艺术家，1938年生于台湾苗栗通霄。1976年在台湾历史博物馆举办第一次个展，产生强烈反响，其创作的《水牛》《慈母像》《玩沙的女孩》等一系列洋溢台湾本土气息的作品，受到观众的赞扬和欢迎。1981年朱铭的"太极系列"和随后创作的"人间系列"大型雕塑，在台湾和世界各地展出，广受赞誉。

金山依山傍水，朱铭美术馆位于金山乡金宝山的一片丘陵地带，占地10万多平方米。在这里，阳光、花草、林木、湖水和分布于园中及馆内的各种艺术品，和谐地构成了一幅美丽的园景。

在入门口的左处是美术馆的展览室和会议厅。展览室内经常举办绘画、雕塑等各种展览。记者参观时，恰逢这里正在举办题为"风云际会"的台湾艺术大学雕塑系友会雕塑联展。参与展出的系友们来自各行各业，有从毕业之后就坚守岗位一直持续创作的艺术家，有从事教育工作，在工作之余仍热衷于雕塑艺术的创作者。他们把近年来对雕塑艺术的心得呈现出来，希望在创作的技巧或学术研究的理论上，能为雕塑艺术的推广尽一份心力。

展览室的一楼大厅为常设的典藏馆。这里常年陈列世界著名艺术家的作品。其中，有毕加索的《艺术家与模特系列》、米罗的《无题》及亨利·摩尔、安迪·沃霍尔等人的作品。还摆放着台湾当代艺术家洪瑞麟、郭柏川、李泽藩、张万传、廖继春、杨三郎等人的绘画代表作。

　　出展厅沿着樱红柳绿、花木掩映、蜿蜒的小径前行，举目四望，高高低低的园区内是一块块偌大的草坪和一处处碧绿的湖水。草坪分别被辟为太极广场、人间广场、运动广场、艺术交流区等，错落有致地摆放着朱铭及其子朱隽创作的题材广泛、种类繁多的雕塑。凡有湖水的地方分别辟为表演、娱乐、休闲和观赏湖景的区域。

作者与同事聂传清（右一）和台湾朋友李徒（中）在朱铭大型黑色石塑"太极系列"《单鞭下势》前合影

作者在朱铭之子朱隽的大型景观雕塑《拉链》前留影

在太极广场上，一座座朱铭大师创作的大气磅礴的表现太极拳各种招式的巨大黑色石雕，令人心灵震撼。其代表作《单鞭下势》更是具有视觉和艺术的巨大冲击力。从1981年以后，"太极系列"雕塑分别在日本、中国香港、中国台湾、巴黎、美国等地展览，引起轰动。朱隽馆区的《拉链》，以石板和水、大地的巧妙结合，以状似拉链的造型，别开生面地创造了既是一座巨大的雕塑作品，又是一处独具风格、赏心悦目的景观，令人过目难忘。

对参观者来说，穿梭于艺术品和绿地之间，可以感受人文与大自然运转交锋的悸动；而对于创作者来说，也只有在这样的空间里，才能忠实地呈现作品所蕴含的荡然气魄。这里，完整典藏了创办人朱铭毕生的创作及对艺术的执着。

记者听说，朱铭美术馆这种宽阔的户外空间与零距离的展示方式，在全台湾是绝无仅有的。当初朱铭在金山买地，只是为了解决大型作品存放的问题，却意外地发现矗立于蓝天下、绿地中的雕塑别具韵味，因此引发了他打造一座美术馆的决心。历经12年的努力，终于在1999年9月19日，将朱铭美术馆写进了台湾美术史。

作者和同事姚小敏、台湾朋友陈春霖（中）与朱铭"人间系列"彩绘木雕《三姑六婆》合影

在美术馆西北面的人间广场，摆放着朱铭创作的表现平民百姓生活的"人间系列"石雕，与之相邻的美术馆本馆内陈列着"人间系列"的彩绘木雕，如《三姑六婆》等。如果说"太极系列"代表朱铭对形而上世界的体悟和诉求，那么，"人间系列"就是他对红尘俗世别有慧心的透观和呈现。

徜徉馆内，仔细观摩，你可发现这些彩绘木雕洋溢着市井人家的生活气息。她们或三三两两地喁喁私语或凝神遐想。这些我们看来十分熟悉，但又充满神秘感的人，她们在忙着自己的日常事务，可又使观众无法了解她们心中的世界。"人间系列"彩绘木雕是朱铭表达他对现代人世风貌的作品，这些作品充满时代气息，是属于今天的文化。创造"太极"，需要大气魄，塑造"人间"，则必须有细腻的感触和娴熟的技巧。从"太极"至"人间"的不断推陈出新，表现了朱铭旺盛的创作力。

（原载《人民日报》海外版，2003 年 4 月 17 日，与聂传清合作）

"近情乡土　互爱文化"

——探访台北"顺益台湾原住民博物馆"

在台北市"故宫博物院"附近，有一座收藏、展示台湾少数民族文物的专业博物馆——顺益台湾原住民博物馆。今年3月，记者在台驻点采访期间，慕名到位于台北士林区至善路的这家台湾少数民族博物馆采访，眼界大开。

十个支系分布映入眼帘

"顺益台湾原住民博物馆"是一座灰白色的平顶、伞状的建筑。一楼圆形大厅正中央花岗岩基座的不锈钢板上有对台湾少数民族的介绍及早期（19世纪末20世纪初）的分布图。

在它的后面偌大的玻璃罩下是一座台湾地形地貌的沙盘模型。按动电钮，黄灯闪烁，指示台湾少数民族的分布区域，台湾少数民族中的十个主要的支系映入记者的眼帘：

分布于花莲、台东纵谷、恒春的阿美人；分布于北中部山区、宜兰、花莲的泰雅人（包括赛德克人）；分布于新竹、苗栗山区的赛夏人；分布于南投、高雄、花莲、台东山区的布农人；分布于阿里山、高雄山区的邹人（包括邹人、卡那布人、沙鲁阿人）；分布于屏东、台南山区的排湾人；分布于高雄、屏东山区、台东的鲁凯人；分布于台东的卑南人；分布于兰屿的雅美人（或称达悟人）；分布于台湾西部一带的平埔人。

大厅内摆放着白底红边、绘着图纹、头尾尖尖的造型独特、色彩绚丽的渔舟，这是在四周环海的兰屿岛上生活的雅美人的捕鱼工具。在一楼展厅的入门处，镶嵌着排湾人的石板雕刻，这是现代雕刻家，也是台湾少数民族邹人的撒古流创作的。上有部落象征的图腾，有表现祖先和人的由来的图纹。石板左首是部落的男人，手持打猎用的长枪，表现神武；右首是部落的女人，配以梳子和百合花，象征贞洁。排湾石板雕刻代表山、雅美渔舟代表海，借着山与海的悠远宏阔，将台湾少数民族的生活呈现给观众。

展现台湾少数民族人文风貌

一楼大厅和展室为"人与自然环境"展示区。以图片和模型综合介绍台湾少数民族概况及族群之分布，展现台湾少数民族人文风貌。

拾级而上，进入二楼展室。这里是"生活与器具"展示区，展示各支系工艺用品及住屋模型，表现日常生活与社会之关系。记者在这里看到：雅美人宗柱及住屋模型、邹人男子集会所、布农人谷仓、阿美人火塘、排湾人石板屋……陶器、乐器、竹编容器、雕刻与纹饰、狩猎和纺织用的各种器具，为台湾少数民族因应自然环境做了最佳的诠释，也表现出这些日常生活器物与其文化脉络的关系。展室内还放映影片分别介绍排湾人现代制陶与丰滨阿美人的传统制陶，北排湾大社村工艺师制作佩刀、南排湾佳兴村工艺师的雕刻以及泰雅人太鲁阁群传统的制麻纺织等过程。

三楼为"衣饰与文化"展示区。展示台湾少数民族纺织、服饰之美，呈现其社会文化意义。台湾少数民族的服装配饰材料相当广泛，所呈现的图示花样也各具特色，展品涵盖了各支系的典型穿着、刺绣、纺织、装饰等。饰品琳琅满目，有胸饰、耳饰、头饰、指环与手镯、琉璃珠发簪与手镯、足饰、颈饰、缀饰等。各支素服饰的形式、用色偏好以及不同的纹饰，反映出不同阶级的社会意义，让记者感受到其独特的生活方式与价值观。

博物馆还有地下一楼，这里设为"信仰与祭仪"展示区。墙上的各种图表、文字、历史照片，展出各种礼器文物，阐释台湾少数民族信仰生活之形态。如表现雅美人信仰的物品：盔帽、柳子甲、木藤帽、木藤甲、驱恶灵用刀等。据介绍，雅美人是台湾少数民族中唯一没有猎人首风俗的族支系。记者在这里还看到排湾族五年祭的用品：刺草球竿。刺草球知凶吉，是这个支系的习俗。但令人深思的是，竹竿的长短、颜色、竿上刺多少，也是根据人的身份、高低、贵贱而不同。如黑白条的竹竿刺多是巫师的；高而刺多的竹竿是贵族的；一般平民的竹竿粗而无刺，光秃秃的，自然刺不到草球，由此可见阶级社会的特征。

取诸社会还诸社会

博物馆负责人林威城先生陪同记者参观并担任讲解。他说，"顺益台湾原住民博物馆"是一座私人博物馆。台湾自1992年开始有私人博物馆，当时有两个：一个是台南县奇美博物馆，这是一座综合性的博物馆，既有西洋画，也有枪炮、动物标本等；另一个就是"顺益台湾原住民博物馆"，成立于1993年。创建人林清富先生基于"取诸社会，还诸社会"之心意，出资建立了这座博物馆，并捐献出个人多年收藏的台湾少数民族文物，分享社会大众，以期达到"近情乡土，互爱文化"之理想。

林先生告诉记者，博物馆建立十年来，已接待了众多的岛内外观众。对于来自祖国大陆的记者参观、采访"顺益台湾原住民博物馆"，他感到很高兴，希望海峡两岸多加强文化交流，期待着有更多的大陆同胞喜爱台湾少数民族的文化，了解他们的过去，关注他们的现在和未来。

（原载《人民日报》海外版，2003年4月25日）

女子十二乐坊到台湾

来自祖国大陆的"女子十二乐坊"昨晚在台北台湾大学体育馆举行首场也是唯一的一场演奏会。新颖、活泼的音乐曲风加上团员姣好的外形，吸引了不少台北观众，偌大的台大体育馆座无虚席。演奏会由台湾活力国际演艺事业有限公司主办。

DVD 早已热售　十二乐坊 13 人

女子十二乐坊自去年开始走红日本，首张专辑"奇迹"拿下日本公信力排行榜第一名，乐碟累计销量超过 200 万张。在乐坊下榻的圆山饭店，竟吸引不少日本观光客争相与乐手拍照留念，女子十二乐坊在日本被追捧的程度可见一斑。

十二乐坊虽然是第一次来台，但台湾同胞并不陌生。去年十二乐坊在日本一炮而红，唱片销量节节高升。几乎同时，一套名为《奇迹》的 DVD 也在台湾的一些卖场广泛销售，不过，据经纪人王晓京说，台湾有关公司并未获得唱片的发行权。这次来台北就是要顺便解决这个问题，他已找好律师，准备打官司。

18 日，十二乐坊抵达台北后在圆山饭店举行了记者会。

13 位靓丽的女孩出现在众记者面前时，台湾记者的第一个问题就是，十二乐坊为何有 13 位演奏者？女孩代表答："这是根据乐曲演奏配器的需要。十二乐坊是个品牌。"众记者莞尔。

何来"东洋少女"?

记者会上出现了一件怪事。

当乐队 13 位女孩要进场时，主持人举着麦克风高喊："让我们欢迎来自日本的女子十二乐坊。"13 位演奏者明明来自中国大陆，没有一个日本人，"来自日本"从何说起？记者起初以为是主持人口误，未及深究。

记者后来看到一张演唱会的文字宣传单，白纸黑字写着："2003 年夏天，日本音乐界出现了彗星般的女子十二乐坊。""东洋的少女们演奏出崭新的乐曲音调。"

"东洋少女"？记者疑惑了，更为气愤。

记者举手问 13 位女孩："刚才进场时主持人说你们来自日本，女子十二乐坊究竟是日本的还是中国大陆的乐队？"

一位乐手回答得干脆、明确："我们当然是来自中国大陆，MADE IN CHINA。我们只是在日本包装成功的。"其他女孩纷纷点头。

见到站在一旁的王晓京，记者问："这次十二乐坊是从日本来台湾的？"王晓京说："不是呀，从大陆来的。"他还补充说，他们这次来台湾，是经过文化部批准的。

记者将演唱会的宣传单拿给他看，王晓京也感到吃惊："怎么会这样！要找他们说说。"

（原载《人民日报》海外版，2004 年 6 月 21 日，与姚小敏合作）

钟灵毓秀蜡染情

"贵州蜡染展"从 2 月 20 日起在台北工艺设计中心展出已经 7 天了，观者如堵。

在贵州蜡染与台湾民众见面的首日，展览主办单位之一的汉声杂志社发行人黄永松噙着泪花，讲了一个感人涕下的故事：去年秋天，他走访了贵州的一些村寨，见到当地村民生活中处处是蜡花的情景。在麻江县龙山乡青坪村，一位叫曹汝讲的 102 岁高龄的瑶族老婆婆翻箱倒柜拿出自己的蜡染作品，使他大开眼界。这是一件褙扇，老人 90 岁时的作品。画面以螺丝花为主纹样，四周配置狗牙板图案。螺丝花婉转流畅，左右顾盼；中心花头上略加三刀，形象如花似鸟。鸟鸣花香，满幅春光。见到台湾客人对这件作品爱不释手，老婆婆同意将它交给黄先生带到台湾展览。就在黄永松告别之时，戏剧性的情节出现了：老婆婆佝偻着腰，颤颤巍巍地扑过来，从黄永松手里夺去这块布，但不一会儿，又让曾孙送回来。如是三番。对这件视为自己生命一部分的东西，老人实在难舍难分。最后，老婆婆剪下这件蜡染边缘的一小块布，按照祖辈的传统，她把蜡染的"魂魄"留给自己，而慨然把"躯体"交给黄永松带到了台湾。

带着"留得灵魂在，躯体带给你"的感动，黄永松和陈景林等台湾学者，从黔东南到黔西北，上下于青山白云之间，踯躅于泥泞小路之上，进出于山乡村寨之中，探访了苗族、布依族、瑶族等少数民族的蜡染，犹如惊鸿一瞥，感受到蓝色蜡染的族群与个性。大气和执着、稚拙与灵动、奔放与奇逸、俏丽和纤巧、精细和密致……蜡染的这些鲜明的特性，以其族群特定的人文地理背景为依恋，因而也更富含其内在的文化讯息。黄先生从内心深处叹道：在蜡染的世界里"只有真情，没有虚伪；只有美丽，没有贫穷"。

带着这份感动和领悟，黄永松回到台湾后，由他策划和指导，编辑出版了《汉声杂志》第130期，专门介绍贵州蜡染。厚厚的两大本，上本为探访篇、论述篇；下本是图案篇。设计巧妙独特，内容丰富翔实，印刷精美，令人爱不释手。

贵州蜡染展也得到了财团法人施合郑民俗文化基金会的协助。早在20世纪90年代，这个基金会的总干事、台湾"清华大学"荣誉讲座教授王秋桂先生在贵州安顺地区进行学术研究时，就见过一些苗族和布依族的蜡染作品，大为惊讶。在贵阳，他见到了著名的蜡染艺术家和收藏家马正荣先生，看到了他的作品和贵州各地的藏品，对贵州蜡染有了比较深入的了解。在以后多次重访安顺时，王先生曾深入苗族和布依族的村寨，挑选了一些自己喜欢的蜡染；后来又委托他人搜集了百余幅蜡版。有幸看过王先生蜡染藏品的台湾艺术行家和学者，赞叹不已，建议他办个展览，让更多的台湾同胞领略蜡染的风采。其实，早在原安顺地区文联主席帅学剑陪王先生拜访苗寨和布依族寨并参观蜡染的整个制作过程时，王秋桂先生就答应他会找机会在台湾举办展览并邀请民间艺人前来展示她们的技艺。如今，贵州蜡染展在台举行，帅学剑先生等蜡染专家率两位蜡染高手——苗族的杨开敏和布依族的伍文芬来宝岛参展、讲演和示范教学，可谓了却了王秋桂先生的心愿。

台湾工艺研究所除致力于台湾本土工艺的保存与振兴外，对于两岸文化艺术的交流与推广也不遗余力。他们为贵州蜡染展提供了展览场所并积极协办展览事宜。

岛内蜡染服饰收藏最丰富的单位——辅仁大学织品服装研究所，为贵州蜡染展提供了宝贵的藏品，并为《汉声杂志》的蜡染专辑提供了许多图片，为之增色。辅仁大学织品服装研究所所长乔昭华女士情系蓝色的蜡染。去年暑假，她曾到祖国大陆西南采风，见到满山遍野绽开不知名的小蓝花（后来友人告诉她是火把花），蓝得令人一眼不眨，好美！对于沿途所见过的西南山川美景，她找出 5 个字来形容：壮——山脉高大；秀——山峦起伏；艳——草木多色；灵——有云环绕；生——步步梯田。怀着如此的感受和激情，对于蜡染这种丰富的服饰文化与蓝色的魅力，她说只能用"钟灵毓秀"来形容；而当她看到苗家的姑娘可以信手流畅地画出"蝶恋花""富贵多子""喜相逢"等图案，美丽的线条，比受过专业设计训练的学生有过之而无不及时，她的内心被强烈地震撼了。如今，看到有他们的研究所参与，与台湾的几家单位合力促成的"贵州蜡染展"在岛内成功举办，她由衷地感到高兴。她说："这个展览对于传承民间染织艺术，大有益处。让贵州蜡染漂洋过海，在世界的大舞台绽放光芒，是我们衷心的盼望！"

（原载《人民日报》海外版，2003 年 2 月 27 日）

泰雅人的琉璃珠画

在台湾花莲县最北面的秀林乡，有一个远近闻名的"泰雅纹面文史工作室"。室内，墙上挂满了纹面的泰雅老人头像，地面和几架上堆放着主人所收集的泰雅人制作的工艺品和生活工具。除此之外，几间屋子的墙上还成排地悬挂着表现泰雅人等台湾少数民族生活的工艺画。

工作室负责人，也是这栋普通铁皮屋的主人田贵实先生颇为自豪地指着这些画作介绍道："这是我创作的琉璃珠画。目前已完成五六十幅，正在向 100 幅迈进。"

记者仔细观赏田先生精心创作的这些艺术品，只见每幅画作上都写着通俗易懂、直扑主题的名称，如泰雅勇士、泰雅美少女、泰雅人织布、欢乐的泰雅、阿美人之舞、布农人弓琴、达悟人母子、阿里山邹人、抽烟斗的排湾人妇女、背篓里的猎物等。画面色彩绚丽，人物和动物形象逼真。作为泰雅人，田贵实先生对台湾少数民族的生活烂熟于心；多年的刻苦研习，使田先生掌握了一定的创作技能，他的画作具有一种浓郁的台湾少数民族风情韵味。

记者发现，画作上无论人物、动物还是林木河川，都是用一颗颗黄豆粒般大小的彩色珠子粘上去的。

记者向田先生请教琉璃珠画创作的"秘密"。田先生笑着坦诚地告诉记者："这些珠子是用琉璃粉烧制的。以前，我做过豆画，但没过半年豆子就被老鼠吃掉了。我很伤心。一次，我从太太衣服上的珠珠的装饰得到启发，于是就用珠珠代替豆子。"

用珠子作画比用豆子作画更为困难，难在粘贴上。田先生说："我试验了好多次，选了许多种粘贴剂，用强力胶，颜色发黄；用白胶，稀稀拉拉的，不易干；用快干剂，成本高。最后我尝试用一种油漆原料来粘贴，没想到竟成功了！"

田先生告诉记者，一幅 60 厘米×80 厘米的琉璃珠画，从构图至粘贴需五六天时间，"每完成一幅作品的喜悦，是无法形容的"。

田贵实创作琉璃珠画已近 3 年，今年创作数量最多，受到许多慕名而来的参观者的喜爱。从室内墙上悬挂的照片中，记者看到有不少是祖国大陆同胞，其中有赴台驻点采访的大陆 4 家媒体的记者。

"日本人特别喜爱我的这些画。已有人前来洽谈购买，想独家收藏。"

作者和同事聂传清（右一）与泰雅工艺美术师田贵实先生在工作室合影留念

告别前，田贵实先生递过名片，名片上还写着田先生的泰雅名："给米西畔"。他说："我是土生土长的泰雅人。当了 23 年的水泥厂工人。现在我是文史工作者，记录拍摄，收藏泰雅人文化就是我的使命。目前，我正在筹资建泰雅人文史纪念馆。我的琉璃珠画将义卖，卖画的钱将全部用来建纪念馆。"

（原载《人民日报》海外版，2003 年 5 月 27 日）

在台湾坐火车

3月中旬的一天上午，记者从阿里山乘大客车到嘉义市，想从嘉义转乘火车回台北。

车到嘉义汽车站时是上午 10 时 30 分，到附近的火车站一打听，刚好有 10 时 40 分的火车到台北。赶紧买票！之后，记者提着行李，迅速向列车跑去。

停靠在站台的有两列火车，记者不假思索地上了迎面的一列。坐下后，记者抬头看看车厢前面的电子屏幕上打出"莒光号"字样。问问身边的乘客，才知道对面的一列火车也是开往台北，是"自强号"，速度快，停站少，而且先开。记者下意识地看看手中的车票，竟是"自强号"！我们上错了车！

赶快下车已来不及了。这时"自强号"已关上了车门，开走了。

身边的台湾同胞安慰我们说，没关系，坐"莒光号"也行，只不过车速慢，比"自强号"晚到台北 50 分钟。

"莒光号"开出站台。车厢前面的长方形的屏幕上滚动地显示从嘉义到台北沿途的各个站名：民雄、大林、斗南……竹北……桃园、板桥、台北；站名分别用中、英文显示，还分别用普通话、闽南话和英语、日语播放。

从嘉义开出时，车厢里人不多，车厢内清洁、明亮，通风良好。头靠在高低适度的高靠背椅上，双脚放在可活动的脚踏板上，很舒服。向窗外望去，沿途不时地掠过一座座小城镇，一幅幅田园风光映入眼帘，赏心悦目。

这时，车厢前头的屏幕上又打出一行字："乘错车，不要慌。请找乘务员。列车长在第一车厢，如有急需请列车长为您服务。"

原来，上错车已有先例不止我们二位。记者把悬着的心放了下来，不禁为列车为乘客的周到服务而叫好。好在车厢里空座不少，记者就没有麻烦乘务员。

乘客们有的在闭目养神，有的在观赏窗外的春光，有的在轻声交谈。

屏幕上滚动地打出一个个提示：

"轻声谈话是美德，让你我共同维护乘车品质"；

"欢迎乘坐莒光号，祝旅途愉快"；

"台湾铁路伴您走过一个世纪，将以更热忱的心，关怀的服务，陪伴着您共同成长，一起走向未来"；

"本列车设置消防灭火器，紧急时请找有标识的位置使用"；

"平交道上如虎口，抢越通行危险多。如汽车卡在平交道上，请速下车，按下警报柱之'紧急按钮'。该按钮为保命用，请勿乱按用"；

"挑战艾滋，全民动员。艾滋防治，不分你我"……

这时，列车速度减缓，即将停靠在一个小站，屏幕上又打出一行字："列车未停稳，请勿下车"；接着又打出到站的站名，并以醒目的红字显示。

车开后，屏幕又打出下一个停靠站名及其余各个站名。行程中，不时有乘客上下车，上车的乘客有的持有预先购买有座位的车票，找好座位迅速坐了下来，有些座位被无座位票的乘客占用，见到该座位的主人到来，无座位的乘客主动起身让座。没有大声喧哗，更没有争执，一切都是那么自然。这时记者才醒悟道，如果上车后我们立即找乘务员和列车长，会给我们指定座位，就不必担心这些座位随时会被它的"主人"打扰。好在记者的这两个座位还未有人前来问津。但肚子却咕咕地叫了起来，感到有些饥饿。记者这才发觉时已中午，从清晨至此，因急着赶路，我们没有吃一点东西。

这时，只见一辆流动餐车推了过来，卖的是"便当"，60元台币一份（相当于人民币15元），内有一个茶鸡蛋，一块酱汁大排，一些雪里蕨和榨菜，还有一盒米饭。饭菜并不比车下饭店的价格贵，味道也不错。吃完后，到车厢的连接处打点开水。每两节车厢的连接处都有自动取水设备，备有一次性纸杯。取水时，记者注意观察，发现每节车厢的连接门是电动门，自动开启，乘客出进，按动电钮，门随之开关。难怪车厢内听不到隆隆的火车轱辘声，好像乘坐汽车一般。或许还有车厢挂得少、车速慢的缘故吧？记者暗自琢磨。

车过苗栗，乘客越上越多，有的持有座位号，车厢里已经没有一个空座位了。记者中的一人座位的"主人"已来光顾。赶快起身让座。但好在离终点站台北不远了。

搭错车，总是个遗憾，却使记者领略了台湾火车的周到细致的服务，享受到在台湾乘坐火车的惬意。

（原载《人民日报》海外版，2003 年 4 月 28 日，与聂传清合作）

翁师傅的旅游经

2月27日上午，我们从台北福华饭店坐车去采访，一出大门，我们就上了按顺序排在第一位的计程车。

台湾的"计程车"就是大陆所说的"出租车"。从放在车座前面的驾驶执照我们得知，这位司机姓翁，名汉武。他身穿紫红色衬衫，头发有些花白，但很浓密，红润的脸膛，看上去有50来岁的样子。我们告诉他要去的地点。

"你们是从北京来的吧？"司机师傅问。"您怎么知道？"猜得很准，我们感到有些奇怪。"听口音啊，北京话很好听。北京我去过啊！北京很好玩啊。"翁师傅的回答引起了我们谈话的兴趣。"您还到过大陆的什么地方？""上海、杭州、苏州、广东、云南，还有九寨沟、张家界……我都去过。西藏、新疆，我也去了。"翁师傅嗓门大大的，爽朗地笑着告诉我们，话语中透着几分自豪。意犹未尽，他又补充说，"光云南我就去了3次，到了丽江、大理、西双版纳，香格里拉我也去了。"

翁师傅竟去过祖国大陆那么多、那么好的地方，我们都有几分羡慕和嫉妒了。

"我是从成都换乘飞机到西藏的。"翁师傅继续和我们聊着。

"去西藏会有高原反应。您有不适的感觉吗？"我们问。

"我倒没什么难受的感觉。我看了布达拉宫、扎什伦布寺，到了羊卓雍湖……"翁师傅的回答更是让我们羡慕和惊奇，因为我们至今还未去过西藏。

翁师傅祖籍在福建。他告诉我们："我的祖先在清朝时来台湾，好几百年了。不过，福建我还没去过，很想去看看。东北、山东我也想去。慢慢来，赚够了钱再去。要拼命地赚钱。"看来翁师傅的游兴未尽，又有了新的目标。

"大陆进步非常快，山光水色很美，有许多世界级的风景，很漂亮！"翁师傅畅谈观感，又说，"我愿到大陆旅游，对大陆我有感情，能听到乡音。以前没开放探亲旅游时我就去过一次，当时是从澳门过去的，到了广东中山县。现在，我的台胞证都用了几本了。5年换一次嘛。"

车到了目的地，我们挥手道别。

当天下午，我们到另一个地点采访，刚出饭店，排在头里的计程车开到跟前。"我们又见面了！"车里传来爽朗熟悉的笑声。是翁师傅！

"怎么这么巧？"我们既惊奇又高兴。

"有缘啊！"翁师傅也感到巧得不可思议。"全台北市有12万辆计程车，我们在一天之内就见了两次面，真是有缘！"从谈话中我们了解到，翁师傅是拉了几拨客人后又回到饭店来排队，那么巧，我们又上了他的车。老熟人了，我们又聊了起来。

"伊拉克局势紧张，台湾油价上涨，对你们开计程车有影响吧？"我们问。

"有！"回答肯定，"现在油价已涨到22.5元（新台币）1升，以前是18元。现在每天至少要开12个钟点，扣掉油钱等全部费用，实赚1200元左右。"

"3年前全台北市计程车才3万辆，一个月可赚四五万元。现在车子增加到12万辆，竞争激烈。经济不景气，好多人失了业，都来开计程车了。没办法啊！现在开车赚的钱比以前少多了。"翁师傅不住地叹气。

车到台北"历史博物馆"，我们向翁师傅告别。我们相信，有这样的缘分，在今后的日子里，我们还会再相逢。

（原载《人民日报》海外版，2003年3月3日，与聂传清合作）

属于世界　走向世界

——世界遗产澳门历史城区巡礼

编者按：澳门历史城区于 2005 年 7 月 15 日被列入《世界遗产名录》，成为中国第 31 处世界遗产。这是世界对澳门 400 多年来中西文化交汇结晶的肯定。

为了使读者对澳门历史城区有比较深入和全面的了解，在澳门基金会和澳门特别行政区政府驻北京办事处的协助下，今年四五月，本报连续派出 3 批记者赴澳门实地采访。值此澳门历史城区成功"申遗"一周年前夕，本报从今日起推出"澳门历史城区探宝"专栏，陆续刊登本报记者采写的通讯，对列入世界遗产的澳门历史城区的主要建筑和周围前地、广场等逐一介绍，以飨读者。

2005 年 7 月 15 日，对于澳门，对于中国，对于澳门人和中华民族都是一个值得纪念的日子，就是这一天，在南非德班市举行的第 29 届世界遗产委员会会议上，凝聚了 400 多年中西文化交流结晶的澳门历史城区被列入《世界遗产名录》，成为中国第 31 处世界遗产。

喜讯传来的翌日，贴有澳门历史城区纪念邮票的 20 万张明信片，通过广大澳门市民之手寄往世界各地，上有中、英、葡 3 种文字："让我们一起欢呼：澳门历史城区列入世界遗产！"

中西文化荟萃之地

打开印有妈阁庙和大三巴牌坊等澳门标志性建筑的《澳门历史遗产》大型画册和遗产分布图，记者清晰地看到，被列入世界遗产的澳门历史城区坐落在澳门半岛的中部至西南部一段狭长的地形内。赴澳实地采访前夕，澳门特别行政区政府驻北京办事处主任吴北明先生就告诉记者，这一大片区域是昔日以葡萄牙人为主的外国人居住的旧城区的核心部分。被列入世界遗产的20多处历史建筑包括妈阁庙、港务局大楼、郑家大屋、圣老楞佐教堂、圣若瑟修院及圣堂、岗顶剧院、何东图书馆、圣奥斯定教堂、民政总署大楼、三街会馆（关帝庙）、仁慈堂大楼、大堂（主教座堂）、卢家大屋、玫瑰堂、大三巴牌坊、哪吒庙、旧城墙遗址、大炮台、圣安多尼教堂、东方基金会会址、基督教坟场、东望洋炮台（含东望洋灯塔及圣母雪地殿圣堂）以及之间相邻的广场和街道，如议事亭前地、板樟堂前地、亚婆井前地、耶稣会纪念广场等。

澳门岗顶剧院

从上述建筑和前地的名称及功能不难看出，在中国的历史城区中，这是极具特色的组合，是一个集合不同种族、思想、信仰、文化和生活习惯的居民的生活空间，是中西文化多元共存的独特反映。记者到澳门后循图自南而北、自西向东探访，看到供奉中国海神的妈阁庙与

澳门议事亭前地

澳门妈阁庙

葡萄牙人航海主保的圣老楞佐教堂前后呼应；葡萄牙人生活区的亚婆井前地旁坐落着中国近代著名思想家郑观应的大宅；圣若瑟修院则是专为培养中国修士而设的神学院；岗顶前地上有葡人"大会堂"的岗

顶剧院，也有中国富绅何东的旧居；在议事亭前地，除了至今仍是澳门华洋居民欢庆集会的中心广场外，其周围既有中国商人聚会交流的三街会馆（关帝庙），也有葡人的慈善机构仁慈堂；与美丽的玫瑰堂相邻的是澳门华人最早的市集营地街市，不远处，中国富商大宅卢家大屋则与天主教主教座堂（大堂）垂直相对；与巍峨的大三巴牌坊并立的是精致小巧的哪吒庙；东望洋炮台的圣母雪地殿圣堂有着结合西式内容、中式图案的壁画……中西兼容、相互尊重、互相渗透、相映成趣。

毫不夸张地说，这是中国境内现存年代最远、规模最大、保存最完整和最集中，以西式建筑为主、中西式建筑互相呼应的历史城区；是西方宗教文化在中国和远东地区传播历史的重要见证；更是400多年来中西文化互补、多元共存的结晶。在400多年的历史里，中国人和葡萄牙人在这片城区内，合力营造了不同风格和特色的生活社区。这些生活社区，除了展示澳门的中、西式建筑艺术特色外，更展现了中葡两国人民不同宗教、文化以至生活习惯的交融与尊重。这片历史城区，见证了西方文化与中国文化的碰撞与对话，证明了中国文化永不衰败的生命力及其开放性和包容性，以及中西两种相异文化和平共处的可能性。难能可贵的是，澳门历史城区至今仍然保存原有风貌和延续原有功能，不仅是澳门文化和市民生活的重要部分，更是澳门为中国文化以至世界文化留存的一份珍贵遗产。

保护"世遗"责任重大

世世代代生活的这片城区被列入世界遗产，澳门人自然感到自豪和兴奋，在举杯庆贺获得殊荣的时刻，他们更意识到自己肩负的责任。文化局局长何丽钻女士告诉记者："作为主管部门，我们应该明白申报世界遗产成功之时，正是另一项更艰巨任务的开始，那就是保护这片历史城区，使其免受破坏，以尽世界遗产拥有地的责任。因为从这一刻开始，澳门历史城区已不仅仅属于澳门和中国，她已经属于世界，属于全人类。"

为向世人宣传澳门，多有论著的澳门基金会行政委员吴志良博士认为，成功"入遗"，只是刚刚迈出的第一步，往后的日子里澳门人肩上的担子更重。我们需要用心珍惜和认真保护好文物遗产，深入挖掘出澳门历史文化的灵魂，令澳门文化形象更加鲜明动感；还需要加强本土文化教育，令澳门的历史建筑文物更加可亲可爱，令澳门更具文化品位和文化气息，令澳门人更具人文素质、自信和自豪，更加热爱家园；我们也必须采取具体而又实在的行动，细心而有技巧地向外人推介澳门的地方文化特色和文化品格，令澳门经验给更多人带来启示。

记者在澳门采访中多次听到这样的见解：澳门历史城区被列入世界遗产，这意味着澳门人长期社区生活和实践的历史经验得到世人的认可，意味着澳门人的生活方式及其和谐社区的管理模式受到世人的赞赏，意味着澳门"不同而和，和而不同"的文化传统对人类文明发展具有普遍的价值。因此，他们认为，在当今因经济利益或者价值信仰而纷争不断、暴力不断的世界，澳门提供了一个不同族群、不同文化、不同宗教、不同信仰和平共处、多元发展、共同进步的典范。长期从事教育工作的刘羡冰女士对记者说，澳门历史城区外在的奇美，已在推介，她将带给游人美善的感受。其实，澳门历史城区这种内在的价值更高。

对澳门要慢慢品细细看

记者赴澳采访的前一天，恰值澳门旅游局邀请来自世界 13 个国家及地区的近百名传媒记者到澳门考察。翌日《澳门日报》以《近百传媒助澳推广历史城区》为题，刊登相关报道。社会文化司司长崔世安表示，澳门历史城区是澳门的宝贵文化财产，也是旅游业的重要资源，因此，期望透过不同形式的活动及宣传，向世界推广。旅游局局长安栋梁披露，今年首 3 个月来澳旅客为 524.8 万人次，较去年同期上升17.8%，但旅客的上升并未获得预期经济效益，原因是同期旅客留澳时间下降。同期旅客平均留澳时间为 1. 16 日，较 2005 年的旅客平均留澳 1. 22 天还短。

是澳门没有东西可看吗？单凭澳门拥有令世人刮目相看的世界遗产就足以值得游人驻足浏览甚至细细地品味和欣赏了。但在许多人的眼中澳门只是个弹丸之地，"没两个篮球场大"，他们顶多花上半天到澳门"走马观花"，到妈阁庙上炷香，上大三巴照张相；更有甚者，在一些人眼中，澳门只是个赌城。记者曾经 4 次到澳门，起初也是"走马观花"，粗粗地把澳门看一看，但随着来的次数增多，时间增长，越觉得把澳门看得不够，体会得不深。澳门就像是一杯醇香浓郁的酽茶，需慢慢地品；又像是一幅风情万种的画卷，要细细地看。这次世界各地近百名传媒代表在对澳门的旅游资源和人文生活做近距离接触后，眼界大开，不少人异口同声地称赞："澳门历史城区确有特色，值得细意欣赏，领略个中情趣。"更有人认为，如果澳门没有世界文化遗产，便会像美国拉斯维加斯一样，缺乏自己的特色。无疑，"世界文化遗产"将赋予澳门更多的活力和旅游资源，给澳门旅游业一个发展的新契机。

新建筑不会破坏历史韵味

随着澳门龙头产业旅游博彩业的发展，如今的澳门到处有大型酒店、娱乐项目施工，就像是个"大工地"，市容显得有些凌乱。"乱"中矗立起的一座座高大雄伟、金碧辉煌的建筑能否与历史城区和谐相处，是否会破坏往昔宁静的氛围和独特的韵味？也令人不无担忧。

对这个担忧，文化局局长何丽钻的答复是，不会。她说："这些新建筑主要建在外港、填海区和氹仔、路环两个离岛。对这个问题，特区政府有考虑，我们也很清楚，对待世界遗产我们的责任是什么。""你往这看，"说着，她顺手拉开窗帘，透过洁净的玻璃，眼前是一片正在开挖的工地，"这里原是一个球场，现在正在建地下停车场。但建成后地上将出现一片新广场，既增加了城市的功能，新出现的景观又与历史城区风貌相谐。"新闻局局长陈致平认为，影响肯定会有，但经济要发展，社会要前进，很难用行政手段干预。特区政府很重视发展中的问题，谋求经济发展与保留文化之间的平衡。我们要通过教育的过程和媒体的公开讨论，使民众清楚这是我们非常宝贵的遗产，不能让它在新的发展过程中湮没，要在讨论中谋求共识，在发展中谋求平衡。对经济工作富有经验的澳门基金会行政委员会主席吴荣恪先生快人快语："只有社会稳定、经济发展，市民生活水平不断提高，才能更好地保存澳门历史城区和澳门特有的文化。"

一位女作家在一篇记叙澳门的散文中，用充满深情的笔触写道："就像去拜望多年未见的老外婆，一下船，我们就像孩子撒欢般扑向了大三巴，这座360年前圣保禄教堂的遗址，最让人忆旧的历史册页和沧桑之色。为充分认识澳门历史，不会漏过那闻名海内外的议事亭，不会忘看那座最突出的葡式建筑——民政总署大楼，在议事亭前那整个由乳白色和黑色碎石铺就的呈波浪形伸展的广场漫步。"澳门，澳门历史城区，宽容、淳朴、好客的澳门人，是如此令人神往。

在澳门这片土地上诞生出世界文化遗产——澳门历史城区，是澳门人的光荣，是中国人的光荣，保护她更是我们的责任和义务，因为，她不仅属于澳门和中国，她也属于全世界和全人类。人们有理由期待，要让澳门历史城区走向世界，使更多的人了解和热爱这份弥足珍贵的遗产，享受这份遗产带来的愉悦和欢乐！

（原载《人民日报》海外版，2006年6月7日）

大三巴

——澳门的标志

"三巴圣迹"是澳门八景之一，是闻名遐迩的澳门标志。它矗立在数十级台阶上，巍峨壮观，每日吸引无数海内外游客慕名前来参观。

大三巴牌坊，其实只是百年前圣保禄教堂遭火焚后残余的前壁。"三巴"是"圣保禄"的粤语读音，其状又似中式牌坊，大三巴牌坊由此得名。圣保禄（葡萄牙语：São Paulo）教堂始建于1580年（明万历八年），1595年和1601年先后两次遭火毁，1602年第三次重建，历时30多年，于1637年（明崇祯十年）正式竣工，成为当时东方最大的天主教堂。1835年，一场大火使整座教堂化为灰烬，仅剩下花岗岩前壁和壁前的68级石阶。历经3次火劫后，教会认为此乃天意，遂弃之不建，剩下遗壁兀立苍天。澳门的人口中，百分之九十都是中国人，他们按照自己的习俗，称之为"大三巴牌坊"，赋予其中国文化的色彩，也显现了澳门中西文化交融的特色。

大三巴，这面360年前圣保禄教堂的前壁，保留了十分典型的欧洲文艺复兴时期巴洛克风格。坚实的花岗岩基座上，自下而上分为5层：第一层即入口层，共有3个门并有10根爱奥尼柱式支撑及装饰墙面，小门门楣上有耶稣会会徽的浮雕图案，正门上则写有"MATERVDEI"，说明此教堂供奉圣母。第二层由10根壁柱及由7朵玫瑰花浮雕装饰的3个窗口组成，正中刻有"天主圣母"的拉丁文字样，窗口与壁柱间以棕榈树点缀，左右壁龛内供奉着4位天主教圣人像。第三层正中央深凹的拱形壁龛内供奉着圣母玛利亚铜像，围绕着圣母像的有分别象征着中国和日本的牡丹花和菊花。两侧各有3位天使浮雕，左侧3根壁柱中

澳门八景之一的"三巴圣迹"

有智能之树及七翼龙的浅浮雕，右侧3根壁柱中有精神之泉和西式帆船的浅浮雕。第四层正中有一座圣婴的雕像，左右两侧4根壁柱中间是耶稣受难的刑具浮雕；三角形顶部中间是一只铜鸽，代表着圣神，两旁有太阳、月亮及星辰，象征着圣母童贞怀孕的时刻。顶部之上则竖立着十字架。

大三巴牌坊那赫然大气的构架与同样庄重的赭石色，是最能让人怀旧的沧桑之色。有人如此比喻："大三巴就像一块历史的拓片，孑然峭立，用它单薄的身躯，抗击150年的狂风雷暴，万劫不坠。摩挲它那花岗岩的石雕，就像轻抚饱经历史风霜的肌肤。"更有人说："每次伫立在大三巴都会有所憬悟，它可以说是一道历史的伤疤，拥有一种令人震撼的缺陷美！"

尽管大三巴没有涉及特别重大的历史事件，却不可否认它成了澳门中西文化交融的象征，代表着对多元文化的包容和尊重。大三巴后面的圣母升天教堂遗址博物馆及天主教艺术博物馆，展示了天主教在澳门传播的历史和当年的辉煌。

大三巴牌坊下面是宽宽长长的68级石台阶。每次记者来到大三巴，无论是自下而上还是自上而下，都要反反复复地在台阶上走上几个来回，从各个不同的角度细细瞻仰大三巴，欣赏它的宏伟壮丽，品味它的历史沧桑。

对于世世代代生活于此的澳门人来说，宽宽的大三巴石阶又是他们孩童时竞登嬉戏的好地方，每逢喜庆节日之夜，这里还是举行"醒狮""醉龙"表演的场所，记录下生活的点滴……这里是澳门人活动的重要场所。澳门的许多重大活动、节日庆典、民间联欢等都在这里举行。1999 年 9 月 9 日 9 时 9 分，1999 只和平鸽在这里放飞，庆祝澳门回归祖国，大三巴见证了新时期的开始。

结束语：品读澳门

今天刊出的是"澳门历史城区探宝"专栏的最后一篇文章。从 6 月 7 日起，本版连续刊登 20 多篇通讯，以本报记者赴澳门的实地采访、观察和思考，对列入世界文化遗产的澳门历史城区做了介绍。

正如记者在报道中所写的，澳门历史城区"就像是一杯醇香浓郁的酽茶，需慢慢地品；又像是一幅风情万种的画卷，要细细地看"。这组报道只能帮助读者远观澳门，要真正领略澳门历史城区的真谛，最好是到实地走一走，看一看，静静地欣赏，细细地品味。但愿本报读者有机会到澳门观光旅游，感受澳门中西文化荟萃的魅力。这次采访报道活动得到澳门基金会、澳门特区政府驻京办等的大力支持，在此致以谢忱！

（原载《人民日报》海外版，2006 年 8 月 25 日）

用最好的回报社会

——记澳门南光（集团）有限公司

在澳门新口岸的罗理基博士大马路，矗立着一座十八层高的大厦，楼外高悬"用最好的回报社会"八个金色大字。这就是澳门中资企业的"龙头老大"——南光（集团）有限公司的总部南光大厦。

逆风起飞

与新中国同龄的南光（集团）有限公司，原名南光贸易公司。在半个多世纪的发展过程中，南光作为中国对外贸易的窗口之一，成为澳门历史最悠久、规模最大的中资企业，为澳门社会的稳定与繁荣做出了重要的贡献。从创建初期"澳门生活必需品的主要供应商"和"内地进出口总公司在澳门总代理"，到 80 年代实行集团化、专业化经营，再到 90 年代中期"集商贸、旅游、餐饮、仓储运输、广告展览等为一体"的大型企业集团，南光曾经数度辉煌。

然而，90 年代末，随着世界经济步入衰退期，尤其是亚洲金融风暴的影响，加上过去管理体制不完善等历史形成的问题，南光集团的整体业务萎缩，经营发生困难。1999 年 10 月，在澳门即将回归祖国的前夕，党中央、国务院考虑到澳门中资企业在澳门社会稳定和繁荣中所起的积极作用，决定重振南光，并委派吴亦新担任南光集团新一届董事长兼总经理。从此，南光踏上了"第二次创业"的征程。但要在澳门经济环境不佳、本身积病沉重的情况下重振雄风，无异于逆风起飞，需大智大勇才能渡过重重难关。

南光新一届领导班子提出十六字方针："振奋精神，转变观念，抓住机遇，再铸辉煌。"2000 年 5 月，南光集团推出一系列改革措施，开始实行"关停并转"，推行股权多元化，实行目标责任制和"联销计酬"的新分配制度。在整改过程中，南光一方面调整和健全内部组织架构，确定扁平式管理模式，调整人员结构，加强以财务为中心的各项管理措施；另一方面坚持立足澳门拓展本地市场，并通过企业改制将"本地化"政策引向深入。到年底，一举实现了当年整改、当年扭亏为盈的目标。

融入澳门

"南光要融入澳门才能战胜困难，赢得腾飞。"吴亦新董事长刚一履新，就明确表达了他的"施政方针"。

吴亦新曾任上海石化有限公司董事长兼党委书记、国务院稽查特派员，对内地大型国有企业的运作有丰富经验。这次肩负重振南光辉煌的重任，他首先确立了"立足澳门、联合内地、创建多元化的国际企业集团"的奋斗目标，倡导"热爱祖国、热爱澳门、热爱南光"的新南光企业文化。他更从自身做起，为了方便与当地员工的沟通，他这个上海人硬是学会了广东话；为了树立中资企业在澳门的良好社会形象，他以澳门中国企业协会会长的身份，积极参加各种社会活动，并频频支持澳门的公益事业。

融入澳门，就必须寻找新的适合澳门的产业结构，立足澳门拓展业务。南光加大了在澳门本地的基础建设投资。近两年来，集团已经完成和即将完成南新花园石油气中央供气系统、台山平民大厦石油气中央供气系统、东华加油站、澳门机场供气系统等投资项目。南光石化旗下的九澳油库成为澳门唯一达到国际安全标准的大型油库，"NKOIL"（南光石油）则成为澳门石油行业的知名品牌。

作者采访澳门南光（集团）有限公司董事长兼总经理吴亦新（右一为《人民日报》海外版记者王君超）

融入澳门，就要服务澳门。为保证澳门市场鲜活冷冻商品的充足供应，南光粮油公司克服各种困难，积极组织货源，丰富澳门的"菜篮子"；同时引进"雪宝"牌冻肉、"凤中凰"活鸡、"双汇"肉食等内地优质商品，丰富了澳门的市场供应。2001年5月，南光粮油公司积极发挥桥梁作用，配合特区政府和内地检疫机构，妥善圆满地化解了"禽流感"问题的冲击，让澳门市民吃上了"放心肉"。

回报社会

"我们是澳门的中资企业，利润不是我们的唯一目标，我们要考虑澳门大众和工商界的利益。"谈起"用最好的回报社会"的企业宗旨，吴亦新董事长如是说。

他说，行政长官何厚铧先生提出"纾民解困"的目标，我们也要以实际行动支持这一施政纲领。现在澳门社会的劳资矛盾和失业现象突出，中资企业有许多工作可以做，例如降低成本和做好社会福利工作，使澳门市民得到实惠。油价和粮油价格的波动影响到千家万户，我们的油价低至保本，粮油价格也在考虑如何做得更低。

大力推进员工"本地化"的进程，努力培养和造就一支由澳门本地员工组成的企业经营管理者队伍。目前南光集团直接管理的十家三级澳门企业中，有六家由当地人担任经理。集团的内派干部减少至9%左右。

同时，南光还通过企业改制，将"本地化"政策引向深入。2001年以来，南光集团采取引入外来资本、允许企业经营者和员工个人参股等不同方式，先后对六家澳门本地企业进行了股份制改造，由澳门当地的经营者和员工入股，并成为企业的大股东。用吴董事长的话来说，这叫"中资企业为澳门本地造就资本家"。当年3月，五洲电梯有限公司成功改制。南光持股减为20%，引入三名澳门本地公司本地经营管理者资金，转让股份80%。同时，南光调整了业务重叠的五洲公司、五洲电梯有限公司、澳门电梯工程有限公司的股权关系，集中了品牌产品的总经销优势，增强了在澳门的市场竞争力。通过改制，避免了因企业亏损倒闭解聘员工而给社会带来压力，为贯彻"本地化"方针走出了一条新路。

（原载《人民日报》海外版，2002年1月14日）

高起点　新成就

——旅法新侨胞剪影（上）

在法国，在巴黎，近年来活跃着一批年轻的华侨华人，他们或开餐馆，或批发服装、皮件，或卖金银首饰，或经营香水、化妆品，许多人在商界迅速崛起，成为一支不可小觑的生力军。他们的店铺，不论在闹市，还是在偏远的郊区，几乎个个门庭若市，生意兴隆。更令人不可思议的是，别人办不下去的店铺，到了他们的手里，不用多久就变得火爆；有的一条街，许多店铺过去是来自其他国家的侨民经营，可不知什么时候几乎齐刷刷地换了主儿，到了我们这些侨胞的手中。更为难得的是，这些商场上的竞争对手虽然败下阵来，但很服气。用他们的话说：你们中国人团结，脑子活，能吃苦，我们没法同你们比。"知己知彼，百战不殆。"我们的这些成功者胜利后头脑仍很清醒，话语中不无几分自豪："其实他们比我们有许多优势，如他们会说法语，做生意的时间比我们长，经验丰富。假如他们的头脑更灵活，像我们那样能吃苦耐劳，团结互助，遵纪守法，应该比我们发展得还快。"

这就是中国改革开放后走出国门的新一代侨胞。不久前在巴黎，我们采访了他们中的一些人，领略了他们的风采。

（一）

在巴黎13区，顺着我们下榻的伯爵酒店往前走二三百米，有一家"亚洲酒店"，店主是一个能干的女士——董伟珍。18年前，她和同在浙江青田县邮电局工作的丈夫孙伟华先后来到巴黎。他们先是给人家做衣服，八九年后，他们买下了一家快餐店的经营权，生意很红火；后来，又花了 280 万法郎买下了如今的这家餐馆的经营权，因为生意好，今年又付了 200 多万把产权买了下来。她的丈夫负责厨房。外面 3 个人，除她外，还雇了 2 个人，周末还得再增加 1 个人。有意思的是，在她的这个餐馆，还有 1 个黄发蓝眼的法国人为他们打工。

"在国外开餐馆很辛苦，老板比工人还辛苦。"董伟珍夫妇告诉我们，在巴黎采访中，我们不止一次地听到这样的感慨。拿董伟珍夫妇为例：每天要比工人还要早起，开车到菜市场采买。中午，丈夫在厨房掌勺，妻子在外面跑堂，因为客人多，就餐时间短，炒菜做饭跑堂，就像打仗似的，累得腰酸腿疼也没空休息。干到两三点钟，客人走了，工人休息了，夫妻俩又得跑菜市场购买，预备晚餐。晚上客人更多，营业时间更长，从下午五六点一直干到夜里十一二点。其辛苦自不用说，然后还得打扫卫生，算账，盘算明天的事情。说起来可能有人不信，董伟珍夫妇来法国近 20 年，荷、比、德、卢等周围的国家都没去看看，就连法国的许多地方都没到过。

从巴黎市中心驱车 40 公里，我们来到位于 78 区的"福来居酒楼"，餐馆面积很大，门前还有一个偌大的停车场。但与闹市相比，这里算是偏僻的了。附近仅有 16 个村庄，9000 来人，顾客清一色法国人。当初占永平先生花 400 万法郎买下这块地皮，要盖餐馆时，许多人很担心。尽管年仅 39 岁的占永平有魄力，但他心里也没多大底，他把宝押在中餐上，心想如果法国人不喜欢，我只得承认失败。没想到开了仅 3 个月，就收回了投资，饭馆也远近闻名，成为当地唯一的也是最大最好的中餐馆。

（二）

"低消费，高享受。"这是许多法国人对中餐馆的普遍评价。与吃法国菜相比，中餐便宜，服务又好，因此吸引了越来越多的法国人吃中餐。位于巴黎 13 区意大利广场的达利酒家生意兴隆，顾客盈门。年轻的老板厉毅胜自有其过人的招数。他对记者说："人员管理很重要，也要了解顾客的心理。"他举例说："比如，不能让客人等得太久。客人头一点，就应该知道他要什么，马上走过去，对客人说：'先生，您要的饭菜马上到。'尽管你可能不知他催要的是什么东西，但你可以到总台去查，到厨房去催，要使客人感觉你没有忘记他，他就会感到很舒服。"厉毅胜又补充说："如果你不走过去，即使让他等两分钟，他也会感到时间特别长；或者虽然走过去但要问他要什么，他就会感到你把他忘记了，这里，心理作用很重要。"对顾客的心理揣摩得这么细，生意不好才怪呢！

与许多同胞不同，徐锦松的成功靠的是建筑装修。中餐红火，中餐馆如雨后春笋般地出现，给这个早在家乡就搞过建筑装修的能人提供了施展身手的舞台。"巴黎的大部分中餐馆都是我装修的。来了10年，装了400多家。位于巴黎13区、欧洲第一家华人开的有颗星的餐馆'紫成宫'也是我装修的。"徐锦松要言不烦地概括了他10年来的历程。他解释说，"一颗星"是法国餐馆协会对在服务、卫生、装修等方面合格的餐馆授予的荣誉。质量好，名气大，使徐锦松带着他的"装修大军"马不停蹄地奔波于大巴黎的城里郊外。为了接受我们的采访，他特意驱车1个多小时从奥利机场附近赶过来。"开餐馆，都想早点装修，快点赚钱。所以活儿不能耽误。"徐锦松一进门就气喘吁吁地说。平时，他吃住在工地，很长时间不回家，他在巴黎红磨坊附近开的一家"日本料理"，只能交给妻子和孩子去料理了。

（原载《人民日报》海外版，2001年6月4日，与王志光合作）

高起点　新成就

——旅法新侨胞剪影（中）

（三）

应该说，这些在改革开放后走出国门的新侨胞比当初那些挑着担子卖石雕，开豆腐房、洗衣店、修脚铺的旅法老前辈幸运，他们一出手、一亮相就不同凡响；当立住脚跟后，常常做出一些令老前辈咋舌之举。

1980 年和叔叔一起从浙江文成出来的叶志省，当时只有 12 岁，小学刚刚毕业。他到法国后读了四五年的书，后来开制衣厂，做工艺品零售，搞餐馆。去年，他"异想天开"，投入了一二百万法郎办起了网络公司，开辟了打广告、网上购物的业务，主要为在法国的亚洲人和亚裔服务。在我们采访他时，他也不失时机地推销他的业务，并向在场的十几位餐馆老板分发名片，用他的话说，这是他的基本客户和服务对象，当然不可放过。

如果说，这些叔叔辈的比爷爷们干得还好，那么，那些从小在法国上学、如今大学毕了业的新侨胞的后代们就更令人刮目相看。

我们到巴黎的第三天，正赶上靠近蓬皮杜文化中心的一家经营多种名牌香水、化妆品、服装、首饰的商店举行开业典礼。店里店外摆放着几十个大花篮，"新张骏业，鸿猷大展""兴旺发达，前程似锦""财如晓日腾云起，利似春潮带雨来"……众多侨团和亲朋好友的祝词，寄予了人们对主人的厚望。这家名为"巴黎蓬皮杜免税中心"的主人是一对小夫妻。24 岁的女老板陈洁是法国浙江同乡会第一副会长陈文学先生的大女儿，26 岁的男老板陈雷是法国华侨华人会副秘书长陈珠成先生之子。陈洁毕业于巴黎雅克会计学院，陈雷在维克多·雨果学院学的是商务管理，夫妻搭档，可谓"珠联璧合"。据说，这是巴黎也是法国第一家由华人开办的经营高档香水、化妆品的免税店，申请很麻烦，从店门装修到经营产品的档次，要求得十分苛刻。正是因为这一点，这对"初生牛犊不怕虎"的小夫妻的店铺开张大吉，从他们的家乡浙江省到欧洲各国，呼啦啦来了好几百人祝贺。

（四）

如果以为我们的这些旅法新侨胞到了国外只是一门心思做生意、赚大钱，那就是大错特错了。用他们的话说，他们是"生在新社会，长在红旗下的新一代，从小受党的教育，不忘党的恩情；又是沾了改革开放的光走出了国门，怎么也不能忘记祖国的关怀和培养"。他们说这些话时，眼里噙着泪水，我们听着十分感动。

出国不忘本，致富不忘家乡，是这些旅法新侨胞的共同特点。出国前曾担任浙江青田县一个乡党委书记兼乡长的卓旭光，1988 年到法国后，一直做服装进出口贸易。1996 年家乡建温溪大桥，他闻讯后捐献了 10 万元。"为此，县委书记在全县乡镇干部大会上表扬过我，说我在行政干部中最年轻，在巴黎干得很出色，同时不忘家乡。"卓旭光又眼含热泪地说，"我不忘党的教育。这里是花花世界，对人的诱惑力很大。如果没有党对我的教育，我不会是一个成功的人。"话语发自肺腑。

同卓旭光一样，旅居法国的侨胞为祖国为家乡建设和公益事业慷慨解囊，几乎每个人都能举出很多事例。据说，建青田大桥，侨胞们捐了不少钱；仅青田县一座造价 300 万元的仁宫小溪大桥，旅法的青田籍侨胞就捐了近 40 万元。

中国改革开放以来，吸引了大量外资，在这方面旅法侨胞也是功

164

不可没。记者在法国听说，中国刚改革开放时，许多法国人不敢到中国投资，说中国政策多变。我们的这些侨胞们就向他们介绍中国的情况，打消他们的疑虑，鼓励他们同中国做生意，到中国投资办厂。侨胞们也以身作则，纷纷回国回乡投资办厂。如巴黎乐凯国际贸易公司董事长兼总经理郭有良先生，在家乡杭州办了一个有100多名工人的皮件厂，同北京、上海、河北、四川等地都有贸易往来。来自温州，在巴黎开了一家"蓬莱酒楼"、办了一家"新今日超级市场"的林国兴先生，原在部队当兵，驻扎石家庄。出国后，他经常回国看望部队首长、战友以及附近的房东老乡。他还在家乡温州开办了一家7000平方米的超市。在巴黎开了一家"皇家蓝时装批发公司"并经营房地产生意的王圣光先生在武汉租了400平方米的商场，又在上海浦东花了十几万美元买了一个货位，租了出去。在巴黎15区经营"登峰"快餐馆的邓慈云先生和在巴黎94区经营"荣盛"餐馆的彭少荣先生等也都对家乡建设有诸多贡献。

（原载《人民日报》海外版，2001年6月5日）

高起点　新成就

——旅法新侨胞剪影（下）

（五）

　　团结互助，热心侨务，是这些旅法新侨胞给人们的又一个突出印象。记者到巴黎时正赶上法国浙江同乡会举行成立庆典活动。邀请了五六百位来自世界和法国各地的嘉宾，同乡会规模很大，开得特别成功，就是靠着这些侨胞的高涨热情和坚强的毅力办了下来。当然，也要靠足够的财力，这都是侨胞们自觉自愿的奉献。

法国浙江同乡会侨领到戴高乐机场迎接作者（右二）和《人民日报》海外版同事王志光（右三）并合影

在法国浙江同乡会成立大会上，作者和同事王志光向法国浙江同乡会会长夏永光（左一）赠送人民日报社社长邵华泽题写的会标

"我们人在海外，心向祖国。成立这个同乡会，可以把我们旅法浙江同胞与祖国更紧密地联系起来，还可以团结和凝聚年轻的一代，并通过他们与祖国的联系一代代延续下去，不然侨胞们就是一团散沙，与祖国和家乡的联系就会断代。"精明干练的浙江同乡会副会长兼秘书长陈建民先生，对同乡会的成立和它的作用做了简要的说明。在记者访法期间，他与会长夏永光先生和夏太太邓雪花女士，与他的连襟、第一副会长陈文学等人，多次用车接送我们，并陪同我们采访。他在巴黎94区开了一家名叫"大家愉"的中餐馆，档次高，经营好，周围是政府办公区和高级住宅区，可谓得天独厚。但他为了侨会的事情，牺牲了不少本不多的休息时间，影响了本可以赚得更多的收入。

副会长留伟基先生担任会务组组长，干侨团工作很有经验，也舍得付出。不说别的，就说到机场接送人，一个月少说得跑十来趟，对戴高乐机场熟悉得不得了。从巴黎市区到机场路很远，又经常堵车、罢工什么的，上了高速公路，如路不熟，上错了道，就会误事。幸亏他门清路熟，干得从从容容。但他也为此牺牲了很多，常常疲惫不堪。

浙江同乡会一说要成立，侨胞们报名十分踊跃。大家都抱着一个心愿："参加侨团为的是更好地为祖国和家乡的建设出力，同时互相交流经商的经验和信息，也可以互相帮助。"从法国浙江同乡会成立半年的历程看，可谓开了个好头。与其他侨团不同，浙江同乡会领导集体年轻人多，精力充沛，有闯劲儿，生机勃勃。

（六）

说起在法国商界闯荡的这些侨胞，这些大老爷们儿，不能不提及他们的"贤内助"，其实，应该说她们是丈夫事业上不可缺少的好帮手。从老的来说，谁都知道会长夏永光先生威信高，经验丰富，热心侨务，可谁也都知道夏太太邓雪花女士是个点子多，办事扎实，作风细致，又不厌其烦、不辞劳苦的人。对会长而言，她是最好的帮手；对同乡会而言，她可谓是个"高参"；对众多的姐妹们来说，她又被大家尊称为"大姐"，谁有困难，她都热心帮助，被她帮助过的人不计其数。

对那些在改革开放后出来闯天下的妇女来说，她们和丈夫一起开商店、办餐馆、搞零售、搞批发。其实有的生意就是她们为主经营的，她们有的比丈夫出来得还早，丈夫有今天还是她们带出来的。她们有的闯天下，比老爷们儿还冲。刚来法国时，不会做衣服，学！不会炒菜，学！不会开车，学！在她们的眼中没有学不会的，从她们的嘴里说不出"不会"这两个字。更难得的是，这些从中国山沟沟出来的、小学中学文化程度的女士们，到了国际大都市巴黎不仅不眼晕，还很快就学会了法国话！

其实她们受的苦不比丈夫们少，有些苦她们不愿说，只有往自己肚里咽。在巴黎93区和丈夫一起经营"鸿福楼"餐馆的朱俏勤女士回忆当年，有一肚子苦水。"我是1980年5月8日出来的。刚到巴黎时，没人到机场接我。后来我找了份工作，把我先生带出来了。在巴黎我先后生了5个孩子，常常是一边看小孩，一边做衣服。后来自己开了餐馆，也是一会儿跑到楼上看孩子、喂奶，一会儿又跑到楼下照顾生意。怀着大肚子也得干活儿，有几次，我上午还在干活儿，下午到医院生孩子，生了还得自己带，顶多1个月又得到餐馆干活儿。"说起当年的艰难，朱女士承受的比丈夫都多，"刚开始我先生不会做饭，我就到厨房去做，我什么都做，什么都得会做！"

同朱太太一样，在法国，开餐馆的老板娘没有几个不下厨房的；也没有几个怀孕后不干活儿的。记者到巴黎92区"永发大酒店"采访时，见到已怀孕8个月的女主人徐玉华挺着个大肚子跑前忙后。这里坐落着许多跨国公司，中午就餐的客人特别多，男主人夏献华先生忙得不可开交，怀孕的妻子也就闲不住了。看着他们忙碌的身影，在一旁被"冷落"多时的叔叔夏永光先生幽默地说："有钱赚，辛苦不怕辛苦；没钱赚，辛苦也是白辛苦。"

生意上，女士们不比丈夫们干的少，生孩子带孩子又是妻子们的独特奉献，其实，除了这两点，对侨团的工作，她们也几乎不比担任会长、副会长的丈夫干得少，可谓"巾帼不让须眉"。对这一点，记者亲眼看见，感慨颇深，曾不无几分开玩笑、几分认真地对同乡会"建议"："贵会每两年改选一次，到时干脆来个大换班，当会长、副会长的丈夫们让贤，让常务理事的太太们当会长、副会长，没准儿比这会儿干得更好。"大家听了，笑得前仰后合，无不表示赞同。

（原载《人民日报》海外版，2001年6月6日）

169

追思先侨陈鸿俊　生前好友泪湿襟

鲜花簇拥着一位慈眉善目老人的遗像。两旁的墙上、长桌上，张贴和摆放着不久前在欧洲为这位老人隆重举行追悼会的照片和在报刊上发表的悼念文章。

这位老人叫陈鸿俊（字景民），原籍浙江省青田县，今年3月27日病逝于西班牙巴塞罗那。陈老先生于1959年旅居意大利，是意大利最早的华人社团发起人之一，曾先后任意大利中区华侨联谊会副会长、会长、名誉会长。他一生坦荡无私，热心公益，40多年来为祖国和侨居国、为家乡、为侨界做出诸多贡献。

5月25日晚，在北京长安大戏院的一间宽大的客厅里，举行了一个不寻常的活动，专程赶来的旅居荷兰侨胞陈文彬先生邀请他父亲陈鸿俊老先生的生前好友，我国驻意大利、法国使馆的原外交官们和他们的夫人在这里聚会。

连日来为操办父亲的丧事身心交瘁的陈文彬噙着泪水对来宾们说："我爸爸生前有一个愿望，想着有一天到北京来同在座的老朋友们叙叙旧、谈谈心。可没想到他老人家走得这么突然，这个心愿未能实现。"说到此处，陈文彬先生已是泣不成声。

驻意大利米兰总领事馆原总领事陈宝顺先生拉着陈文彬的手声泪俱下，告诉他："我和你爸爸相识40多年，我们是最好的朋友。我们最后一次见面是1998年在北京，没想到他走得这么早。"陈宝顺还告诉在座的人，早在中意建交之前，陈鸿俊先生就为我们做了许多工作。他对侨界的事情特别热心，全力支持使馆和领事馆的工作，在他的影响和领导下，意大利波伦亚的侨务工作搞得有声有色。

一身正气，风范永存，是侨胞们对他的评价。驻意大利使馆原政务参赞李玉成先生告诉大家，多年来，无论国际国内形势发生什么变化，陈鸿俊先生一直同使馆保持很好的关系，在开展侨务工作遇到困难的时候，陈老先生帮我们做了大量的工作。

1979 年至 1983 年在我驻意使馆任领事部主任的田荣俭先生深情地回忆起一段往事：当时我国结束"文革"不久，很多侨眷想出国与亲人团聚，但因为国内许多人思想不解放，阻力重重。陈鸿俊先生经常去大使馆反映情况，推动国内有关部门批准放行。令人感动的是，他却很少为自己亲属的事情找使馆。他把很多精力用在为侨胞办事上，为侨胞排忧解难奔走忙碌。

驻意使馆原公使衔参赞祖钦舜先生颇有感慨地说："人活一世，就要讲勤奋，勤俭持家，乐于助人！在这方面，陈鸿俊老先生做得相当好。他的修身齐家，孝悌躬亲，乐助好施，爱国爱乡爱侨的高尚品德和情操，在我们的脑海中打下了烙印。"

1993 年至 1997 年在驻意大使馆负责侨务工作、现为国务院侨办国外司副司长的杜志滨先生说："陈老先生的品德有口皆碑。他伸出援助之手，不计报酬地帮助了许多侨胞。他的去世是意大利侨界的一大损失。"最后杜志滨副司长握着陈文彬的手说："在这里我转达国务院侨办所有认识和不认识陈老先生的人对他的沉痛哀悼。我在这里表个态：以后陈文彬和弟弟妹妹在事业发展中如遇到困难，作为侨胞之家，我们将伸出援助之手，尽力帮助。"

（原载《人民日报》海外版，2001 年 5 月 29 日，与焦波合作）

新加坡的"动物世界"

应邀访新加坡航空公司，没想到，还未采访新航，热情好客的主人，先安排我们参观动物园。

新加坡国土虽小，动物园却很多。在这里，地上跑的，水里游的，天上飞的，几乎全世界的飞禽走兽，应有尽有。在这个国家，你可以在一天之内看遍全世界的动物，而且白天能看，夜间也可以看，这恐怕是新加坡的独特风景。

从南部的圣淘沙岛到北部的水库区，有6个与动物有关的园馆，它们是蝴蝶园、昆虫馆、海底世界、飞禽公园、日间动物园和夜间动物园。可以说，由这些园馆构成了新加坡的"动物世界"。

让我们先到裕廊飞禽公园看一看。飞禽公园总面积20公顷，参观时得先乘单轨列车，巡回观看一周后，再下车择点细看。我们选择了"天罗地网"，又名"小鸟天堂"来细细观赏。这里有鸟类600种，8000多只，全都嬉戏啁啾在热带雨林之中，除少数猛禽养在大铁笼里，其余群鸟皆可自由飞翔。在这个"天堂"里，各种各样的大鸟小鸟在人们身前背后来回巡游，有的还飞落游人的肩头暂栖，并温顺地任人摆布，同游客们合影留念。五颜六色的羽毛撩得人眼花缭乱。

飞禽公园每天有4场表演，节目很是精彩。我们观看了其中的两场。一场是老鹰扑食。只见毛色、形状各异的高山秃鹫、凤头鹰、白腹海雕以及猫头鹰等逐一登场，驯鹰员或把一条条鲜肉抛向空中，让飞鹰抓扑，或引逗它们叼食藏在瓶中、石头下的猎物，或命令他们啄食生鸡蛋、撕扯鲜血淋漓的活牛（模型）……突然，一个从高空中俯冲下来的雄鹰，挟带着一股劲风，以其凶猛的气势冲向观众席，用锋利有力的爪子，准确地抓住了驯鹰员抛向看台的一条鲜肉。一些观众被这突如其来的一掠吓得尖叫，但只是有惊无险。接着，人们又屏住气息津津有味地看着老鹰从头顶掠过，风驰电掣般捕捉活兔的精彩瞬间。

观众更多，更有趣的是鹦鹉和火烈鸟的表演。一群群色彩绚丽的火烈鸟在驯鸟员的指挥下，或准确地飞至观众演员的手上、肩头，或疾速低飞，掠过人们的头顶钻过一个个五彩花环。最引起轰动的是一只鹦鹉的表演，它可谓当天献艺的"明星"。它首先自我介绍叫"阿米勾"，然后又用英语向观众问好，用中文和英语从"1"数到"10"。吐字清晰，同人的发音几无差异。听说观众中有一个俄罗斯小姐今天过生日，鹦鹉先用俄语唱了一首《生日歌》，随后又用英语祝她"生日快乐"，逗得观众乐不可支。

无论是飞禽还是走兽，新加坡的动物园给人的突出感觉是，动物生活在一种自然的仿生环境中，在这里，人与动物能和谐相处。同时，在这和谐自然的环境中，人们身心能得到放松，精神愉悦，倍感生活的美好。

日间动物园和夜间动物园紧邻，原是一片森林。新加坡政府耗巨资开发，购买了许多珍稀动物放置其中，使这片森林变成了动物世界。这里有来自西非洲的山魈、中非洲的黑猩猩、加勒比海的海狮、印度洋的阿达巴巨龟、印度尼西亚的科莫多巨蜥、非洲的盔甲犀牛等，其中有的堪称世界之最，有的是濒临灭绝的动物。在动物园里，包括老虎、狮子、豹等猛兽在内，都不囚禁在铁笼里，它们自由自在地在空地上、树林中活动，仅有一条深沟把它们与观众相隔。

据说，夜间动物园目前只有新加坡有。这个动物园是根据许多野生动物昼伏夜出的特点而设置的，总面积40公顷，耗资6000万新元，这里生活着110种、1200多头动物。

游夜间动物园别有一番情趣。这个动物园每晚7时至12时开放。在夜幕笼罩下，游人坐上毫无遮拦遮挡的游览车慢慢地驶向小径深处，借助昏暗的灯光，可以看到羚羊在觅食，麋鹿在漫步，豺、狗在树林中穿行。人们屏住呼吸，四处张望，导游小姐压低了嗓音讲解，一切都静悄悄的，大自然是那样和平安宁。只有雄狮、猛虎偶尔发出的声震群山的巨吼，才使人们意识到，我们正与毒虫猛兽同林。

我们曾问导游黄秀华女士，新加坡面积不大，本地动物很少，为什么建那么多公园，广积那么多的动物？没想到，这个问题引起黄女士一番感慨。她说："我们新加坡的孩子可怜啊！以前，他们看到的鸡、鸭都是市场上拔了毛的死鸡、死鸭，更没有见过跑动着的猪。"为了孩子们，当然，也为了吸引游客，新加坡才耗费巨资建设了一个又一个的动物园。

在日间动物园里，有一个园中之园——"儿童乐园"，更准确地说是一个农舍：有鸡窝、马厩、水井、稻草人，周围还有马、驴及鸡、兔等小动物。孩子们置身其间，其乐融融。我们参观这个乐园时，玻璃温箱里正在孵化小鸡，有十多个鸡蛋，正巧有一只小鸡刚刚从蛋壳里钻出来，颤颤巍巍，稚嫩的小腿还不足以支撑毛茸茸的身子。温箱前，孩子们看得好入神。

在飞禽公园、海底世界和夜间动物园，我们看到许多中小学生在老师的带领下参观、游览、观看表演，这是他们的课程内容。据了解，新加坡的中小学生参观动物园的费用是由教育部门提供的。孩子们在这里上活生生的自然课，从动物园感受大自然的万千变化。

游览新加坡的动物园后，方领会新航主人的用意。动物园已成为新加坡人生活的一部分，是新加坡的骄傲，来新加坡不可不看动物园。

（原载《人民日报》海外版，1998 年 11 月 20 日，与聂传清合作）

新加坡的"小"与"大"

若问到过新加坡的人对新加坡的印象如何，很多人都会不假思索地回答：漂亮！花园般的城市，鲜花堆成的国度，的确是漂亮。透过漂亮，我们似乎还看到了构成这个美丽国家许多哲理性的东西。

新加坡是个地域很小的国家，在世界地图上仅仅是个小句号。国土面积只有641.4平方公里，按现有人口310万来计算，人均占地只有200多平方米。地方小，资源少，人口密，怎么办？

新加坡人很聪明，他们向天空和海洋要出路，向空中要住房，向海滩要土地。

在新加坡，你随便问哪一个人，他都会告诉你许多这方面的事情。据导游黄秀华女士介绍，这些年，新加坡人口没有显著增长，陆地面积却不断拓展。640多平方公里的陆地，12%是填海造成的。填海所用的土石从印度尼西亚用船运，成本极为昂贵，1立方米需800新加坡元。起初，新加坡靠炸山填海，后来政府为保护现有山林资源，决定从国外取土。尽管耗资巨大，但却有效地保护了国内资源和生态环境。据说，新加坡政府计划在今后15年内再填海以增100平方公里的陆地。

来到新加坡，映入眼帘的大多是林立的高楼。我们入住的港丽国际大酒店附近的新达城就有5幢状如五指的摩天大厦，其中4幢45层以上，作为"大拇指"的那幢也有18层高，"手掌"是1.2万平方米的会议大厅。几年前，有136个国家、5000多名代表参加的世贸会议曾在此举行。在新加坡，这种高楼大厦比比皆是，与低矮、典雅的古建筑相映成趣，错落有致，和谐地构成一幅令人赏心悦目的画面。

新加坡国土虽小，但漫步街头，出入商场、宾馆酒店，游览公园，却丝毫没有"小"的感觉，反而觉得它很"大"。偌大空间的宾馆饭店、娱乐办公场所以及随处可见的花坛绿地，宽阔的四五个车道的马路，都给人以大的感觉，而不是拥挤和杂乱无章。在新加坡东部的滨海高速路，两边各是 4 个车道的马路，中间的隔离带是用花和草堆成的，宽度也相当于一个 4 车道。几天来，热情地为我们服务的司机陈祥龙先生边惬意地驾车边介绍，如果发生紧急情况，把中间的花草搬开，就成为一个宽阔的飞机跑道。

国土虽小，新加坡却舍得给人们现实生活和未来留下很大的空间。从南部的新达城到东北部樟宜机场的路上，我们看到的住宅区，楼与楼之间的草坪很宽，楼与楼之间多有长廊相连，下雨天不用雨具也可走到购物中心、停车场或学校。在圣陶沙的蜡像馆，我们曾看到一块"五脚基"的牌匾，问导游小姐是什么意思，答曰："在屋前留出五脚长的空地，是从前对建筑的要求。"这一规定不但延续至今，而且还大有拓展。我们还注意到，新加坡的住宅楼底层许多都是空置的，以作为公共活动场所。在这里，是住户们操办红白喜事的地方，又是老人们谈天说地的乐园。

国小，人不多，在旅游方面，新加坡却是个不可小觑的大国，每年来自世界各地的游客达 600 多万人次，收入 70 多亿美元。围绕着旅游业的发展，新加坡建成了世界一流的大型机场——樟宜机场，开辟了飞往世界 50 多个国家、100 多个城市的航线。小亦可有大所为；小亦可有大的拓展空间。

在新加坡我们感到奇怪的是，私人小汽车不太多，因此交通很畅，看不到拥挤塞车的现象。按说新加坡人均年收入很高，不会买不起轿车吧。就此疑问我们求教导游黄女士，回答却出乎我们意料：真买不起。在新加坡买一辆车比美国要贵 3 倍。原因是政府不鼓励，为的是减少污染，防止交通拥挤。

新加坡下大力量发展公共交通。就地铁来说，全国有 48 个站，每天有 80 万人乘坐地铁。公共电汽车也不少。在港丽大酒店门前既有地铁，又有电汽车站，上下班高峰时，人们虽需排长队上车，但秩序井然。政府不鼓励个人买车，却鼓励买房，为此在建设国民住宅及鼓励购房方面，采取了一系列利国利民的措施。目前全国约有75万套中低收入者居住国民住宅，户居100平方米以上，住得比较宽敞。我们问："年轻人是否也能买得起房?"黄女士说："打个比方吧，10对新婚夫妻，举行婚礼后，当晚有5对就可住在自己的新家里。"这就是说，人们把可以用来买车的钱用来买房，既改善和提高了居住条件，又避免了车多拥挤、空气污染的大城市通病，可谓一举两得。

为了保持干净，也因为地少的关系，新加坡没有养鸡养鸭养猪，肉、粮、菜靠进口，连食用水也是依靠进口。但在新加坡的肉菜市场上，什么农产品都有。新加坡人能吃到自己喜欢的新鲜农产品及其制品。

在新加坡访问时，我们曾听说有这样一件有意思的事情。新加坡的北部有柔佛海峡与马来西亚相隔。很久以前，两地之间筑了一道长1公里的长堤。在长堤一侧，铺设着3条巨大的水管，其中两条管道是从马来西亚输入的原水，原水入境后再分别输送到分布在全国的19个水库储存起来；另一条水管是把制好了的食用水输回马来西亚的柔佛州。据说，两者是等价交换，谁也不欠谁。

新加坡人在自己有优势的地方，把文章做大做活，并扬长避短，千方百计弥补先天的不足。

正所谓：有所舍才有所取，有所不为才有所为。

（原载《人民日报》海外版，1998年11月27日，与聂传清合作）

"海外版，我这一生就订下去了"

——读者李璘与《人民日报》海外版17年的不解之缘

国庆节前夕，在天津师范大学召开的"服饰文化学发展战略和前景展望"研讨会上，记者见到并采访了《人民日报》海外版的一位忠实读者——甘肃省岷县原副县长李璘。在这个位于大西北定西地区的贫困县，李璘先生自费订阅了一份《人民日报》海外版，在繁忙的教书育人和政务之余，他17年如一日，从报纸上撷取精华，一篇篇剪拼，一页页贴片，剪辑装订出40多个专辑。十余度寒暑，书斋静夜，斗室青灯，剪玉裁冰，锲而不舍。

李璘告诉记者，他与《人民日报》海外版结缘十分偶然。1986年5月，甘肃省组织重点中学校长赴京学习考察，时任岷县第一中学校长的李璘被分到北师大附中。一天，传达室的刘大姐递给他一份报纸：《人民日报》海外版。红色的报头，繁体字。"在这份报纸上，我读到了我感兴趣的介绍民俗、文物方面的文章，觉得面目一新，与我经常见到的几份报纸有截然不同的感觉，有品位，有水准，有特点，我就特别喜欢。"从1987年开始，李璘就每年订阅《人民日报》海外版，一直到现在。

也就是从那时起，李璘开始剪辑《人民日报》海外版的文章。他于1961年工作，1963年开始剪报，"文革"时期中断，1979年恢复。

问及剪报的动机，李璘坦言："西北边陲，地域偏远，经济文化相对落后，要做点学问，我觉得有两大制约：一个是缺少图书、资料的支持；另一个是缺乏同人之间的接触。我当初剪报的用意就是积累资料。"他说，凡是他觉得需要的文章就剪下来，然后分门别类，最后贴片、装订。5 至 10 年装订一次，如今已剪辑装订成"文物精粹""民族风情""古城古道""文房瑰宝"等 40 多个专辑。他说："我剪的这些东西如一篇篇贴起来，长度绝对不会少于 20 公里。"

李璘说："从 1987 年以后，我手头的报纸逐步增多，在学校时有五六份，到县政协任副主席和担任副县长后增加到十几份，这都是公费订的。海外版是我自费订阅。"他还告诉记者："在这十几份报纸中，从海外版剪的文章大概占我剪辑总量的 2/3 以上。"

李璘告诉记者，他从海外版剪报辑成的"文物精粹"中，分别按青铜器、瓷器、漆器、玉器等归类，有文有图，已编订了两大专辑。文房四宝中仅砚台就搞了一个名砚专辑。他不无自豪地说："所以，《人民日报》海外版哪年发表了几篇关于砚的文章，我都能讲清楚。我记得最多的一年发了 17 篇。海外版共介绍了 50 多个砚品，除了四大名砚外，还有许多各地名砚，连台湾的都有。最大的砚有 50 吨，易水砚；最古老的砚是宋砚。"

在如数家珍地讲了海外版发表的许多有关砚的文章后，李璘先生说："研究砚是我兴趣的一个方面，我写过近 30 篇有关砚的文章，许多资料来源于海外版。"

长期生活在少数民族聚居的地区，李璘先生对少数民族的报道更为关注，海外版上刊登的这方面内容成为他剪报的一大重点。他说："海外版有'民族苑'专版，对 56 个民族都做了介绍。在'中华民族'的名下，我剪辑了上、下两大卷，56 个民族的资料分别归类。但不知什么原因，我把仡佬族的剪报丢了，没贴上，但好在海外版的这个专版还在出。我留了两个白页，以后补上。"

"海外版有哪些特色，值得您剪？"记者问。

"主要是知识性、可读性，还有数据性。"他举例说明，"比如对古代城墙和城址的介绍。我曾发表了一些文章，讲'古代城墙起源于原始社会的环壕沟''氏族利用这些工程措施保护先民的安全'等观点。之所以有这种认识，资料来源于《人民日报》海外版有关报道的长期积累。因为这些报道许多都有数据，如壕沟多宽、城墙多高。文章积累得多了，加上自己的实地考察和研究，就有了自己的见解。"他说，近年来，他撰写了关于秦长城、明边城及历代烽火台等内容的论文。

李璘还告诉记者："我曾写过一篇《关于庐山仙人洞题刻作者的考证》，也是来源于海外版。"据他介绍，海外版曾刊登过一篇庐山文物管理所所长李革民的文章，说在给仙人洞题刻描红时，发现了一段题记，其中写有题刻作者的名字，叫"马鸿炳"。在此之前，相传"纵览云飞"这4个字是民国元勋李烈钧题写的。从题记上看，这4个字是马鸿炳题写的。题记中还提到，山上的"豁然贯通"4个字是马鸿炳的"先君"题写的。但他们因不知马鸿炳是何许人，就更不知他的"先君"是谁。

李璘先生看到这篇报道后，进行了一番调查和考证，查实马鸿炳是甘肃临夏人，他的"先君"就是马福祥。在八国联军入侵时，马福祥与其兄马福禄参加过廊坊战役，继而镇守北京正阳门，与侵略军激战，马福禄壮烈牺牲。马福祥率部护驾慈禧太后到西安，曾代理西宁镇总兵。辛亥革命后，马福祥投奔孙中山，民国时期曾担任过青岛市市长、安徽省政府主席等职，1932年病逝。庐山"豁然贯通"题刻当为1931年马福祥任蒙藏委员会委员长期间所刻。李璘先生把他的这篇考证的文章寄给李革民，李革民经考证，认可李璘的看法，来信表示感谢。李璘说："如果不是看了海外版登的这篇文章，也就不会有这一番考证。"

李璘先生告诉记者，他经常阅看和剪辑海外版的专版和栏目有：神州副刊，如"衣饰文化""服饰与人""文物博览"等专栏；"茶亭"中有情趣的文章；"中华文物"专版；旅游版关于古民居和古村落的介绍等。他特意说明，他之所以剪辑这些内容，除了文章有知识性、可读性、资料性和趣味性，还在于他自己的兴趣。谈及与海外版的缘分，还引出了一段"十年一剪梅"的佳话。

1993年1月16日，海外版文艺部编辑的"神州副刊"推出了"衣饰文化"专栏，刊登了学者华梅的文章《中国服饰与语言艺术》，吸引了李璘的目光，他认为这个专栏很有特色，文章有知识性，有文采，立即剪了下来。以后，他见到这个栏目不断刊登华梅的文章，就有意识地收集。1999 年，在他剪辑华梅文章第七个年头，积累近百篇时，在海外版刊登的评介文章中，得知华梅是天津美术学院教授，便详尽整理出《华梅集——〈人民日报〉海外版专栏剪辑之一》目录，径寄华梅，并询及专栏文章撰写意向。华梅教授见信后很感动，立即回了电话，又在回信中对目录做了补充。2003 年 2 月，当李璘先生剪辑华梅的专栏文章已整整十度寒暑的时候，他又在制作有关华梅的第二个剪报专辑，并在《人民日报》海外版"文艺副刊"撰文抒发了他十数年的剪报情结。他的充满真挚情感的文章和对剪辑报纸如此投入、如此执着的精神令文艺部领导和这个专栏的责任编辑张稚丹女士为之感动。他们在编者按中写道："有如此才气横溢、文采卓然而又忠实的读者，真是我们的骄傲。"

华梅教授读着这篇文章"心潮澎湃，激动异常"，又一次深受感动，她以《最感动的是我》为题，在本报文艺副刊讲述她的感受。她说："说心里话，我着实为之感动的，既有读者的真诚，又有编者的信任。试想，2003 年已是服饰专栏的第十一个年头，如果没有报社几任领导和责任编辑的持续的信任，我纵有满腔热情又怎么可能在神州版上为读者奉献这一份思考呢？编者、作者、读者三方，竟能在 11 年里共同苦心经营着这一片服饰文化园地，真可以称得上奇迹。"编者、作者和读者的合作、信任和友谊，谱写了一段"十年一剪梅"的佳话。

李璘告诉记者，剪报很辛苦，将剪下来的文章先分类，在一张大桌子上摊得满满的，然后分门别类地将剪报夹在一个 8 开的厚厚的杂志里；积累多了再贴片，一面贴两三篇，正反面都贴，贴口对齐，这样不易折断。然后将贴片用玻璃板和很厚的书压平，一般需压两三个月；最后将剪报送印刷厂装订成册。我在天津有幸见到他带来的《华梅集》，厚厚的 16 开本，外加粉色封套。在剪报的前面，还收进作者题词和来信，自辑目录及作者手订目录及剪报人小记等，后面是近 200 篇剪报文章。这仅是李璘先生 17 年来所剪辑的 40 多辑中的一部分，但从中可使人感到他的锲而不舍的精神和付出的心血和汗水。李璘在《华梅集》"小记"中道出了其中的辛劳:"制作贴片时,每天劳作4至5个小时,整整粘了两个星期。每贴一篇,必须用力压,致使手掌潮红;篇篇都用右食指刷抹糨糊,竟也磨平了指纹。"

李璘告诉记者,他的孩子曾对他说:"现在有网了,还剪报干什么?""我说,孩子,网上的东西是剪不下来的,下载的文章与剪下的文章不是一回事儿。"

现在,李璘先生已从副县长的岗位退了下来,但看报、剪报仍然是他的一大爱好和乐趣。他对记者充满感情地说:"《人民日报》海外版,我这一生就订下去了,剪报可能是我一生都做不完的工作。"

回到北京不久,我收到李璘先生寄来的他的两本著作:甘肃人民出版社出版的《文史漫笔》和《耕余集》。书中"作者简介"写道,1938年出生于岷县一个书香之家的李璘曾就学于兰州大学和西北师范大学历史系。自20世纪80年代以来,李璘先生不断有论文、杂记见诸报刊。书中收集了他多年来在政务之余,钻研文史及对西北地区长城考古、陇中人文地理和民俗等方面的研究成果。李璘先生现为中国长城学会、中国民俗学会、甘肃省历史学会、甘肃省民间文艺家协会会员。

(原载《人民日报》海外版,2003年10月10日)

02

二

人物访谈篇

热情之花　永不凋谢

——记与伊巴露丽的一次会见

　　我的书柜里珍藏着西班牙共产党的一份刊物，上面有西共主席多洛雷斯·伊巴露丽的亲笔题名。这份刊物是 1980 年我们访问西班牙时，西共同志赠送的。九年来，每当看到这本书，我就不禁回忆起当年访问西班牙期间伊巴露丽同志亲切会见的情景。

　　1980 年 5 月，应西班牙共产党机关报《工人世界》和党刊《我们的旗帜》的邀请，由当时人民日报副总编辑秦川率领的人民日报访西小组访问了西班牙。那时，中西两党还未恢复正常关系。在出访之前，西共党报、党刊的负责人已应邀访问了我国。中西两党党报、党刊的互访，实际上也是为实现两党关系正常化做些准备。西共同志对人民日报的这次访问非常重视，并做了周到的安排。

　　西共原来拟定的访问日程没有安排伊巴露丽同志的会见。出访前十几天接到访西日程安排后，秦川同志提出希望拜访伊巴露丽同志。尽管当时考虑到伊巴露丽同志已年逾八旬，不宜使她过分劳累，但由于对这位国际共产主义运动著名活动家的崇敬之情，我们不揣冒昧地提出这个愿望。我方的这一要求很快就得到满意的答复。

　　在西班牙访问期间，同西共同志的接触中，我们多次听到人们以自豪和崇敬的心情谈到伊巴露丽。这位继蔡特金、卢森堡之后的国际共运著名的妇女领袖，当年反法西斯战争中的"热情之花"，被视为西班牙的象征和骄傲，始终在西班牙共产党和西班牙人民中享有崇高的威望。在马德里，我们听到这样一件事。5 月 10 日，西共召开大会，隆重庆祝党成立 60 周年。多洛雷斯·伊巴露丽出席了会议。主持人一时疏忽，在宣布与会的西共领导人名单时遗漏了伊巴露丽，全场四万多名群众一齐高喊："多洛雷斯！多洛雷斯！"并长时间热烈鼓掌。这充分表达了西班牙人民对这位老资格的国际工人运动活动家的敬意。

期盼已久的会见，在我们离开西班牙这个美丽的国家的前夕到来了。我们终于见到了令人敬仰的伊巴露丽同志。

那是 5 月 30 日一个阳光明媚的上午，我们驱车来到马德里一座公寓前。伊巴露丽就住在这幢很普通楼房的一个四居室的单元里。伊巴露丽同志早已等候在客厅里，她慈祥地微笑着，用那宽大有力的手久久地握着我们的手，兴致勃勃地同我们交谈。她虽已 84 岁高龄，满头银丝，但精神矍铄，风趣健谈。她颇感兴趣地问起我们在西班牙都到了哪里，有什么观感。当听说我们未到北部的巴斯克地区参观时，这位出生于巴斯克地区矿工家庭的老革命家连声说遗憾，并幽默而充满深情地说："不到巴斯克，就等于没到西班牙。"

伊巴露丽对 1956 年我党八大和 1959 年新中国成立十周年时，她两次率领西共代表团访华的事情记得十分清楚。她深情地回忆当年同我党领导人毛泽东、刘少奇、周恩来、朱德会见的情景。时隔 20 多年，我党八大的盛况还深深印在她的脑海。多年来，她对中国革命和中国共产党人怀有深厚的感情。谈话中，她为西中两党不久后将恢复正式关系感到由衷的高兴，并请我们转达她对中国人民的问候，还表示，如有可能，希望再次访问中国。

伊巴露丽的工作和生活由她的秘书法尔贡协助。她曾作为专家于 1950 年至 1956 年在北京电台工作。中国话说得很好，对中国很有感情，她也参加了这次会见，同伊巴露丽一起回忆在中国那些难忘的日子。

因多年的颠沛流离、为革命奔波拼搏，伊巴露丽身体不大好，安上了心脏起搏器。为了党的事业和党内的团结，她不顾个人安危，坚持工作并参加了许多重大的政治活动。就在会见我们的四天前，她还不辞辛劳、风尘仆仆地赶到西班牙东部城市巴伦西亚参加当地党的庆祝活动。

在亲如一家人的气氛中，这位老革命家还高兴地唱起了革命歌曲。告别前，我们向她赠送了一幅绘有花鸟的竹帘画。老人眯起眼端详着，兴奋地抚摸着，那情景，就好像又看到了中国。为了不影响伊巴露丽同志的健康，我们怀着恋恋不舍之情同这位令人肃然起敬的老革命前辈道别。伊巴露丽同志从沙发上站起来，缓缓地走出房间，依门伫立，频频招手，一直目送着我们走进电梯。此情此景至今还历历在目，恍如昨日。伊巴露丽同志虽然于 11 月 12 日与我们永别了，但她那亲切慈祥的面容，为共产主义奋斗终生的光辉形象，将永远铭刻在我们的记忆中。

（1989 年 11 月 13 日）

"中国就是我的家"

——爱泼斯坦采访追忆

爱泼斯坦老人在走完他波澜壮阔的 90 年生涯后，于 5 月 26 日在京病逝。噩耗传来，我内心哀痛不已。中国共产党失去了一位优秀党员，新闻界失去了一位硕果累累、令人敬仰的老前辈，《人民日报》海外版失去了一位良师益友。

毛泽东的画像将他的思绪带回到几十年前那段艰苦卓绝的岁月

早在 1989 年 3 月，我就有幸采访了这位有着传奇经历的老人。那是在全国政协七届二次会议新闻出版界的一次讨论会上，身为全国政协常委、《中国建设》名誉总编辑的爱泼斯坦，针对当时理论界的不良风气一针见血地指出：理论工作者对理论研究应持严肃的态度，实事求是。现在有些"新潮"理论来得快、去得也快，不妨称之为"快餐理论"。用它指导行动，只能造成决策失误。爱泼斯坦和其他几位政协委员的真知灼见，经记者整理后以《"智囊"要慎选　决策讲科学》为题，分别刊登在 3 月 27 日的《人民日报》和《人民日报》海外版，受到"两会"代表委员的关注。

1991 年中国共产党成立 70 周年前夕，《人民日报》海外版开辟了庆祝建党 70 周年人物专访栏目。当时，爱泼斯坦正在撰写《宋庆龄》长篇传记。这是宋庆龄在晚年多次表示过的愿望，在她身后由爱泼斯坦为她写一部传记，这也是爱泼斯坦的夙愿。为了早日实现这一夙愿，他尽量减少社会活动，集中精力写作。但为了支持《人民日报》海外版的工作，6 月 13 日，在结束了第十九章的写作之后，他欣然接受了本报记者的专访。

1991 年 6 月 13 日，记者到北京友谊宾馆采访全国政协常委爱泼斯坦老人（黄浣碧　摄）

当时爱老住在友谊宾馆的一套公寓里，客厅墙上高悬的一幅毛泽东主席的画像格外引人注目。画像是石印的，镜框陈旧，纸已变黄，但毛主席用炭笔题写的"毛泽东"3 个遒劲的大字却十分清晰。虽然时隔近半个世纪，但画像保存得很好，更难能可贵的是，这幅画像曾被爱老带到美国，在 20 世纪 50 年代初期"麦卡锡主义"反共猖獗时期，仍完好无损。

这幅画像将爱老的思绪带回到几十年前那段艰苦卓绝的岁月。

爱老深情地回忆道："我在 10 岁左右时因受家庭的影响，对 20 年代的中国大革命就有好感，以后又知道有中国共产党，也知道了长征。"

"我曾在南京结识了八路军代表叶剑英、博古（秦邦宪），在武汉结识了周恩来等同志。中国是个古老的国家，但他们却朝气蓬勃。虽经历长时期的内战，受了那么多的磨难，他们对自己从事的革命仍充满信心……"

爱老侃侃而谈，作为认识中国革命半个多世纪的老人，他对那段历史如数家珍，对中国共产党和党的领导人饱含深情。爱老接着又讲到 1938 年结识了宋庆龄，从此在她的领导下从事支援抗战和人民革命事业的经历，随后又谈到 1944 年他随中外记者团访问延安和晋绥抗日根据地的情景。

"成了坚定不移地把自己的一生献给中国革命的那一伙外国人之中的一员"

书房里有一幅长长的照片：延安人民召开大会庆祝第二次世界大战中开辟了第二战场———西欧对希特勒的大反攻，万头攒动，蔚为壮观。爱泼斯坦站在日共领导野坂参三和马海德的中间，同边区人民一起享受胜利的喜悦。

爱老又从书房的抽屉取出几本黑色胶皮面的采访本，纸都发黄变旧了，上面密密麻麻清秀纤细的英文小字清晰可见。当年，年仅 29 岁的爱泼斯坦在延安曾访问过毛泽东、周恩来、朱德、叶剑英、贺龙、邓发、徐特立、陈毅、聂荣臻、王震、谭政、罗贵波、林枫等人。

照片和采访本使他的思绪又回到当年。"记者团中不管同情或不同情中国共产党的，都看出延安和重庆气氛不一样，知道中国的未来在这个地方。我从延安看到了中国，深信一个新中国就将在中国共产党领导下诞生。这个想法我去延安之前就有了，延安之行，使我更坚信这点。"

爱老自从结识了中国共产党后，就"成了坚定不移地把自己的一生献给中国革命的那一伙外国人之中的一员"。1951 年，当他接受宋庆龄的邀请和夫人邱茉莉重返中国时，他的感受是："那时候，可以说是回家了。"从那以后，爱老从未离开这个"家"。1957 年，他加入了中国籍，1964 年加入中国共产党，几十年来，和中国人民、中国革命、中国共产党同甘苦，共命运。

寄语青年要"看到国家的前途，看到自己应挑的担子"

经历过新旧两个中国的爱泼斯坦经常进行3个对比：过去的中国和现在的中国；我们已做的事和未做的事；我们已取得的成就和应该取得的成就。他说："这样一比较，对我们国家就有了清醒的认识，对我们的前途也就能满怀信心。"

在新中国成立40周年前夕，爱老曾建议：具有历史意义的真理应该多加宣传。这个真理就是：没有共产党的领导，没有社会主义，中国的问题不可能得到解决，中国也不可能富强。

爱老寄语青年："我希望年轻人看到国家的前途，看到自己应挑的担子。中国有今天，来之不易啊！"这番话出自一个同中国共产党和中国人民风雨同舟几十年的国际主义战士之口，尤为发人深思。

（原载《人民日报》海外版，2005 年 6 月 3 日）

高风亮节 令人景仰

——采访核科学开拓者王淦昌追忆

20 世纪 80 年代中期至 90 年代中期，作为《人民日报》海外版记者，我曾长期采访核工业。核工业战线的科学家、工程技术人员和领导干部为民族振兴、祖国强盛而奋力拼搏的精神，取得的辉煌业绩，激励着我。我曾幸运地采访了为核科学研究、原子弹和氢弹研制以及和平利用核能做出卓越贡献的著名核物理学家王淦昌，多次聆听他的教诲，受益颇多。在王老百年诞辰之际，回想起与这位我十分崇敬的可爱的老科学家接触的情景，我心潮澎湃，激动不已。现将我与王老接触的二三事追忆如下，以表达对老人家深深的缅怀之情。

1990 年 6 月，在时任核工业部办公厅主任李鹰翔同志的帮助下，我又来到王老的家中。当时正值中国共产党建党 69 周年前夕，我采访的主题就是"党"。王老在古稀之年加入中国共产党，用他自己的话说，成了他当时所在的原子能研究所的一名"年龄最大、党龄最小"的新党员。

功勋卓著、国内外闻名的老科学家在晚年为什么要加入中国共产党呢？采访中，我首先提出了这个问题。

"中国共产党了不起，党员了不起，党的领导人了不起。"王老一连用了三个"了不起"，作为对我的提问的答复。

王老告诉我，新中国成立前，他对共产党缺乏了解，由于国民党的宣传，对共产党还有点怕。和平解决"西安事变"，使他对中国共产党从内心里佩服。共产党说服国民党抗日，实行国共合作，使他在惊喜之时深感共产党伟大，"了不起"。

1989 年秋，为撰写《核科学开拓者——核物理学家王淦昌》一书，作者在"两弹一星"元勋、著名核物理学家王淦昌老人家中采访（蒲莉 摄）

"解放军攻克上海后，纪律严明，露宿街头，对老百姓秋毫无犯，很了不起。"王老连连发着感慨。仁义之师的壮举，使王淦昌对共产党有了更深的了解。

在为发展中国核工业艰苦创业征途中，王淦昌同共产党员干部、党的领导人接触很多，对党的认识更具体、更深刻了。采访中，他满怀深情地回忆当年的艰苦岁月，谈着并肩战斗、相濡以沫的党员同事。"李觉、吴际霖等身经百战的将军、军工专家，很谦虚，很朴素，没一点官架子。"尤使王老感慨万千的是，在核试验基地，战功卓著的党员领导干部把房子让给专家，自己住进四面漏风的帐篷。"这些党员同志了不起，对我们很关心，很尊重。我很佩服他们。"王老赞不绝口。

从身边的党员同志谈到党的老一辈革命家，王老更是钦佩不已。他以崇敬的口吻谈到周总理："总理才智过人，知识面很广。他听我们汇报时，什么都问，说话很在行。我们学了好多年的专业，总理几句问话，就抓住了问题的核心，好像比我们懂得还多、还深。"

王老又谈到聂荣臻元帅："聂老总对中国科学事业贡献很大，周总理靠他抓科学，没有聂帅，中国核科技队伍是组织不起来的。"

"这些党员同志对国家和人民忠心耿耿，鞠躬尽瘁，令人肃然起敬。"王老的这番话发自肺腑。他说，"这也是我入党的原因之一。"

1979年10月20日，王老在72岁高龄时，实现了平生愿望。他在入党申请书上写道："我亲身体会到，在帝国主义蹂躏下，灾难深重的中华民族，没有中国共产党，就没有新中国。我们是一个10亿多人民，8亿农民的大国，这样一个大的国家，没有共产党的坚强领导，要建设社会主义强国是不可能的。经过十年动乱的曲折和十一届三中全会的召开，我更加深信中国共产党能够依靠自己的力量，纠正错误，端正航向，团结带领全国人民建设社会主义、走向共产主义。"

在接收他入党的会议上，老科学家从爱国主义者到共产主义者的经历，深深教育了年轻的同志。

"对我入党时的这个认识，我至今不变。"王老说，"中国共产党有60多年党龄，是毛主席、周总理等老一辈缔造、培养的党，有无数先进分子、优秀人才。虽然现在党内也有些问题，但完全可以自己教育自己、改造自己。"

谈话中，王老对前不久做出的《中共中央关于加强党同人民群众联系的决定》称赞不已。他认为，党要更加坚强有力，一方面要推进廉政建设，发扬党的优良传统和作风；另一方面要密切联系群众，了解群众的愿望、呼声和要求，关心群众疾苦。他说，最近中央和地方上的领导同志纷纷下基层，接触群众，了解实情，深得党心、民心。在欣喜之余，王老也谈到一些值得注意的情况。有的地方领导同志下基层，兴师动众，不仅没有联系群众，还影响和干扰了一些部门的工作。

王老说："这不是实事求是的作风，是在做表面文章，表面文章有弊无利。我们干事、想问题要考虑是否对人民有好处，凡没有好处的事情就不要做。"

"入党可以多做工作。"这是王老的入党动机。有一次，他在一份文件上写下这样一段批语："依我看，时间就是生命，我们上了年纪的人对此深有感觉……要来个'拼命地工作'，把科研搞上去！"同事们发现，入党后，王淦昌好像变得年轻了，干劲更足了。他每天很早起床，工作、学习到深夜。他常督促科研人员说："要快、要快些拿出成果来！"他和王大珩等三位科学家联名提出发展高科技的建议，受到中央的重视。他说："搞科研，创造科研成果，以造福人民，是我们科技工作者的本分和责任。"针对我国能源短缺的现状，王老积极主张发展核电事业，并多次不辞劳苦，风尘仆仆地到秦山核电站检查工作。

王老告诉我，两天后他还要到秦山。当时核电站建设已近尾声。"我去看看工程上还有什么问题没有。"对我国用自己力量建设的第一座核电站，王老十分关心。这次是他第6次赴秦山。每次去都是长时间乘坐火车、汽车，这对于83岁高龄的老人来说，辛苦劳顿可想而知。王老对我说："不做工作，没意思；安度晚年，我不高兴；享福我更不喜欢。我喜欢这样一句话：鞠躬尽瘁，死而后已。"

王老用自己的一生实践了自己的愿望，为"鞠躬尽瘁，死而后已"做了最好的注脚。

作者与"两弹一星"元勋王淦昌合影（右一为核工业部办公厅主任李鹰翔）（蒲莉　摄）

1989年年初，中国科协组织、编辑一套"中国科技人物"丛书。

这套由聂荣臻元帅作总序的丛书，是中国科技精英的传记，选取了一些我国老一代基础科学的奠基人和先驱者，进入世界科学殿堂的科学家和默默无闻、终生奉献于我国壮丽科技事业的忠诚勇士。丛书由科学普及出版社出版。

当时，李鹰翔主任找到我，说科学普及出版社已将王淦昌传记列入这套丛书，希望尽快写完并出版。征得王老同意后，李主任建议我与王老的秘书种培基同志合作编写。

写王老，也是我求之不得的愿望，我很高兴地接受了这一光荣的任务。

为写王老的这个传记，我查阅了一些资料，种培基同志提供了一些材料和许多照片（不久，种培基同志公派出国，继任秘书王国光同志给予了许多帮助）。李鹰翔主任自始至终给予热情的支持和无私的帮助，并提出许多指导性的建议。弥足珍贵的是，写这本书，使我多次有机会见到王老，倾听他谈核工业，谈自己的经历和人生感悟，谈对发展核工业和科技事业的看法，以及怎样写好这本书的意见。使我至今难忘，并对我教诲至深的是，为中国科技事业和"两弹一星"伟业做出殊勋的王老，谈话中却很少说自己的贡献，谈得最多的是党和国家领导人，其他科学家以及他的门生。谈自己，也多谈不足和教训。如"与诺贝尔奖擦肩而过"，不能坚持自己的主张；自己不够聪明，知识不够渊博，研究范围比较狭窄而肤浅等。令我印象颇深的还有，对写自己，王老很低调。对于组织上安排写自己，王老自然服从和配合，但他反复强调，内容要真实，不能虚构；文字要朴实，不要浮华；评价要准确，不能拔高。初稿出来后，王老自己字斟句酌，认真把关，并请李鹰翔主任等行家们多次审阅，砍掉了许多事实不准确、提法不确切的表述，包括一些华丽的辞藻。由于出版社编校不够认真，也由于我的疏忽（未看纸样），书印出后有不少错别字。王老非常生气。一向做事非常认真的他，亲笔给出版社领导写了一封信提出批评，坚持要更正甚至重印。后来这本书发行时每本都附上了勘误表。

这本题为《核科学开拓者——核物理学家王淦昌》，75000 字的人物传记，于1991年3月出版。1997年10月20日至12月12日，在全国科学大会召开的前夕，也是王老90岁高龄那年，经李鹰翔主任建议，我将这本书摘编成39期，每期1000多字，并配上几十幅珍贵照片（时任王老的秘书谭德峰同志给予了许多帮助）连载，刊登于《人民日报》海外版文艺部编辑的"神州"副刊。连载在海外读者中产生较大影响。王老为祖国的科学事业呕心沥血、鞠躬尽瘁的事迹感动和激励了许许多多的海外侨胞。许多人给编辑部写信或打电话表达他们对王老的景仰之情。

在连载的最后一期，摘录了王老为《核科学开拓者——核物理学家王淦昌》一书所作的自序。

王老写道：

搞科学研究要有聪颖的头脑，敏捷的思维。但我不完全具备，也就是说我聪明不够。我的知识不够渊博，我的研究范围比较狭窄而肤浅。

中国有句名言"业精于勤"。聪明不够没关系，勤奋也能弥补人的聪明不足。可是我勤奋也不够，致使这一生没有做出令我自己满意的成果。……而我对自己的要求又不苛刻……没能认真刻苦地去钻研，去创造条件，缺乏"不达目的誓不罢休"的勇气。因此，有时候可能会把本来也许努一把力便能做出结果的研究工作放过，或就此失去了机会。

聪明不够是父母给的，自己无法改变。勤奋不够这就是自己主观上的事了。如今回想起来深感遗憾。

现在我已经80多岁了，仍觉得有许多事情该做而没有做。但已是"心有余而力不足"了，无法弥补以往之过。上了年纪的人常常喜欢回顾过去，我也不例外，近几年总爱想想过去，以期总结点什么，越想越觉得过去如果能够更加刻苦、更加勤奋的话，就有可能不是现在这个样子。

"往者之事，来者之师"，我之所以说这些话，完全不是为了表示一下"谦虚",而是出于真诚。我衷心希望年轻的同志们,要正视现实,你们成长在和平的环境里,有着无比优越的学习和工作的条件,你们是非常幸福的。希望能够珍惜这一切,努力学习,认真工作,刻苦钻研,不断攀登科学技术高峰。到你们像我这个年纪的时候,回顾你的一生时,你可以自豪地说:"我当之无愧!"努力吧,年轻人,"世界是你们的"。

这就是我写这篇自序的目的。

王淦昌

1990 年 5 月 16 日

虽然时隔 17 年,重温这些感人肺腑的话语,倍感王老的真诚和亲切,话语中蕴含着做人做事的深刻道理和对祖国年轻一代的殷切希望。当我写这篇回忆文章,重温这些感人的话语时,我的脑海里浮现王老那慈祥的笑容,耳畔回响他那亲切的声音。

透过王淦昌六七十年的奋斗经历,一个为了民族振兴、国家强盛而顽强拼搏、不断进取的科学开拓者的光辉形象,矗立在人们的面前。

"老骥伏枥,志在千里。烈士暮年,壮心不已。"从王淦昌这位德高望重、可敬可爱的老科学家身上,我们可以感受到中华民族自立于世界民族之林的志气,展望到人民共和国光辉灿烂的未来!

(2007 年 5 月)

我爱统一富强的中国

——全国政协副主席张克辉谈回归话统一

"澳门回归，外国人占据我领土、欺侮我同胞的历史一去不复返了。在'一国两制'方针指引下，澳门就要回到祖国怀抱了。这是全国人民的大事，人人都高兴，我也很兴奋。从我走过的道路来看，更感受到这一天到来得十分不易和可贵！"

全国政协副主席、台盟中央主席张克辉在启程赴澳门出席政权交接仪式和回归庆典活动的前夕，在他的办公室接受本报记者采访时，首先畅谈了他对这一百年盛事的感受。

"我生在日据时代的台湾，经历了被人骂作'亡国奴'，被欺压、侮辱的苦难历程。我的心情同澳门同胞、香港同胞一样，回归使我们特别兴奋、激动！我能到澳门目睹回归的伟大时刻，一生一世都会难忘。"张克辉略做沉思后，语气凝重地说，"此时此刻，我很想念台湾的同胞和亲人。"

窗外冬阳和煦，室内温暖如春。历经岁月沧桑、年过古稀的张克辉深情地回忆起青少年时代在台湾的生活，谈着他的亲人和好友。毫无疑问，此时他更加思念故土和亲友，渴望海峡两岸早日统一。他说，香港已经回归，澳门就要回归，实现祖国统一的下一站就是台湾。他告诉记者，不少台湾朋友常同他谈起这一话题，但由于台湾当局的误导和迫害，他们对"一国两制"方针不了解，对统一后台湾的社会制度不变，生活方式不变，可以和大陆同胞、港澳同胞共享伟大祖国在国际上的尊严和荣誉更不了解。"当我向他们介绍实行统一后台湾人民可以享受到的这种种好处时，他们无不颔首称赞。台湾虽然与港澳情

1999 年 12 月，作者采访全国政协副主席张克辉

况有诸多差别，但只要真心拥护中国统一，不闹分裂，'一国两制'的构想也一定会适用于台湾与祖国大陆的统一。"

告别前，张克辉副主席赠给我收录他的诸多文章的《两岸情》一书。书中第一篇《我的两岸情》写他的故乡台湾彰化，谈故乡的亲人、故乡的山水和故乡的往事；谈他的第二故乡福建。结尾，他用饱蘸激情的笔墨写道："我来自台湾海峡的东岸，台湾有我童年的梦幻、青年的憧憬，有亲人的盼望。我来到台湾海峡的西岸，大陆有我所追求的理想、热爱的事业，有同甘共苦的人民。我爱台湾，我爱大陆，我更爱走向统一、富强的中国。"

20 年前，张克辉与离别 30 多年的老父老母相见，使魂牵梦绕多年的美梦成真。如今，他和所有中国人一样有期盼祖国繁荣富强、和平统一的美梦。他相信，这美梦一定会实现。

（原载《人民日报》海外版，1999 年 12 月 19 日）

让大家都来认识澳门

——马万祺、何厚铧采访记

7月1日上午，京城贵宾楼的一间会客室里笑声阵阵。全国政协副主席马万祺从《人民日报》海外版副总编辑黄之豪的手中，接过散发着浓浓墨香的《走近澳门》一书，便拿起放大镜兴致勃勃地翻阅起来。"很好！书的内容非常好，印得也好！"

1999年7月1日，《人民日报》海外版向全国政协副主席马万祺呈送《走近澳门》一书，马老兴致勃勃地翻阅，并与大家亲切交谈（左二为《人民日报》海外版副总编辑黄之豪，左三为人民日报驻澳门首席记者王荣久）

今年春天，当马老听说《人民日报》海外版要编辑一本全面介绍澳门的书，希望他能在百忙中拨冗题词时，便欣然填词《走近澳门·调寄风入松》：

一轮旭日正东升，荷艳映天晴。香江宝鉴濠江范，向前瞻、景象升平。共庆回归盛事，凝聚各族亲情；赓歌一统志成城，团结破坚冰。千秋大义人人责，看今朝、两岸同声。万众倾心祖国，前途无限光明。

词中，透着这位历经沧桑、德高望重的老人对澳门回归祖国的无限喜悦和殷殷期盼之情，表达了对回归后的澳门美好前景的坚定信念。

耄耋之年的马老精神矍铄，思维敏捷，谈锋甚健。作为《人民日报》海外版创刊时便给予宝贵支持的澳门知名人士和老读者，马老在澳门每天都看海外版，进京开会亦如此。这不，今天上午他刚刚回到房间，顾不上休息，就浏览了一遍当日的海外版。他说，海外版是一张有权威性和可靠性的报纸。他每天先看第一版，因为刊登的是国家的大事，尤其是头条。今天，他就首先阅读了一版头条刊登的江泽民主席在纪念中国共产党成立78周年座谈会上的讲话。另外，有关澳门和香港的消息，他也必看。他说，《人民日报》海外版作为我国面向海外读者的最主要报章，刊登的信息量较大，有自己的风格，办出了特色。他很喜欢看。马老告诉我们，每当海外版刊登有关他的消息，都有不少好友打电话来。不久前，海外版刊登了人民日报驻澳门记者采写的马老愤怒谴责北约暴行的通讯，国务院港澳办主任廖晖立即打电话给他，话语中充满敬意："马叔，从报道中看出，您真激动啊！"

展望回归后的澳门前景，马老充满信心。他说："澳门回归，前途光明！澳门回归后，将实行'一国两制''澳人治澳'，将会得到中央政府的有力支持和帮助，同祖国内地的联系和交往将更加密切。现在一些难以办好的事情，将来在澳门特区行政长官的领导下，一定会按照群众的意见努力办好。澳门有400多年对外交往的历史，同香港和珠江三角洲又有互助和辅助的关系，只要澳门治安搞好了，经济会很快上去。回归后的澳门一定更好！"

澳门特别行政区候任行政长官何厚铧于7月1日中午抵达北京，刚到下榻房间就看到了《走近澳门》一书，便高兴地翻阅起来，并称赞说："不错！"

1999年7月2日，澳门特别行政区候任行政长官何厚铧翻阅《人民日报》海外版呈送的《走近澳门》一书后，连声称赞，并与《人民日报》海外版的领导和编辑记者亲切交谈，合影留念

　　为了迎接澳门回归祖国这一中华民族的又一盛事，使祖国内地和海外读者更深入地了解澳门，全面认识澳门，当时身为大丰银行总裁的何厚铧先生支持《人民日报》海外版编写出版一本全面介绍澳门历史和现状的书。为此，他协助海外版于1997年12月推出了"漫话澳门"专栏。《走近澳门》一书把《人民日报》海外版台港澳侨部的"漫话澳门"、文艺部的"澳门回归"和《人民日报》华南新闻版的"走近澳门"3个专栏的文章选编成书。何厚铧先生高兴地为此书题写书名并作序。在序中，他高度评价"这是一件非常有意义的好事"，是"好上加好"。

　　何厚铧说："在澳门回归祖国前夕，组织澳门和内地的同胞写写澳门，让大家都来认识澳门，这个工作做得非常好。我想，将来澳门回归之后，还需要再写一本书，介绍澳门回归后的新进展。"

（原载《人民日报》海外版，1999年7月3日）

气贯长虹傲苍穹

——访航天专家、航空航天工业部副部长孙家栋

33 年前的 10 月 8 日，聂荣臻元帅代表党中央宣布了新中国第一个导弹研究机构的成立。从此，年轻的中国航天科技工作者踏上了艰苦创业、向尖端技术进军的征程。

"火箭排空上九重，惊弦霹雳震长空。卅年踏破关山路，风霜雨雪数英雄。"张爱萍将军的这首诗形象而生动地讴歌了中国航天事业的丰功伟绩和航天健儿的英雄气概。

33 年，弹指一挥间。而就在这历史的一瞬，我国航天事业取得惊天动地、气贯长虹的巨大成就：我国自行研制的长征系列火箭已将 25 颗人造卫星射入苍穹；导弹武器的研制成果令人瞩目。防空导弹、海防导弹形成了配套的装备系列，超音速反舰导弹已处于世界先进水平；我国还成功地向太平洋海域发射远程火箭和核潜艇水下发射固体燃料火箭的试验。如今，中国航天技术已跻身于世界先进行列，正在稳步走向世界，为外国提供发射卫星服务，并已成功地利用中国卫星为国外完成科学试验。

国内外都无人怀疑，中国的运载技术已达到世界先进水平，卫星技术接近世界先进水平。西方人心目中的"自行车王国"，已成为令人刮目相看的"空间大国"，这也是不容置疑的事实。西方舆论公认，"中国航天工业已从试验性阶段进入了商业时期""正顺利地成为世界上为数不多的航天国家中一个值得认真对待的竞争者"。

英明决策

坐在我面前侃侃而谈的孙家栋教授，是新中国培养的第一代航天专家。32 年前他从苏联留学回国后即从事火箭导弹总体研究设计，参加和领导了我国第一颗人造地球卫星、返回式遥感卫星的研制和发射工作。这位中国第一颗地球静止轨道试验通信卫星的总设计师，在《中国大百科全书》（航空·航天）卷中占有重要的一页，被评价为："在中国各类卫星研制和发射过程中解决了大量工程技术问题，对中国航天事业的发展作出了重要贡献。"

孙家栋步入原航天工业部的前身——国防部第五研究院时，还不到 30 岁，如今已是花甲之年。回首往事，他感慨万端："建设初期，在当时那样的条件下，我感到最大的一个特点，就是中央领导非常重视导弹事业发展，有一个很好的政策，就是自力更生。"

20 世纪 50 年代，世界上几个主要大国已经进入了"原子时代"和"火箭时代"。当时我国还处在帝国主义的封锁、包围和威胁之下。我国要不受人欺负，就必须拥有现代化的武器装备。孙家栋回顾说，当时尽管我国经济技术基础还很薄弱，党和国家还是决定重点发展以导弹、原子弹为代表的尖端技术。毛泽东主席、周恩来总理等中央领导人，专门听取我国一些著名科学家的意见。1956 年 4 月，周总理主持召开中央军委会议，听取了刚回国不久的火箭专家钱学森关于在我国发展导弹技术的规划设想。党中央果断做出发展导弹技术的战略决策。

1956 年 10 月，我国第一个导弹研究机构正式成立。从全国抽调了30 多名技术专家，几百名工程技术人员，组成了我国发展导弹、火箭技术的骨干力量。

霹雳惊天

60 年代第一年的深秋，在祖国的地平线上，飞起了我国自己制造的第一枚导弹。这是我国军事装备史上一个重要的转折点。从此，中国有了自己的近程导弹。

"这是打基础、上水平的阶段。60 年代中期，航天事业在奠定基础之后，进入了从仿制到自行研制，从初级向高级发展的阶段。"孙家栋喜形于色地列举自那时以后我国导弹和火箭技术的成就。1964 年 6 月，我国第一个自行设计的中近程火箭成功地进行了发射试验，揭开了我国导弹、火箭发展史上新的一页。1966 年 10 月，用我国独立设计生产的中近程导弹投掷国产原子弹，进行两弹结合试验，获得圆满成功，标志着我国导弹核武器的发展进入成熟阶段。

孙家栋告诉记者，在我国自行设计的中近程导弹试验成功之后，我们不失时机地展开多种新型火箭的研制，突破了很多关键性技术。1970 年、1971 年，我国独立研制的两级中远程火箭和第一枚远程火箭相继进行飞行试验，取得基本成功。80 年代第一个年头的春天，我国的远程火箭从西北导弹发射基地呼啸而起，划破万里长空，准时正点精确命中南太平洋海域目标。这次发射的圆满成功，标志着我国大型液体燃料火箭技术已经达到国际水平。

与此同时，我国固体燃料火箭的研制也在迅速进展。1982 年 10 月，我国首次成功地进行潜艇水下发射固体燃料火箭。1988 年 9 月，我国又成功地进行了一次核潜艇水下发射固体火箭的试验，在公海上进行的这两次成功发射表明，我国现代火箭技术取得重大突破，产生了一个质的飞跃。

"潜艇水下发射火箭技术是近年来发展起来的一项新技术，目前世界上只有少数几个国家掌握了这种新技术。"孙家栋介绍说，话语中透着欣喜和自豪。

奔向空间

世界上第一颗人造卫星发射成功仅仅半年，1958 年 5 月 17 日，毛泽东主席就在党的八届二中全会上提出"我们也要搞人造卫星"，代表党中央发出了向空间进军的动员令。

作为这一伟大历程的参与者，孙家栋介绍说，我国奔向空间的历程，经历了"飞向太空""返回地面"和"发射静止通信卫星"3个阶段。

"飞向太空"的理想在70年代的第一春实现了！1970年4月24日，我国第一颗人造地球卫星"东方红一号"由"长征一号"三级火箭成功地送入轨道。《东方红》乐曲在太空奏响。中国人造卫星上天，震撼了全世界。"东方红一号"发射成功，使我国成为继苏联、美国、法国、日本之后第五个能独立研制和发射人造卫星的国家。十余年之后，当我国成功地用一枚火箭发射了一组三颗空间物理探测卫星时，又使我国进入了世界上少数几个掌握"一箭多星"技术国家的行列。

返回式遥感卫星的发射、回收成功，是我国航天技术发展史上一个新的突破。从1975年11月至1988年9月，我国用"长征二号"运载火箭连续成功地发射了11颗返回式卫星，并全部安全回收。炎黄子孙引以为豪，中国是世界上继美、苏之后第三个掌握卫星回收技术的国家。我国卫星回收成功率达100%，创造了世界航天史上的奇迹！

奔向空间的第三步是发射静止通信卫星。这一天也终于盼来了！1984年4月8日，我国用"长征三号"运载火箭成功地发射了第一颗试验通信卫星。8天后，卫星成功地定点于东经125度赤道上空，运行于距地球表面35800公里的圆形轨道（地球静止轨道）。两年后，"长征三号"又把一颗实用通信卫星成功地送入赤道上空。这两颗卫星定点成功和投入使用，标志着我国的运载火箭技术已经跨入世界先进水平，卫星通信技术有了良好的开端。

孙家栋由远及近，如数家珍地畅谈我国空间技术成就。以往的成果令人鼓舞，新取得的成就催人奋进。1987年8月、9月，我国连续成功发射两颗科学探测和技术试验卫星；1988年3月，我国又发射了一颗通信广播卫星。我国航天技术从试验阶段走向应用阶段；同年9月，我国新研制成功的"长征四号"运载火箭，在太原卫星发射中心成功地发射了我国第一颗试验气象卫星"风云一号"。"风云一号"在天上工作了 39 天，完全达到了试验目的，为今后搞实用型的气象卫星打下了坚实的基础。

新的挑战

三十多年来，我国航天技术取得举世瞩目的成就，不仅对推进我国社会主义现代化事业和各族人民是一个极大的鼓舞，而且在世界各国人民中留下了深刻的印象：中国——东方的"巨龙"在不断地向宇宙的深度和广度腾飞！

回顾航天事业走过的光辉历程，孙家栋激动、兴奋不已；展望未来，这位分管空间技术的航空航天工业部副部长心潮澎湃，倍感任重道远。他说，当今世界上有 60 个国家投资发展航天技术，有 170 多个国家和地区应用航天技术。美、苏、西欧航天技术的研究与发展成就卓著；日本、印度、巴西等国正快速赶上。我国空间大国的地位正面临严峻的挑战。最近，党和国家对发展我国航天高技术作了一系列明确指示，下决心继续保持航天事业的发展势头，使航天战线的科技人员、工人和领导干部甚为振奋。

目前，我国已着手提高火箭的运载能力；抓紧研制更大容量和功率，用途大、效益高的实用通信卫星、气象卫星和地球资源卫星；择优跟踪世界航天技术的最新发展，适时开展航天高技术的研究，迎接载人航天的挑战。可以相信，在未来的太空上将会出现中国新型的航天器和天地往返运输系统。

新的宏伟蓝图已经绘制，我国航天事业即将开始新的腾飞！

（原载《人民日报》海外版，1989 年 10 月 13 日。原题为：《气贯长虹傲苍穹——中国航天技术成就巡礼》）

朝更高目标搏击

——访"长征二号"捆绑式运载火箭总指挥王永志

岁月的风霜和长年的劳累尽管已把几道深深的皱纹印在了他的额头，然而，那深邃明澈的目光里却透着一个开拓者特有的敏锐、自信和勇气。7月16日，当我国新研制的大推力运载火箭——长征二号捆绑式运载火箭以排山倒海之势，拔地而起，直射苍穹时，他的心头顿时升腾出一股难以抑制的激动之情。作为中国运载火箭技术研究院院长、长征二号捆绑式运载火箭总指挥，王永志深深知道自己肩头所承担的分量。

一

一谈起长征二号捆绑式运载火箭，王永志便显得异常兴奋。"长征二号捆绑式运载火箭是以改进后的长征二号为芯级，加了4个助推器。这样，运载能力大大提高，可以将8.8吨的有效载荷送到高度200公里的近地轨道。"王永志解释说，送入200公里低轨道的吨位大小是检验火箭运载能力的依据之一。长征二号捆绑式运载火箭是目前我国运载能力最大的火箭。它全长50米，起飞重量460吨，8个发动机推力共600吨……在简略介绍了长征二号捆绑式运载火箭的性能特点之后，王永志把话题一转："研制长征二号捆绑式运载火箭风险大、时间短。研制一个大型火箭，国外一般需要四五年，我们只有18个月。要在一年半时间里完成纷繁复杂的工作：设计、物资订货、生产、地面试验等，这无论在国内、国外，都是破天荒的。目前国家经济困难，投入大量人力物力，发射一旦失败，损失巨大。"王永志语调深沉而凝重。

"我们为什么要冒这么大的风险，为什么要不顾一切拼搏，决心在短时间内把它搞上去呢？"我们不揣冒昧地问。

为了有助于我们理解长征二号捆绑式运载火箭的意义，王永志简要地介绍了研制"长二捆"的背景。

对于世界航天事业来讲，1986 年也许是一个黑色的年代。这一年，发生了一系列具有悲剧色彩的事件：年初，美国航天飞机"挑战者号"爆炸；不久，大力神火箭、阿里亚娜火箭等相继发射失败。一时，它们过去承揽的很多发射合同难以如期完成，卫星用户急于寻找新的发射服务对象。发射 2.5 吨以上的地球同步卫星有一个广阔的市场。

尽管我国的长征三号火箭早已跻身于世界先进技术的行列，它的性能和发射成功率已举世公认，但只能发射 1.4 吨以下的同步卫星。当时国际市场上，可以用长征三号发射的卫星已经不多。1985 年中国政府宣布中国运载火箭投放市场，承揽对外发射任务。但是，一种潜在的危机正在向人们暗示：中国的运载火箭投放国际市场时，还有多少卫星可供发射？

更为严峻的问题还有，如不赶快研制新型火箭，中国的运载火箭可能会在刚刚跨入国际市场的门槛还立足未稳时，就被挤出商业发射的大门，甚至被后来居上的潜在竞争者超过。

如何保持运载火箭在世界上的地位？如何让中国的运载火箭在国际市场站稳脚跟？问题尖锐地摆在中国航天科技工作者的面前。王永志和他的同事们在苦苦思索，大胆拟订方案。

研制长征二号捆绑式运载火箭的方案，得到航空航天部领导和老总们的支持。1988 年 9 月，航空航天部做出决定，抓紧进行长征二号捆绑式火箭研制的先期工作。同年 11 月，中国长城工业公司与美国休斯公司签订了 1991 年、1992 年用这种火箭发射两颗美国休斯公司制造、澳大利亚经管的卫星的合同。

1988 年 12 月 14 日，在李鹏总理主持召开的国务院办公会上，原则同意用新型火箭发射外国卫星。从此，负责研制长征二号捆绑式运载火箭的中国运载火箭技术研究院开始了一场空前未有的大会战。

二

回顾这段历程，不仅回答了我们的问题，也有助于了解长征二号捆绑式运载火箭对我国航天事业的影响和作用。王永志告诉我们，这种大推力运载火箭试验发射成功，不仅使我国运载火箭更加完备，为今后上新的台阶打下了基础，还在政治、经济和技术上具有重要意义。

王永志介绍说，在技术上，它可以大大推动我国航天技术的发展，加速我们赶超世界先进水平的进程。我们在长征二号捆绑式火箭上加上已在研制的第三级，同步转移轨道运载能力可以达到 4.5 吨。另外，由于长征二号捆绑式火箭可以将 8.8 吨的有效载荷送入近地轨道，所以我们不仅可以发射包括侦察卫星和资源卫星在内的目前所有近地轨道的卫星，一旦需要，还可以发射飞船。同步转移轨道运载能力达到 4.5 吨后，基本上可以包罗目前所有的应用卫星。这种大推力运载火箭的研制和试验发射成功使我国成为世界上少数几个掌握这项技术的国家，它完全适用于发射 90 年代新一代国际商用卫星。

王永志又说，长征二号捆绑式运载火箭的发射成功，其政治影响也是重大和深远的。它增强了我们民族的自豪感和自信心。因为这是我们中国人自己干出来的，没有求助于人。他强调，这项在太空进行表演的高技术代表一个国家的基础工业和科学技术水平，也表明中国人有能力组织庞大的系统工程，也是民族能力的一种表现。"长征二号捆绑式运载火箭的发射成功，对于团结海内外中华儿女共同振兴中华，对于增强中华民族的凝聚力，对于增强中国的国际地位和振奋民族精神，都有不可低估的影响和作用。"对此，王永志兴奋不已。

谈到经济意义，王永志说，长征二号捆绑式运载火箭发射成功，不仅使刚刚进入国际商务领域的中国运载火箭在这块领地上站稳了脚跟，还有利于进一步开拓国际市场，为国家创造大量的外汇，从而推动国民经济的发展。

211

开拓者的追求从来是无止境的。对于勇于探索的中国航天人来说，渺渺无际的太空是他们施展才华的天地。王永志、中国运载火箭技术研究院、当代中国射天者们，这些永无止境的追求者，正在朝着更高的目标搏击！

（原载《人民日报》海外版，1990 年 7 月 24 日，与刘林宗合作）

梦想在拼搏中实现

——访歼八—Ⅱ型飞机总设计师顾诵芬

童年的梦想

童年，他就有一个梦想，要设计飞机，要让自己设计的战鹰在祖国的蓝天巡弋。

"七七事变"爆发时，刚从苏州老家来到北平的他，亲眼目睹日本飞机往下扔炸弹。那时，他刚刚七岁。

两年后，他随父母移居上海，又目睹日本飞机对这座名城的狂轰滥炸。

当时，他家附近有一个航模商店。十岁生日那天，叔叔送来一件珍贵的礼物：会飞的飞机模型。他心花怒放，爱不释手。不久，父亲又给他买了一个更高级的航模。从此，他迷上了航模，同飞机交了朋友。

珍珠港事件，日本偷袭美国舰队。接着，美国飞机炸上海租界，炸日本军用设施；第二次世界大战后期，美国飞机一边炸德国，一边炸日本。令人眼花缭乱的空中大战，更使他对飞机着了魔。航模商店，他是常客，一有空就去玩航模，看航空杂志。

谁能想到，孩提时的航模迷，十几年后，成为新中国第一代飞机设计师。他参加领导设计的战鹰成批装备我军，翱翔在祖国的神圣领空。

他就是我国著名的飞机设计气动力专家、歼八—Ⅱ型飞机总设计师顾诵芬。

歼教一跃入云端

1947 年，顾诵芬高中毕业，报考大学的三个志愿都是航空：清华大学、浙江大学、上海交通大学的航空系。结果，三个学校都考取了。母亲舍不得独生子离开身边，他选择了上海交大。

毕业那年，新中国将届两岁。航空工业正筹备创建，急需人才。顾诵芬这一班人被"连锅端"，远离上海，奉命北上。

当时，抗美援朝战火正酣。航空工业局的任务是修理从战场上撤下来的负伤战鹰。顾诵芬整天忙于把外文资料译成中文，交工厂生产。设计师干描图员的工作。白天他认真地干；晚上，经营他的"自留地"：如饥似渴地翻阅和研究航空资料。他焦急地等待着……

1956 年，周恩来总理提出"向科学进军"的号召。党和国家把发展独立自主的航空科研提到议事日程，顾诵芬兴奋地和徐舜寿、黄志千等设计师一起，从北京出关，前往飞机设计第一线。

第一个型号设计任务是亚音速歼击教练机——歼教一。这种喷气式飞机在我国尚属空白。顾诵芬在学校学的是螺旋桨飞机。他现在看到的资料是英文的一些喷气发动机的数据。在离京之前，他们求教于北京航空学院张桂联教授。教授讲了整整一个下午。顾诵芬说："这堂课很重要，给我们引了路。虽然张教授没正式教过我，我始终把他奉为老师，以后来北京时也多次向他请教。"

顾诵芬主管歼教一的气动力设计。他和其他设计人员一起切磋琢磨，进行研究、计算、试验，经历了草图设计、技术设计、本质样机制造等阶段……

1958 年 7 月 26 日，凝结设计室全体人员智慧和心血的"头胎子"歼教一拔地而起，翱翔蓝天！

歼教一是中国飞机设计人员自行设计的第一个成功尝试。它在中国航空工业史上写下了值得纪念的一章。

歼八冲破乌云

第一个五年计划期间，步伐雄健，成果辉煌。1959 年，仿制的超音速歼击机——歼六试飞成功，标志着中国制造的飞机能突破音障，成为当时世界上少数几个掌握喷气技术的国家之一。

1964 年 10 月，在我国第一颗原子弹的爆炸声中，高空高速歼击机——歼八，成为中国航空工业创业者新的目标。这是一个雄心勃勃的计划。歼八装备部队，将使我军的战斗力加强。顾诵芬被指定负责这架飞机的气动力设计，在总设计师黄志千以及叶正大、王南寿领导下，日以继夜地工作着。

正当歼八研制顺利进行时，一场给中国人民带来巨大灾难的政治风暴袭来。身为副总设计师的顾诵芬被加上"白专典型"的罪名，送进"学习班"，交代"问题"。顾总苦笑说："其实，我没什么可交代的。天天念《毛选》，四卷读了三四遍。这也是很好的学习机会，平时没时间学。"

1969 年 3 月，顾总被"解放"了。其时，歼八正准备试飞，7 月，歼八上了天。"那天，分配我在跑道上掐秒表，计算飞机滑行速度同设计是否一致。看到自己参加设计的飞机终于起飞了，我很高兴！"

"这个飞机什么时候定型？"

"那还早呢！"顾总告诉我，歼八试飞中，出现跨音速抖振问题，根据积累的实验数据，顾总分析问题在后机身。他建议做风洞试验。当时，"风洞试验"用的是土办法。试飞中，他乘另一架飞机接近歼八，在空中观察、拍照。两机飞行最近时还不到 20 米。好险啊！

飞机降落后，顾总细细观察，找到了气流分离区域。毛病找到了！根据顾总的建议，在水平尾翼的根部和后机身交界处加了个整流片。振动的难题迎刃而解。

歼八在风云变幻的年代，终于冲破乌云，展翅飞翔。

"这个飞机的性能如何？"我问。

"比歼七飞得高、远，特别是飞的时间长，装的武器多，这是部队
所欢迎的。"

啊！歼八—Ⅱ

四化建设，需要和平的环境。辽阔的领空，不可缺少更强有力的
卫士。空军建议对歼八加以改进。

改进歼八的重任落在顾诵芬和他的同事的肩上。根据国防部部长
张爱萍将军的指令，新的武器装备的研制，要按系统工程来组织，设
总设计师系统。1981 年 5 月，顾诵芬被国防科工委任命为歼八－Ⅱ型
飞机的总设计师。

"同事们真是日以继夜，一个同志患肾炎，整整三个月天天加班，
晚上 11 点以后才走，把腿都站肿了。工厂劲头也很大，出一部分图纸
后，立刻做试制准备。"顾总娓娓而谈，言语中透着对拼搏的留恋。

他告诉我，当时行政指挥很果断。飞机公司的总工程师、现任民
航局副局长的管德，亲自调动器材。他经常乘夜班火车从沈阳到北京，
早晨九点多下车后到航空部办事，夜里 12 点又风风火火地乘车赶回沈
阳。到沈阳的当天上午，他立刻召开调度会议。真是分秒必争！就是
这个劲头，使我国自行设计的高空高速歼击机——歼八－Ⅱ比预定进
度提前 20 天飞上了天。

新的奋斗目标

童年梦想终成现实。此时，顾诵芬想说些什么呢？

"在我们社会主义国家，只要拼搏，认真干事，个人的理想总会得
到实现的。"这就是他从个人半个多世纪的经历中得出的真实感受。
"我过去搞航模，是一个人做的事；后来，参加飞机设计研制，使真的
飞机上天，靠的是党的领导、集体的力量。"

顾总回忆说，研制歼八，最早是聂荣臻元帅提出的，他要求航空

部派人到部队了解歼七的使用情况，针对歼七的缺点设计歼八。

歼八设计方案于 1965 年 8 月基本确定后，贺龙元帅到了沈阳，听取汇报。贺老总非常支持搞自己的飞机。

歼八在转场停留北京期间，叶剑英元帅、李先念等中央领导同志赶到现场视察……

往事历历，心潮澎湃。他稍作停顿，呷了口茶，接着告诉我，小平同志等中央领导对歼八都很关心。今年六七月，总理和总政治部主任分别到现场视察。

半年前，顾总被调到航空部，任科学技术委员会副主任。告别了他工作了几十年的飞机制造公司，离开他童年时就迷恋的设计岗位，对顾诵芬来说，这种抉择多少带些"痛苦"。任重道远，今后，这位飞机设计专家在制定和组织实施航空工业的发展规划，以及促进同国外航空界的科技交流合作等方面，无疑将发挥更大的作用。

（原载《人民日报》海外版，1987 年 10 月 20 日）

部长与建筑师之间

——访中国城乡建设环境保护部部长叶如棠

年纪最轻的部长

叶如棠担任中国城乡建设环境保护部部长职务快满一年了。一年中，他尽量少出头露面，把主要精力放在调查研究、熟悉情况上，不过，他却力促《建设报》的创刊，要求把部门信息转化为社会信息，吸引社会对城乡建设环境保护工作予以关注和监督。他不属于那种"点三把火"的"新官"。

这位面孔清癯的部长刚满 46 岁，是目前国务院几十个部门中最年轻的部长。1965 年，他以优异成绩毕业于清华大学建筑系。参加工作 21 年来，他无论调到哪里，总是默默地、一步一个脚印地在建筑设计事业上孜孜追求着。他做过设计组组长、设计室副主任，1984 年 4 月，出任北京市建筑设计院院长。在这以后的两年中，北京市建筑设计院在 18 项重大设计上获得国家、部、市的科学技术奖，创造了该院历史的最新纪录。

在历届城乡建设环境保护部（包括城建部、建工部）部长中，叶如棠是第一个以建筑设计师身份出任这个职务的人。这意味着什么呢？叶部长在回答时说："我既不是一名出色的建筑师，也还够不上一个称职的部长。何况个人的作用再大也是有限的。应该说，城乡建设环境保护部将作为一个高效率、多职能的事业整体，在中国现代化进程中要发挥更大作用，这倒是社会发展的必然趋势。"

思考"最佳值"

叶部长认为，新中国成立后一段时间城市建设发展得不够快，一个重要原因是过分强调了城建部门工作的福利性，忽视了城市公用的经营性和建筑产品的商品性，这突出表现在城市住宅和市政设施建设上，随着国家经济体制的全面改革，这种"忽略"正在逐步扭转。但从根本上说，国家的这个部门还是一个以社会服务为重要职能的机构，因此，这个部门的运行机制不但应包括有商品经济的动因，更应包括全面满足"人的需要"的高层次目标。小到城市绿化、园林等建设，大至全国的城乡建设和环境保护，其总体效益只能从人类生存大环境去考察，而不是单纯的经济效益问题。

叶部长若有所思，引出了另一个话题。他说，现在我国许多城市，都制定了 2000 年的城市总体规划。规划到底应该多长、多宽，他认为，要把它纳入一个大系统中，参照这么几个基本的"峰值"：1. 城乡经济交融和产业发展"峰值"；2. 人口增长的"峰值"；3. 环境质量变化的"峰值"；4. 交通运输发展的"峰值"等。这几个"峰值"形成的"组合曲线"，应该作为城市规划的主要依据。也就是说，城市的总体规划应建立在城市所处地域经济、社会发展的战略研究和科学预测的基础之上，并依据经济与社会发展的阶段计划对总体规划做由近及远、由粗到细的深化和调整。

听得出来，部长在谈他的"系统思想"。一位熟悉情况的人士向记者描述道：新任部长在领导意识上的特色，在于他对工作的把握更注重各个环节的相互制约和作用，而不轻易划分这个重要那个不重要。他要求部下掌握情况要多做定量分析和测算。实施决策之前，要同时有若干个方案进行对比，从中选择比较理想又能通过努力实现的方案。

个体与群体

我们对叶部长说，近几年中国的许多大中城市都变成了一个一个的建筑工地，各地建的房子不少，但大多是方盒子，新颖、别致的建筑物不多。他轻轻地笑了笑："如果说现在是新中国成立以来城市建设最好的时期，那是不为过的。但是，社会各个方面对城市建筑的批评也不少。比如，人们批评我们的城市建筑千篇一律，没有变化。有人责怪我们的设计水平太低，缺乏创造力。"

他接着说："这种批评不能说没有道理。但是，是否可以由此得出结论，我们的建筑师们才能低下呢？不能。"据他观察，中国的建筑师在个体设计上很花功夫，总想在圈定的设计内，把自己的"看家本领"都使上，什么高低错落、虚实对比、横竖划分、色彩组合等，可以说是面面俱到。由此产生的好作品也不是没有，但年复一年循着同样的思路搞设计，尽管建筑个体可能很丰富，但在群体上却难免失之于千篇一律、没有个性。他说，国外近几年"城市设计"的研究引起了人们的重视，它包括技术与艺术的多方面内容，应该作为我国建筑师知识发展和观念更新的重要课题之一。这位建筑专家还谈了如下见解："对于城市面貌来说，建筑群体的组合效应要比建筑个体的精雕细刻和自我完善重要得多。体型明确、色彩单一、手法简洁的作品在与周围环境的映衬中将更容易突出自己的个性，反之，个体设计即使完美无缺，也可能被淹没在千楼一面的一片混沌之中，既显示不出个性美，也无补于城市的整体美。"

叶部长希望我们能理解他的论述。他举例说，有人批评我们的建设色彩患了"贫血症"，意思是指我们的建筑色彩太少。其实，中间色本来是最丰富的。但如果只有大量中间色的堆积而无总体上大跳跃的、足以刺激视觉的强烈对比，即使在个体上做尽色彩文章，也不如像深褐色的北京国际大厦和白色的中国国际展览中心更具表现力和影响力。

自由与责任

叶部长的办公桌上放着一本取名"随想录"的本子。近来，他利用公务之隙根据这几年的感触，重新思考建筑师们所关注的一些问题，并以日记方式记录下来。打开这个本子，密密麻麻的小字已经挤满了十几页纸。"自由与责任"，是这本随想录中的一个题目。这引起我们的好奇心。

叶部长愿意和我们谈这个题目。他说："建筑业是人类文明史上最古老又最有生命力的产业，人类发展的每个时期，都有相应的建筑杰作作为这个时期的重要标志。人类要发展，要走向未来，就必须寻求更新、更适应自己需求的建筑式样。中国现代化进程把一副重担放在建筑师肩上了。可是，赋予他们重大的社会责任，不是也应同时赋他们相应的创作自由吗？所以我想到了'自由与责任'这对关系。"

"建筑无论就其技术和艺术的属性来说，都有着双重性。"叶部长说，"一方面，它有很强的社会性，它要适应社会的需要和可能，并经过社会多方面的合作才能成熟；另一方面，它又在很大程度上取决于一个人或几个人的智力劳动，因而又具有鲜明的个性。两者统一在建筑创作的实践之中，责任首先落在建筑师的肩上。"他接着说，"创作是一种自由的劳动，这种劳动带有超越性。给这种劳动加上种种外在的限制，是不能保证这种劳动有所成就的。自由是对必然的认识，而要达到对必然的认识，人的活动又必须是自由的。'自由与责任'的关系，恐怕也是这样，这从理论上、政策上说应该早已不存在问题了，但实际上并不如此。"

叶如棠站起来，打着手势说："我注意到一个普遍现象：行政部门的领导人对建筑师的工作干预太多。他们对核能、航天等尖端技术不敢轻易指指点点，可是却以为自己对建筑设计有当然的发言权和裁决权。我不知道人们是否承认这个事实：真正对建筑设计最理解、最有发言权的是长期工作在基层的一批为群众所公认的专家，而不是各级行政领导干部。即使在同一业务部门，某人行政级别的高低也不等于其掌握专业技能的多寡。"他认为，如果承认这个事实，不同层次的行政管理单位，就应承担不同层次的指导和管理。层次越高，管得越原则，越宏观。让基层最懂行的人去行使专业技术的决定权。这样，专业技术人员就可能获得较为宽广的自由劳动的天地，必定会更好地承担起社会赋予他们的信任。

本来，我们想告诉叶部长，我们的读者有兴趣知道，他上任后准备采取一些什么政策来推进中国城乡建设环境保护事业的发展，听完他一席话，我们认为不必再提这个要求了。他的思想脉络已向我们提出了他的决策方向。在中国，像他这样一批思路开阔的领导者，已经在许多部门涌现出来，他们从一个侧面向世界证明：中国的现代化大有希望！

（原载《人民日报》海外版，1986 年 11 月 5 日，与张平力合作）

两岸"三通"和祖国统一是大势所趋

——访国务院台湾事务办公室副主任王在希

就当前两岸关系的一些问题，8 月 26 日，记者采访了正在桂林出席第十二届海峡两岸关系学术研讨会的国务院台湾事务办公室副主任王在希。身着黑色西服、扎红色领带的王在希副主任面色红润，侃侃而谈，一一回答了记者的提问。话题先从台湾当局领导人推动的"公投"谈起。

王在希说："我们对台湾同胞争取政治民主的斗争一直是支持的，早在 20 世纪 40 年代末的'2·28'起义即如此。但现在的所谓'公投'，实质上是台湾当局打着'民主'的旗号搞'台独'。"

他说："在台湾可以通过各种形式，包括'民调'，对'核四'等一些问题征求民众意见。可现在，台湾当局动不动就搞'公投'，我认为'醉翁之意不在酒'。这是一个危险的动向。台湾当局领导人鼓吹'一边一国'，企图利用'公投'问题大做文章，进一步恶化两岸关系，达到分裂的目的。"

他强调："我们理解台湾民众渴望民主自由的心情，也尊重台湾同胞要求当家做主的愿望，但我们坚决反对台湾当局挑战'一中'，利用'公投'搞分裂的行径。对实现祖国统一问题，台湾作为中国的一部分，在一个中国的前提下，通过两岸协商，可以找到妥善的解决办法，这不是通过'公投'可以解决的。我们相信，我们的这一立场能够得到台湾同胞的理解。"

关于两岸"三通"和直航问题，王在希说，早在 1979 年元旦全国人大常委会《告台湾同胞书》和 1981 年 9 月 30 日叶剑英委员长向新华社记者发表的谈话中，就提出了通邮、通商、通航的建议。"三通"是我们的一贯主张，长期以来，为推动"三通"我们做了不懈的努力。

王在希列举大量数据，说明"三通"尤其是直航的必要性和紧迫性。他说，台湾每年到大陆有300多万人次，两岸今年的贸易额将突破500亿美元，大量的人员和货物进行交流。由于不能"三通"，造成人力和物力也包括时间上的巨大浪费；如能"三通"，台北、高雄可以直飞福州、厦门和广州等地。

王在希说，如从福州到台北直飞，空中只需40多分钟；而现在通过香港转飞，需4个小时。据计算，由于两岸不能直航，每年造成上千亿台币相当于几十亿美元的损失。台湾"民调"表明，2/3以上的民众主张两岸直接"三通"。迫于压力，台湾当局近日提出"两岸直航三阶段说"："我认为这只是一种姿态，缺乏诚意。我们希望'三通'有进展，而且希望是全面、直接、双向'三通'，而不是单向、间接、有限制的'三通'。'春节包机'与'包机直航'有很大距离，现在只允许台湾民航机进入大陆，不允许大陆民航机进入台湾。"

王在希强调，只要有诚意，"三通"问题不难解决，而且可以很快解决。只要想解决，今年也可以。"三通"对两岸都有好处，对台湾同胞特别是经济界更为有利。所以我认为，"三通"一定会实现，这是民心所向，大势所趋。我希望两岸同胞共同努力，继续推动"三通"进程，尽快实现"三通"，为两岸同胞带来福祉。

当记者问到对两岸关系前景的看法时，王在希答道："从长远看，我对两岸关系持乐观态度。台湾同胞和祖国大陆同胞是手足兄弟，尽管由于历史原因，两岸曾经长时间隔绝，有些台胞对大陆有误解和不同看法，但大多数台湾同胞对中华民族是认同的，是不赞同搞'台独'的。我们要充分理解广大台湾同胞在特殊的历史背景下所形成的复杂心态。我相信，随着两岸的交流交往，彼此多沟通，当那些台湾同胞真正了解大陆情况后，看法会改变的，是会认同一个中国原则，会支持统一的。对此，我们要有耐心。

王在希说，现在祖国大陆的形势很好。以胡锦涛同志为总书记的党中央十分重视台湾问题，非常关心台湾同胞。胡锦涛总书记在今年3月参加"两会"小组讨论时指出，只要是有利于台湾同胞的事，有利于两岸统一的事，有利于中华民族伟大复兴的事，我们都应该积极地去做，努力把它做好。从长远观点看，中国最终会实现统一，这是历史的必然趋势。对此，他充满信心。

当问及当前有大量台商在大陆经商、居住，越来越多的台湾学生在大陆求学、求职、就业，我们的方针政策和态度时，王在希表示，这是两岸交流交往不断扩大、令人十分可喜的现象。他说："我们的态度，首先是不应以政治分歧来干扰两岸的正常民间交流；其次，在推动两岸的交流交往上，将会采取更加积极、有利于扩大交流的措施。比如，对台商投资，我们要在保护台商利益方面尽更大努力，在土地使用、税收、价格等方面予以一定优惠和照顾。对在大陆求学、就业方面，我们也会有一些新的政策。在这些方面，政策法规将逐步完善。各级政府对此都很重视，对不合理的，努力改正；对不完善的，尽量完善。"

在回答记者提出的台湾当局向美国购买武器装备问题时，王在希认为，台湾当局花大量金钱购买武器，是劳民伤财，既无端耗费台湾老百姓的血汗钱，又对台海局势稳定带来不利影响。台湾当局购买武器，主要是政治考量，想搞政治交易。他还指出，目前，两岸同胞努力争取海峡两岸安定、和平，祖国大陆采取了裁军等举措。在这样的情况下，台湾当局拼命增加军事力量，只会导致两岸军备竞争。台湾当局如真正想"拼经济"，真正关心台湾民众的福祉，不如把这些钱用在发展经济和市政建设上。最后，王在希强调，台湾海峡安全的关键，是台湾当局不要挑战一个中国原则，不要搞分裂。如果搞分裂，买多少武器也没用，扩增武力不会给台湾带来安全。台湾当局一味扩充军力，一旦发生战争，台湾老百姓将会遭殃。

（原载《人民日报》海外版，2003年9月17日）

从律师到核能专家

——访国际原子能机构总干事汉斯·布利克斯

律师对核电发生了兴趣

坐在记者面前的汉斯·布利克斯先生曾经是瑞典外交部的国际法顾问，如今担任联合国国际原子能机构总干事。

1987年9月7日，北京，昆仑饭店。"第6届太平洋沿岸地区核能会议"在这里召开。他踏上饭店多功能厅的讲台，做了题为《世界核能的现状和前景》的特邀报告。他的乐观的分析使在场的500位专家受到鼓舞。

如此大的职业跨度，吸引着我们把他作为采访的对象。

"布利克斯先生，您曾经担任过律师，后来怎么又对核能发生了兴趣？"当我们谈起他的经历，这位穿着深色西服、身材颀长的总干事以惊奇的目光看了我们一眼，莞尔一笑。

"我最初是注意环境问题。在我的国家里，由于酸雨造成了多数湖泊死亡，森林受到破坏。从某个方面说，这是由煤和石油引起的。煤和石油发电产生的大量二氧化碳，无法控制。核电不会引起这样的结果。"好像是怕我们对他的论点有怀疑，汉斯以坚定的口吻说，"我过去认为，现在依然认为核能污染是可以控制的。"

他对核电前景充满乐观

自从苏联切尔诺贝利核电站发生事故之后，国际上有些人似乎更有理由反对核电站的建设了，用布利克斯先生的话说，他们是"用宗教般的热情反对核能"。一些国家的核电政策也发生了一些变化。他说，芬兰、荷兰、南斯拉夫、瑞士和意大利等欧洲国家暂停实施新的核能计划。原先没有建设核电站的爱尔兰、丹麦和奥地利等国更加积极地反对别国建设核电站。国际上的核电建设出现了阴影。但布利克斯先生对核电的前景有自己的看法，充满了乐观。他认为，比如美国，在三哩岛事件之后，没有制订过新的核电站建设计划。1975 年以后，美国还取消了 100 多个核电站的营建计划。但是，与此同时，美国也取消了 63 个火力发电站的建造计划。这不是因为别的原因，而是由于经济的萧条，使得用电量大大减少，多投资建电站在经济上有困难。另一个有力的事实是，美国已经建成的核电站，一直运行良好，经济效益显著。到 90 年代，核电还有吸引力。最近美国能源部的一份报告指明，核能仍然需要，并且制定了恢复核能地位的方针。

"以我的观点看，核能服务于今天，也将深入到未来的生活中去。"布利克斯先生的话十分明确、肯定。

乐观并非来自盲目

布利克斯先生的乐观并不是盲目的。他向我们列举了一些最新的统计数字：到 1987 年 7 月底为止，世界上有 407 座核电站在运行。1986 年有 23 座新的核电站并网，今年头 7 个月又有 11 座新核电站并网。另外的 18 座核电站，计划在今年年底并网。最明显的是，法国、日本、韩国、英国等国的几座计划建设的核电站最近发出了新的订货单。

作为国际原子能机构的负责人，布利克斯先生从世界经济发展总趋势的角度对核电的前景做了分析。他说，需要核电站的"一个主要因素是社会对电力的需求"。世界上的能源并不充足。太阳能只是在一些偏远地区能够使用。核聚变能的利用是下一世纪的事。世界上大多数国家已经将水力资源开发得差不多了。除了石油、天然气之外，主要的能源是煤和核能。布利克斯先生说："核能比煤电更便宜些。"这位担任过一年外交部部长的总干事又补充道，"当然这种估计要有一个条件。除了像美国、加拿大这样电厂离煤矿比较近的国家之外，要使核电比火电便宜，还要求核电站的建设周期在 7 到 12 年之内，超过 12 年就不经济了。"他列举了世界上建核电站的经验教训。法国建核电站的周期最短，只有 5 年，而且运行良好。所以他们可以向意大利、瑞士、英国输出电力，每年可收入 50 亿法郎。相反，像墨西哥，建起了循环系统，只建两座核电站，花了 20 年时间，那样核电的成本就昂贵了。

"使人们恢复对核电的理智"

我们在访问中发现，布利克斯先生对环境问题深有研究，对核电爱得那么深，而对煤电造成的污染简直达到深恶痛绝的地步，几乎每谈到核电，总不免把煤电污染拿出来对比。他说："近几年，环境方面的专家总是对发展核电持反对态度。其实，核电对环境的污染是最低的。"煤电大量散发出二氧化碳、二氧化硫和其他氮化物，对环境、对湖泊、对森林都产生了危害。在欧洲影响更大。二氧化硫还可以控制，但要花费大量投资。二氧化碳现在还不能控制。二氧化碳污染大气，产生"温室效应"，温度上升，对地球上许多国家会产生严重后果。"我来自斯堪的纳维亚半岛。地球表面的温度提高几度对我的国家来说也许影响不大。"布利克斯先生诙谐地说，"但对你们广东省来说影响就大了。对于全球，这就不是什么好事了。"

"核电不发生这种污染。"布利克斯先生三句不离本行。然而，他的话并不带有职业的偏见，"核电站会产生一些放射性废物，但是量小，而且能够处理。当然，泄漏是非常危险的。如果管理得好，核电站正常运行，是不会发生切尔诺贝利这样的严重泄漏事故的。"

其实，世界上各种能源都有一定的危险性。布利克斯先生给我们一一列举出来：墨西哥发生过天然气大爆炸；意大利、印度的水电站大坝曾经发生大坍塌；各国煤矿都发生过瓦斯爆炸，造成很多人死亡；油轮也会发生事故，造成海洋的污染。"与其他工业相比，核电有很好的安全历史记录。但人们对核电还不够了解。一旦发生了三哩岛、切尔诺贝利核电站这样的事故，就对核电产生了恐惧心理。我们要使人们恢复理智。现在各国正在采取改进核技术的措施，国际原子能机构早在 70 年代就开始核安全的工作，并且建立了一套有关安全的规章，以保障核电站的安全。"

"我不介意住房建在核废料场附近"

"核电站产生的核乏燃料使许多人感到害怕，您是否谈谈看法？"我们自然地把话题转到核电站用过的核乏燃料的处理问题上。

"我认为，无论在技术上还是理论上，对核废料的处理是有基础的。"据布利克斯先生介绍，核电站用过的核燃料并不废弃，可以从中再提取有用的放射性元素。"国际原子能机构在美国西雅图讨论过核废料处理问题，结论是对核乏燃料的后处理不需要技术上的大突破，只要做一些小的改进就不会有大的困难。问题是处理最后剩下的废料，用玻璃或水泥固化之后，还没有找到更好的办法处理。只有把它们埋到沙漠里就安全得多。"同煤炭、煤渣等废料相比，核乏燃料的处理更容易些。核燃料最后废料的量小，也没有煤渣中含有那么多的重金属。这时，布利克斯先生再一次表现出他那外交家的幽默风度和对煤电污染的反感。他说："如果让我在埋藏核废料场附近盖住房，我并不介意，如果让我在煤电厂附近建住房，我可不愿意。"

"希望中国大力发展核电"

布利克斯先生担任国际原子能机构总干事已有 6 年。我们请他介绍一下这个总部设在维也纳的机构的工作情况。总干事先生说："国际原子能机构成立于 1957 年，现在总共有 113 个成员国，1500 名工作人员。中华人民共和国是 1984 年加入这个机构的。除了核电之外，机构还为各国提供医用 X 光，辐照治癌，谷物、粮食和食品方面的辐照技术。"

国际原子能机构的一半以上力量是用来实行核监督，保证各国和平利用核能。这是国际上第一个对核能实施检查和监督的机构。

中国与国际原子能机构有着良好的合作。布利克斯先生说："我知道中国的煤炭资源非常丰富，但我希望中国能在可能范围内大力发展核电。"这次是布利克斯先生第 6 次访问中国，他参观了西南地区的核研究机构，留下了深刻的印象。他说："他们不仅为秦山核电站工作，而且进行核聚变方面的研究工作，研究水平和技术水平是第一流的，研究很有意义，对国际和平利用核能是有力的支持。不利的是他们离市区远一些，交通不便，有孤立感。"

"中国的核电起步晚一些，但可以学习别国的经验，避免走其他国家走过的弯路。闭门造车是什么也干不成的。"据布利克斯先生介绍，国际原子能机构为秦山核电站培训人员，这是该机构对中国的一个很大的技术支援项目。

（原载《人民日报》海外版，1987 年 9 月 18 日，与陈祖甲合作）

肩担重任　不枉此生

——澳门立法会主席曹其真访谈录

我们到澳门的第二天，澳门立法会主席曹其真女士便接受了记者的采访。此时距 10 月 16 日她获选特区第二届立法会主席只有一个来月。

澳门立法会主席曹其真在办公室接受作者采访

生气勃勃的立法会

没有客套和寒暄，我们的采访直扑主题："记得去年此时您在接受记者采访时曾说：'有人问我对立法会一年的表现，我说满意无止境，就打个及格吧。'这显然是您的自谦之词。眨眼之间，澳门回归两周年了，您怎样评价立法会这两年的工作?"

"以前的议员表现比过去好，新议员进步很快。大家热情很高，参与积极，整个立法会是个生气勃勃的立法会。"曹其真简明扼要地概括了首届立法会的特点。意犹未尽，她又补充说，"成绩要客观地去评价。从主观上看，议员们都很努力；但对我们工作的结果，要从长远来看，从市民的评价来看。如果我们制定的法律，老百姓认为不很有用，就不能说我们的工作很好。"依然是那么谦虚，话语中透着真诚。

记者又问：您曾说过，"双语立法将是未来立法会最大的挑战"，并把带领立法会由葡国宪制转入"一国两制""澳人治澳"的运行轨道形容为"历史任务"。请问，您是如何领导立法会克服困难，应对挑战的?

曹其真告诉记者，基本法规定澳门的原有法律不变，特区成立后又要出台一些新的法律。怎样使新出台的法律和原有的法律接轨，又要使葡文和中文两个文本的法律让老百姓看得懂，能够接受，既是立法会的长远任务，又是我们面临的最大困难。在这方面，立法会做了大量艰苦细致的工作，已通过了 40 份法律。"我相信，从行文上看，回归以后制定的这 40 份法律大家基本上都能看得懂。"

精通英、法、德、葡萄牙等文的曹其真深知，双语立法不是一件简单的事情，两种语言有时会出现不可相容的情况；学法律的人并不容易就能做到中文立法，使中文法律和葡文法律接轨。立法会为此做了很大的尝试和努力。曹其真举例说："我们从北京大学聘来 4 位学法律的高才生，两年来，我交给他们一个课程：一方面学葡文，一方面要学习和研究如何使葡文和中文的法律衔接得上。我们让技术法律顾问部 4 位懂葡文和 4 位懂中文的专家配对进行钻研，主要解决法律翻译问题，从法律概念和文字上都进行攻关。"

记者请担任议员 20 多年，堪称澳门元老级资深议员的曹其真谈谈对"澳人治澳"的切身感受。她坦诚以告："回归后，'澳人治澳'，议员们的投入与以前完全不一样。过去，不懂葡文的，投入也难，人家争论的是什么听不懂，自然也减低了投入的兴趣。另外，立法会争论的许多是政党之争或葡国政府与澳督之争的话题，与澳门生活没多大关系。回归后，'澳人治澳'，如特首的施政纲领、政府的施政报告等，讨论的话题都是市民们所关注的，议员们都争相发言，踊跃参与。"

从未受到任何压力

谈到"澳人治澳"，曹其真还心悦诚服地告诉我们，中央从来不干涉澳门特区的事情。"回归两年来，至少我坐在这个位置上两年来，立法会从来未受到任何压力。"她讲了这么一件事，"最近，立法会讨论大米、肉类、蔬菜等物价问题。中央驻澳联络办给我送来一份有关此事的统计材料，特意注明：送你这份材料并不因为你是立法会主席身份，而是因为你是全国政协委员，需要了解这方面情况。从这件小事可以看出，中央驻澳部门非常小心，不使我这个立法会主席感到有任何压力。"

"这是两年来我唯一收到的一份来自中央驻澳联络办的文件。"曹其真感慨地说。她还告诉我们，"去年2月，我曾到过北京，见到许多人，从国务院领导到有关部门领导，没有一位领导告诉我要怎么做，我从未受到任何压力。我这里有非常大的自由度。我知道过去澳门立法会的许多事情要经过澳督的同意。回归两年来，特首没有和我谈要我做什么。我与中央驻澳联络办、外交部驻澳特派员公署也仅是礼节性的拜访，他们从未在公事上告诉我要怎么做。"

记者曾从一篇报道中看到曹其真曾提到"澳门的议会文化"这个概念，怀着浓厚的兴趣，我们请她谈谈"澳门的议会文化"的基本内涵是什么。

"我所说的'澳门的议会文化'，是针对其他地方而言。在澳门，不同的意见都可以在立法会议上发表，甚至针锋相对，但没有恶意的批评，也不会把它带到生活中去，无须拿到报章、电视上去对骂，或者采取一些太激烈的做法。大家彼此间的感情很好，很多事情关起门来谈，比较容易解决。我认为这就是澳门不同于其他地方的议会文化。"

为什么澳门能做到这样呢？曹其真说，主要是澳门这个地方不大，人口只有40多万，既有大城市的先进之处，也有小村庄的特色，乡土气息和传统的东西比较浓厚，人际关系相对简单纯朴。但更重要的是，大家都想把澳门建设好，顾全大局，从长远着想。试想如果把矛盾激化了，闹僵了，那就既对不起国家和黎民百姓，也是澳门的损失。

新的挑战　新的课题

"您说过'从小到大，我都有成就感'。是否这种'成就感'成就了您今天的业绩？"我们不揣冒昧地问。

"'成就'是要靠自己争取和人家评价的。"曹其真笑着说，"人生总是要有一些目标，空的东西我不争取，金钱和权力也不是我追求的东西。我追求的是不枉此生，人要活得实在。许多人和我交谈时很后悔虚度了一生。我觉得这时后悔已经太迟了。"

在曹其真办公桌的后面，靠墙摆放着许多照片，其中有一幅是在澳门回归倒计时594天，即51279543秒时，她在天安门广场澳门回归倒计时牌前与特首何厚铧的合影。照片旁边是8个毛笔大字："寸阴是惜，承担重任。"

见到记者对这张照片颇感兴趣，曹其真告诉我们："至今我也不知是哪位澳门同胞拍了这张照片并写了这8个大字赠送给我的。这8个字寄托了大家对我本人和立法会的厚望。"

由此引出了我们采访中的最后话题：作为新一届立法会主席，将扮演何种角色及今后的工作设想。

"是'新的挑战，新的课题'。"曹其真长话短说，用8个字概括，"上届我们制定了40条法律，史无前例，但也有客观原因，特区政府刚成立，许多法律是空白，不出台不行。但这届是否再出台40条法律？我不敢保证。不能从数量上来看，如果说要成倍增长，再搞40条法律，不易做到，也不客观。"性格刚强的曹其真具有务实求实的作风。她告诉我们："与回归前相比，澳门的治安状况大有好转，但在经济方面还未有起色，老百姓既寄希望于未来，也盼望今天的生活能大有改善。澳门的市民很可爱，这次立法会选举，老百姓对立法会和议员寄予了很高的希望，现在，议员的一言一行都成为老百姓关注的焦点。议员们也都想为老百姓做一些事情，回应大家的厚望和要求，无形中造成议员之间的竞争。这是好事，但也增加了矛盾，出现了一些新的问题。"曹其真侃侃而谈。

"这次选举，无论直选还是间选都很激烈。选上的议员谁也不敢偷懒。一选上就是下届竞选的开始。临时抱佛脚不行，现在就得为下一届选举打基础。要反映选民的疾苦，为老百姓做一些事情，这种竞争在立法会内部很激烈。从正面上说，这是好事情；但另一方面，争论就会很激烈，共事就不那么容易，话就不那么好说了，也就不会那么'和平'了。"曹其真以这句略带诙谐的话结束了对她的访谈，她的脸上洋溢着笑容，笑容中透着坚毅和自信。

（原载《人民日报》海外版，2001 年 12 月 24 日，与王君超合作）

乐章继续演奏

——访澳门全国人大代表杨允中

　　早在几年前，记者就结识了杨允中教授。作为全国人大代表、澳门特别行政区筹备委员会委员、澳门特区第一届政府推选委员会委员、澳门特区基本法委员会委员，作为经济学博士、法学博士，杨允中活跃在政界、学术界，著述颇丰。他亲身经历了澳门回归的历史性进程，并以自己的聪明才智为澳门回归祖国做出了贡献。

　　由于是老相识，在澳门中联办会客室一落座，我们便请杨教授先谈谈对澳门回归祖国两周年的感受。

杨允中教授接受作者采访

　　"澳门回归，对澳门来说，是在'一国两制'方针下实现的历史性变革，模式是全新的。回归的两年实践证明，'一国两制'在澳门不仅可行，而且有很多优越性。"杨教授告诉我们，眼下他正在写一本书，书名叫作《"一国两制"在澳门的实践》，想以澳门回归后的事实说明，"一国两制"不仅在现实中可行，而且具有很高的理论价值和社会价值。

"首届特区政府运作，已任期过半。'澳人治澳'，依法施政已开了个好头。上至特首，下至普通市民，大家坚持'一国两制''澳人治澳'，坚持基本法。两年来，成绩不小，社会趋于稳定，政府运作平稳。"杨教授还列举了大量事实说明，如澳门经济、社会发展开始好转。经济，2000年出现4.6%的增长，扭转连续4年负增长的趋势；2001年受国际形势的影响，增长幅度小一些，但不会负增长，预计会增长0.5%~1%。社会运作基本平稳。

"澳门的路子这么走了，外界是怎么评价的呢?"杨教授答道："至今未听到负面、否定的评价。世贸组织2001年3月对澳门回归后的情况有个评价，认为澳门仍然是市场自由度最高的地区之一。这很不简单!我接触到他们中的一些人，都很理性地认为，回归后的澳门确确实实在前进，不仅完成了转变，而且在顺畅运作。欧盟，包括葡萄牙的评价更高，他们希望继续保持同澳门的密切联系。美国是澳门最大的市场，去年一些要员到澳门走了一下，很满意，认为基本上运作正常。"

杨允中告诉我们："许多国外、境外的媒体采访我，有的找上门来，有的在电话里问几句。我说如果你们能客观报道，我可以讲，但我希望你们最好来看一看，澳门地方虽小，但采访的价值不小。"杨教授颇为自信并深有感触地说："这两年来，成绩来之不易，成绩有目共睹，值得欣慰，值得庆幸。"

记者记得杨教授曾讲过："回归对当代澳门人来讲，既是挑战又是机遇，既是考验又是动源。回归将引发新的形势、新的任务，也将提出新的要求、新的期望。"我们请他从学者的角度谈谈面对挑战，澳门做得如何或者说将如何应对?

杨允中从刚刚公布的特首何厚铧的第三份施政报告谈起，他认为，这份报告在前两份报告的基础上又有许多新意，如提出纾解民困，既有减税等治标性措施，又有就业培训这样治本性的措施。"前两年是固本培元，稳定发展。这次又提出以旅游博彩业为龙头，服务业为基础带动各种产业综合发展这样一个发展思路。如果把握得好，在'一国两制'指引下，澳门很有希望成为一个中等规模，全方位开放，高度国际化的明星城市。"

谈到澳门当前和今后一段时期将要解决的问题，杨教授认为，人才是重中之重，要更多地培养和引进符合特区发展需要的人才，要把更多的人才推向国际社会，这样，澳门就具有了支持后续力的优势；要有长远发展的理念。作为自由港，目前澳门的社会开放度或开放思维不够，传统理念有一定的局限性，不适应新的国际竞争，如自求多福、守望相助，虽有积极的一面，但也有不图进取的消极一面。因此，要更新观念，不断提升澳门的国际竞争力；再比如资源如何合理配置。发展路向认识一致，但怎样把握得准，不优柔寡断、贻误时机？现在，还有一些人担心国家加入世贸后，澳门将面临更大的挑战等。

如何面对这些问题呢？杨允中在条分缕析后说："我常引用这样的一句话：大河有水小河满。国家好，澳门好。这是大局。在局部，关键是自己要争气，要思进取。别人跑步，我要比别人跑得更快。挑战是永远存在的，任何人都要在挑战中和矛盾中前进。"

杨教授曾以诗一般的语言说"回归是一部大乐章""这部大乐章可分为几个独立的乐章。如果把九九回归历史性变革作为这部大乐章的序曲，那么，现在序曲已经奏完，乐章的展示部继续在演奏。我认为至少要演 50 年"。杨教授以丰富的想象展望在可以预见的未来将要演奏的乐章。他的话不仅有诗人的浪漫和激情，更多地表现出学者严谨务实的态度。意犹未尽，杨允中强调："演奏这部大乐章，每个人既是词曲作者又是演员，不能做旁观者，要做积极的参与者，这是履行澳门居民权利和义务的基本要求。在这方面，我们别无选择。"

（原载《人民日报》海外版，2002 年 1 月 22 日，与王君超合作）

见证历史的一老一小

在澳门采访中，我们有幸见到了作为澳门历史见证人的杜岚老校长和领唱《七子之歌》的小歌手容韵琳。一个是濠江中学 88 岁的名誉校长，另一个是豆蔻年华的中学生，谈及回归的感受，一老一小吐露了共同的心声。

被列入《世界名人录》的杜岚女士，1937 年在抗日的烽火中开始执教于濠江中学，曾为中国抗战输送了不少人才；1949 年 10 月 1 日，她冒着国民党特务"弃尸万人坑"的威胁，在澳门升起了第一面五星红旗；回归前后，她和其他校领导一起，又在学校大力推广普通话和《澳门基本法》，悉心培养治澳人才。已是耄耋之年的杜老看上去精神矍铄。全国人大代表、政协委员黄枫桦副校长介绍说，按照规定，杜老到了 60 岁就该退休了，但是她舍不得离开学校，目前还在继续帮助学校做一些工作。

谈到回归后的感受，杜岚老人认为，两年来澳门治安良好，生活稳定，打家劫舍的事少了，市民安居乐业。经济、文教事业都有很大的发展，教师的生活比较稳定，公务员的队伍精神风貌有很大的发展变化。

她深有感触地说："何特首领导有方，这是全澳门人都公认的。当然困难也有，不是一下能解决的，相信会有办法克服，不能急躁。"抚今追昔，老人感慨万千："1949 年升旗时，有祖国做靠山，我什么都不怕；现在，澳门回归祖国，一切都会好起来的。"

12 岁的容韵琳现在是培正中学的学生，她因在澳门回归的历史时刻，在大型系列片《澳门岁月》中领唱主题歌《七子之歌——澳门》，

作者采访澳门濠江中学老校长杜岚，向她赠送《人民日报》海外版编辑的《走近澳门》一书（王君超　摄）

以及参加 1999 年中央电视台的春节联欢晚会而被许多新闻媒体称为"小歌星"。

采访前，李祥立校长告诉我们，容韵琳的成绩很好，几年来保持了优异生的荣誉，是一个品学兼优的好学生。

作者采访领唱《七子之歌——澳门》的小歌手容韵琳（王君超　摄）

领唱《七子之歌——澳门》时，电视屏幕上的小韵琳还是一个满脸稚气的女童，如今站在我们面前的，已是一个亭亭玉立的小姑娘了。回归前，她唱歌发音时带有浓厚的粤语味，而现在她已能说一口较为纯正的普通话了。小韵琳告诉我们，几年来，她曾应邀去过北京、上海、天津、深圳等内地的大城市演出。问她最喜欢哪里，她回答："澳门。""因为我在澳门长大，这里的一切觉得很亲切。"

回忆起回归前，小韵琳的心情显得很激动。"听说澳门要回归祖国了，我和弟弟都非常高兴。1997 年，我当时 7 岁，在学校进行音乐测试、练歌时，自己对能否被选上也没有抱很大的希望，只是尽量唱好。尽管我当时不是很了解这首歌，但是非常喜欢。"

问她现在澳门与两年前有什么不同，她说："回归前经常听说黑社会杀人、放火；回归后，澳门就好了。"

"那么，'澳人治澳'是什么意思？"记者想考考小韵琳。

"澳人治澳就是自己管理自己。特首何厚铧也是澳门人，大家都很佩服他，觉得他做事很好。我还与他一起照过相呢！"

小韵琳告诉我们，她特别喜欢英文和舞蹈，将来想做一名小学教师，就教这两门课。

临别，小韵琳又为我们唱起根据爱国诗人闻一多先生的《七子之歌之澳门》改编的歌词："你可知 Macau 不是我真姓，我离开你太久了，母亲！……"仍然是这首歌，唱起来仍是那么深情款款，但是，在小韵琳的歌声中，分明多了一份澳门主人翁的自豪感！

（原载《人民日报》海外版，2002 年 2 月 5 日，与王君超合作）

肺腑之言话治澳

土生葡人的心声

"姗桃丝"，一个美丽的名字。当我们见到这个身居要职的澳门市政局代局长时，感到她除了美丽之外，还有优雅、随和与热情。像其他1.1万名土生葡人一样，姗桃丝在澳门出生，具有葡萄牙血统；她以葡萄牙为祖国，却又奉澳门为故乡。

澳门特别行政区政府市政局代局长姗桃丝

上午开了3个会，在她的脸上却看不到疲倦。"该吃饭了，我们边吃边聊吧。"她微笑着邀请我们。

"你好，姗桃丝！"在步行去一家泰式餐厅的路上，不断有人与她打着招呼。

据同往的本报驻澳首席记者王荣久先生介绍，作为临时市政局的一局之长，姗桃丝从市政运作到垃圾处理、屠宰厂的管理都要负责。她实在是太忙了，不得不经常在吃饭的时间接受采访。在这方面，15年的公务员和政府官员的经历，以及澳门大学 MBA 的学历帮助了她。

姗桃丝的普通话之好，在土生葡人中是非常有名的。她告诉我们："1986 年我开始学，当时说普通话时，有不少人笑话我，现在这些人后悔了。不过今天他们也学说了，这是一个很好的开始……现在，我的 10 个兄弟姐妹都开始学了。"

在饭桌上，姗桃丝就"澳人治澳"等话题侃侃而谈："回归后，绝大部分的土生葡人留在澳门工作，他们的生活方式没有什么变化。现在，教育暨青年局、财政局、旅游局、体育发展局、邮电局、市政局的负责人都是土生葡人。""'澳人治澳'，我也是一个例子。我们终于可以管好自己的家了。经历了那么多的澳督，我觉得'澳人治澳'是长久之计。我们把'澳人治澳'的理念放在心里，做每一件事都以国家利益为重。"

还很年轻的姗桃丝想得倒很长远，她告诉记者，现在她"每一年的工作都要考虑到以后几年，考虑到怎样为未来的一代铺路。他们是我们的栋梁和希望，我有一天会老的，现在尽力做事，就是为了让他们接好这个班……"

同是身居要职的土生葡人，澳门公职人员协会主席、特区政府经济局知识产权厅厅长高天赐先生对澳门也是情有独钟："我的家人、亲戚，同学、朋友都在澳门。我们的根在澳门扎得很深了。如果有一天要离开澳门，这将是我一生最难过的事情。"

他告诉我们，大部分土生葡人都在政府的 52 个局里工作。回归后大部分人选择了留下来，说明他们对澳门的前途有很大的信心。

高天赐说："我们很有运气，因为我们有一个很有智慧的特首，虽然澳门的经济不那么好，但他高瞻远瞩，对各方利益平衡做得非常好。

澳门特别行政区政府经济局知识产业厅厅长高天赐

不管是在公职部门工作还是从事个人行业的土生葡人，他们的利益都被考虑到了。"

　　他认为，在政府部门工作的土生葡人有行政经验，对法律知识也相当了解，他们参与了 2000 年的行政改革，对澳门有很大的贡献。他说："虽然回归后的工作量增加了，但我们的工作人员没有抱怨，对将来也没有后顾之忧。他们相信通过今天的加倍努力，能够使退休后有一个稳定的生活保障。"

生意人的感慨

　　利通实业投资有限公司董事长施能船先生，20 多年前从福建来到澳门寻求发展，对澳门社会感触颇深。在新口岸他那面山临海的宽敞办公室里，他一面悠然地表演着茶艺，一面向我们介绍两年来他的感受："回归以后，澳门的治安明显好转了。过去绑架、枪杀不断，晚上都不敢出去，街上死气沉沉的，生意人不敢来澳门投资。现在不管是生活还是投资，在澳门都有了安全感。我过去送孩子上学，买了一辆好车也不敢开，害怕被绑架；现在没有顾虑了，也不用再送两个孩子上学了，他们都是自己回家。"

澳门利通实业投资有限公司董事长施能船

谈到目前澳门面临的经济困难，他说："虽然现在澳门的经济不太景气，但是还是有一定的增长。因为内地的支持，现在澳门的物价比过去还低，老百姓的生活水平没有下降。"

施先生的这番话，我们在属于"草根阶层"的曹先生处也听到了。

今年48岁的曹先生，在葡京酒店附近经营着"胜发手信店"，出售澳门特产和礼品。他说，尽管最近澳门的经济不景气，生意没有回归时好，但是靠着他们夫妇两人的辛勤劳作，供养11岁的女儿读小学，生活还是没有困难的。

谈起两年来的最大感受，他说："最突出的是澳门人管理澳门，要比过去好多了。""以前澳门是葡萄牙人管理，高官是葡人做，好像比我们中国人要高一头；现在是论才而用。选举特首时我也投了票，我感到自己也是澳门的主人翁了。"

（原载《人民日报》海外版，2002年2月18日，与王君超合作）

题记：他是一位西医，在取得累累硕果之时，又把中医介绍给美国人；作为年轻的侨领，他为促进中国和平统一而奔走；他有着浓厚的乡情，在家乡浙江和美国之间架起一座经贸交流的桥梁。

新一代侨领的新视野

在全美华侨华人圈，王永高享有很高的知名度和声望。去年年底，这位大芝加哥地区中国和平统一促进会会长，成功地主持了全美中国和统会联合会年会暨理事大会，被推选为执行会长。近日，在芝加哥全城郁金香绽放之时，笔者在密歇根大街的一间诊室里采访了王永高。

西医出身　开中医诊所

芝加哥位于密歇根湖畔，因经常刮风而被称为"风城"。1990 年，王永高因一个偶然的机会从美丽的西子湖畔来到了密歇根湖畔。当时，他作为杭州市第一医院心脏功能科主任，参加了在北京召开的一个有关心血管病的国际研讨会，并发表了研究成果。没想到国际心电学著名学者、世界心血管记录心脏窦房结电位首创者海尔曼教授很欣赏王永高的发言，会后邀请这位年轻的中国医生到他的实验室从事研究。于是，王永高就这样来到了芝加哥洛约拉（LOYOLA）大学。

到"风城"后不久，王永高便以一项"插入性心肌内单向动作电位电极"的研究成果获得美国专利。后来，他和课题组发现并记录到心脏的"反跳兴奋现象"，不但从理论上改写了传统的人体神经支配心脏的金科玉律，也在心脏基础生理、病理和临床上有着广泛的意义。那些年，王永高先后出席了 20 多次国际学术研讨会，撰写的 20 多篇论文发表于国际一流的专业杂志上。

王永高是西医出身，却在美国开了一家中医诊所，对此，他这样说："我大学时就迷上了中医。到美国后，发现中医更能体现我的价值。"他先后在中国城和芝加哥市中心繁华地带开设了诊所，用针灸、推拿和草药等传统中医手段，解除了不少病人用其他方法无法解除的病痛，以精湛的医术，让许多美国人了解了中医的神奇功效。"来我诊所看病的多是美国人，有律师、教授，还有医生。说来有趣，和我合租这个诊所给人看病的两位西医主任也是我的病人。"

反"独"促统　立场坚定

作为学者和医生，王永高却又挑起了芝加哥和全美中国和统会领头人的重担。2006年4月，为芝加哥和统会的发展壮大呕心沥血的老会长侯大正遽然早逝，时任副会长兼秘书长的王永高"临危受命"，被推选为新会长。参加选举的理事们认为，王永高以高票当选乃众望所归。因为他具备坚定的反"独"促统理念和出色的组织领导才能，善于团结各界人士，热心华人社团的各种活动和公益事业，为促进中美友好做了许多工作。老会长侯大正生前也曾多次说过，王永高真心实意做事，作风沉稳正派，非常难得。面对大家的信任和期待，王永高表示："推我到这个位置，我就要做事。"

修改和统会章程，设计工作思路；进行统"独"问题社会调查，与传统侨社侨领交往沟通；拜访美国政要，向他们说明"台独"对中美两国的危害和推进中国和平统一的正当性；在报纸刊登广告，反对陈水扁"过境"美国；发表声明，谴责陈水扁鼓吹法理"台独"的言论……在新会长的带领下，大芝加哥中国和统会的各项工作有声有色。

据悉，今年5月下旬，王永高将率领全美中国和统会联合会"两岸和平发展考察团"赴台湾和大陆参访。作为芝加哥和全美中国和统会的"领头羊"，王永高身上的担子很重，要做的事真不少！

在中国和平统一促进会第八届理事大会上，作者同美国大芝加哥地区中国和平统一促进会会长王永高合影

身在海外　服务故乡

王永高有着浓厚的故乡情结，作为美国浙江商会理事会主席，他广泛团结在美浙商，促进浙江与美国的经济联系和交流。"我们鼓励美国中西部的企业到浙江投资兴业，也欢迎浙江的企业到美国中西部来投资创业。"近年来，他先后主持策划了"浙江的经济发展与投资机会论坛""夏季国际商务论坛"等重大活动，接待浙江省开发区及杭州、嘉兴、湖州和台州等地访美团组，邀请中美企业家和美国政界要人与会讲演、研讨，并多次策划经贸之旅，组织旅美中国科学家、工程师、教授以及美国的教育、司法、医学和工商界人士到中国考察，进行交流合作。

2005 年 10 月，美国浙江商会访问义乌市。在"义博会"的国际商务论坛上，王永高关于"中国企业如何进入美国"的演讲吸引了 150多家企业的"老总"。他们中的很多人对与美国人做生意感兴趣，但不知怎么做，国内的许多律师也不了解美国的法律。于是，浙江商会邀请美国律师为他们介绍美国反倾销法、公司法和如何融资、投资等国际贸易方面的知识，很受欢迎。

联络更多的美国公司，让更多的在美浙商和浙江学人参与进来，共同架起一座沟通浙江与美国的桥梁，这是王永高所致力的目标。让他深感欣慰的是，现在桥梁已经架起，彼此来往畅通。王永高告诉笔者，此次率团访问台湾、北京和天津后，他将带领一批团员沿着这座"桥梁"到故乡浙江，继续经贸之旅。

（原载《人民日报》海外版，2007 年 5 月 29 日）

肩负新使命　注入新活力

——访第十届欧洲华侨华人社团联合会主席曹燕灵

第十届欧洲华侨华人社团联合会主席曹燕灵在办公室接受作者采访

　　去年 10 月 18 日，来自欧洲 150 多个华侨华人社团的侨领聚集在丹麦首都哥本哈根，举行欧洲华侨华人社团联合会第十届年会，共商欧洲华侨华人的发展大计。年仅 40 岁的丹麦中华工商联合会会长的曹燕灵女士，当选为第十届欧华联会主席。不久前，曹燕灵女士来京，记者在京广中心采访了她。

"有新生力量参与才有活力"

虽然欧华联会第十届年会已开后几个月，但曹燕灵仍沉浸在喜悦之中，为大会的盛况和成功而兴奋，回忆起当时的情景，她白皙清秀的脸上泛着红润。她说，大会在哥本哈根市皇家酒店举行，22个国家的300多名华侨华人代表出席会议。全国政协副主席罗豪才率中国代表团出席大会祝贺。丹麦首相派代表出席致贺，副首相发来贺电，哥本哈根市市长出席晚宴，规格很高，盛况空前。

"之所以这么成功，是因为有大量留学生、新华侨的参加，才有这么大的活力。大家素质很高，给我很多建议。如果没有他们的参与，这个会议不会这么成功。我一再强调，一定要有新生力量的参与，才有活力，欧华联会才会有发展。我作为第十届欧华联会的主席，按说应很吃力，但我却很轻松，就是因为身边有这么一批人，还有我国驻丹麦大使馆的大力支持。"曹燕灵说这番话时，不时地打着手势以加重语气，话很坦诚。

曹燕灵告诉记者，欧华联会将与欧盟各国政府进一步沟通。"比如，华侨华人在这些国家的权益，华人子女的中文教育，对儿童、妇女和老年人的关怀等。这些问题，欧洲有的国家做得较好。有的国家不够重视，因此要加强沟通，做些工作。"

"要有更大的发展空间"

曹燕灵从1997年1月担任丹麦中华工商联合会首任会长，已连任两届，每任3年；此前曾任丹麦华人协会常务理事、秘书长等职。在担任丹麦中华工商联合会会长期间，曹燕灵每年都要组织一些诸如请律师、审计师给会员讲课等许多有意义的活动。此外，由于丹麦的华侨华人大多是20世纪90年代前后留学欧洲的，年纪比较轻，事业还处于发展阶段，有时忙得没有时间参加商会的活动，曹燕灵就主动多拿出一些时间和精力、财力来负责商会的一些工作。正是这种不计较个人得失的奉献精神，使她在商会内外乃至整个丹麦华侨华人界都拥有较大的名气和人气。

为了集中精力做好欧华联会的工作，曹燕灵将原定于2003年1月举行的丹麦中华工商联合会的改选，提前了3个月，并主动提出她不当会长，提名她的副手做会长。经她反复做工作，大家同意了她的建议，选她做了名誉会长。她告诉记者："开始大家想不通，误以为以后我不再管商会的事了。我说这样做是使商会发展得更好，同时也是让副会长有一个更大发展的空间。"

"有实力才能有能力"

尽管曹燕灵今年只有40岁，但到丹麦已有23年，被称为"年轻的老华侨"。1980年，刚刚高中毕业的曹燕灵只身来到丹麦。她在餐馆里打过工，在快餐店里当过老板，能烧一手好菜，会做西餐，她还是丹麦第一个会做比萨饼的中国人。虽然经营餐馆给她带来了财源，但信奉"有实力才能有能力"的她认为，通过脑力劳动，靠智慧赚钱才是自己的理想。于是，她走出餐馆，考进了哥本哈根的一所大学，攻读国际贸易专业。

1988年，她在哥本哈根正式注册成立了华丹国际技术有限公司。十多年来，华丹公司已经先后在国际贸易、技术转让、高科技产品开发、项目融资、招商引资、咨询培训、展销策划等经济技术合作方面，与多家国内外企业进行了合作，并且获得了良好的信誉；此外，在医疗设备、污水处理等领域，华丹公司已经在中国成为较有影响的公司；同时，华丹公司还与各个领域中技术领先的国内外公司密切合作，是多家环球大公司在中国及其周边地区的总代理、经销商、融资和投资咨询顾问。在奋斗中，曹燕灵真正体会到靠智慧赚钱的快乐与艰辛。

在这次采访之前，记者曾到福州市闽辉大厦，拜访过曹燕灵。近3年来，她大部分时间在中国、在福州，这里是她的家乡。在中国，她是中联投资（集团）有限公司、福清仓储有限公司、福州华丹环保设备有限公司 3 家公司的董事长。

曹燕灵告诉记者，她的这些公司主要做污水处理、医疗设备、垃圾处理、消防设备等项目，引进欧洲各国技术和资金。之所以选择这些项目，主要是考虑能对国家有贡献，对社会有帮助。做这些项目，时间长，回收慢，而且国内这块基本是无偿服务，但曹燕灵却乐此不疲。最近，她又与有关方面商谈联合办学。她说："对这些工作我很热衷。这些事利国利民，很有意义。"

（原载《人民日报》海外版，2003 年 4 月 29 日）

呕心沥血　壮心不已

——访法国浙江同乡会会长夏永光、邓雪花伉俪

墙上醒目地挂着江泽民主席访问法国时与侨胞的合影，上面，夏永光先生笑容可掬地与其他侨胞一起在中国驻法大使馆与国家主席见面。夏永光会长告诉我们，他作为旅法华侨的代表很荣幸地在法国欢迎江主席的到来。旁边，还挂着夏先生与澳门回归后访法的澳门特首何厚铧，以及与前任中国驻法大使的合影。对面书架上，摆放着一幅用镜框精心镶起来的照片，是中国改革开放的总设计师邓小平的照片。夏会长的太太邓雪花女士深情地对我们说："我最崇拜他！"

在巴黎 13 区意大利广场附近的一座 3 层小楼里，我们采访了刚刚忙完庆典活动的法国浙江同乡会会长夏永光先生和他的夫人、同乡会常务理事邓雪花女士。这些天，夏先生夫妇为同乡会成立庆典的事跑前忙后，嗓子都哑了，但因为庆典活动搞得非常成功，老两口儿特别高兴。

虽然庆典大会已经开过好几天了，但夏先生依然沉浸在胜利的喜悦之中。他喜形于色地说："庆典大会在法国最大的中餐馆白天鹅大酒楼举行，开得特别成功。嘉宾来了六七百人，欧洲和世界各地的许多侨团都派代表参加，规模可谓空前。会后，我们听到的反映普遍说好。"

"你们怎么想起成立法国浙江同乡会的？"

"这里有一个'典故'，我讲给你们听。"邓雪花女士把话头接了过来，"我们到法国时，这里有五六百老华侨，都是二战前来的，大多是浙江青田人。那时有个浙江同乡会，活动搞得轰轰烈烈，会长就是夏

2001 年春，作者在巴黎采访法国浙江同乡会会长夏永光、邓雪花伉俪

永光的叔叔。他叔叔过世后，浙江同乡会有名无实，沉寂了许多年。这些年来，来法国的温州、青田、瑞安、文成及杭州等地的浙江侨胞很多，他们说为什么不成立一个浙江同乡会。有的人找夏永光，说他来法国多年，又懂法文，情况又熟悉，希望他来牵头搞会。结果，一呼百应。就这样把同乡会搞起来了。成立浙江同乡会一来可以说是继承他叔叔的遗愿，二来是可以为同乡们多做些事情。"夏太太几乎一口气地讲完这个"典故"后又说："大家选夏永光当第一任会长，夏永光说我就带个头，但他提出当会长不连任，于是在会章上规定正会长任期为两年，届满不得连任。"我们在采访前曾看过《法国浙江同乡会会章》，在前面"成立宗旨"部分写道："广泛团结旅居法国的浙江乡亲，爱国爱乡，团结互助，促进中法民间文化和经济交流，为祖国建设添砖加瓦，为祖国统一大业贡献我们的力量；促进会员从社会、文化和经济上更好地融入法国社会；协助办好同乡福利事业，使浙江乡亲在法国的精神生活更加丰富多彩……"

我们听说，为成立同乡会，夏先生和夏太太事无巨细、不厌其烦地做了很多事情：联系侨胞、起草会章、跑有关部门、邀请法方官员及旅居法国和欧洲各国侨团侨领出席庆典活动、到机场接送嘉宾、安排住宿，就连庆典大会的每个嘉宾的座位安排都倾注了这两位老人的心血。对此，同乡会的许多副会长深为感动。

与我们所接触的有些侨团不同，法国浙江同乡会除会长外，众多的副会长几乎都是40多岁的"小字辈"。夏先生说："这些副会长大多来法国20多年了，他们是中国改革开放后走出国门的新侨民。这批人素质好，勤劳肯干，遵纪守法，诚实有信，事业有成，与当地人民和睦相处，在法国社会中有很好的声誉。但他们的大多数没有参加侨团，彼此来往很少。同乡会成立后，可以把他们团结起来，使他们经常参加侨团活动，多碰面，相互交流生意经验和信息，相互帮助；另外，可以培养他们的对外交际能力和组织活动的能力；同时，成立侨团有利于激励大家热心公益事业，回国回乡投资发展，为家乡和国家建设出力。"

我们在巴黎采访期间，接触了几十位浙江同乡会年轻的副会长和常务理事，给我们的深刻印象是，无论是办餐馆，开首饰店，搞服装、皮革零售批发，他们在繁忙的经商之时，热心同乡会的事情，彼此有事也互相帮忙，为家乡建设和公益事业多有建树。在这方面，夏永光先生也带了个好头。我们曾见过一份《浙江青田县仁宫镇小溪大桥建设捐资倡议书》，筹资委员会名誉主任有夏永光等人。大桥建设资金为300多万元人民币，海外侨胞就捐了100多万元，其中法国侨胞捐了近40万元，仅夏永光本人就捐了10万元。

夏先生不仅为祖国和家乡做出贡献，为侨居国的社会经济发展也做出很大努力，颇受法国政府的好评。不久前，巴黎市市长蒂贝里在市政府向夏永光先生等10名华人侨领颁发法国大革命200周年荣誉奖章，以表彰他们在促进中、法两国政治、经济、科技和文化交流中做出的积极贡献。

（原载《人民日报》海外版，2001年5月21日，与王志光合作）

抢救法华早期创业史料

——访法国《欧华侨志》主编叶星球

见到叶星球先生前，先阅读了一摞厚厚的书稿——《法国华人寻踪》，有近百篇稿件。从 18 世纪初叶旅法前驱、20 世纪初一战华工的足迹，到中国改革开放后赴法创业的华人社会；从革命家、外交官、音乐家、画家、雕塑家、作家、翻译家、诗人，到老华工、餐馆老板、豆腐公司经理、修脚铺工人和石雕、服装、皮件零售批发商，在叶星球的笔下展现的是一幅色彩斑斓的画卷。

非常凑巧，当本报决定在新推出的《华侨华人》双周刊选登这些书稿后，我有到巴黎采访的机会，有幸结识了叶星球先生。

立足"庙街"著华章

在巴黎市中心的一条名为"庙街"的老街附近，有一家经营法国香水和巴黎铁塔、蓝瓷水晶等旅游纪念品的批发店——法国星球艺术品公司。门面虽不算大，但商品琳琅满目，样样俱全，且价格相当便宜。前来购买的零售商和游人络绎不绝。顺着狭窄的楼梯拾级而上，是这间店铺的仓库和叶先生的工作室。楼上是大半屋的商品，墙上、写字台前，甚至是楼梯周围，悬挂、摆放着许许多多的艺术品、书籍和报刊资料，就是在这间普通的店铺里，诞生了叶先生的一篇篇侨志和诗文。

我的采访就在楼下的店铺和楼上的仓库兼工作室断断续续地进行，前来购物的顾客不时打断采访。

法国《欧华侨志》主编叶星球在巴黎"法国星球艺术品公司"写作

"您为什么要写《法国华人寻踪》，要写旅法华侨华人的历史呢？"

"这要从十几年前说起。"叶星球告诉记者，"当时一些朋友到巴黎来，想了解华侨华人在法国的历史，许多人不知道，现有的史料又很少。老一辈侨胞陆续辞世，如不抓紧采访、搜集、整理资料，法国华侨华人的早期奋斗史就可能失传。我的生活稍微安定下来后，我就想为此做些有意义的事情。"

从此，叶先生便踏上了抢救法国华侨华人早期创业史的艰难之旅。

采访侨胞创业史，使叶星球了解到许多可歌可泣的故事。叶星球告诉我，早在第一次世界大战时期，就有14万中国劳工来到法国帮助联军做战地服务，他们中的大多数献出了宝贵的生命。到了1918年一战结束时，仅失踪的就有1万多人，一些人历尽千辛万苦回到故乡，留在法国的有3000多人。他们大多住在巴黎里昂火车站附近，早出晚归，卖小皮件、挂件，从此开始了中国人在法国从事皮件业的历史。叶先生如数家珍，娓娓而谈。

在叶星球所著的《法国华人寻踪》书稿中，有许多个"第一"和"最"字，如第一个到法国的华人、第一个法国华人女博士、最大的华人企业、华人最早开的批发店等。说起查找谁是最早旅居法国的华人，叶星球显得格外兴奋。"现在我们知道，最早到法国的华人是福建莆田人黄加略。"他向我简要地介绍了黄加略的生平：1702 年 2 月 17 日，23 岁的黄加略从厦门出发赴法，后因特殊原因留在了法国，被任命为国王的中文翻译。他与法国语言学家编写《法华字典》和《汉语语法》。编书之余，他还将明代的小说《玉娇梨》译成法文，流行法兰西。1713 年黄加略和法国女子玛丽·克洛德·雷尼埃结婚。1716 年 10 月 15 日，黄加略在自己的寓所去世。"可找这个史料却很不容易，我和普瓦松女士去了好多次法国国家图书馆，都一无所获。"但他们始终未放弃努力。后来经一位老馆员的热心指点和帮助，才找到在法国中国人最早的资料——黄加略日记。日记用法文书写，有几页偶尔写几个中文。这时，他们才弄明白原来中国人名字的法文翻译，是用闽南音、北京语音的英文音译，所以查找起来十分困难。

朝思暮想　呕心沥血

屋外淅淅沥沥地下起了雨，打得铁皮屋顶沙沙作响。就着风声雨声，听叶星球先生谈法国华人社会往事，记者感觉他是用崇敬的心情去寻访史迹的。

朝思暮想，呕心沥血。这是叶先生搜集整理法华奋斗史的真实写照。

1995 年 9 月 1 日，由叶星球和叶骏先生创办的《欧华侨志》试刊号问世了！这张 8 开 4 版的中文小报，为读者提供了早期华人华侨及其他方面的珍贵史料。在人力财力严重匮乏的条件下，叶先生坚持不懈，使这份难得的小报在艰难之中不停地办了下去。我看到了几份《欧华侨志》，版面虽小，但很精美，有题图、照片和插图，这得益于叶星球在绘画和雕塑方面的专长。内容也很丰富。

可以想象，对于本不是很富有的叶星球来说，搜集整理史料、出版侨志在财力和精力上都是不小的负担。为了有更多的时间做这些事情，他卖掉了办得红红火火的餐馆，让原本照料餐馆的妻子来帮他经营工艺品商店，这无疑是一笔不小的损失。查资料，要出入图书馆、博物馆，要办各种证件，要复印许多资料、翻拍大量照片；自写作《法国华人寻踪》、出版《欧华侨志》以来，采访的各界人士不下百人，有的采访不止一次，有的在巴黎的郊区，有的在外地，或驱车或坐地铁或乘火车，各种费用都得自己掏。对此，叶先生毫无怨言，好在出身名门的妻子郑雪玲女士很理解和支持。叶星球告诉我，对他所做的这些事情，中国驻法国大使馆很支持。前任驻法大使蔡方柏、现任驻法大使吴建民先生和原驻法使馆政务参赞孔泉先生等很关心他的这些工作，经常询问进展情况。他所写到的巴黎最后一个修脚工的照片，就是使馆领事部的一秘吴永清先生提供的。

在叶星球的工艺品商店，背靠货架和成捆的包装盒，随便搬来一个瓷鼓当凳子，看着他麻利地卖货、算账，在间隙之中断断续续地采访，不无一种惬意，但我更感受到在这种环境中创作的艰难。

儒商兼才子

"现在是旅游旺季，我很忙，但我还是要抓空写点东西。精神寄托很重要。虽然卖东西很累，但写写文章，可以调剂调剂。""人生很有意思。我写《法国华人寻踪》，接触了形形色色的人，所以我把人生看得很淡。"叶先生就像对老朋友那样谈着他的人生感悟，又意犹未尽地说，"人活在世上，其实是为了完成生命。一种人是很快乐地完成生命，一种人很痛苦地完成。活在世上总要干些事情，不然就白活了。""我写过一首'人生'的诗，有这么几句：一丝丝苦，一点点甜，一片片欢乐，一丝丝缠绵……过客去矣，依旧是空旷的原野，碧蓝的天。"寥寥几语，写出了星球先生对人生的感悟和概括。他在繁忙的经商空隙创作了不少诗篇，已出版了《一叶诗集》《巴黎萍踪》和《诗情画缘》3本诗集。

叶星球先生除担任《欧华侨志》主编外，还担任法国华人创办的颇有影响的"龙吟诗社"常务副社长、黄河艺术团副团长。

辛勤耕耘获得丰硕成果。在星球先生的书桌前，我看到了一些他近年来获得的荣誉：有 1999 年巴黎市市长授予的巴黎市荣誉市民证书，2000 年巴黎市政府颁发的为文化、艺术、体育做出贡献的勋章，2001 年巴黎市政府颁发的为文化和体育做出贡献的奖杯等。前不久，他和其他 9 位侨领荣获了法国大革命 200 周年胜利勋章。

（原载《人民日报》海外版，2001 年 6 月 13 日）

儒商叶星千的信条

2004 年 8 月 16 日，本报曾以《复兴中国画的色彩》为题，报道了法籍华人艺术家叶星千的绘画艺术成就。时隔两年多，在北京国际贸易中心举行的国际室内环境检测、净化、治理技术与产品展览会上，叶星千以企业家的身份亮相，推出了其作为董事长的北京中欧江川生物科技有限公司研发的"生物酶室内空气净化产品"。

2007 年 2 月，在北京国际贸易中心展览会上，向观众推介公司研发的环保科技产品的叶星千

从艺术家到企业家，从美术创作到研发产品，可谓大的跨越。是角色的转换，还是二者的兼顾？在冬日的一个上午，记者到位于北京北四环中路的大地科技大厦，采访了刚刚从天津驱车回来的叶星千先生。

"一颗新星冉冉升起"

20世纪80年代初，叶星千跟随大哥叶星球的脚步移民到了法兰西。自幼喜爱画画的星千，在巴黎艺术的海洋遨游。他勤奋好学，融会贯通东西文化，开拓出了中国水墨画的新边疆——彩墨抽象。

1988年，他的《葡萄国掠影》《升华》《云》《红梅》4幅画入选"法国青年艺术家沙龙"。作为从500名参选者中筛选出来的38位画家，叶星千是唯一的法籍华人。法国青年艺术家协会主席吉利·萨巴格先生以"一颗新星在巴黎上空冉冉升起"盛赞他。之后，叶星千的作品又被选参加该会在世界各地举办的联展。

1990年，叶星千应邀在上海美术馆举办个人画展，媒体评价他"用现代的语言描绘广阔的世界"。1991年，法国著名的电信业跨国公司阿尔卡特（ALCATEL）邀请两位华裔画家在斯特拉斯堡总部举办画展，其中一位是大名鼎鼎的赵无极先生，另一位就是叶星千。

叶星千说，他是接过了林风眠、张大千、赵无极的"接力棒"，在他们的探索之路上向前奔跑。

如今，接过绘画"接力棒"的叶星千，又回到生于斯长于斯的故乡"下海遨游"。

"回报家乡父老的难得机遇"

由于是老熟人，我开门见山："为什么弃画从商？"

"我没有放弃绘画。"叶星千首先对我的话做了纠正，接着又说，"作为画家，我有很大的自由空间；作为企业家，我有自己的发展方向。"

"为什么会涉足生物科技？"

"我认为这在中国还是个薄弱环节，有很大的发展空间，也是我这个海外游子回报家乡父老的难得机遇。"叶先生坚信自己的决策是正确的，"归根结底，中国是我出生的地方，华侨到了国外更爱国。"

谈到已经做起来的项目，叶星千一一列举："一个是在新疆生产建设兵团搞生物钾肥，在阿克苏，2006年3月投资试做，推广效果很好，能够使棉花产量提高25％。还有一个是在海南省海口市，也是生物钾肥，主要供应橡胶树。"

话题转到公司最近推出的"生物酶室内空气净化技术"。叶先生说："这是我们公司原创的具有完全知识产权的科研成果。采用这一技术制造的爱乐（BIOAIR）净化空气产品对净化和清新封闭空间内的污染空气，特别是对新装修的居屋和会议室、商店等公共房屋内的空气具有特殊净化效果。"

叶星千告诉记者，做生意，他不追求经济发展的百分比，而是追求有效的生产怎么符合社会要求。

"做任何事情都要坚持"

其实，早在13年前叶星千就下了"海"，在天津经济开发区投资建了一个米特制衣公司。规模不大，100多人，主要生产服装服饰，产品百分之百返销法国。

叶星千的夫人茹爱乐（Joelle）是个法国人，爱好音乐和美术，喜爱东方文化，1987年到南开大学学中国文学。两年后在巴黎市政厅，茹爱乐穿戴凤冠霞帔，与来自中国浙江温州的叶星千举行了中国式的婚礼。如今，曾在巴黎第四大学获国际贸易硕士的叶太太除打理米特公司的业务外，擅长拉小提琴的她还经常演出。

叶星千推出的净化室内空气系列产品取名"爱乐"，是不是与夫人的名字有关呢？

"对，不过是朋友的建议。"叶星千据实以告。

"做生意顺利不顺利？有没有困难？"记者"明知故问"。

"困难那是肯定的啦。对我来说，做生意、搞环保是个挑战。"

"有没有过打退堂鼓的想法？""有！"回答肯定，"但打退堂鼓前，我必须完成一个句号。这个句号就是中欧江川生物科技有限公司的基本目标：产品进入国际市场。"

叶星千告诉我，现在，欧洲市场打开了一些，新加坡、美国正在谈。这次到天津就是同美国客商谈，对方很感兴趣。与同类空气净化产品相比，他们的产品没有二次污染，不需要能源。

在中国投资有没有风险呢？叶星千说："哪能没有呢？和我一起来的十几个人，几乎都经营不下去了，赔得一塌糊涂。"

"你为什么能幸免呢？"

"关键要坚持。如果他们坚持下来，也不会这个样子。我觉得，做任何事情都要坚持。"

（原载《人民日报》海外版，2007 年 2 月 9 日）

在欧洲进行文化长征

——访法国"黄河艺术团"团长时可龙、孙彩霞伉俪

　　记者在巴黎采访期间，正值五一国际劳动节。为庆祝这一全世界劳动人民的盛大节日，旅居法国的华侨华人举行了一场演出活动，由法华文化交流促进会、龙吟诗社和黄河艺术团共同举办。演出获得成功，反响不小。同以往的许多次演出一样，黄河艺术团在演出上充当主角。

　　这次演出几天后，在巴黎"庙街"附近，黄河艺术团副团长叶星球先生的旅游纪念品商店，记者采访了黄河艺术团团长时可龙、孙彩霞伉俪。

法国"黄河艺术团"团长时可龙、孙彩霞伉俪

"民间音乐大使"

"与你们《人民日报》海外版差不多，黄河艺术团也有 16 岁了。我们是 1985 年初成立的，成立半年多，创刊不久的海外版就发了我们的消息。"从位于巴黎凡尔赛宫附近的公寓赶到城里的时可龙先生一见到记者，就气喘吁吁地说。

时先生先简要介绍了自己和黄河艺术团成立的经过："我是 1966 年中国音乐学院的毕业生，1969 年分配到天津歌舞剧院，担任独唱演员。1982 年，作为中法文化交流的项目，我们天津和北京、上海的 11 个搞指挥、歌唱、舞蹈的人到巴黎大学和巴黎歌剧院学习、深造。后来，我就留了下来。"记者在天津长大，生活了近 20 年，在异国他乡遇到了天津老乡，特别兴奋。看得出来，时可龙先生也很高兴，话就更投机了。

"1985 年，我和其他几个人组织了黄河艺术团。为什么成立这个团？"时可龙先生未等我发问，就自问自答："简单地说吧，就是感到外国人对中国音乐了解得太少。我们要向他们介绍中华民族的传统音乐，宣传 1949 年新中国成立以来音乐的发展和成就。两年后我们成立了欧洲第一支室内乐民乐队，到各地演出中国民间音乐。到艺术团成立 5 年时，艺术团除演奏大型民间音乐外，还能进行歌唱、舞蹈、杂技和民俗表演，并组织业余演员进行舞狮、舞龙等表演。"

星球先生告诉我，作为深受法国青年人喜爱的男中音歌唱家，可龙先生的演唱颇具特色，演唱时将西洋美声与中国戏曲及民间唱法熔于一炉，真假声过渡自然，音域宽广，咬字清晰，声情并茂。他能突破中外一般演唱规律及声部的瓶颈，虽然演唱难度大但感染力强，这是可龙先生近 20 年来舞台实践和不断学习、借鉴及探索的结晶。

头发浓密、眉毛浓黑、脸膛红红的时可龙先生，有着年轻人般的朝气，看不出来他年已花甲；说起自己的艺术团，他的话语中不无自豪："十多年来，'黄河'在法国演出了 900 多场，几乎把法国城乡都走遍了，搞'中国月''中国周'等活动，宣传中国。此外，在欧洲各国演出了十几场。"说到这里，时可龙先生特别强调："这么多年，'黄河'演的节目完全是中国地地道道的艺术，过去，在这里很少听到和看到。法国的媒体纷纷报道予以好评。《费加罗报》《世界报》说'黄河'是'在欧洲进行音乐长征'，说我是'中国民间音乐大使'。"时先生感慨地说："中国音乐这么丰厚，可在这里过去宣传说中国音乐只有简单的五声音阶，通过我们的民乐合奏、歌曲和戏剧演唱，他们认为中国音乐同他们的音乐是在不同道路上发展的，在旋律方面达到了高峰。我们表演杂技、舞蹈，他们更惊讶了，说'地球的吸引力对你们没有任何作用'。"

时可龙略作沉思后告诉我，近五六年法国人了解中国的兴趣浓厚，中法文化交流活动猛增，巴黎涌现了一批"文化经纪人"，演出市场空前活跃。为了适应这一变化，黄河艺术团对人员和演出内容做了调整。艺术团还成立了戏剧、杂技、舞蹈、民间乐器等教学部，在巴黎市政府的帮助下，开展教学活动。

"祖国是大靠山"

正当我和时先生谈到他们正在做的这些事情的时候，门铃一响，一位女士走了进来。她高挑的个头儿，匀称的身材，如瀑布般的长发披肩，人刚进屋，就发出爽朗的笑声。时先生起身介绍："这是我的太太，孙彩霞。"一级演员、文化部"文华奖"获得者孙彩霞告诉我，出国前她在天津市杂技团工作，她创作和指导的杂技节目在国内得了不少大奖。1996年在巴黎领奖后，她又马不停蹄地到摩纳哥、朝鲜、香港、深圳等地参加艺术节演出，紧接着又参加了庆祝香港回归的活动。她告诉我："我是去年过来的。天津对我特好，给我办了提前退休手续。当年我拿了国际大奖后，天津市奖励了十万元，局、团各给了一套房子。市里给我拍的电视片还得了'五个一工程奖'。天津对我不薄啊！"听得出来，孙女士的这番话发自肺腑。

孙彩霞在黄河艺术团担任秘书长，同时负责法国国立杂技学校的教学，辅导倒立和软功。另外，她还到巴黎市政府体育部教学，体育部特地开办了两个少年班。"来学习的法国孩子很多，有的是法国著名杂技演员的子女。他们说要为自己的孩子找到最好的老师。"稍作停顿后，孙女士又对我说，"中国是杂技的强国，而法国的杂技艺术相对较弱，因此他们非常重视提高杂技水平，连在圣诞节的黄金时段法国电视台都连续播放中国杂技节目。今年是法国杂技年，照他们的说法是'法国杂技的复苏时代'。"为了嘉奖孙彩霞女士对法国杂技艺术的贡献，不久前，巴黎市政府向她颁发了荣誉证书及奖杯。

近四年来，几乎每年春节，黄河艺术团都要在这里献上一台节目，到香港演一出歌剧，回国内搞一台音乐会。在国外的演出活动更是应接不暇，从法国到美国，到非洲……可龙先生颇有感慨地说："到处是掌声和鲜花。外国人对音乐的理解力太强，能够从乐曲中听出中国的文化、历史、哲学，看出中国人的思维方式，感受到中国的成就和现代化的进程，使我深受感动。"

意犹未尽，在告别时，可龙先生紧紧握着记者的手，眼含泪花说："至今我没有加入法国籍，作为一名中国歌唱家我感到非常自豪。有时我特感动。确实感到中国是大靠山，着着实实的大靠山。我今年60岁了，每天这么忙，不停地唱，可不觉得累。今后，我要让'黄河'与侨界的联系更紧密，在演出和教学上搞得更火，让更多的外国人领略中国音乐的魅力和风采。"

（原载《人民日报》海外版，2001 年 6 月 14 日）

侨胞的肺腑之言

　　中国经济的发展，中国发生的巨大变化，使身在海外的新老侨胞感奋。不久前的一天下午，记者在巴黎 13 区意大利广场由侨胞厉毅胜先生开办的达利酒店采访，几位旅法侨胞敞开心扉畅谈祖国的变化和在国外的生活。

　　话题由刚刚举办的法国浙江同乡会成立庆典活动谈起。旅居法国 42 年的邓雪花女士深有感慨地对记者说："这个庆典会，巴黎 13 区区长柏利斯哥等好几位法国国会议员都出席了。特别有意思的是，为出席这次活动，刚上任的 13 区区长推辞了许多重要的活动，这说明法国人很看得起中国人，这在 20 多年前是不可想象的。"邓女士的这番话引起在座者的共鸣，也带出了她的一番肺腑之言："我最崇拜的中国领导人，除了毛泽东、周恩来外，就是邓小平。邓小平带领全中国走向富裕、民主、科学，20 多年来，整个国家日新月异，发展很快，变化很大。作为中国人，我们很高兴和自豪；作为爱国侨胞，我们的地位在不断提高，现在外国人很瞧得起我们。"她又充满自信地说，"以江泽民主席为核心的第三代领导人运用他们的聪明睿智，正在带领我们的国家走向富强，我们海外侨胞的腰杆子更硬了。"

　　在一边频频点头表示深有同感的老侨领夏永光先生，以他惯有的坦诚告诉大家："我虽然到法国几十年，我也很喜爱法国，但我至今未加入法国籍。为什么？就是一颗爱国心。尽管我在国内曾遇到不顺心的事，当时出国也遭到一些人的误解，但我从来不说祖国的不好！过去听到有人说中国的坏话时，我就与他们争吵，因此被人称为'白皮红心'。我热爱自己的国家，相信共产党。那时我就想，我们的国家肯定一天比一天好。这些年来，国家富强了，家乡变得快不认识了，老百姓腰包里的钱多了，我说自己的国家好，理直气壮，底气更足了！"

达利酒店的老板厉毅胜对记者说："我是 1988 年来法国的，现在 3 个兄弟、1 个姐姐都在巴黎开餐馆。我们在国外更强烈感受到祖国强大对我们的支持，国家好，我们在这里的生意都好做。来巴黎这么多年，我们感受到，近些年来中国的影响越来越大，华侨华人的地位明显提高。如有的大公司推出'中国周''中国日'活动，电视台经常播放介绍中国的节目，凡尔赛宫的说明书有中文的，就连巴黎大型百货商店'老福爷'也专门请十几个会讲汉语的女孩子接待中国人购物。从这些小事上可看出中国的影响在增强。"

厉毅胜又说："当然，现在我们国家还不算太富裕，问题也不少，但国家那么大，十几亿人，肯定得有穷有富，有这样那样的问题。打个比方说，法国这么富的国家，穷人的比例也不小，夜晚睡马路的人很多，杀人、抢劫的都有。发达国家的问题并不比我们少。我们在国外对这些看得更清楚。现在，许多说中国坏话的人往往是听信了外国媒体不实的报道，其实他们许多人并没有到过中国，如他们到中国去看一看，感受肯定会不一样。"

巴黎乐凯国际贸易公司的郭有良先生接过话题说："在这里听到的和到中国看到的常常是两回事儿。我们国家国际地位提高，国力增强，使我们华侨经商有了更大的自由。我同国内的许多公司、商场都有联系，每年不知多少次往国内跑。我有一儿一女，儿子 21 岁，正在大学学计算机软件课程，女儿 18 岁。我让他们学中文，前几年带他们到北京、西安等地参观，了解中国的历史、文化，看看中国的发展。"

（原载《人民日报》海外版，2001 年 6 月 14 日）

郑女士的三个感谢

第十一届国际潮团联谊会筹委会团长、秘书长联席会议，5 月 13 日在北京京都信苑饭店隆重召开，来自世界五大洲 60 多个社团的近 200 名侨领欢聚一堂，畅叙乡情，共商大计。会议开得紧张热烈，会上会下乡情亲情洋溢。

加拿大萨省潮州联谊会秘书郑婉容女士听说我是《人民日报》海外版记者，一把拽住我的胳膊，恳请我一定要在报上写篇报道，代她表达对中国政府和有关部门的感激之情。

郑婉容女士说："首先我要感谢中国政府支持举办国际潮团联谊年会。举办潮团联谊年会有很多好处，来自五湖四海的潮州人聚到一起，听取华侨华人创业的宝贵经验，促进全球潮人经济文化的交流和合作，增进各国人民的友谊。每两年一届的国际潮团联谊年会至今已召开 10 届了，其精神一是大联合，二是大团结，给全世界人民留下很好的印象。我很荣幸能作为加拿大萨省潮人代表参加了 3 届联谊年会。每次会后，我们都在侨居国报纸上宣传大会的情况，外国人见到我们，纷纷伸出大拇指，称赞潮人了不起，潮人真团结！"

谈起第二个感谢，郑婉容女士更为动容。她说："我要感谢中国政府对我们侨胞的关怀和爱护。第九届国际潮团联谊年会 1997 年在广东汕头市召开。在省市领导的重视和热情招待下，大会开得好，办得出色！当时，我和丈夫郑序轩一起出席了这次会议。会后，市领导用专车接送每位侨胞回故乡认祖，为每位团友找到了根——祖居地，向他们介绍族谱、乡史和家史。每到一地都敲锣打鼓欢迎，乡音亲切，乡情浓郁。市领导问我：'郑女士，你的家乡在哪里？还有没有亲人？'

我说：'在揭阳，但已经没有亲人了……'"说到此处，郑婉容女士热泪盈眶，但她顾不得擦拭泪水，语音哽咽地说，"市领导派人把我送到家乡，向我介绍族谱，告诉我，说我爷爷郑亚签当年曾支持辛亥革命，捐过巨款，获得'孙中山先生嘉禾奖章'。我问：'我爷爷的事情在县志上有无记载？'当得知已写进县志时，我高兴得流下了眼泪！这些事情我过去都不知道。我在揭阳找到了自己的根，这是中国政府送给我最好的礼物！第二年，揭阳市政府、侨办邀请我回家乡，用专车把我和丈夫接到揭阳。他们请我们参加篮兜学校落成典礼，出席仙侨镇十项工程落成典礼剪彩。我很高兴，好感动。1997 年，我和丈夫还被邀请出席香港回归祖国庆典，1999 年又应邀赴香港参加新中国成立 50 周年庆祝活动。我感到了作为中国人的光荣。我对儿孙们说，饮水要思源，永远不要忘记中国的根！"

说着，郑女士又从书桌上取出一封感谢信，她边念边对记者说："我还要特别感谢国务院侨办，感谢揭阳市领导，司法局、国土局领导和律师、法律顾问等有关人员。几年来，他们任劳任怨，深入调查，不畏威胁和恐吓，不受利诱和欺骗，真正落实侨务政策，归还了我的祖屋，发给我祖屋的继承权证明书和土地使用证。对此，我由衷感谢中国政府。是他们教育和培养了这些好官员，使他们在平凡的工作中，表现出崇高的品德和全心全意为人民服务的精神。"

记者从侧面了解到，郑婉容女士和作为加拿大萨省潮州联谊会会长的丈夫郑序轩先生，对家乡建设多有贡献，当记者谈及此事时，郑女士却连连摆手说："这个不要提，我们没做多少事情。"她一再叮嘱记者："请在报道中一定要多写写我们的感谢。"

（原载《人民日报》海外版，2001 年 5 月 14 日）

"天涯咫尺常往还"

——记台湾"中华两岸文经观光协会"理事长许文彬先生

默默耕耘成果颇丰

2002 年 2 月，由岛内一批中小企业家及文化、法律、学术等专业领域人士组成的台湾"中华两岸文经观光协会"在台北成立。其宗旨是：从事两岸文教交流、促进两岸经贸往来、推展两岸观光业务、增进两岸人民友谊。

著名律师许文彬先生被推举为该协会的理事长。

今年 7 月，记者在赴台驻点采访期间，采访了许文彬先生，请他谈谈台湾"中华两岸文经观光协会"成立以来在推动两岸交流方面做了哪些工作。

其实，早在去年二三月，记者在台北就应邀参加了一次许先生他们搞的活动，那是在圆满接待"上海华夏经济促进会"十几位来宾访台后，台湾"中华两岸文经观光协会"在圆山大饭店设宴为大陆客人送行。席间，许先生和他的同事或吟诗或唱歌或舞蹈，把送行会的气氛搞得既热烈又很文雅，乡情、亲情、友情浓郁。许先生他们的同胞情谊，台湾"中华两岸文经观光协会"对推动两岸交流之热情和执着，给记者留下深刻印象。

如今，台湾"中华两岸文经观光协会"已走过两年多的历程，回忆过去所做的事情，许文彬先生不无自豪地告诉记者："协会成立以来，在经费拮据的情况下，由于每位理监事及会员出钱出力，举办了

　　2004 年 7 月，作者和人民日报社同事姚小敏（左二）在台北采访台湾著名律师、"中华两岸文经观光协会"理事长许文彬先生（右一）（左一为该协会秘书长许坤金先生）

30 多项活动，做出了许多成绩。"他如数家珍地向记者一一介绍，如组团赴陕西参加清明公祭黄帝陵典礼，组织台北、上海、香港、澳门四地青少年朗诵比赛，组织经贸团参加内蒙古商展活动，率台湾法学界人士参访团访问大陆以及邀请和接待来自北京、上海、天津、陕西、山东、江西、吉林、苏州、兰州等省市的文教、经贸、农业、司法、艺术、新闻等团体赴台访问，举办有关两岸贸易的研讨会……

　　"这些活动，促进两岸的相互了解，建立两岸民间的友谊。我们的默默耕耘，已经赢得两岸各界的肯定和期许。"许先生欣慰地回顾道。

建言献策期盼"双赢"

　　从 1992 年以来，许文彬先生先后 20 多次到大陆参观访问，他关注台海局势，精研两岸关系，尽自己的绵薄之力建言献策，期望两岸关系良性发展。2001 年 7 月 20 日，许文彬和柏杨等 14 位知名人士联名向台湾当局领导人提交了一份"建言书"，呼吁承认一个中国原则，开启两岸接触对话，并就双方经济互惠交流等议题展开平等协商。

2002年1月24日，国务院副总理钱其琛在纪念江泽民关于发展两岸关系、推进祖国和平统一进程的八项主张发表七周年的大会上，发表了重要讲话。当天，许文彬先生抑制不住内心的激动，奋笔疾书《迎接春暖》，在翌日的台湾《中国时报》发表。他在文章中呼吁台湾当局为人民的福祉着想，求同存异，开启接触对话的大门，迎接冬去春来的海峡暖意。他说，钱其琛讲话"显示确有意图打破两岸僵局的含义"，但愿民进党当局"也能用新思维，用新眼界，在两岸关系转型的如此关键时刻，勇敢地踏出稳健的新步伐，以迈向'双赢'的新境界"。

他还多次在文章和讲话中表示，希望早日实现两岸定点直航、开放大陆人士来台观光及投资，共创两岸经济荣景。

吟诗赋词感怀抒情

许文彬先生1948年出生于中国台湾台南县佳里镇一个清贫的公务员家庭。在与记者的交往中，他多次不无自豪地说："我的祖籍在福建泉州同安县，1662年先祖随郑成功到台湾，到我是第十八代。"怀着对祖先的敬仰和对故乡的深情，十几年来，许先生带领家人、同学和朋友，多次回大陆寻根问祖，表达两岸同胞血浓于水的感情。

从2001年上半年开始，祖国大陆新华社、人民日报、中央人民广播电台和中央电视台4家媒体相继派出记者赴台驻点采访。许文彬先生和台湾"中华两岸文经观光协会"的同事与大陆驻点采访记者颇多接触，并热情协助。今年7月13日下午，经许先生和他的同事"穿针引线"，大陆4家媒体的8名记者集体拜访了被誉为"经营之神"的台塑集团董事长王永庆先生。只要有可能，许文彬和协会的副理事长邓文聪、秘书长许坤金及诸多理事都要设法给每批大陆记者"送旧迎新"。

使记者感佩的是，许文彬先生对民族文化十分热爱，文学根底深厚，尤其对唐诗宋词，娴熟于胸。他常常吟诗赋词，表达心情、亲情、乡情及对发展两岸关系的祝愿和期盼。如 2002 年 4 月，他在第三次风尘仆仆赴陕西三祭黄帝陵后，即席赋诗《再游西安》："咸阳道上菜花开，细雨梧桐旧情怀。又是一年春草绿，千里黄陵今又来。"他还吟诵唐朝诗人孟郊的诗句"春风得意马蹄疾，一日看尽长安花"，表达自己当时的心情。他在登临庐山后，与南昌市的一位在检察院工作的朋友和词《鹧鸪天》，在下半阕写道："两岸情，水乳融，待得来年能'三通'。琵琶亭里常把酒，庐山玉山乡心同。"

人民日报编委李德民（左二）向许文彬先生赠送画册

今年 8 月立秋前夕，许先生和台湾"中华两岸文经观光协会"的同事又在台北县新店碧潭与大陆驻点记者联谊，使许先生和他的同事高兴的是，这次大陆赴台驻点采访媒体又增加了中国新闻社。与 5 家大陆媒体的 10 名记者聚叙、"送旧迎新"，许先生在兴奋之余感慨不已，当即赋诗一首："立秋时节月半圆，迎新送旧约碧潭。两岸手足情相系，相见时难更惜缘。新店溪畔盈笑语，夜凉星稀不忍散。海峡波涛待平静，天涯咫尺常往还。"

（原载《人民日报》海外版，2004 年 8 月 26 日，与姚小敏合作）

"威京小沈"传奇

　　他，曾经是"问题少年"。浪子回头后，他白手起家，凭着机智、毅力和诚信，驰骋商场30年，成就了总资产1100余亿元台币的威京总部集团，被誉为"向命运挑战的经济战士"。

　　3月上旬的一天，记者走进位于台北市东兴路的威京大楼。尽管当天下午要赶往大陆，威京总部集团主席沈庆京先生还是在百忙中挤出时间接受记者的采访。在背景是"五湖寄迹陶公业，四海交游晏子风"的对联和《伯乐相马图》国画的办公桌前，沈庆京同记者畅谈他的人生经历。

2003年3月，作者与人民日报社同事聂传清在台北采访威京总部集团主席、沈春池文教基金会理事长沈庆京（陈春霖　摄）

2004 年 8 月，作者与人民日报社同事姚小敏在台北威京集团总部，采访该集团主席沈庆京先生（陈春霖　摄）

听沈庆京讲自己的故事，语气沉缓，平淡的叙述中透着人生的传奇。他有过帮派械斗、坐牢跑船的经历，有"配额大王""股市天王"的美誉，他用自己的奇思异想和坚忍不拔的精神，以 15 年的时间、耗资 9 亿美元，打造了"京华城"——目前世界最大的球体建筑，一个集购物、娱乐、资讯、服务等功能于一体的全生活广场。

在朋友中间，沈庆京有"威京小沈"的昵称，他也乐于以"小沈"自称。在向记者讲他的曲折的人生经历时，沈庆京反复说，中国人有很多好的传统，比如忠孝、诚信，比如"浪子回头金不换"，比如"滴水之恩当涌泉相报"，等等，这些理念就是做人的根本，是我们中国人的传统，传统就是财富。另外，在思想领域要不断"突围"，不拘泥于条条框框，敢于和善于做别人不敢做、不想做的事情，"创造人生被利用价值"。

浪子回头金不换

沈庆京 1947 年出生于南京，当时抗战胜利不久，国民政府还都南京，其父沈春池先生特意给这个长子取名"庆京"，以资纪念。

1948 年随父到台湾后，沈庆京童年的生活，是在逃学、打架中度过的。1966 年，19 岁的小沈自以为讲义气为朋友两肋插刀，将别人砍伤，面临 3 年 2 个月的牢狱之灾。当他向父亲苦苦哀求，希望帮助他脱离苦难时，父亲默默地承受了儿子坐牢的事实。但在坐牢期间，父亲对小沈不放弃坚定的爱，终使小沈浪子回头，重新创造人生。难得的是，出狱后，他毅然决然地拒绝重返帮派。为了彻底摆脱黑社会的纠缠，他出海跑船，浪迹天涯，选择了一条充满危险和艰苦的新的人生之旅。

沈庆京对记者说："直到年岁渐长，才深刻体会出，父亲在那段岁月里的煎熬，远比牢狱中的自己还多还深！他不但得面对无力救援爱子的内疚，还需忍受来自外界异样眼光的巨大压力。"述及此，小沈眼里闪着泪花，语音哽咽。

诚信使他赢得财富

沈庆京在回忆那段经历时说："原本只想彻底脱离黑道的单纯动机，却让我一头栽进了纺织品配额的世界里。从事配额的 13 年岁月里，是一生中最值得纪念的年代。我以两年时间，凭借着诚信、客户至上、快狠准的专业判断、扎实的法律知识，赢得'配额大王'的封号。其间，认识了一辈子的牵手刘玉玲，与她共结连理；认识了一生中的贵人——鲍伯伯。"

当时，做纺织品配额的利润很高，大家抢着做，许多中介公司昧着良心伪造配额，欺诈事件更是层出不穷。此外还有一批专做假配额的人。在市场混乱、尔虞我诈的状况下，他坚决不做假配额，以诚信待人，同时坚持"创造人生被利用价值"的观念，卖力地为客户服务，随着找他帮忙的机会的增加，小沈的人脉也越来越广。

"当时，我左手有配额，右手有现金，做得很成功。"沈庆京以诚信赢得客户对他的尊重。诚信为他带来了财富，成为他事业的起点，他一生的事业从这里起飞。

当察觉纺织业荣景不再，他毅然决然手提 25 亿元巨资，投入陌生的领域——股市和房地产。

1977 年，当沈庆京成为"配额大王"的时候，他认识了影响他一生的中兴纺织董事长鲍朝枟。

中兴纺织是当年台湾纺织业的龙头。当时的小沈，一个年纪比鲍董事长小 38 岁，又有犯罪前科的小伙子，却因为鲍老的帮助和持续不断的教诲、提携，才有机会展开人生与事业的新契机。鲍董事长为了给他机会，忍受世俗的异样眼光，不顾亲友的反对，劝勉小沈放大心胸，不要和那些背后说他闲话的人计较。其提携后进的长者风范，令小沈感佩终生。

饮水思源　心怀感恩

"做人要饮水思源，心怀感恩"，这是沈庆京待人接物的信念和矢志不渝的追求。

沈庆京颇感自豪地对记者说："这十几年来，我就干了两件事：一是京华城的兴建和推广，二是赞助拍摄《八千里路云和月》。"

1987 年，在台湾当局还未开放台湾同胞赴大陆探亲前，沈庆京冒着"为匪宣传"的罪嫌，慨然赞助艺人凌峰以老兵返乡探亲的名义，赴大陆拍摄《八千里路云和月》电视系列片。《八千里路云和月》揭开了两岸文化交流的新页，也开启了小沈在两岸关系上"突围"的闸门。

怀着感恩的思想和推动两岸关系良性发展的愿望，1988 年 3 月，小沈在父亲沈春池 80 大寿时，广邀亲友祝寿，并当场宣布：出资千万元筹设"沈春池文教基金会"。基金会将本着"情系两岸、关心世界"的宗旨，从事各种有助于两岸文化交流的公益活动。

十几年来，沈春池基金会在推动两岸美术、文学、音乐、舞蹈及文物保护等方面，策划了一系列活动，成效显著，在两岸反响良好。

据经常奔走于两岸的该基金会副秘书长陈春霖先生告之：仅去年，

基金会就在北京、上海、广州举办了台湾著名画家刘国松七十回顾展，接待大陆美术馆、博物馆主管人员赴台参访，安排来自北京、上海的学生与台湾的学生进行交流等。今年，将与地质科学院合作，在岛内举办为期半年的"腾飞之龙——中华古生物三大起源特展"，举行"壮志骄阳——两岸青少年文化志工学习营"，邀请河北省、山西省负责文化的官员和博物馆领导赴台参观、交流……现在，该基金会又在为明年的两岸文化交流项目而操劳。

在告别前，沈庆京先生坦诚地对记者说："《八千里路云和月》至今已有16年了，这16年来，我看到大陆改革开放，蓬勃发展，经济往上走，竞争力不断增强。我为大陆的发展而高兴，希望明天更美好！我相信有朝一日两岸必统一！"

（原载《人民日报》海外版，2003年5月20日，与聂传清、陈春霖合作）

筑起爱与温暖的大厦

——访台湾公益事业明星应晓薇

今年 8 月随祖国大陆和平小天使访问台湾时，在台北圆山大饭店第一次见到她。当时她应邀作为两岸和平小天使交流活动的代言人致祝福辞，被孩子们亲切地称为"应姐姐"。

今年金秋时节在北京又一次见到她。她作为赞助方财团法人沈春池文教基金会的代表，出席在中国美术馆举行的"陈其宽教授八十回顾展"。

在台湾因时间关系，我未及采访她，短暂交谈后，她邀请记者出席将于北京举行的画展；这次，她主动与记者做长时间交谈，主要话题是她正在从事的监所公益事业和即将开始的"华夏希望之家"计划。

她就是应晓薇小姐，台湾著名演艺界明星，或者准确地说，昨日的演艺界明星，今天的公益事业明星。因为自今年 8 月 9 日起，她已宣布退出演艺圈，"决心用自己全部的未来，尽情挥洒满腔的公益大爱"。

应小姐告诉我，她已接受沈庆京先生的邀请，担任专做公益事业的"沈春池文教基金会"的秘书长。这个基金会一直从事海峡两岸文化交流活动。1987 年，沈春池先生与其子沈庆京开风气之先，赞助拍摄以介绍大陆风土民情为内容的电视系列片《八千里路云和月》，广受两岸民众的欢迎和好评。十几年来，该基金会在推动两岸美术、文学、音乐、舞蹈及文物保护交流等方面，筹划了一系列活动，成效显著。

应小组说，今后，这个基金会除继续从事这方面的工作外，还将从事监所公益事业，做服刑人的教化工作。对晓薇来说，这不是陌生的工作，早在 5 年前，她就担任了台湾监狱荣誉教诲师，做出了骄人的成绩。从演艺界明星到公益事业明星，晓薇走了一段艰难的路程。

晓薇有一个幸福的家庭，有一双慈爱的父母。兄弟姐妹6个，她最小，可谓父母的"掌上明珠"。但父母对这个"明珠"并不溺爱。父母的教诲和儿时生病的因缘，引导她在养成教育中耳濡目染行善的美德。那时，她常将院里的小伙伴和街上的贫民领到家里吃饭喝水，甚至走丢的小鸡、小鸭、小猫、小狗，她都带回家照顾。那时，她的心中就有一个梦：有一天要盖一栋摩天大楼，大楼中住着无家可归的老人，老人照顾无父无母生病的小朋友，小朋友和她一起照顾流浪的动物。母亲常告诫她："要把做好事当成习惯。"这句话就如同坚固的地基，支撑着她高筑心中那栋充满爱与温暖的摩天大楼。

梦归梦，与理想总有距离。用晓薇的话说"人生的际遇无可预期"。晓薇在就读艺专舞蹈系时，被学校指派参加电影演出，"莫名其妙当上电影女主角"，从此身份也就由学生变成女明星。父亲在她正式进入演艺圈前训示："演艺圈是个五光十色的大染缸。你什么颜色进去，就什么颜色出来。"父亲这一要她洁身自爱的教诲和母亲要她把做好事当成习惯的叮咛，深深地影响了晓薇。在演艺圈期间，她热心参与慈善单位的募捐活动，还当义工。

晓薇告诉我，一个来自问题家庭的青少年调整了她的公益理念，改变了她对帮助弱势阶层的看法，坚定了她走向监所公益之路的决心。一次，她为了帮助一位问题青少年找他的父亲到了监狱，发现他之所以贩毒抢钱，是为了要照顾家中年迈的爷爷、奶奶和精神失常的母亲以及需缴学费念书的弟弟妹妹；而他所有的犯罪行为都是跟关在监狱的父亲学的。

这件事使晓薇震惊，之后她又访问了许多所监狱，脚踏实地地做问卷调查。她发现在监狱的服刑人，除少数为罪大恶极者外，其余大多数来自社会底层家庭，其中不少服刑人和他们的家人还是文盲、残疾人士和贫苦人。她决心要帮助他们，但开始并没有得到他们的理解，甚至受到嘲讽。她记忆犹新的是一次在监狱讲演时，一群服刑人起哄地问她："你不是来唱歌表演的吧？"面对服刑人的不信任，在沉默片刻后，站在台上的她肯定地回答："我说的会比唱的好听！"台下登时一片鸦雀无声，空气中原本凝结的陌生也变得不再有距离。从此，晓薇这个娇小玲珑的女子把挫折当作磨炼，以决不屈服的决心坚定地告诉自己：监所公益路我走定了！

晓薇在监狱做教化工作始于 1994 年，以后被吸收进犯罪矫正协会。犯罪矫正协会有 25 个理事，只有晓薇一人是非狱政人员。

辅导服刑人的公益工作，是一个吃力不讨好、得不到掌声的工作。晓薇对我说："用钱救一个穷人简单，但是一个连灵魂都穷的人，需要的就不只是金钱，还需要让他们相信，社会仍有温情仍有爱。这样他们才愿意拥抱人群，不再危害社会。"她认为，如果能成功地挽救一个犯罪边缘人，使他改邪归正，也就等于救了一个或许多可能被伤害的个人或家庭。

为了取得服刑人的信任，使他们相信她不是来监狱作秀行伪善的明星，晓薇每天的大部分时间用来写信。5 年多来，从感化院的青少年到监狱的服刑人，从 8 岁的儿童到六七十岁的老人，晓薇与数以万计的"边缘人"共勉。晓薇坚信"那颗想在黑暗中为服刑人点燃希望之灯的真心和决心，是实现建造摩天大厦的愿景"。5 年来，晓薇共写了十几万封信，就连回祖国大陆、到世界各地她都带着一些他们的信件阅读，每天都给他们回信，对她而言这是不可缺少的慰藉。

信给了应晓薇无尽的快乐和慰藉，勾起她无限的遐思。她想："天上的星星，因为太阳，才能在夜里发光。明星，因为有了观众的喝彩而变得耀眼。但是当繁华褪尽，光彩不再，谁该为失去的绚烂惋惜？我是如此幸运，老天给了我明星的光彩，让我能将一丝光明带入黑暗的监狱中。当我看到自己微乎其微的星光，竟然也可以变得如此清澈明丽照亮别人时，我第一次深深地被感动，并肯定了人活在世上的意义，是为了服务别人，而不是为了自我的享乐。人性本善的无瑕，辉映着我与服刑同学彼此的心，我们都找到了为生命负责的方向。"

为了使从监狱走出来的服刑人能够自己站起来，然后去救助别人，回报社会，晓薇正在协助基金会理事长沈庆京先生实施一项名为"华夏希望之家"的计划，打算建立 100 多个"功能之家"和"地区之家"。在这里，培养和教育他们掌握自食其力的技能。晓薇说："一日不做，一日不会。""我们救急，但不救穷。""你给他鱼，不如给他钓竿。"晓薇和 1947 年出生于南京的沈先生商量，希望这项工程将由台湾和大陆一起实施，将邀请两岸人士共襄盛举，做这件有益于全球的好事。

（原载《人民日报》海外版，2000 年 11 月 8 日）

以创造生命最高价值为准则

——访台湾创价学会副秘书长黄进益

致力于文化、教育及和平活动

走进位于台北市民权东路的台湾创价学会，只见大厅内有台湾书法家张炳煌先生手书的"和平"两个大字。会客厅墙上悬挂着条幅，上书："薄暮雅翻千点墨，晴空雁草数行书。"墙上还有山水和人物的水墨画，而它们的对面是一幅外国风景油画。艺文格里摆放着关公瓷像和中国花瓶。这里有浓郁的翰墨书卷气，还体现出中西文化的交融。

在记者欣赏书画之时，创价学会副秘书长黄进益先生走了进来。清癯的脸上架着一副深度眼镜，头顶微秃，更透着几分儒雅的学者风度。

记者中的一人在 2000 年随"第五届大陆和平小天使交流访问团"到台湾采访时，就结识了黄进益先生。这次，老友重逢，又结新朋，黄先生格外高兴。话题自然先从两岸"和平小天使"的互访活动开始。

据黄先生介绍，创价学会是从接待来自陕西省的第三届大陆"和平小天使"开始参与这项交流活动的；之后，又相继接待了来自成都、云南、山东、上海和哈尔滨的"和平小天使"。

"和平小天使"互访活动是由祖国大陆方面的全国台联、中国少年先锋队全国工作委员会和台湾企划人协会等共同主办的两岸少年儿童的交流活动。10 多年来，祖国大陆已有 8 批共 440 多名"小天使"访台，台湾的 520 多名"小天使"到祖国大陆参观访问。台湾创价学会是这项交流活动的协办单位。

　　黄先生颇有几分自豪地告诉记者，台湾的"小天使"一半以上都是创价学会成员的子女。记者知道，台湾的"小天使"是从众多的报名者中筛选出来的，许多人多才多艺。有这么多的创价学会成员的子女中选，难怪黄先生会感到骄傲。

　　从"和平小天使"说到创价学会，黄先生简洁地介绍说，台湾创价学会的宗旨，是以日莲大圣人佛法积极入世、自行化他精神为基础，倡导人性的尊严与平等，致力于文化、教育及和平的活动，创造生命最高价值，促进人类友好与和平。

参与是为使人生更有意义

　　从黄进益先生滔滔不绝的介绍中，记者了解到台湾创价学会有会员 6 万多名，来自各行各业，有医生、教师、律师及家庭主妇等。会馆、讲堂和会员服务中心遍布全岛。其中，有会馆 20 座，讲堂 20 多座，会员服务中心 10 多个，此外，还有 4 个艺文中心。建馆和活动经费来自会员捐献。常设机构有五六十位专职工作人员，其余都是义工，由会员轮流值班。

台湾创价学会副秘书长黄进益先生（左二）和同事向人民日报记者介绍正在艺文中心举办的大陆画家的油画作品展览

黄先生说，创价学会主要围绕文化、教育、和平3个主轴开展各项活动。如社区的文化节，动态的有各种节目表演；静态的有各种展览。此外，还搞游园会等活动。举行这些活动的目的是提高社区文化水平。

此外，创价学会还在能容纳几万名观众的体育馆举行音乐、舞蹈等各种表演，邀请国际知名歌手、舞蹈家及社会名流和民众一起参与。如2000年曾邀请大陆知名笛子和马头琴演奏家来台进行为期半个月的演奏、教学活动。

艺文中心定期举办美术、书法等艺术展览，如1998年江南10名美术、书法家作品展，2002年江苏莫静坡与沙黎黎书画展，正在展出的2003年上海书画院院长廖炯模油画作品展等。这些展览展期大多在1个月至3个月，在4个艺文中心轮流展出。

黄先生告诉记者："这些活动反响蛮好。融入社会，面向民众，提高民众的艺术修养和文化水平，增强爱好和平的理念。"

此外，创价学会还经常举办医学、法律、环保、艺文、亲子教育、妇幼安全以及升学等内容的讲座，引导会员更有智慧与常识地面对生活中的各种挑战。

从交谈中了解到，黄先生从台湾大同工学院机械系毕业后一直在台湾水泥公司工作，到创价学会之前担任品质保证科科长。工薪是在创价学会的3倍。尽管放弃所学专业和优越工作，收入减少，但黄先生无怨无悔。他说："我们创价学会的会员都乐于投入这项事业中，从小我到大我，创价学会的许多事情都是为了社会，为了人类。参与是为了使自己的人生更有意义，有成就感，活得更充实，感受人生的美好。"

推动两岸和平目标的实现

本着"透过和平、文化交流，构建两岸和平的基础"的理念，台湾创价学会除积极从事"两岸和平小天使"互访和推动文化交流外，还不遗余力地推动"两岸大学青年学术交流"等活动。创价学会积极配合台湾企划人协会、台湾十大杰出青年基金会举办这项两岸大学生的交流活动。至今，大陆方面的北京大学、清华大学等院校，岛内的台湾大学、文化大学、辅仁大学、政治大学、师范大学等分别进行了互访。

黄先生认为，举办这种交流活动很有意义，可以互相学习。如大陆的小朋友守纪律，有礼貌；大陆的大学生们心中都有一个理念目标，这对年轻人是蛮好的。

黄进益先生曾于2000年随和平小天使到过北京、云南等地。不久前随旅行团到江南观光，到过上海、无锡、苏州、南京和杭州。谈到大陆之行的观感，黄先生坦诚地说："我觉得大陆这几年进步神速，给人以一种朝气蓬勃、欣欣向荣的景象，充满着希望。"但他也坦言，乡下、偏远的地方，同大城市还有不小的差距。听说大陆正在搞西部大开发，黄先生想到怎样帮助这些经济不发达、相对贫困的地方通过建设改变面貌。他萌生了一个倡议：每人每天捐助1元钱。黄先生说，这只是他的一个想法。想法要为大家接受，成为现实，还有很艰难的路要走。

黄先生最后说到对两岸关系的看法。他说："两岸彼此尊重，不断对话、交流，才能产生共识，进行良性互动，最后实现和平。"对这个目标的实现，黄先生表示，他持乐观的态度。

（原载《人民日报》海外版，2003年5月3日，与聂传清合作）

走在旅客期待之前

——访新加坡航空公司执行副总裁周俊成

采访新加坡航空公司之前，就听说这家世界上卓越的航空公司最近推出了一系列新产品和服务项目，于是就此问题，记者走访了负责实施这项新举措的新航行政执行副总裁周俊成先生。

作者向新航执行副总裁周俊成先生赠送《人民日报》海外版画册（聂传清　摄）

真想不到这家最优秀和最赚钱的航空公司的总部竟是由仓库改建的。周副总裁在一间几百平方米的大办公室中隔出来的一间十几平方米的小会议室里接受记者的采访。房间陈设极为简单，一张大长方桌，七八把座椅，墙上张贴着几张新航飞机的照片，这与我们采访前想象的会在豪华客厅采访相距甚远，却一下子拉近了相互间的距离。这位手握行政大权，领导两三万名新航员工的副总裁穿着也很随意，一件普通的天蓝色衬衣，扎一条黄色领带，满头银发，长方脸盘上架一副眼镜，倍添几分学者风度。

从有关资料获悉，新航自 1972 年成立以来，每年都赢得丰厚的利润，被列入世界最赚钱的航空公司之列，并经常获卓越产品和服务行业大奖。在世界上著名的 *Condé Nast Travler* 旅游杂志 10 年来举行的读者选择大奖中，新航连续 9 年获得最佳航空公司奖，并在 1997 年最佳旅游大奖中获得最佳航空公司殊荣。《世界航运》杂志于 1994 年颁给新航 20 年卓越服务大奖。用这家著名杂志的话说，新航是其他航空公司衡量服务质量的标准。

我们问周副总裁："新航的服务已达到世界一流水平，为什么还要推出更高水平的新产品和服务？"

周俊成先生坦诚相告："新航的目标是成为最先进、最能干的航空公司，要给乘客提供物有所值的服务，要给股东适当的盈利回报，并以盈利再投资，使公司生存和发展。因此，在服务和技术产品上，要不断改进。"

周副总裁意犹未尽，又补充道："为什么要推出新的产品和服务内容？我们虽然很幸运，很成功，但要不断扩展、进步。因为航空业竞争激烈，其他航空公司在后面紧紧追赶，我们不做努力，很快就会被追上。"

随后，他向记者简要介绍了今年 9 月开始的一系列新举措：头等舱的座位改为特别设计的"迷你套舱"，共有 8 组单人套舱和 2 组双人套舱，16 个座位减少为 12 个，活动空间拓宽。座椅可做多段式调整，以便乘客阅读、观赏节目或休息，并可调成 127 度的倾斜，达到"摇篮"角度。乘客入睡时，座椅还可以完全放平，成为一张睡床。头等舱还为每位乘客提供 14 英寸可折叠式电视。在餐食方面也进一步改进，聘请 7 位世界级主厨及美食家设计食谱。商务舱在内装、座椅、餐点及各项备品方面都以过去头等舱的标准来规划，如座位由原来的 65 个减少到 58 个，首创商务舱个人隔屏，在每个座椅上都配备了手提电脑电源插座，并为乘客提供 6.5 英寸的个人电视，有 22 个节目频道、12 个音乐频道以及超过 60 种互助式娱乐项目可供选择。经济舱在每个座位上都设置了一个个人卫星电话和个人电视，为乘客提供依照人体工程学设计的可调式头靠、脚踏的新式座椅，并为乘客提供以往商务舱水准的法国香槟、葡萄酒及各式精致美食……

除了头等舱、商务舱和经济舱新产品以外，新航还推出了其他各项服务，如在新加坡樟宜机场为头等舱乘客提供陈设豪华的贵宾接待室，头等舱和商务舱的乘客抵达新加坡后，可分别享受新加坡电信局提供的 7 天和 4 天免费租用移动电话的服务；为男女乘客各准备了精致的值勤盥洗包，内有牙刷、刮胡刀、润肤乳液和香水等。在历数了新航此次推出的新产品和服务内容后，周副总裁告诉我们，这是新航有史以来的一项最大规模的新产品与服务投资。历时两年多周密规划，耗资 5 亿新加坡元。可以毫不夸张地说，推出了下一个世纪的飞行客舱，不但凸显了新航在航空业提供新产品的领先地位，也使新航一贯最高标准的服务品质，再度登上一个新高峰。

我们知道新航以往的成功得益于实施"坐等良机"的战略，这次他们又把亚洲金融危机视为发展自己的"亚洲机遇"，不失时机地把新航的服务提到一个更高的水平。新航副主席暨总裁张松光博士曾就此做了如下说明："虽然新航目前的产品在业内持续居于领先地位，但是我们想要做一项更大胆而令人振奋的改变。我们要很清楚地让航空业界知道，我们的顾客期待新航提供最优良的服务，而这也正是他们将会获得的。"

（原载《人民日报》海外版，1998 年 11 月 16 日，与聂传清合作）

新航的中国空姐

坐新加坡航空公司的飞机，首先面对的是新航的空中小姐——"新加坡小姐"。

用漂亮来形容"新加坡小姐"并不贴切，但笑容可掬、典雅大方却是乘客普遍认同的形象。新航的空姐仪态端庄、发式简洁，配以带有马来民族特色的制服，给人一种难以忘怀的印象。

在从北京至新加坡往返的新航班机上，我们领略了"新加坡小姐"的风采，享受了体贴入微的服务。更使我们感到惊喜和亲切的是，"新加坡小姐"的行列中，竟有中国姑娘！

在我们乘坐的新航公司班机上，来自中国的新航空姐牟颖韬、陶虹、陈晓燕为乘客服务，端茶送水，嘘寒问暖。到达新航新加坡总部，人事部给我们安排的采访对象竟然也是中国小姐。

当两位中国姑娘端庄大方地走到我们跟前时，她们主动自我介绍："我是王樱，来自中国北京。""我是崔艳，来自中国山西。"

毕业于北京联合大学国际语言文化学院的王樱，身材苗条，细眉秀目。她大学毕业后忙着找一份自己喜欢的工作，但"从来就没有做过当空姐的梦"；而端庄大方、性情温和，从中央民族大学英语系毕业的崔艳却从小就想当空姐。当她们从报纸上看到新航招收空姐的广告后，不约而同地报了名。竞争者多达千人，招收名额只有20多个。

经过语言能力、性格、谈吐、仪表、思维、服务理念等多方面的考试，历经四五轮的筛选，崔艳、王樱终于脱颖而出。

1994年8月31日，23名中国姑娘来到花园之国新加坡。经过在新航训练中心4个月的严格而全面的训练，崔艳、王樱登上了飞机，成为

1998 年 11 月，作者与同事聂传清在新加坡航空公司采访新航的中国空姐崔艳（左二）、王樱（左三）

"新航空姐"。

王樱当空姐后的第一次飞行，是 1995 年 1 月初飞香港启德机场，当时她既兴奋又紧张。而去年 11 月的一次飞行，却令她终生难忘。

这次是从上海飞新加坡。晚上 6 时多，王樱正在给乘客供应晚餐时，机上一位老华侨感到不舒服。王樱赶紧赶到他身边，了解到老华侨长期患有肝病，马上通知机上广播找医生，可是机上无人应答。这时老华侨开始大口大口地吐血，衣服和毯子上都沾满了血迹。王樱小心翼翼地为他换毯子，用毛巾擦拭。老华侨悲伤地说："我不行了，请给我安排后事。"

王樱安慰说："您老人家别急，再坚持几个小时，到新加坡后就会有最好的医生来照顾您。"老人拉着王樱的手，似乎从王樱的眼光中得到了力量。

晚上 10 时多，飞机在新加坡机场降落，急救人员已在机下等候，并立即把老人送往医院紧急抢救。

今年 7 月的一天，王樱收到一封总部转来的感谢信。信正是那位老华侨写来的。信里说，那次肝病发作得厉害，连他自己也丧失了信心。正是王樱小姐的照顾和鼓励才使他坚定了信心和勇气。他感谢王樱在他病危时一直牵着他的手所给予的力量。

这件事使王樱对自己所从事的工作有了更深切的认识。她说，对客人多一点点关心和微笑，对于我们来说是职责和工作，但对于客人来说却有更深层的意义。

崔艳没有碰到紧急救护病人的事情，但却有"有惊无险"的遭遇。一次，飞机遇到强大气流，突然下降，盘子、杯子等稀里哗啦地掉在地上。崔艳也被颠簸得身体腾空，磕疼了腿。但她当时一点也没考虑自己的伤痛，先忙着去查看乘客有没有受伤，因为医护训练中有这方面的课程。

另外一次却是有惊亦有险。那次，飞机飞杭州，刚要起飞，突然停了下来。原来，机警的机长发现轮子处闪着火花。一检查，8个轮子都出了问题，真飞起来可就危险了。

崔艳、王樱在空中的感觉很好："和天空融合在一起，看天空很漂亮，那种惬意是不坐飞机的人很难感受到的。"

结束采访前，王樱言辞恳切地说："你们写文章时，一定要代我感谢爸爸这些年来对我的关心、支持。"她相信作为外交官的父亲肯定能看到《人民日报》海外版的这篇报道。"另外，希望北京的同龄人要热爱北京，热爱我们的国家。到了国外，我们才发现对故乡的感情很深，真的很深，很深。"王樱的眼里闪着泪花。

我们了解到，新航从中国第一次招聘的23位中国小姐，现在还有14人在新航服务。加上后来陆续所招的3批，新航有五六十位中国空姐。她们与王樱、崔艳一样，用自己的辛劳和微笑，为新航同时也为中国争得了荣誉。

（原载《人民日报》海外版，1998年11月19日，与聂传清合作）

03

三

述评综述篇

走马濠江观变化

编者按：祖国的"莲花宝地"回到母亲的怀抱已经两周年了。这两年，实行"一国两制""澳人治澳"和高度自治方针的澳门发生了哪些变化？当家做主的澳门同胞在自己管理和建设澳门方面取得了哪些成就？向世人展现了怎样的风采？在迈向 21 世纪的时候，澳门同胞将如何迎接挑战？

带着这些问题，今年 11 月底至 12 月初，本报派出记者专程赴澳门采访。在澳门基金会的大力协助下，本报从今日起推出《今日澳门》系列报道专栏，旨在介绍回归后的澳门风貌，展示澳门同胞当家做主的风采。在为期一年的时间内，我们将陆续派记者赴澳门实地采访，刊登数十篇本报记者采写和来自其他方面的报道。今天刊登的《走马濠江观变化》系这一专栏的开篇，其余报道将陆续刊登在港澳台侨版，敬请读者垂注。

"不变"与"变"

"回归后，澳门有哪些变化？""澳门的变化大吗？"带着这一问题，记者日前走访了澳门；从澳门采访归来，也常常听到这样的发问。

漫步在有"莲花宝地"和"东方蒙特卡罗"之称的澳门，但见舞照跳，马照跑，车照赛，澳门人悠游自在的生活一如既往，原有的生活方式和习惯依然故我。澳门的标志大三巴牌坊前游人如织，妈阁庙、观音堂善男信女出出进进，香烟缭绕，粉刷一新的玫瑰圣母堂的弥撒圣祭每周六下午 5 时如期举行，东望洋山顶的灯塔依旧光芒四射，葡京娱乐场的灯火依然闪烁……灯红酒绿，衣香鬓影。醉人的微风，悠扬的舞曲，黑沙环区赛马场奔腾的呼啸，弯曲街道上格兰披治汽车大赛的轰鸣，这一切，似乎都蕴含着两个大字："不变"。

"不变"，既是中央人民政府的庄重承诺，是庄严神圣的《澳门基本法》的法律规定，也是回归后的澳门资本主义制度不变、生活方式不变的真实写照。

另一方面，回归两年来，澳门又无时不在发生着可喜的变化，呈现出许多令人鼓舞的新气象。

最明显的一"变"，莫过于在大街小巷飘扬着的五星红旗和澳门特区的区旗了。这一红一绿两面大旗，顿时使人感到"换了人间"。在区旗区徽上绽放的"莲花"图案深入人心。中央政府赠送澳门特别行政区的铸铜贴金巨型雕塑《盛世莲花》矗立在金莲花广场的中央，这是祖国母亲对回归游子的祝福、对澳门美好未来的祝愿，为美丽的澳门又增添了一道富有历史纪念意义的新景观。澳门同胞和来自祖国内地及香港、台湾的亲人在这里驻足瞻仰，摄影留念，共同分享澳门"回家"的喜悦。

离开母亲襁褓太久的澳门人，在饱享了"回家"的喜悦之时，更以极大的热情和"主人翁"姿态，投入史无前例的"澳人治澳"的伟大实践。他们积极参与特区事务的管理和各项建设，显得精神抖擞。

我们到访时，澳门特区第二届立法会选举刚刚结束，已开始运作。澳门市民以空前的热情参与了选举，又以当仁不让的姿态参政议政。特首何厚铧11月20日在新一届立法会上代表特区政府做了《2002年财政年度施政报告》，随后，立法会一连多日讨论这份对澳门今后发展至关重要的报告，政府各司各局的头头脑脑走马灯似的往来于立法会，汇报工作，听取议员们的质询，回答他们的提问。在街头巷尾，在普通市民的家中，在记者信步来到的卖粥售面、卖服装手信等物品的小店铺，记者常常听到澳门居民、业主与顾客热情地谈论特首的施政报告，就连观音堂的住持也对记者侃侃而谈对这份报告的见解和对两年来政府依法施政的评价。在立法会大楼，回归前已担任了5届立法会议员、回归后当选特区首届立法会主席，这次又连任的曹其真女士颇有感慨地对记者说，与回归前相比，议员们的精神面貌大变，人人踊跃参政，争相发言。无论是直选还是间选的议员，谁都不敢偷懒，谁都想为老百姓多做一些事情，反映市民的疾苦，回应大家的厚望和要求，无形中造成了议员们之间的竞争。对于这种竞争，作为立法会主席，曹其真坦言这是好事，认为这也是必然的，因为"议员们都意识到，当选之时便是下届竞选的开始"。

在澳门，无论你问到政府官员还是被称为"草根阶层"的平民百姓，他们感到变化最大、最满意的是什么，几乎众口一词：是治安。回归后，困扰澳门社会多年的治安问题在第一年就趋向好转，社会祥和、有序和安定，这也是所有澳门人包括到澳门投资者、来旅游观光的世界各地游人有目共睹、所公认、所感到欣慰的事实。一位澳门企业家告诉记者，他的奔驰车买了10多年，在回归前的几年内就没怎么开过，尤其不敢用来接送孩子上下学，因为总担心"露富"使孩子遭到绑架；回归后，治安迅速好转，孩子上下学用不着接送，"奔驰"在他经商活动中才派上了用场。我们从澳门基金会出版的《澳门百科全书》中了解到，回归前，就在这同一片土地上，光天化日之下被抢、被绑架、被扔炸弹的事件时有发生，如今这已成为历史。据统计，澳门2000年的总犯罪率同比下降了3.46%，谋杀案下降了72.5%，今年前3个季度，暴力案件同比下降三成多。今日的澳门人又找回了安全、稳定，找回了安居乐业的感觉。

今天，澳门市民开始受惠于政府全力推行的公仆观念和服务文化。过去，公务员作风拖沓，办事效率低，一向为人们所诟病；现在，不少部门接待市民的前线人员办事利落，态度友善，许多从事内部工作的后方人员勤奋不懈，作业专精。负责管理澳门17400名公务员的行政法务司司长陈丽敏在百忙中接受了记者的采访，用的是自己中午吃饭和休息的时间。她告诉记者，今年，澳门公务人员的培训揭开新的一页。与新加坡政府合作，近300名局、厅、处长中高级公务员已分9个班、每期3个月进行了轮训，另外300多名也正在按计划培训。全澳门

1.7万多名公务员将陆续分批进行培训。听到记者转述的市民们对这支年轻、充满朝气的队伍的良好反映，陈丽敏感到很开心，高兴地与记者分享市民们的评价，她说："因为每次分享，都是动力和承诺。"问到公务员队伍为什么会有这么大的进步，陈丽敏快人快语："公务员的信心、团队精神和上下沟通；市民的宽容、理解和支持，全民参与，我觉得这是真正的力量。"

回归后，澳门的公务员普遍感到工作很忙，工作量加大，节奏加快，但大都感到很充实，很愉快，不光是中国籍的公务员，葡萄牙籍的公务员也是如此。回归前，担任临时澳门市政局副局长的姗桃丝，在2001年4月获任临时澳门市政局局长，职务更高了，担子更重了。这得益于早在回归前她就审时度势，"未雨绸缪"，在北京语言文化大学和国家行政学院的学习深造，也得益于回归后她不辞辛劳的工作和锐意进取。"'澳人治澳'，我自己就是一个例子吧。我感到有一种骄傲，我终于可以管理自己的家了！"这位有着葡萄牙和中国血统的澳门高级公务员，如今用流利甜美的普通话抒发自己"澳人治澳"的情怀。

挑战与机遇

在"变"与"不变"中，澳门迎来了回归两周年，也迎来了特区政府成立后又一轮新的挑战与机遇。

"特区展开本身的历史进程之后，就像任何地方一样，接受任何可能的挑战，创造自身发展的任何可能性。"特首何厚铧在《2002年财政年度施政报告》中，对澳门回归后的机遇与挑战做了一个平实的归纳。

在首份《施政报告》中，何厚铧将"固本培元，稳健发展"作为特区政府起始之年政策的基本目标。澳门需要调整和适应，积累能量，恢复元气，这一方针是实事求是的。因此，特区政府在回归一年的时间里开局良好，不但取得4%的经济正增长，而且行政、立法、司法机关逐渐健全，运作顺畅，社会治安明显好转。

2001年，全球经济明显滑坡，澳门的主要贸易伙伴经济陷于衰退，

"9·11事件"使这一情况雪上加霜。作为外向型的经济体系，澳门的出口加工业、航空运输业、银行保险业等均受到不同程度的冲击。面对严峻考验，中小企业的经营、雇员的就业、市民的生活都存在着各种各样的困难。即便如此，澳门继续发挥本身的能量，整体经济仍能保持相当的活力，截至今年11月，澳门的经济仍然保持正增长的势头。

市场的有序开放直接关系着投资环境的改善。今年8月，澳门流动电信服务正式开放，此举不但减轻了企业和市民使用流动电信的经济负担，更有助于促进这一行业的技术革新和进步。澳门的支柱产业旅游业今年也取得可喜增长，来澳游客人数、游客人均消费、博彩收益均同步上升，酒店、手信等相关行业亦取得良好业绩。用社会文化司司长崔世安的话来说，"从数字上看，澳门旅游业在今年无疑是拥有一张漂亮的成绩表"：今年前10个月来澳游客量较去年同期增加12.26%，有信心今年的游客量可突破1000万人次大关。在政府和社会各界都为游客量增幅达一成而感到可喜之时，有立法会议员在施政辩论时指出，虽然新增加的游客量可为澳门带来不少实际消费，但市场实际所感受的益处并不明显，这除了是由于游客留澳时间一般较短，多少也证明900多万人次的游客量还不算多。

开放博彩业经营，公开竞投牌照，是今年澳门经济改革的一大举措。在奠定了未来博彩业发展的法律基础之后，特区政府正通过严谨而公开的招标、审批程序，促进这一行业走向历史性全新发展阶段。记者在澳期间，来自摩纳哥、大西洋城、南非太阳城、蒙特卡罗等及澳门本地的21家财团正紧锣密鼓地竞逐澳门的3个经营牌照。至于牌照最终属于谁，最后有待于特区政府的严格审批。但对于有21家来自世界各地的财团有兴趣竞投澳门博彩牌照，澳门学者认为，反应如此强烈，是基于"天时、地利、人和"。博彩业引进竞争机制，无疑，旅游业和相关行业将有望首先受惠。

在接受我们采访时，从特区高级公务员到"草根阶层"的小业主和普通市民，无不对当前暂时的经济困难持理解和乐观的态度。他们认为："经济不景气是国际大气候的影响，不是特区政府本身的问题。"

他们还表示："我们相信何特首，相信特区政府，澳门有了一个好的开头，澳门的明天一定会更好。"

怀着这份信念和期待，澳门市民踊跃参加政府和民间团体举办的各种公益活动。我们访澳期间，由澳门日报发起举办的第十八届公益金百万行活动正如火如荼地举行。虽然正值经济低迷，但广大澳门居民的关心不减，3万多人参加活动，社会各界鼎力支持，踊跃捐赠，共筹集善款500多万澳门元，体现了澳门居民守望相助、支持慈善公益活动的良好风气。12月1日是星期六，市政厅广场上，由社会工作局举办、23个团体参加的旨在推广、奖励义工，服务社会的活动热气腾腾，各个摊位前人头攒动，露天舞台上义工服务奖励计划的表演吸引了众多的观众。

面对新的挑战，特首何厚铧表示：特区政府将以积极、负责的态度，全力协助工商业克服困难，及时采取有效措施，增强经济的活力，促进经营和就业。他尤其强调了祖国"入世"为澳门经济复兴所提供的难得机遇："作为祖国的一个特别行政区，澳门一直得到中央政府的强有力支持，而且地利明显，因此，肯定能得益于国家的兴旺发达。"

面对机遇与挑战的2002年，特区政府允诺，将以刺激经济、助民解困为施政的重点，以博彩旅游业为龙头，以服务业为主体，带动其他行业协调发展。在采取有力措施，高效处理民生急务的同时，出台包括减收职业税、房屋税、营业税以及资助弱势家庭、援助贫困学生、培训失业人士等"纾解民困10大短期措施"，以"连带解决一些长期挥之不去的民生问题"，"为澳门的全面复兴做准备"。为此，特区政府将积极致力于促进就业、发展文化教育、改善民生，确保社会的稳定和发展；同时提升政府本身的素质和社会整体的竞争力，推动经济的复苏。

"世事总是循环不定、变化无常，不会有永远的顺境，也不会有永远的逆境。要在逆境中保持泰然乐观、从容不迫的健康心态。"何厚铧先生在立法会发表《施政报告》时所讲的这番通俗而富有哲理的话，客观地反映了澳门民众面对困难的看法和心态。难怪《澳门日报》将以上这段话作为"特首警句"放到头版。

特首何厚铧在《施政报告》的结语中说："前景通透，方向明确，蓄势待发，成就可期，乃是当今澳门合乎本身发展逻辑的一个最佳写照。"他还要求全体市民："在各自的起点上把握机遇，凭本身不懈的努力和前瞻的智慧，契合社会的潮流与时代的走向，从中创造自己灿烂的明天。这正是我们信心之所在，奋进方向之所在，更是全体澳门市民未来福祉之所在。"

曾有两位澳门诗人深情地写道："横过多少急流／绕过多少暗礁／征服无数／洪波巨浪／船，才驶入／文明的港湾""我深信会走上康庄大道／我要在路上种上鲜花／镶砌魅力的宝石／好甜蜜地度过青春。"澳门这只在海外漂泊了400多年的小舟，经历了无数急流险滩，终于驶入祖国母亲的港湾，从而开创了一个繁荣稳定的新纪元；今天，谁会怀疑它在经历了风雨的洗礼，风正帆悬，驶向繁荣发展的明天呢?!

（原载《人民日报》海外版，2001 年 12 月 17 日，与王君超合作）

6108 亿，能买来什么？

"6108"，对台湾来说，并不是一个吉祥的数字。

6月2日，台湾"行政院"通过了总额高达6108亿元新台币的军购预算案，引发岛内社会各界和舆论的普遍质疑和强烈反对。6月19日，台北上千市民走上街头，第一次用游行抗争行动向台湾当局发出了反对军购的呐喊。自此，岛内各界反对军购的声浪持续高涨。

6月20日，台湾民间反军购人士宣布组成"反6108大联盟"，并表示将发起一系列反军购活动，力阻"立法院"通过军购预算。

6月28日上午，"民主行动联盟""反6108大联盟"举行记者会，发布"反6108军购万言书"，呼吁当局立即放弃这个无法为台湾带来真正安全与利益的军购案。台湾民众为何反对军购？"6108"，究竟意味着什么？

一篇文章激发的游行

6月3日，台湾"行政院"通过6108亿元军购特别预算案的第二天，台北永和社区大学BBS论坛的一篇文章引起强烈反响。

文章写道："6108亿元啊！拿去买潜艇飞弹！我们的12年'国教'呢？我们的福利制度呢？我们的弱势照顾呢？我们的环境永续呢？我们是不是一起来展现人民的决心？"文章作者、社大工作人员周圣心说出了许许多多台湾民众的心声，人们纷纷联署支持发动反军购游行。

据悉，这项庞大的军事采购案的主要内容包括：388枚"爱国者"Ⅲ型导弹，12架美军退役的P−3C反潜机，8艘柴油潜艇，费用高达

6108 亿元新台币，为台湾历年军购预算规模最大的一次。当局将以出售土地以及长达 15 年的举债来筹措其中大部分经费。

有人算了一笔账：6108 亿元新台币，可以补助台湾 100 万名弱势者 100 年的健保费，拖了 10 年仍无法实施的 12 年"国教"可以做 10 次，全年度 100 亿元的环保预算可以支用 60 年……

几位发起人经过 10 余天的紧张筹备，6 月 19 日上午 10 时，"反军购：全民发声"大游行在台北火车站前广场准时出发。来自台湾各界的 1000 多位民众走上街头，高呼"反对军购！""要和平！"呼吁当局冻结巨额军购案。

谈起发动这次游行的心路历程，周圣心说："看到'行政院'通过军购案，将近一个星期，我心中有两种声音翻腾：一是不管它吧，我又能怎样？一是我真的能心安理得，什么都不做吗？过去 10 年各种教改政策和福利制度无法彻底落实，当局一个最重要的理由就是没钱！真的没有钱吗？原来是一场骗局。现在，土地可以变卖、子孙的钱先拿来支用。做啥？用来买美国人已经淘汰的武器。这一次捧着 6108 亿新台币去买回无用的二等军备，下一次呢？政客们可以昧着良心、强词夺理，而我真的能心安理得什么都不做吗？我不能！"何宗勋先生也是游行发起人之一，他说："这次活动将使台湾人民认真看待自己的未来与两岸关系，也开始去认识与了解军购的黑洞。而未来的路将更漫长与遥远，也需要更多人来支持与参与。"

"6108"，对台湾人民来说，已不仅仅是一个数学意义上的符号。

天使还是掮客？

就在岛内舆论对军购案的一片质疑和反对声中，6 月 20 日，美国在台协会前理事主席夏馨来到了台湾。陈水扁又是宴请又是授勋，一副感恩状。

夏馨何许人也？陈水扁说，她是台湾人民"纯真的守护天使"；有舆论却指出，夏馨是个生意人，是美国军火商的掮客。

夏馨来台，一面表示与军购案毫无关系，一面又接受台湾媒体采访。她说，台湾需要强化遏阻能力，并且应尽快做。她还语带威胁：你不能自己不做事，只依赖第三者来防卫。这是个严重问题。

是天使还是掮客？台湾人民的眼睛是雪亮的。

近年来，美国为了"以台制华"以及促销大批军火，连年公布所谓"中共军力评估报告"，宣称大陆可能在 2006 年发动台海战争，两岸军力"严重失衡"。而民进党当局为了献媚美国，以便挟洋自重，更卖力配合美国演出。

4 月底，台"总统府秘书长"邱义仁等人密访华盛顿，据说双方愿意公开谈论的议题是"520 就职演说"内容，但不愿曝光的议题却是，美方提供了一份"军购清单"，让邱义仁返台后"好好研究"，而且要"限期回复"。这份清单，就是美国国防部提出的那份高达 6000 多亿的台湾对美巨大军购案。

岛内舆论分析，美国政府同意售台远程预警雷达，完全是基于其国家利益考虑。这是因为，美国为了建立战区导弹防御系统，必须在海外部署早期预警雷达，而台湾正是美国在亚太地区最佳的布建地点。美方要求台湾购买远程预警雷达，部署爱国者Ⅲ型反导弹系统，购买大洋远程反潜作战需要的 P－3C 反潜机，其实是美国把台湾定位成情报、信息来源，拿台湾的钱买美国的装备或军备垃圾，来替美国看门。

有舆论指出，台当局这么出钱出力，实质充当了美国的"看门狗"。台湾已被视为美国军购的"大凯子"。

台湾空中大学一位教授愤而投书媒体："我们不能任由少数政客与军火商独断决定台湾的资源分配。此时此刻，该是人民呐喊自己做主的时候了！6·19 大游行，只是一个开端。"

民间反军购人士将未来两个月视为关键时期，将发起一系列反军购活动，力阻"立法院"通过军购案。

由学者发起的"民主行动联盟"宣布组成"台湾反 6108 大联盟"。联盟将公布"军火立委"名单，邀请学者撰写"反军购说帖"，并向支持军购的"立委"下战帖，要求就 6108 亿军购预算进行辩论。

联盟负责人表示，联盟还将编歌曲、上街头，让反军购行动成为真正的社会运动。

台湾的安全在哪里？

当民进党当局制造"军购安全"幻觉欺骗台湾人民，并以"维护安全"来为军购辩护的时候，人们不禁要问：军购真能买来安全吗？台湾的安全在哪里？

岛内舆论认为，6108亿元不过是买一个梦。当局以举债、卖地、释股等方式筹措这么大笔的经费，结果就是债留子孙，"只要核子，不要裤子"。军购无法换得台湾安全，反过来却会把台湾推向火山口，路越走越窄。

民进党执政以来，不断挑衅大陆，危害两岸关系，罔顾台湾人民的安全与利益。对此，台湾陆委会前主委苏起表示，当局军购好比是成天放火，然后去买灭火器。台湾"中央研究院"院士许倬云说，两岸由谈判走向和解，才是解决问题的关键。台湾搞军备竞赛是自己找麻烦，自己走向毁灭。

"民主行动联盟"发布的"反6108军购万言书"亦呼吁，台湾的安全和利益不可能通过军火买卖获取，当局应立即放弃这个危害台湾发展、灼伤台湾未来的庞大军火利益输送案，以政治智慧及负责任的态度处理两岸关系，方能为台湾人民带来真正的安全与利益。

6月26日，前民进党主席许信良在《联合报》刊登大幅广告，明确指出，改善和发展两岸关系才是台湾安全的有力保障。

许信良说，和平应该是台湾两岸政策的唯一选择。台湾不可能选择战争。战争会使台湾失去一切，即使是防御性的战争，也是如此。台湾的经济力量，不可能支持台湾和大陆从事军备竞赛，也不可能支持台湾维持足以防御大陆攻击的军事力量。台湾的安全必须依靠营造两岸永久和平的政治环境。

许信良说，台湾执政当局政策思考的依据，应该是人民的利益。

台湾人民的利益非常清楚：不要战争。6000 多亿军购所能护卫的，不会是真正的安全，最多只是安全的幻觉。

（原载《人民日报》海外版，2004 年 6 月 30 日，与姚小敏合作）

9月25日至28日，第五届海外统促会会长会议在长江三峡召开。大江汇英杰，同舟话团圆。面对浩浩长江、巍巍群山，130多位统促会会长激情难抑，抒发共同心声——

统促会会长说统一

在中国和平统一促进会第八届理事大会上，作者同《人民日报》海外版记者李炜娜（左一）与全英中国和平统一促进会会长单声伉俪合影

9月25日至28日，来自世界60多个国家和港澳台地区的130多位统促会会长会集在长江"世纪之星"游轮上，举行第五届海外统促会会长会议。从重庆至宜昌顺流而下，在3天的行程中，会长们交流情况，畅谈体会，探讨问题，献计献策，以进一步推动全球反"独"促统向纵深发展。

争取理解支持

谈到一年来做统促工作的体会，中国和平统一促进会秘书长梁金泉提到"向上延伸"的概念，即努力做好当地主流社会和主流媒体的工作，争取他们对中国和平统一政策的理解和支持。大家认为，这是反"独"促统深入发展的重要途径之一。

对于"向上延伸"，被海外侨胞誉为"中医文化使者、民间外交家"的莫桑比克中国和平统一促进会会长江永生有切身体会。15年来，这名来自四川泸州的针灸师和医疗队员，不仅凭借一根根银针为莫国15万多位患者治病，还利用担任总统保健医师的身份，向该国元首、政要介绍中国的和平统一政策。莫国前任总统欣然担任该会永远名誉主席，现任总统、总理和议长分别担任了该会名誉主席和名誉顾问。

西班牙中国和平统一促进会会长徐松华则"以物比物，以情动情"。西班牙有巴斯克分离势力，徐会长和同事们在当地介绍台湾问题时说："你们不能容忍巴斯克地区从西班牙分离出去；同样，我们也不能容忍台湾独立。"入情入理的讲解令该国政要理解了中国的和平统一方针。

已在国外生活了48年、办了29年报纸的加拿大加京华人中国统一促进会主席赵炳炽认为，推动所在国同中国在文化、艺术、商务等方面的交流非常重要，而且要熟悉他们的语言，懂得对方的心理，才能让别人更顺利地了解中国和我们的对台方针政策。

美国大芝加哥地区中国和平统一促进会会长王永高告诉记者，为了统一步调，形成合力，今年11月4日至5日将在芝加哥召开全美和统会年会。届时，将有华盛顿、洛杉矶、旧金山、宾州、芝加哥等十几个地区的统促会参加。全美和统会将成为一个反"独"促统的大平台。明年将就两岸关系在全美华侨华人和美国民众中进行社会调查，以便做美国国会和议员的工作。

追求情感统一

反"台独"，反分裂，是近年来全球各地统促会工作的亮点，也是此次会议的热门话题。大家的共识是：分裂不得人心，统一大势所趋。在怎样反"独"、如何促统上，大家是仁者见仁，智者见智。

不少与会者都谈到这样一个观点：统一更应是人心的统一、情感的统一。秘鲁中国和平统一促进会会长周锐波借用《孙子兵法》表达说：攻城容易攻心难。近一二年祖国大陆对台湾学生到大陆读书、台湾水果进入大陆市场等给予许多优惠政策，就很得人心。美国全球反"独"促统联盟副会长孙正中认为，要实现和平统一，人民最重要。要尊重台湾的历史，了解台湾人民的要求。做好了台湾同胞的工作，也就是做好了争取人心的工作。

加拿大中国统一促进会副会长车英麟持这样的观点：争取人心、化"独"促统是反对"台独"、促进两岸和平统一的基本工程。他对记者解释：化解"台独"情结，是"釜底抽薪"，动摇"台独"的社会基础；化"独"促统是从形式上的统一追求两岸同胞在思想情感上的统一。他介绍，基于这样的理念，近年来，加拿大统促会在与台胞社团的接触中，强调多一些沟通，多一些包容，多一些关爱，以不伤感情为主。

智利中国和平统一促进会副会长王卫江认为，反"独"促统要抓住"三颗心"：国际主流社会外国人的心；华侨华人的心；台湾同胞的心。

台湾出生的李维祥先生，今年6月欣然担任刚成立的赞比亚中国和平统一促进会会长。上任伊始，他帮助一位因同乡行李中夹带违禁品而受牵连被羁押的台胞澄清事实。这位台胞给中国驻赞比亚大使李保东写了感谢信，"由衷感谢祖国大使馆及李大使发出同为中国人之同胞爱，全力相助"。信中，他还特别感谢统促会会长李维祥先生"亲临法庭坐镇搭救"。

众人竭智尽能

作者与《人民日报》海外版记者徐蕾在中国和平统一促进会八届二次
理事大会上采访后合影

连续 5 次参加海外统促会会长会议的中国和平统一促进会副秘书长
王长鱼，谈到统促会工作时说，有一个词对我们很合适："群策群力"。
他说，反"独"促统，不是哪一个组织、哪一个人、哪一次会议能策
划发动起来的，而是大家群策群力的结果。

中国和平统一促进会执行副秘书长李路告诉记者，现在已在全球
85 个国家和地区成立了 181 个以促进中国和平统一为宗旨的统促会。
从 2000 年至今，在海外已自发组织召开了 8 次国际性的反"独"促统
大会。为反"独"促统，大家奔走呼号，出钱出力。为反"独"促统，
许多人牺牲了自己许多宝贵的休息时间，失去了许多赚钱的生意，甚
至不惜慷慨解囊。法国中国和平统一促进会会长杨明把自己的价值 300
多万法郎的商店作为"和统会"的会址，并承担"和统会"成立以来
的一切活动经费。

台湾"中国统一联盟"副主席纪欣女士著书支持"一国两制",渴望在有生之年看到中国统一。她在与本报记者交谈时激动地表示:"我生长在台湾,一心向往统一;如国家不能统一,将是每个中国人的心头之痛。"

60 年前从重庆去台湾,现已耄耋之年的美国华盛顿中国和平统一促进会会长黄企之老先生和夫人潘孝慈女士,数十年如一日反"台独",促统一。生命不息,呐喊不止,感人泪下。

船过三峡时,面对青山峻岭、滚滚长江水,加拿大全加华人促进中国和平统一委员会副会长洪光良激情难抑,当即赋诗抒怀:"山巍巍,水悠悠,情相近,意相投。山河日月同做证,不见统一誓不休!"

会议结束前,澳门统促会会长刘艺良盛邀各路会长出席将于今年12 月 13 日至 16 日在澳门召开的全球华侨华人促进祖国和平统一大会。他说,这是第一次在中国境内,在实行"一国两制"的地区召开的世界性的反"独"促统大会。届时,正值澳门回归祖国 7 周年。"一国两制"有没有强大生命力,澳门回归以后有哪些不变、哪些变化,变得怎么样,请大家亲自看一看,感受一下。

人们期望,这次在中国领土召开的全球华侨华人促进祖国和平统一大会,将会把反"独"促统大业推向一个新的阶段。

(原载《人民日报》海外版,2006 年 10 月 11 日)

两岸携手　化剑为犁

——第九届海峡两岸关系学术研讨会综述（上）

第九届海峡两岸关系学术研讨会刚刚在景色如画的西子湖畔落下帷幕。

两岸关系学术研讨会已连续举办了8届，这一届正值台湾新领导人上台，两岸关系发展处于关键时刻，自然备受关注。

大会共收到论文近60篇。研讨的议题包括"民进党执政后的两岸关系""加入WTO后的两岸关系""两岸关系发展中的相关问题"和"新世纪两岸关系展望"等。在为期3天的会议期间，来自海峡两岸、香港、澳门以及海外的130多位专家学者，以对祖国统一大业高度负责的精神和严谨求实的学术态度，围绕上述议题深入探讨、踊跃建言。无论是在大会发言，还是分组讨论和会下的交谈，专家学者们畅所欲言，各抒己见，谈锋甚健，高潮迭起。正如美国博尔大学郑竹园教授在感怀诗中所写的："七月西湖荷花开，清流俊彦翩然来。为解两岸千重结，各陈珠玉出心裁。"

一个中国原则是两岸"双赢"前提

北京台湾经济研究中心副理事长李家泉研究员用简明有力的两句话表达自己的看法：拒绝一个中国原则——山穷水尽必无路；接受一个中国原则——柳暗花明又一村。

作为资深的两岸关系专家学者，李家泉概括和分析台湾从两蒋时代到李登辉时代近50年的历史后，认为在两岸关系上有一种"规律性现象"：只要台湾当局遵守一个中国原则，两岸的事情就可以和平协商，实行和平共处；但如果台湾当局违反一个中国原则，甚至向一个中国原则挑战，就必然遭到海内外全体中国人的坚决反对，必然造成两岸关系的紧张，岛内也会出现动荡不安的局面。

台湾的李登辉时代已经结束，新领导人已经上台，为什么两岸间的形势依然严峻，甚至有"密云欲雨"之势？对此，台湾大学政治系教授张麟征女士分析称，最浅显的原因就是台湾领导人根本没有中国情，对大陆绝不会有类似韩国总统金大中的"北方山河常入梦"的魂牵梦绕。台湾当局新领导人常挂在嘴边的就是"台湾是台湾，中国是中国"。她指出，为了推动"台独建国"并合理化这一政治主张，台湾当局这十几年来致力推行"自我异化"，从民族、历史、文化、政治制度各方面，极力将台湾与中国对立起来，以便建构"台湾民族"、重塑"台湾历史"、发扬"本土文化"，企图重新定位台湾在国际社会的地位。这个政治运动由上层带动，透过教育向下渗透，现在已经铺天盖地。

来自澳门的杨允中教授在题为《中国人、中国心、中国前途》的论文中写道，海峡两岸至今未能解除交战状态，双方对峙之所以延续，主要是外来势力的干预。他认为，解决两岸对立，必须彻底排除外来干涉；实现两岸和平，必须坚持两岸同属一个中国，两岸同胞都是中国人。企图仰仗外国势力的介入，长期偏安一岛、自立门户，妄图搞"两个中国""一中一台"，都是全体中国人民不能容许的，也是国际社会不能接受的。

杨教授说，在统一条件暂时还未成熟的今天，理性、务实的做法是在认同当今世界上只有一个中国、承认自己是中国人的前提下求同存异。对于台湾新领导人来说，这并不是什么过高的要求，而是最起码的合情合理的表示。

北京大学国际关系学院教授李义虎认为，理论和现实都说明，一个中国是完成国家统一的基础和前提，也是国家统一的归宿点。在一个中国原则下解决两岸问题，实际上结束"一个中国，两岸分离"的不正常状态。他说，现在，两岸关系正处于十字路口，未来发展存在着新的变数。然而正是在这个十字路口上，一个中国原则显得格外突出，成为分清何去何从的路向标。

中华协进会（香港）创会会长梁永安指出，21世纪的两岸关系，是中国人民的心头大事。希望台湾的新领导人不要再回避一个中国原则，祖国大陆"平等协商"的善意显而易见，两岸应尽快回到1992年两岸两会达成的"一个中国"共识上来。

上海社科院亚太研究所所长周建明研究员颇有感慨地说，人们往往在拥有一样东西的时候，不觉得其珍贵，一旦失去，才体会到它的价值。和平对于两岸人民也是这样。这50年来，我们拥有了和平，以致有人认为它会无条件地一直存在下去，忘却了一个中国的原则是维持这个和平的基本条件。或许现在有必要提醒一下：两岸若没有坚持一个中国原则的共识，和平也将随之而去。在这一点上，谁也帮不上忙。对这一点不想清楚，到时一定会追悔莫及。

（原载《人民日报》海外版，2000年7月20日）

两岸携手　化剑为犁

——第九届海峡两岸关系学术研讨会综述（下）

"求和解"与"搞分裂"水火不容

近一两个月来，台湾当局的代表人物对两岸关系讲了不少话。对这些谈话，中国人民大学黄嘉树教授认为，台湾新执政当局一方面表示要"求和解"，大谈"诚意""善意"，的确迷惑了一些人，但另一方面却在"搞分裂"：在民族认同上，刻意不提"中华民族"这四个字，甚至无视各方的强烈要求，坚持不讲"我是中国人"；在统"独"取向上，表面上说什么"开放统独议题空间""不预设立场、前提和结论"，但同时又别有用心地强调"福尔摩莎的子民""台湾人民站起来"；在主权问题上一会儿讲"中华民国是个主权独立国家"，一会儿又讲"台湾早已是个主权独立的国家"；在文化界定上则坚持所谓"台湾400年史观"，提出"台湾文化整体"的概念，把"台湾的本土文化"与"华人文化"对立起来；在一个中国原则这个关键问题上，从根本反对一个中国原则，变为把一个中国原则作为"议题"，是"两岸共同处理的、未来的问题"。两岸互动模式上，每当祖国大陆做出善意回应，台湾当局就立即换上另一副面孔，或者言而无信，或者横生枝节、无理取闹。

基于以上剖析，黄嘉树明确指出：和平与分裂难两全！对于那些明明自己是中国人却不肯承认，并且执意要挑战中国统一的目标，企图把台湾从中国的版图中分割出去的政治人物或政治势力，中国政府和中国人民只能与之进行坚决的斗争，而根本谈不上什么"握手和解"。

美国天主教大学教授李哲夫说，今天在台湾台上的民进党，其入围领导层的"新贵们"，大多数是分离意识较强的人物。人们看到，台湾岛内已经出现"没有不主张台独的自由"的危险。坚持统一、反对"台独"的人士已经成为"台独"分裂势力迫害的对象。

和平与发展研究中心研究员辛旗在《论21世纪中国的安全环境与台湾问题》的论文中，对未来10年台湾岛内政局与两岸关系走向做了如下判断：台湾当局依然是"以拖待变，以国际化求事实独立"。他分析认为，台湾各种政治势力的大陆政策可以概括为"五论"："一个分治的中国"论、"台湾主权独立"论、"国际生存空间"论、"民主统一"论、"对等是统一的法理基础"论。这"五论"的本质是"拖"和"分"。他认为，民进党未来能否稳定执政的关键是如何顺应岛内"求安定、求和平、求维持现状"的民意，同时，放弃"台独"党纲，真正务实地处理两岸关系。

两岸经济增长的新机遇

与会的专家学者认为，中国加入WTO为期不远，随后，台湾也将以单独关税区名义加入，两岸在WTO架构下，进行自由开放的经贸往来，将为"中国经济区"的整合与发展创造有利的环境。

中国社会科学院台湾研究所副研究员黎泉兴在论文中谈道，两岸经贸交流由小到大，已有良好基础。他认为，"入世"将为两岸经济增长带来新机遇：两岸贸易交流可能扩大、双向投资将促进两岸合作发展、两岸直接"三通"有望突破。

台湾"中华经济研究院"大陆经济研究所所长高长教授认为，两岸经贸关系自80年代初期以来发展非常快速，但基本上并未正常化，主要是受到政治因素影响。他说，经贸关系，合则两利。逝者已矣，来着可追，加入WTO正是两岸开创双边经贸交流新局面的契机。

　　台湾政治大学东亚研究所所长魏艾教授提出，就科技产业发展的角度而论，大陆当前科技产业在基础研究上有极大的优势；台湾则在科技商品化及行销方面有优势，两岸科技合作具有相当的潜力。天津市农业科学院研究员路凯旋说，祖国大陆开发西部的发展战略，为农业发展提供了巨大的机遇。两岸农业如何抓住机遇、优势互补、有效合作，是摆在两岸学者和业者面前的重要课题。

　　新朋老友相逢在西子湖畔，用自己的智慧和心血，为祖国的统一大业和两岸经济发展竭智尽能、献计献策。享有"天堂"美誉的杭州美景使专家学者们神清气爽，文思飞扬。郑竹园教授在感怀诗的后四句写道："'三通'大道难逆转，'一中'何庸费疑猜。国族盛衰系一念，莫铸大错后人哀。"令人感慨而深思。

　　上海国际问题研究所杨洁勉研究员晨游西湖，遐思连连："安得两岸携手，化剑为犁，吾侪得闲，不再开会。使我常能掩卷湖边，泼墨涧旁，阅喜读之书，撰爱作之文……"

（原载《人民日报》海外版，2000 年 7 月 24 日）

碧海蓝天话两岸

——第十一届海峡两岸关系学术研讨会综述（一）

7月9日至11日，来自祖国大陆、台湾、香港和海外的两岸问题专家聚会美丽的海滨城市青岛，就海峡两岸在政治、经济、文化等方面的交流和发展前景，进行广泛和深入的探讨。

从1991年开始，由全国台湾研究会、全国台联、社科院台湾研究所联合举办的海峡两岸关系学术研讨会已连续举办了10届，成为目前两岸学术研讨方面规模最大的会议。此届研讨会的主题是"新形势下的两岸关系"。120多位两岸问题专家济济一堂，畅所欲言，各抒己见，相互交流。讨论的话题也很广泛和深入，除国际形势、中美关系、两岸关系等老话题外，还涉及未来岛内走向、加入WTO后的两岸关系前景、加入WTO后的两岸经贸合作等新课题。当前的两岸关系仍然是学者们关注和探讨的重点。

福建省社科院现代台湾研究所所长吴能远认为，两岸关系历经李登辉时期的激烈斗争之后，继之以民进党上台的尖锐对抗，展示着当前的两岸关系正进入一个关键、复杂又带有一定危险性的新的历史时期。这一时期的两岸关系具有3个显著的特征：第一，对抗性。大陆努力促使台湾当局放弃"台独"，承认一个中国，而台湾当局则加紧制造所谓台湾人的新的"国民意识"，试图确立"台湾主权独立"的局面。第二，复杂性。目前的两岸关系是国际形势、国民党统治台湾时期的政策、大陆的发展，以及长久以来台湾人民的历史记忆等等复杂因素，相互作用、碰撞、交织而在现阶段结合的产物。要用和平的方式厘清这些纷繁的头绪，绝不是一蹴而就的。第三，长期性。目前两岸在一个中国问题上对立，它的解决不但取决于两岸实力对比的消长，也取决于大陆争取台湾民心的绩效。要使台湾人民重新融入对整个国家的认同，是一项艰巨的工程。

台湾和平统一促进会副会长郭俊次用简洁的语言概括出目前两岸关系的现状：政治冷，经济热；和谈冷，战备热；官方冷，民间热；岛内冷，海外热。

全国台联秘书处处长杨毅周分析称，在最近十几年来的两岸关系发展中，明显地呈现着两种完全相反的趋势：两岸的经济关系日趋密切；两岸的政治关系日趋疏离。他把这两种鲜明对照的趋势称为两岸关系中的悖论现象。他认为，当前，国际社会中的霸权主义有所发展，单边主义、新干涉主义盛行。在台湾岛内，极端"台独"势力仍十分嚣张。因此两岸的这种政经悖论不但很难化解，而且仍有进一步发展的可能；但是，从长远看，化解两岸政经悖论的客观条件也在进一步成熟中。在海峡两岸人民的共同努力下，两岸走出悖论状态，进入良性互动关系的可能性也是存在的。

许多学者认为，目前，两岸关系进入了一个新的历史时期。这是两岸进入谈判之前的战略相持时期，是柳暗花明前的混沌时期，也是两岸关系发展必经的一个关键时期。这一时期的形势具有严峻性和危险性，但却并不必然令人对两岸关系悲观，和平统一虽然是史无前例的事业，但却是有可能实现的。和平统一的信心来自大陆对和平统一坚定的追求，来自大陆自身不断的发展和进步。

台湾大学政治系教授张麟征在题为《寄希望于台湾人民，更寄希望于大陆》的论文中提出："解决台湾问题基本的关键在台湾民心，如何扭转在统'独'及维持现状下近乎胶着的台湾民意，其实取决于两岸政府的施政，其中又以大陆的施政最为重要。大陆领导人无论如何换，统一的立场不会变，所以'台独'的路肯定不好走，也走不通，这一点台湾大多数的人都看得很明白。"她说："解决台海问题，两岸争取的重点应是民心。所谓得民心者得天下，道理千古不易。大陆今天只有认真落实争取台湾人民的工作，才能'寄希望于台湾人民'，赢得台湾人民支持。大陆最近在伦敦火车出轨意外中，对受伤的台湾记者的照顾，在华航空难事件中，对受难家属的协助，相当获得台湾人民的好感。大陆相关领导人最近若干政策性的谈话，避开了僵化的说法，也是令人欣慰的表现。"她说："逆向思考，这是否也显示，只有'寄希望于大陆当局''更寄希望于大陆人民'，透过对台湾人民的真心相对，才能赢得台湾人民的向心与认同。透过政府与人民齐心协力的努力，把大陆建设好，使大陆对于台湾，乃至于全世界都能发散一种'致命的吸引力'，就不怕务实的台湾人民不靠过来。台湾人民如果都支持国家统一，自诩为民主政治的台湾，就必须倾听人民的声音，顺从民意，回归一个中国。这条路有点曲折，但却是彻底解决两岸问题，又没有任何后遗症的最佳途径。"

（原载《人民日报》海外版，2002 年 7 月 22 日）

碧海蓝天话两岸

——第十一届海峡两岸关系学术研讨会综述（二）

去年11月，大陆和台湾相继加入世界贸易组织（WTO）。此后对两岸政治及经济关系的影响以及两岸如何应对变化，面对机遇和挑战，成为本届研讨会两岸学者谈论最多的新话题。

和平与发展研究中心研究员辛旗在《加入WTO后两岸的政治经济互动与展望》的论文中分析，由此给两岸关系发展所带来的机遇和挑战已开始显现出来，"政治紧，经济松"成为这段时间两岸关系发展的主要特征之一。两岸加入WTO为打破政治僵局提供了难得机遇。而现今的台湾当局则视之为提升台湾"国际地位"、突显"主权"、推动"渐进式台独"的重要契机。他认为，两岸加入世贸组织将加速推动两岸经贸关系正常化，为两岸经济发展提供难得的发展机遇。但这一机遇由于台湾当局过多的政治干预，在短期内难以达成突破性进展。就符合民意、符合WTO的基本精神和两岸关系潮流的"三通"来说，如果民进党和台湾执政者不放弃追求"台独"的不切实际的理念，打"三通"牌在他们手中也始终是选举中的一种争取选票的策略，在选战中将议题推出并拉长炒作的时间，而不会有实质性的步骤。

香港海峡两岸科技开发交流促进会会长李延生说，海峡两岸都是中国人，坚持一个中国的原则，面对经济全球化，加强两岸经济合作，促进两岸科技产业的整合，一定能赢取两岸经济"双赢"的局面。他分析说，台商投资祖国大陆已走过了几十年的历程，这期间掀起了三波投资热潮。第一波是传统产业投资祖国大陆的热潮，在1993年达到了高峰。1995年后，科技产业西进祖国大陆掀起了第二波的投资热潮。

2000年台湾高科技产业蜂拥抢滩登陆，又掀起了第三波投资热潮，到2003年将达到新的高峰。显然台湾广大同胞是认同一个中国的，坚持一个中国就能创造两岸经济合作的一个又一个奇迹。台湾当局必须面对两岸经济磨合与合作的现实，回到世界上只有一个中国的政治现实中，认真考虑中华民族的整体利益，才能真正为台湾人民谋福祉。

国际信息研究所副研究员吴仁文认为，由于两岸经济整合符合当今世界区域经济一体化的客观要求，是大势所趋，不管台湾当局如何阻挠都改变不了它前进的方向。不容否认，两岸经济整合会给台湾政治、经济、社会带来一些冲击，但这是台湾经济发展过程中必须面对的、解决的问题。随着大陆经济的崛起及对台湾经济巨大的磁吸效应，台湾不可能逃避也不应逃避，而必须正面迎接挑战，否则台湾经济将不可避免地边缘化，并有可能长期陷入停滞不前的困境，而这也正是台湾安全所面临的最大危险。他提出，台湾应积极主动应对两岸经济整合的挑战。首先，必须打破"台独"的迷思，将台湾经济融入大中华经济圈，从全球竞争的角度定位两岸经贸关系，应对挑战；其次，尽快开放两岸"三通"是实现两岸经济整合的重要前提；最后，尽快解除对台商投资大陆的限制，使台商能从全球竞争的角度规划其在大陆市场的布局。

南开大学台湾经济研究所所长曹晓衡提出，在新的条件下，两岸有必要推动制度性经济一体化进程。他认为，两岸制度性经济一体化不但有助于减少往来成本、推动各自经济的发展、提高在国际市场的竞争力，而且也有助于规避外来风险、强化合作保障，奠定两岸长远的、根本的利益基础，合则两利，对大陆有利，对台湾更有利。

台湾"中华经济研究院"研究员高长在《台湾电子产业两岸分工与全球布局策略》一文中，以电子信息业为例，探讨创造双赢的两岸产业分工模式、科技产业全球分工与专业整合趋势，分析台商投资大陆趋势与两岸产业分工现状，从全球布局观点与台湾产业的整合优势，探讨两岸产业分工策略。他说，全球经济发展进入无国界时代，国际产业分工的结构愈来愈细腻且复杂化。台湾电子产业到大陆投资趋势，呈现垂直分工与水平分工并存的现象，而随着大陆开放及产业群聚之发展，台湾厂商生产活动移往大陆的情形愈来愈普遍，两岸功能性分工的格局已愈来愈明显，大陆逐渐成为制造基地，台湾母公司主要负责研发设计、行销和财务调度等业务。这种趋势是市场机制引导的结果，对台湾与大陆经济、产业发展都有显著的贡献。他认为，面对全球化竞争，如何更有效结合两岸的资源与市场，创造更坚实的竞争因子，是今后电子业者发展的关键。

加入世贸组织后两岸的农业合作问题，也是众多专家、学者关注的焦点。大家认为，加入世贸组织后，在两岸各行业中，农业受到的冲击较大。两岸在农业方面既有竞争也有合作。在健康竞争的同时，未来两岸应着眼于各自投资环境和政策环境的完善，通过扩大合作领域和提高合作层次，增加两岸农业合作的成效。全国台联研究室的陈小艳认为，加入世贸组织后两岸农业都将面临较大的挑战。比如，因台湾的农产品加工品成本相对较高，其对大陆的出口势必会因为其他国家的进入而受到严重影响；在 WTO 的规范下，台湾将放开对大陆农产品的进口限制，两岸农产品改用直接贸易的方式，更多的大陆农产品可进入台湾，对台湾农产品市场将造成一定影响。此外，大陆农业由于削减关税、生产成本将逐步上升等原因，也会面临严峻的考验。但陈小艳等学者也认为，加入世贸组织后，两岸农业虽然不可避免地要面临一系列的挑战，但由于两岸农业产业结构与产品特征有较大的互补性，也就有了更多的交流与合作空间。此外，加入世贸组织后大陆台商权益保障、两岸经贸交流中法律人的角色功能、信用证在两岸经贸关系中的运作、建立海峡两岸自由贸易区、长江三角洲区域经济合作等诸多问题，也是两岸学者所研讨的内容。

120 多位专家、学者，60 多篇论文，两天的研讨。小组宣读论文、讨论，大会发言、总结、自由发言。研讨会开得紧张、高效，在红瓦蓝天碧海的青岛，人们心情愉悦；在五星级的海天大酒店，面对浩瀚的大海，人们心胸开阔。这里连着台湾海峡，海水相通、人心相近。十一届的研讨，十几年的历程，许多人的黑发变成了白发；从第一次彼此陌生、心存戒备到如今无话不谈，许多人成了好朋友；研讨会规模在扩大，两岸问题专家的队伍也在扩大，老学者仍在两岸之间奔波，许多年轻学者又加入了进来。在晚宴祝酒时，全国台联杨国庆会长面对良辰美景，不胜感慨地说，洁白的云彩、蔚蓝色的大海、清新的空气，青岛真美！等到海峡两岸问题解决，祖国完全统一，我们再回首往事，会感到很自豪，因为青岛会议为统一做出了贡献！

（原载《人民日报》海外版，2002 年 7 月 23 日）

在一个中国前提下解决两岸问题

——第十二届海峡两岸关系学术研讨会综述（上）

由全国台湾研究会、全国台联和中国社会科学院台湾研究所共同举办的第十二届海峡两岸关系学术研讨会，刚刚在广西桂林落下帷幕。在两岸关系发展的重要时刻，这次研讨会的召开，为海峡两岸、港澳特区和海外的专家学者，提供了一个很好的交流机会。在两天的会议中，专家学者们畅所欲言，坦诚交流，相互切磋，求同存异，为促进两岸关系的健康稳定发展，为两岸中国人谋求共同发展的光明前景，竭智尽能，献计献策。

与以往研讨会一样，在众多研讨的议题中，一个中国原则问题成为重中之重。

厦门大学台湾研究所所长刘国深在《SARS 时期两岸关系刍议》一文中指出，基于两岸关系的历史与政治现实，基于国际法基本原则，两岸同属一个国家，两岸问题必须放在一个中国框架中讨论，这是解决两岸问题的基本前提。他提出，两岸关系的良性发展，必须从两岸及国际政治的现实出发，找出双方都可以接受的最大政治公分母，否则，两岸互信在短期之内是不可能建立的。本着两岸双方各自奉行的、建立在同一国家范畴的"宪法精神"，他认为，祖国大陆方面所提出的"世界上只有一个中国，大陆和台湾同属一个中国，中国的主权和领土完整不容分割"的"一个中国新三段"，完全可以作为两岸平等对话的最大政治公分母。

台湾东华大学公行所教授兼大陆中心主任杨开煌在《化解对抗性的善意》一文中引述了中共十六大报告中的"三个可以谈"："在一个中国的前提下，什么问题都可以谈，可以谈正式结束两岸敌对状态问题，可以谈台湾地区在国际上与其身份相适应的经济文化社会活动空间问题，也可以谈台湾当局的政治地位等问题。"他认为，这"三个可以谈"具有具体性、诚意性、善意性和务实性四点正面的意义。他据此认为，中共希望通过十六大所提出的在一个中国原则的基础上，暂时搁置某些政治争议与在一中的前提下"三个可以谈"的议题去建构两岸统一前的和平框架。他由此而感慨："假如两岸关系能在如此尖锐矛盾、高度冲突的情况下，展现出和平的契机，铺陈出和平的方案，则两岸关系就是值得两岸精英深耕细研，皓首穷经，毕生投入的志业，也将成为后人解决冲突的典范。"

全国台联研究室副主任杨毅周在《一个中国的法理与情感》一文中，呼吁重建两岸同胞共同的中国认同。他说，"一个中国新三段"表述的重要意义"就是要表明中国是两岸同胞的中国，是我们的共同家园"。他说，今年4月13日，胡锦涛主席在广东考察第一线防治非典期间，亲赴台资企业看望台商时，对台商真诚地表示，台湾是你们的家园，大陆也是你们的家园，两岸的中国人携起手来，我们的国家、我们的民族就一定能发展得更好。他认为，胡锦涛主席的"共同家园论"，把中国视为两岸同胞共同拥有的共同体，更多的是强调一个中国原则的情感意义，即中国应是两岸同胞所共同认同的共同体，一个两岸同胞共同建设、共同拥有的家园，也是两岸同胞共同的心灵家园、精神归宿，形成一个共同的中国认同。

与会的许多专家学者谈道，一个中国原则不仅见诸《中华人民共和国宪法》，同样也见诸台湾当局所依循的所谓"宪法"，1992年之前，台湾当局还一直承认"两岸同属一个中国"。但是，自从李登辉的"两国论"出笼后，两岸在一个中国问题上的分歧，便成为影响两岸关系正常发展的最大障碍。责任在哪一边？台盟中央研究室的潘新洋一针见血地指出，在一个中国问题上，台湾当局领导人背弃诚信、玩弄游戏在先，制造事端、屡屡挑战于后，致使两岸政治关系长期处于紧张、僵持状态之中。

潘新洋分析说，陈水扁在大陆政策上不仅继承了李登辉的衣钵，而且不无创建性地发明了所谓"渐进式台独"。如果用"以拖待变"来简要描述李登辉主政前期台湾当局的大陆政策，那么，到了陈水扁执政时期，推翻"九二共识"、推行"渐进式台独"、抛出"一边一国"，则"拖中渐变"的意味就显得十分明显而清晰了。从"以拖待变"到"拖中渐变"表明台湾当局的大陆政策更为消极，两岸冲突的危险性渐次堆积，两岸因一个中国问题上的对峙而造成的政治僵局愈加难以化解。

（原载《人民日报》海外版，2003 年 9 月 2 日）

审时度势　顺势而动

——第十二届海峡两岸关系学术研讨会综述（中）

两岸关系现状及未来走向、两岸经贸交流及"三通"问题，是此届两岸关系研讨会的重点，与会专家学者见仁见智，提出了许多颇有价值和可操作性的见解。

北京大学国际关系学院李义虎教授认为，两岸关系中缺乏稳定的、有效的理性预期，也缺乏固定的、双方都能接受的游戏规则。其结果是双方之间无法形成制度化的安排，意外事件和戏剧性的因素常常成为造成两岸关系动荡的诱因。他在对两岸关系缘何难以塑造理性预期做了详尽分析后提出，塑造和凝聚两岸之间有效的、稳定的理性预期是摆在双方当事者面前的首要课题，是营造两岸关系积极和建设性发展的关键。

全国台湾研究会常务理事乐美真指出，两岸关系要顺潮流，要看大形势，要有大格局，要研究带有全局性的指导规律。"不审势则宽严皆误"。顺势而行、依势而动是两岸政治领导人的韬略和智慧。他认为，目前两岸关系的能动作用有以下几个要点：两岸关系发展要有大格局，要开阔视野，谋略长远，面向未来；进行经济对话，实行产业合作，建立两岸经济联系和合作协调机制，使航运、邮电、商务来往正常化；推动两岸民意机构的互动；重视两岸权威学术界的交流，开展两岸智库的不定期会晤和交换意见。乐美真认为，两岸关系发展到现在，产生了新的社会需求，台湾的机遇在两岸联手，偏安终非久计。中国现代化发展需要两岸互补共进。目光远大的人定会在其中审时度势，发挥能动作用，在两岸关系上有所作为。

最近一个阶段，台湾某些人又利用"公投"问题大做文章，企图进一步恶化两岸关系。对这一危险的动向，与会的许多专家学者都抱以警惕并做了深入分析。台湾大学政治系教授张麟征认为，大陆对"公投"的态度由反对一切议题的"公投"，到不反对台湾内政议题的"公投"，展现了一定程度的理性。对涉及统"独"及主权内涵的"公投"，大陆与美国已经有了共识，一定会力阻。如果陈水扁遵守承诺，"公投"议题虽然在两岸三边关系上掀起一些涟漪，但不会有多大影响，擦枪走火的机会也不大。不过潘多拉的盒子一开，要想善后就不容易。可以预见，在民进党的煽动下，统"独"和涉及主权的"公投"诉求会像 SARS 病毒，条件得宜就卷土重来。其阴影对美中关系及两岸关系，乃至于台湾内部政治关系都会有持续性的不良影响。

两岸经贸关系从 20 世纪 80 年代开始起步，迄今已历时 20 多年，两岸经贸交流规模日益扩大，但两岸经贸交流仍然停留在单向、间接的阶段。与会的专家学者期待两岸经贸关系能够调整，早日实现"三通"。

中国社会科学院台湾研究所副研究员胡石青认为，两岸经贸关系调整的核心就是实现两岸"三通"，最基本的内容是两岸直航，包括海上运输与空中运输的直达。他说，经过近 10 年的发展，两岸经贸关系已经从以岛内资金为主导转向以大陆市场为主导，只有依靠大陆市场，台湾经济才能有未来，这点已成为不争的事实。因此，调整两岸经贸关系，实现两岸"三通"已经从大陆受惠多转向互蒙其利，未来更将成为台湾经济的生命线。他进而强调，调整两岸经贸关系，实现两岸"三通"不是你求我或我求你的事，而是两岸共同利益所系。只要本着为两岸苍生所思所想，两岸经贸关系正常化，实现两岸"三通"的日子便指日可待。

上海浦东台湾经济研究中心秘书长盛九元，在会上对两岸经贸关系的现状及发展中要注意克服的问题做了深刻的剖析。他认为，从目前状况来看，两岸经贸关系发展从民间或自发方向向构建两岸经济合作机制发展，面临非常好的机遇。首先面临尽快解决两岸"三通"，而解决两岸"三通"的前提是，必须解决"三通"经济化、单纯化。在这样一个前提下，尽快实现两岸全面、直接、双向"三通"，对于进一步优化两岸资源配置，形成两岸制度化、规范化的经济合作机制，才会提供一个更好的平台。

2001年曾作为台北代表团成员，赴沪参加两岸城市论坛的台湾大学哲学系林火旺教授言辞恳切地说，他有幸参与该次会议，从中学习到许多上海市发展的经验和构想，最重要的是在这样的会议中，海峡两岸人民可以针对具体的问题进行实质的沟通和交流。他认为，以目前两岸的情势，实质、有意义的沟通是彼此互相认识、增加善意、建立互信的必要条件。他建议，两岸关系如果从强化城市交流入手，应该可以逐步累积互信基础，从而开展两岸和平且良性的互动。

不仅经贸、城市交流，两岸文化、宗教、民间交流以及防治非典的经验交流等，也成为这次研讨会上专家学者们畅谈的热门话题。

（原载《人民日报》海外版，2003年9月3日）

"十年修得同船渡"

——第十二届海峡两岸关系学术研讨会综述（下）

从 1992 年至今，海峡两岸关系学术研讨会已举办了 12 届。按照惯例，每次闭幕式上，都要有小组召集人介绍各自的研讨情况。各小组召集人在认真、公正而又严格地主持讨论、履行职责之时，也都认真地记下每位专家学者的发言，择其要点，汇其精华，向大会汇报。主持人和汇报人既有大陆学者，又有台湾学者和海外学者；但不知是有意还是无心，这届研讨会闭幕式上，向大会汇报的 3 个小组的召集人都是清一色的台湾学者，因此，引发了这些主持人的颇多感慨。

在第一小组召集人、台湾中山大学中山学术研究所所长姜新立教授做了精彩的汇报之后，第二小组召集人杨开煌教授在向大会汇报时忍不住发表了个人的感想：12 年来，学者之间不断对话，总的来说是互相批判性的，但近年来看到了可喜的现象：从早期的情绪性的批判，慢慢变成对话性的批判，目的是引起辩论，引起双方注意讨论的议题；从宣传性的批判迈向学术性的批判，彼此尊重、理解，耐心听取对方的观点，认真准备下一波的对话，大陆学者的论文引述从原来的不注明出处到现在注意引述出处及做注解；从实力性的批判迈向沟通性的对话。过去，有的学者认为自己的观点都正确，而对方都错，现在却持我可能有错、你不一定都是错的虚心态度。因此，十几年来，研讨会年年开，对话继续进行，而且越来越积极，越来越深入。

第三小组汇报人，台湾政治大学中山所所长邵宗海教授不无感慨地说，一、二、三组都是来自对岸的人做报告，表明海峡两岸关系研讨会越来越成熟，因为不管谁上台讲，都是中华民族。作为小组讨论

335

的主持人，他说，小组讨论很热烈，彼此抢话筒，欲罢不能，逼得主持人只能严格控制时间，用"独裁"举措阻止发言。但尤令人感动的是，讨论虽然激烈，但不是争执不休，而是充满理性和智慧，那气氛，就好像两岸已经终止了敌对状态下的讨论。

作为已连续几届参加研讨会的老资格，邵先生还看到了几个比论文更有意义的"特色"：第一，有老干新枝现象。在两岸关系研究领域，"第三梯队"在建立，年轻学者正接班。他不无诙谐地指着在台上就座、年已七旬的全国台湾研究会名誉副会长姜殿铭和50多岁的中国社会科学院台湾研究所所长余克礼说，如果把姜先生视为"第一梯队"，余先生视为"第二梯队"，那么，现在比余先生还年轻的"第三梯队"已经在成长。第二，新秀勤于写作，老将善于表述，寥寥数语就使争执迎刃而解，为新秀指出方向。第三，过去，两岸学者发言针锋相对，以至于主持人要绞尽脑汁搞平衡。现在主持人无须搞平衡，自由发言气氛热烈。更有意思的是，过去小组讨论、大会发言中，都是大陆学者问台湾学者，台湾学者问大陆学者，现在不仅互相提问，而且常常是大陆学者批评大陆学者，台湾学者批评台湾学者。没有相互对立、你我之争，只是相互切磋，表达己见而已。

感受健康浓厚的学术讨论气氛，来自台湾的专家叶金凤女士也感慨地说："海峡两岸关系学术研讨会经过12年演变，与我当初在台湾陆委会时研讨会举办的意图已截然不同，从这个意义上说，我对未来两岸关系发展抱以期待。会上，大家各抒己见，彼此互相尊重，虽然我不一定同意你的看法，但我注意听到你的心声。"她表示，期待两岸专家学者共同珍视的"九二共识"，能成为两岸关系良性发展的共识。

正是抱着推动两岸关系良性发展的意愿，两岸及海外的专家学者十分珍惜每年一度在祖国大陆举行的这个研讨会。非典肆虐时曾经使两岸学者正常的交流中断，对此，两岸专家学者无不忧心如焚。厦门大学台研所所长刘国深以"'台独'不可怕，断流更愁人"之句，表达他在非典期间对中断交往的忧虑及对尽早恢复交流的期望。

也正是怀着真诚的愿望及对美好前景的期望，全国台联研究室副主任杨毅周建议：两岸民间交流要更加全方位，更加彻底，更加制度化。城市、乡镇、部门、学科之间都要开展交流。在这 3 个 "更加" 之外，他还提出了 3 个 "凡是"：凡是能交流的内容都要进行交流；凡是阻碍两岸交流的障碍，尽可能清除；凡是有利于两岸交流的，尽可能去推动。

此届海峡两岸关系学术研讨会在有着 "山水甲天下" 之称的桂林召开。会后，专家学者们乘船畅游漓江，饱览秀山丽水。在游船上，导游小姐用一句 "十年修得同船渡，同船皆是有缘人" 做欢迎词，赢得大家的热烈掌声和由衷赞同。时光荏苒，海峡两岸关系学术研讨会也走过了十余年不平凡的历程，年复一年，来自海峡两岸、港澳地区及海外的专家学者，跋山涉水，风尘仆仆相聚于每年一度的两岸关系研讨会，也是一种缘分。大家也好比乘坐在同一艘航船上，齐心合力，同舟共济，向着两岸的光明未来，向着祖国的美好前景奋进！

（原载《人民日报》海外版，2003 年 9 月 4 日）

十一前夕，来自全球 70 多个国家和地区的百余位海外统促会会长聚会北京，沟通情况、交流经验、畅谈体会、探讨问题。在反分裂、促统一的讨论中，海外统促会会长一致表示——

反"独"促统　任重道远

"入联公投"　枉费心机

刚刚在岛内发起并组织反"入联公投"游行示威的台湾"中国统一联盟"主席王津平，征尘未洗，就赶到北京参加第六届海外统促会会长聚会。谈起这次有二三十个团体参与的声势浩大的游行，王津平激情难抑。

他说，所谓"入联公投"是民进党为掩盖其执政无能、官僚贪腐所祭出的选举"法宝"。此举非但枉费心机，还会扩大岛内政治对抗，虚耗社会资源，延宕民生复苏的时机和可能，更会破坏台海和平的基础，危及 2300 万台湾人民的安定与幸福。他表示，作为中国人，要以反分裂促统一为己任，"不论是谁搞分裂，搞'台独'，从我们这里就休想过去！"

9 月 24 日，海外统促会会长列席了中国和平统一促进会七届二次理事大会。全国政协副主席、中共中央统战部部长、中国和平统一促进会执行副会长刘延东在工作报告中提出，要"加强同海外台湾省籍同胞的联系，扩大'和平发展、和平统一'的吸引力，增强'同一血脉、共同家园'的亲和力"。对这段话，美国休斯敦中国和平统一促进会常务理事杨家骅感触颇深。他表示，经过多年努力，我们同旅居休斯敦的台湾朋友关系特别好。他向记者讲述了两件事：休斯敦有个演话剧的"狂飙社"，导演和演员大都是台湾同胞，不久前，该社重拍《原野》，主要演员请的是大陆旅美同胞。休斯敦还有一个姚明球迷俱乐部，两岸同胞都参加，每逢姚明参赛，大家都到场呐喊助威。杨家骅笑着对记者说："我感觉在那里，我们已经先统一了。"

争取民心化解误会和敌意

美国全美中国和平统一促进会联合会秘书长赵宗英说，列席统促会理事会，听了贾庆林和刘延东的报告，有两点印象很深：一条"主线"：争取台湾民心；一个"重点"：反对和遏制"台独"。他认为，反"独"遏"独"有两个主战场：一个在台湾岛内，一个在美国主流社会。要做好岛内民众的工作，使他们真正认识到"台独"的危险性，制止"台独"；同时，要开展对美国主流社会的工作，特别要使美国国会议员认识到，如果他们不反对和制止"台独"，就会危及美国的自身利益。他说，近年来，全美和统会联合会在这两方面做了很大努力，开展了不少活动，如今年5月下旬，全美和统会联合会组团赴台，同岛内各界就反"独"促统话题广泛交流；11月中旬，联合会还将举办高层论坛，届时，来自全美及世界各地的华侨华人社团代表，将为反"独"促统出谋划策。

"做好台湾人民工作，在争取台湾民心方面发挥更大作用"是海外众多促统团体一项重要的工作任务，在这方面，凝聚了大家的智慧和心血。加拿大统促会副会长车英麟表示，近年来，加拿大统促会主动与岛内各界人士接触，耐心听取他们的看法和主张，并有的放矢地做工作。他认为，要做好台湾人民的工作，必须充分尊重和理解他们，才能得人心；要设身处地为他们着想，他们才能把你当朋友；只有把"做好台湾人民工作"做到位，"台独"情结才能化解。

台湾"中国全民民主统一会"会长王化榛说，中央现在的对台政策非常进步，最大的进步是争取台湾民心。坚持这一政策可以逐渐化解台湾民众对大陆的误解和敌意。

反"独"促统后继有人

赵宗英在接受记者访谈时谈道，海外和统会任重道远，要做的工作很多，现在重要的是要考虑后继力量。为长远计，要让年轻人尽早接班，把真正优秀的人才及时推上去。

记者曾多次采访海外统促会会长会议，每次都能见到一些"新面孔"。记者这次见到的博茨瓦纳和统会会长乔良、波兰和统会会长王松群、津巴布韦和统会副秘书长李曼娟等，就是近几年活跃在反"独"促统舞台上的新秀。

2005 年，津巴布韦和统会成立时，津巴布韦华商联合会副秘书长、1997 年毕业于武汉大学的李曼娟被选为和统会副秘书长。采访时，她告诉记者，和统会把在津巴布韦的台湾同胞当自家人看待，和统会和华商会举办的许多活动，都主动邀请他们参加，当他们遇到困难时，我们就想方设法帮他们解决。

全日本华侨华人和统会会长金羿，参加此次海外统促会会长会议后，思考怎样根据新形势新变化，使反"独"促统工作更深入更有效。他说，我们发表声明、开座谈会，起了一定作用，但总觉得有些被动。怎样使"一国两制"等对台方针政策传到岛内，让更多的台湾民众知道；怎样同岛内各界加强人员往来、深入了解台湾民众的心理和想法，有针对性、有说服力地做争取人心的工作；怎样通过网络等媒体加强全世界反"独"促统组织的沟通联络等，这些都是需要我们认真思考和解决的重要课题。

（原载《人民日报》海外版，2007 年 10 月 9 日）

留住文化的根

感受"文化绿洲"

在澳门采访，宛如进入一个文化的绿洲。画展、音乐会、土风歌舞……在不经意间，大街小巷的文化气息扑面入怀，就像澳门秋季的海风，温柔、清新而无处不在。

在公共场所，随处可见《文化讯息》《文康资讯》等免费宣传品。从澳门文化中心印制的《12月份节目表》可以看到，澳门市民本月天天都可以过"欧洲电影节"，另有12天的"文化大餐"，其中不乏像民族舞剧《阿炳》、昆剧《牡丹亭》以及俄罗斯国家合唱团音乐会这样的高雅艺术。加上穿插其间带有文化色彩的"烟花表演""美食节"和4场"艺术展览"，令人应接不暇。

"'东西菁华，熔铸澳门'是澳门的文化特色。"何厚铧在他的第三份施政报告中，这样概括了澳门的文化特色。在庄严的澳门特区政府大楼前厅，我们看到这样一幅壁画：中国伟大的浪漫派诗人李白，正在吟诵着他的千古绝唱"举头望明月，低头思故乡"；在他的对面，古代西方学者则在数字的海洋里飞扬着万千思绪。这一中一西的两位古代文化人，也许正在不约而同地勾画着这样一个"神话"：在这莲花盛开的"镜海"宝地，蓝色的西方文明和源远流长的华夏文明能否和谐共处？

400多年过去了，作为西方人最早登陆中国的桥头堡，华洋杂处、中西交融的澳门接纳了天主教、基督教、佛教、伊斯兰教等十多个宗教，以及华人、葡人、土生葡人、英国人等多个民族。经历了无数次文明的碰撞与交融，孕育出一片中西交融的"文化绿洲"。

漫步澳门街头，这种中西文化共融并存的形象随处可见：妈阁庙香火鼎盛，天主堂琴声袅袅；葡国餐馆里华人摩肩，广东茶楼里葡人接踵；大三巴牌坊上，清晰可见的浮雕既有西方天使形象，也有中国牡丹的图案；市政厅前地广场的建筑是典型的欧陆风情，而四周的服装铺面，却又是浓郁的中国风格……经过多年的积淀，澳门形成了自己独特的文化风景线。

"小地方、大文化"，人们常用这句话来形容澳门的文化奇观。的确，蕞尔之地的澳门，不仅富集宗教文化、建筑文化、饮食文化、人种学文化等得天独厚的多元文化资源，而且在许多方面都达到了相当高的水准：摄影艺术达到了世界水平；澳门的诗人密度之高，在全世界也是罕见的；而在20多平方公里的土地上，竟有18家中葡文日报和周报、14家公共图书馆、6家博物馆、9家展览馆和18个体育场所……这些更使得澳门的文化现象成为人们所津津乐道的热门话题。

挖掘文化真义

回味澳门的"文化绿洲"，令人感到大有嚼头。正如中国社科院著名学者杨匡汉所说："当你深一层地触摸它的历史命运和人文意蕴，你会知晓这块400年的伤心地，沉淀着多重的文化指涉，遗存着不少研究话题，凸现着特殊人文品格。"

在澳门基金会，行政委员吴志良博士对记者说："我一直在想，澳门现在为何没有成为暴力和丑恶的城市，这是因为有其文化的底蕴。"他认为，从总体上来说，"爱国爱澳"是澳门文化的一条主线。在历次国内的反帝、反封建的斗争中，澳门的主流文化界都站出来支持祖国；在澳门回归前后，这种意识表现得更为浓郁。

1995 年 6 月，澳门基金会行政委员吴志良博士（左三）与来澳门举办《人民日报》海外版创刊 10 周年庆典活动的《人民日报》海外版总编辑武春河（左四）和邢凤炳（右一）、张玉书（右二）、李文（左二）等合影

吴博士认为，自 16 世纪中叶葡萄牙人侵占澳门，在长达 4 个多世纪中，中西两种文化"虽有或多或少的碰撞和接触，但未能打破两种文化并存齐驱的局面，亦未能在澳门生成一种崭新的主体文化"。加上澳葡当局的某些决策者长期忽视文化的双向沟通的重要意义，将保存葡萄牙文化作为澳门过渡时期的整体文化策略，使澳门的文化呈现出"你中有我，我中有你；你还是你，我还是我"的特点，"中国文化和葡萄牙文化从来就是有交流无交融"。显然，与一般的文化人比起来，他的观点更具有穿透力和批判性："一个社会只有具有宽容的品质，才有机会创造出新的文化来。但是可惜，澳门拥有了这样的一个机会，却没有找到一个新的文化交往的模式和路径。"因此，他与澳门史学者金国平先生撰文呼吁："以批判的眼光挖掘其（澳门主流文化）潜在的精神价值并继承弘扬之。""沟通融合两种文化，孕育一种新文化。"

吴志良博士深谙"知易行难"和"行胜于言"的道理，为了弘扬澳门文化，探索新的文化模式，他不仅身体力行，自著《生存之道——论澳门政治制度与政治发展》《东西交汇看澳门》《澳门政制》

《青年与澳门未来》等书，而且在担任澳门基金会管理委员会主席和澳门教科文中心主任之时，积极推动及组织各方面力量，就澳门各相关课程展开研究，对于澳门文化研究"由冷变热"做出了贡献。

在澳门基金会的图书资料室，记者有幸一睹了堆满两间屋子的600多种澳门书籍。其中，由吴志良本人及其与他人联合主编、澳门基金会出版的《澳门丛书》《濠海丛刊》《澳门论丛》《新澳门论丛》《澳门译丛》等庞大书系，以及装帧精美的《澳门百科全书》分外引人注目。"20年前，连一本介绍澳门的书都很难找到；而在近几年，澳门不同的公司出书超过1000种。至少现在，再说澳门是文化沙漠已经说不通了。"吴博士的一席肺腑之言，引起了记者的共鸣。

塑造澳门新文化

"东方与西方融为一体，传统与现代熔于一炉。"就在人们盛赞所谓"中西文化交流的典范"的同时，回归两年来，一些具有忧患意识的文化人却处在焦灼的状态之中。在他们看来，将具有较强烈的南欧特征的澳门文化主体，定位于"具有华南文化圈特征的中华民族传统文化"，这是没有争议的。然而，澳门回归后，被认为"缺少本土价值"的澳门文化将何去何从呢？

一些学者呼吁保护和继承。澳门大学社会及人文科学学院院长刘伯龙博士认为："澳门是真正的古董，因为历史是不能缔造的，只能继承，所以要好好保存和发展。"全国人大代表、澳门大学校长高级顾问杨允中博士进一步提出"三个需要"，即对于澳门"独特的文化传统"，"需要深层发掘、需要及时抢救、需要认真保护"。

保持澳门多元的文化特色，关系到"一国两制"的成功实践。在这方面，澳门特区政府和社会各界已做了大量工作。代表性的就是"澳门历史建筑申报列入联合国教科文组织世界遗产名录系列工作"于今年7月正式启动。列入申报名单的，是包括妈阁庙、郑家大屋、议事亭前地、大三巴牌坊在内的16个景点，这些建筑物群是世界历史上

16—18世纪东西方文化交流和多元文化和平共处的生动范例。

吴志良与金国平两位学者曾大声疾呼："沟通融合两种文化，孕育一种新文化。""塑造澳门全新的文化形象。"怎样来理解这样一种"新文化"呢？

我们从何厚铧的《2002年财政年度施政报告》中找到了答案。他在这份报告中提出了"公仆文化""服务文化""工作文化""商业文化"等概念，这些显然都是澳门新的文化形态。他所倡导的"公仆文化"，是着眼于公务员能够"确保市民享有的良好服务、能够维持最大的稳定性"；而"商业文化"是"极为澳门所需的锐意进取"的一种文化。他认为，澳门作为一个历史文化城市，文化生活应当成为广大市民日常精神生活的一部分。因此，在未来的一年，特区政府将进一步致力普及文化生活，促进市民参与本地历史文化的认知活动，并借着举办各种文化艺术活动和展览，"增强市民对国家民族的认识，进一步弘扬中华优秀传统文化"。

继去年10月举行的"澳门文化、汉文化、中华文化与21世纪"研讨会后，澳门的一些文化团体，也不约而同地举起了"认祖归宗"的大旗，强调留住"文化的根"。澳门社会科学学会会长黄汉强提出，澳门回归后必须加深对中华母体文化的认知和了解，加强对民族和国家的认同感及凝聚力，提升民族意识和国家观念；在知识经济和全球化时代，必须弘扬和提升包括澳门文化在内的中华文化，最大限度地凝聚全国各民族和海外华人的思想和力量，早日实现国家的现代化与和平统一。

可以预见，在未来崛起的澳门新文化浪潮中，必将凸现"中华文化"的根。

（原载《人民日报》海外版，2001年12月26日，与王君超合作）

在城市建设和改造中，如何在维护历史原貌的基础上体现特色？近日，来自世界各地的 400 多名华人建筑师会聚杭州西子湖畔，探讨"城市更新"，共话——

华人建筑师的历史责任

设计灵感在碰撞中升华

深秋的杭州西湖，景色迷人。在位于湖畔的中国美术学院美术馆，一个主题为"城市更新"的学术研讨会开得热烈而精彩。这是世界华人建筑师协会（简称世华建协）继 2005 年在香港大学成功举办第一次国际学术研讨会之后的又一次学术会议。

2006 年 11 月，来自世界各地的华人建筑师在参加世界华人建筑师协会举办的学术研讨会期间，参观浙江大学新校址（中间手持话机者为浙江大学建筑设计研究院院长董丹申）

来自世界各地的世华建协会员和建筑界人士400余人与会。会上，来自英国、日本、新加坡和中国的老、中、青6位学者围绕会议主题做了高水平的演讲，他们从不同的角度阐述了自己对城市更新的思考。

英国皇家建筑师学会副主席丹尼斯·夏普发表了以《现代城市设计的多元化与乌托邦理念》为题目的演说。他通过自己多年的研究、丰富的阅历、长年建筑设计的积累，阐述了20世纪以来在城市发展与更新中的两种理念和倾向。

日本神户设计大学教授、建筑师齐木崇人，用语言和画笔描绘自己正在设计实施的日本"舞多闻"新田园都市的蓝图。

荷兰籍新加坡建筑师孟大强把在东西方的所学融为一体，以其大量实践，提出了有特色、有情趣的安全方便的城市设计与规划的理念，强调要保护历史、保护自然。

长期从事城市问题研究的同济大学城市规划系教授张松，在演讲中介绍了具有重大应用价值的上海城市遗产的保护再生策略。

东南大学建筑学院院长王建国以其研究成果，强调空间轴线在城市设计中的重要意义。

在主题讲演结束后，来自马来西亚、菲律宾、中国大陆和台湾地区的12位学术讨论人，结合自己的创作实践，围绕城市更新这一主题发表了有相当深度的学术见解。

鸿儒齐聚，高山论道。此次年会组委会秘书长、杭州雅克汉方建筑设计有限公司董事长兼总经理苏晓河，在致辞中说："来自世界各地的建筑精英聚集于天堂杭州，创造着设计，享受着设计；建筑师的激情在这里碰撞，灵感在这里升华！"

"城市更新"是永恒课题

据世华建协秘书长、荷兰中艺设计顾问有限公司董事长兼总经理吴国力介绍，此次学术研讨会的主题选为"城市更新"，其目的是通过研讨进一步开阔大家的视野，使建筑设计融于城市，融于历史，融于自然。

美国建筑师学会院士、中国台湾著名建筑师潘冀认为，"城市更新"，似可解读为"城市发展新的思考、新的策略"。他说，新科技、新需求使城市建设和规划面临许多新的课题，但城市建设中人的重要性、人的素质的提高，应成为建筑师思考的重要课题。

曾主持完成了230多个工程项目的中国建筑设计大师、苏州工业园区总规划师时匡认为，"城市更新"更重要的是城市功能的更新。城市布局，更重要的是要提高生存效率。在城市功能更新过程中，适当分区也是必要的，如生活区、商业区等。新建筑与老建筑应保持联系，相互支持，而不要相互挤压。

浙江大学建筑设计研究院院长董丹申认为，"城市更新"是个永恒的课题，没有千篇一律的办法，但最重要的是理顺城市肌体，使它健康运行。城市有一种精神，能够让老百姓感到自豪的往往是它的历史、文脉，倒不一定是它的建筑。他主张，在城市更新中要"以人为本"，让老百姓参与，使城市的历史和文脉得到保护和延续。

大家还谈到要处理好保护和开发的矛盾、传统与创新的关系，要重视城市特色与个性的维护，重视生活质量的提升。他们疾呼：在城市更新中，破坏要少一点，要保护历史、保护自然、保护环境。有人比喻说，我们但愿明天的城市更美好，并不意味着明天的城市要更高。

期望出现更多的贝聿铭

几十年来，以贝聿铭先生为代表的华人建筑师取得了巨大的成就而受到世人的公认与尊敬。2004年4月24日，世界华人建筑师协会应运而生。成立之初，包括以名誉创会会员贝聿铭，中国科学院、中国工程院院士吴良镛、周干峙为代表的19位名誉理事为代表的会员共196名。历经两年的发展，世华建协已有285名成员，分布在亚洲、欧洲、北美等地。

世华建协会会长、香港建筑师协会原会长潘祖尧颇有感慨地说，由于多数华人建筑师在现代建筑创作方面起步较晚，与西方现代建筑创作发展较早的国家相比，我们在理论构成与创作实践两方面都还有差距。因此，我们不能停步不前，不能故步自封，我们需要多一些交流与切磋，提升华人建筑师的创作水准和市场竞争力。

世华建协秘书长吴国力向记者介绍，世华建协成立两年来，在举办国际学术研讨会、评选优秀设计、出版获奖作品集、组织参观考察、积极参与各项学术活动等方面做了许多工作。今年，协会还在同济大学成立了城市特色学术委员会。

他说，世华建协为华人建筑师搭建了交流和提高的平台。我们期望在提高华人建筑师整体水平的同时，出现更多贝聿铭那样的大师。

作者与在国家建设部和中国勘察设计协会工作的妻子王素卿在杭州参访联合公司，与中国工程院院士程泰宁（左三）和联合公司董事长兼总经理郭伟华（左一）等合影

（原载《人民日报》海外版，2006 年 11 月 24 日）

题记：在从云南丽江机场到大研古镇的路上，司机问记者："您来过丽江吗？"当听到记者早在十多年前就来过、对这座古城印象颇好时，他说："但这次您可能会感到很失望。""为什么？"记者感到不解。"商业味太浓！"

华人建筑师：为古城把脉

古城保护受到了挑战

"开发过度""商业气息太浓"之类的话，记者从不少地方都听到过。看来这是特色城镇保护中遇到的严峻挑战，或者是一种通病。

11月上旬，来自世界各地的400多位华人建筑师和专家学者会聚云南丽江古城，参加由世界华人建筑师协会和云南省建设厅、丽江市人民政府共同举办的"古城再生——特色城镇的保护与发展研讨会"。

世界华人建筑师协会会长、香港著名建筑师潘祖尧在开幕式上颇有感触地表示，要本着对历史和对子孙后代负责的精神，探索共同保护的契合点。面对城市改造和商业大潮的冲击，一座座古城将面临古貌不存、特色不再的命运，与会的华人建筑师们在研讨中或介绍国外的情况，或发表自己的观点，或问计献策，大家见仁见智，列举古城面临的种种挑战和冲击，探讨保护之方。

不少专家注意到，在城市化的进程中，城市特色与建设的矛盾突出。例如，"千城一面"无个性，旧城改造成"建设性破坏"，年久失修造成特色城镇的衰败，错位开发导致对城镇环境的伤害，"政绩工程"凸显短期行为，穿越式交通使"曲径"变"通途"，从而破坏旧

作者与妻子王素卿和清华大学毕业的建筑学家、院士、中国勘察设计大师们合影留念（前排左起为吴婷莉、曹达、王素卿、关滨蓉；后排左起为作者、马国馨、何玉如、吴国力）

城道路格局，建筑设计缺少文化内涵等。

专家学者们认为，现在对特色城镇而言，"要不要保护"已不成问题，"为什么保护"仍潜伏隐患，"保护什么""如何保护"带有一定的盲目性。比如寺庙重建之风盛行，黄色琉璃瓦泛滥，"拆真建假"时有发生，保护中"张冠李戴"，仿古中花里胡哨……

来自台湾的"中华全球建筑学人交流学会"理事长、建筑师朱祖明先生是第二次到丽江。他喜欢过去丽江"小桥流水人家"的恬静生活，也欣赏现在丽江走出了"老古董"、有了新活力的样子。但他也认为，古城保护要得法，开发要适度，在城市功能布局上，"动""静"要分开。"不要吵得厉害，让人不想再来。"

中国科学院院士、天津大学建筑系教授彭一刚认为，保护固然难，创新更不容易。他以自己去过的两个地方为例：江苏的一座古镇开发过火，商业气息太浓；浙江的一座古镇保护过度，显得毫无生气。怎样对待？他主张，既不能使历史名镇变成"死城"，又不能商业味太重。

以保护促发展

专家学者们认为，特色城镇的保护和发展并不完全矛盾，二者相互依存，相互促进。没有保护，特色城镇将名存实亡；而没有发展，名城将被时代所淘汰。在古城再生中，实现保护和发展的互动，是建设者和策划者共同的课题。

"菲律宾现代建筑设计的先锋"、著名建筑师洪鸿泽先生提出，在古城再生中，怎样使新老共存，两者取得平衡，把新式建筑融合到传统建筑中，成为人们所能接受的风格？他认为巴黎的城市建设、芬兰议会大厦的改造等在这方面很成功，可以作为借鉴。北京正在建造的2008年奥运会比赛场馆，如"鸟巢"和"水立方"等也是把过去与现代结合的典范。香港瑞安房地产发展有限公司规划及发展部总监陈建邦先生以"昨天·今天·相会在明天"为设计理念，遍邀世界著名建筑师加盟设计，并使发展商、设计师、客户"三位一体"参与，成功建造了"上海新天地"，使新建筑与老建筑结合，开发与保护双赢。他们的经验受到与会者的青睐。柯斯帕尔建筑设计顾问公司设计总监李大夏先生以"化腐朽为神奇""每次去都有新感受"等言辞表达他对"上海新天地"的厚爱。

"2007年世界华人建筑师协会建筑设计金奖"获得者、马来西亚著名设计师林履发结合自己实践的经验和体会说，古城设计新项目要考虑如下几点：如何做到人性化；如何运用传统改造城市功能，使原有的城市肌理、结构等得以保护。

古城可再生，不可再造

香港著名建筑设计师钟华南先生曾说："古城镇、古建筑、古文物是我们祖先的遗产，是我们与历史之间的桥梁，亦是我们传授下一代、告诉他们祖先的存在之物证。没有它们，我们只有空间，没有时间。因此，我们要保护古城镇，使之重生，重生就是我们历史的延续。"

马来西亚著名建筑师许成秋认为，在城市建设中，要以积极的建设性态度来审视文化和景观，要考虑如何把历史的东西和现代发展结合起来。商业、旅游对古城保护构成压力。在设计上，要把这些功能单独考虑。他还以经常到访的芬兰为例：芬兰人非常喜爱森林、湖泊，很多乡村木屋与环境协调，独具特色。芬兰的许多建筑，如赫尔辛基图书馆在建筑外形和采光方面与周围环境形成有机联系。至今已来过丽江8次的世界华人建筑师协会副会长、台湾著名建筑师吴夏雄先生在为研讨会所作的总结发言中说："1996年丽江发生地震时我就来到丽江，见到地震后那种墙倒屋不倒的建筑结构，令我惊叹不已。虽然历经岁月的摧残，但丽江古城屹立了几百年，纳西族村民实实在在生活在这里。什么原因？我一直在思考。"

他说："就像有的大师所说，古城要发展。不发展，就会被时代淘汰，没有发展，古城就像个'植物人'，只有躯体，而没有灵魂。这次我来丽江发现古城变化实在太大。以前在古城到处可见穿着布衫的老妇悠闲地在大树下喝茶、纳凉、做针线活，而现在几乎寻觅不见。"

他以丽江等古镇、古城的保护为例说道："古城再生，一定要有生命。古城的再生，应该适度发展：规模、尺度适当，时间、速度适宜。古城再生，要提升它的文化价值。"他强调："古城可以再生，但不可以再造。古城是自然形成的而不是依靠外力——经济投资、旅游发展造就的。"

最后，他以在丽江看到的一幅房地产广告——"向东，××造就一座城"——发问："能够用投资者的力量造一座城吗？这座城能永续下去吗？"

　　作者的妻子、中国勘察设计协会理事长王素卿（左四）与部分高校建筑设计院的院长在考察座谈后合影（右三为中国工程院院士何镜堂）

　　　　（原载《人民日报》海外版，2007 年 11 月 16 日）

四 04

评论杂文篇

和谐之美

——城市建筑艺术刍议

20 多年前，我在巴黎参观时，酷爱艺术并对建筑颇有见地的法国陪同指着协和广场周围的建筑，赞美不已，说美在对称，美在和谐。这位曾任法国驻华使馆官员的先生，对北京城也赞不绝口，特别是对故宫和天安门广场更为迷恋，使得这位西方人士如此动情的也是这些建筑布局的对称和谐之美。

那时，我还年轻，在这位崇尚艺术、见多识广的法兰西人面前显得很幼稚。出访前，我们曾参观规划中的北京前三门大街的建筑群模型，我曾憧憬这些高层住宅楼一旦如雨后春笋般拔地而起时，古老的北京该是多么现代、壮观！

可是，当我在同样有着悠久历史和灿烂文化的世界名城巴黎游览，却见不到市区内有高层建筑。座座风格和造型各异、美轮美奂的建筑与广场、绿地、雕塑、桥梁和河流，完整和谐地连成一体，构成一道令人赏心悦目、美不胜收的风景。但大巴黎也并非没有高层建筑，当时我们就曾参观了已颇具规模仍在建设中的拉德芳斯新区。新区内，几十层高的楼房林立，只不过这些摩天大厦建在郊区，对老城区风貌不仅毫无损伤，反而与之相得益彰。

如今，当我每次经过前三门，看到当年令我遐想不已的高层建筑楼群时，心境却迥然不同。这些火柴盒式的钢筋水泥预制板组合物不仅不美，与之坐落于首都主要干线的显要位置不相匹配，也与周围环境显得很不协调。在遗憾之时我暗自庆幸，幸好当初未把这

作者在巴黎协和广场上的卢浮宫前合影留念（顾玉清　摄）

些建筑群规划在长安街上。

　　一座城市应具有自己的特色和魅力，而特色和魅力很大程度上取决于建筑的艺术。我很赞同有文章提出的这个观点：一个城市不能只是许多柏油马路的交叉和高大建筑物的罗列，它应当是建筑艺术和环境优美和谐的结合。

　　改革开放20年来，我国建筑创作繁花似锦，一幢幢风格、造型颇具特色的建筑物耸立在神州大地，令人目不暇接。有人将之比喻为"好一派阳春三月景象"。但是，有些建筑单纯从建筑本体出发，片面追求建筑形式美，而缺少与环境的沟通，显得与环境不相协调。如近年来，近百幢高层建筑相继出现在北京东西长安街上，使得著名的"十里长街"旧貌换新颜，为古都增添了一道亮丽的色彩。但就这些建筑的美学质量和与环境是否和谐而言，也并非没有可挑剔之处。如建国门立交桥西侧的建筑群，从外观上看，有的庄严华丽，有的巍峨壮观，有的素雅清秀，单个儿来欣赏，给人的视觉效果还说得过去，有的也可称为佳作；然而，你如站在远处望去，这些颇有个性的建筑却形不成群体效应，给人一种互不相连、生拼硬凑之感，与周围环境缺乏有机的联系和整体的美感。

诸如此类的问题，在许多街区、城市都或多或少地存在。建筑大师把建筑创作上的这种状况概括为"亦喜亦忧"。究其原因，可以说上许多，其中有一条：由于建筑行业说到底是一种服务性行业，侍之于人，必取悦于人。建筑师要想揽到项目，就必须迎合业主的口味，而他们的文化素养、审美情趣又千差万别。因而在评选设计方案和决策过程中，往往忽视经济、技术的科学性和合理性，忽视与周围环境的和谐统一。

建筑物与环境和谐，国内外不乏成功的范例。如澳大利亚悉尼歌剧院，那贝壳般的流线造型，衬以蔚蓝色大海和雄伟的悉尼桥，其主体建筑恰似一朵凝固的浪花，又像一艘扬帆起航的征船。这座被誉为"20世纪的奇迹"的建筑问世之前，设计师乌茨寄来的设计方案不像别的设计方案那样装潢精美、精雕细刻，只是一幅草图；而这个草图只是一个轻盈的意念。但这个意念恰恰融合了位于南太平洋的这个国家的海洋、天空以及其他周围环境因素。

在大海边如一艘扬帆起航的征船，与雄伟的悉尼桥相伴的澳大利亚悉尼歌剧院，被誉为"20世纪的奇迹"，是建筑物与环境和谐的成功范例，是澳大利亚一道靓丽的风景线

我国的传统建筑是很重视环境的营造的。"环境中的建筑美"和"建筑美的环境",互为依存,相辅相成。毋庸讳言,近年来由于房地产发展过热,盲目开发,急功近利,追求高容积率,一些地方环境质量下降。单体设计时为尽可能多销售建筑面积,建成大量如同罐头盒般的容器,缺乏公共空间、生活情趣,更谈不上建筑艺术。每遇大型工程,总有人提出要创建标志性建筑,追求什么"全国之冠""亚洲第一"等,无非是在形式和高度上大做文章,从而导致建筑风格的千篇一律和城市面貌的平庸化。建筑潮流与时装一样也是变幻无常的,诸如后现代主义、解构主义……阵阵风过之后,留下一批似是而非的作品。近年又热衷于欧陆风情,到处都在刮欧陆风,"假贵族""假皇宫"几乎遍及偏远乡镇。有人不无揶揄地说:"如果真有欧洲人亲临其境,恐怕会使他们感到处于假冒伪劣商品的包围之中。"

1981年的《华沙宣言》中明确指出:"建筑学是为人类建立生活环境的综合艺术和科学。"提醒人们要"认识到人类—建筑—环境三者之间有密切的相关性"。

去年5月,在伊斯坦布尔召开的联合国二次人居会上,我国佛山市被评为"人类住区优秀范例"。主要是由于该市重视环境保护和城市规划。1996年上海住宅设计国际交流活动,旨在为上海优化居住条件,建造优美环境,广泛征集了许多优秀建筑设计方案。这些方案重视"以人为本",在生态环境、人文环境和空间组合等方面进行了综合研究和大胆创新。其中获最佳方案奖的清华大学建筑设计院的《绿野·里弄构想》等设计,综合了各种居住建筑类型,创造了丰富的开放空间的居住园区、环境,并设置了为整个居住区服务的主体公共空间。相信当这些凝聚着设计师智慧和心血、体现艺术和科学的方案付诸实施后,将为上海这座日新月异的大城市"锦上添花"。

城市环境是人们有目的、有计划地利用和改造自然环境的创造活动的结果。国内外许多城市由于在建设中巧妙地利用地形、地貌，并注意利用绿化和水体，从而成为一座座风格独具、令人流连忘返的名城，如法国的巴黎、德国的海德堡、意大利的威尼斯……中国的青岛、大连……到过珠海的人几乎无人不为这座新兴城市之美而赞叹。这座城市充分利用了依山傍海的优势，山、海、建筑、绿地自然融合，构成了一幅别致精美的立体画面。

（原载《人民日报》海外版，1998年7月8日）

在"参加革命"的新阶段

前些时候报上登过两条消息，读后甚为振奋。一条说的是，贵州省委顺利实现新老交替，省委原第一书记池必卿离任前，主持清理历史遗留问题，将新中国成立以来这个省发生的几起重大冤案全部了结，好让新班子轻装上阵。另一条是，沈阳市委原第一书记李涛离任前表示："在我主持市委工作期间决定的事情，有些难免有不当或错误之处。新班子对这些问题，该纠正的要纠正。"他还表示，退下来后，决不干预市委班子的工作，不当幕后指挥，以便年轻干部大胆放手地干。

真是襟怀坦白，肝胆照人。

记得前年，中央领导同志在给一位离休老同志的信上写道："现在你开始了一个'参加革命'的新阶段。……今后的这一段该怎么做得更好些，你们这些先行者要为我们这些很快就要跟上来的人提供一些先进的经验才好。"离任前，清理历史遗案，为年轻干部铺路；退下来后，不当幕后指挥，不仅不干预新班子的决策，而且鼓励和支持继任者勇于纠正自己任期内的错误。这些，可以说是老同志在即将和正在走上新阶段时创造的新经验，也是即将接受的新考验。因为有这样一大批胸怀宽阔、对党对人民的事业具有高度责任感的老同志，各级领导班子的交替必能顺利实现，各项事业必能继往开来，兴旺发达。这些老同志的高尚情操和他们所创造的新鲜经验，给新班子树立榜样，增添活力，激励他们奋发工作，勇于开创。

然而，也有另一种情况。据说某部门一位领导同志离任前，曾对新班子"约法三章"：他任期内制定的业务方面的方针政策不要变；既定的规章制度不要改；人事安排不要动。当然，如果方针政策符合中央精神，符合实际情况，要继续贯彻执行；规章制度合情合理，行之有效，还得遵守；人员安排得当，也应保持相对稳定。问题在于这位同志在任时工作并没有做好，群众很有意见，希望新班子能革故鼎新。如此"约法三章"，叫新班子如何迈步？难怪有人愤愤然："这不成了幕后指挥了吗?"

看来，在"参加革命"的新阶段，并不是人人都交了合格的答卷。这里的差距，主要是两方面的：一方面是过于自信，对自己在任期间的一切都认为是正确的；另一方面对新班子缺乏信任，总怕他们乱了自己的"规矩"。在这种精神状态下进入"参加革命"的新阶段，恐怕就难有什么先进的经验了。

近年来，进入"参加革命"新阶段的老同志越来越多了。认真总结推广这些先行者的好经验，是很有必要的。中央领导同志在上述信里，还语重心长地说：再过十几年，如果能"看到经过我们这些老同志让位和扶持上台的年轻人，干得比我们还好，该是多么幸福啊！"这是党对年青一代的希望，也是对老同志的希望。

（原载《人民日报》，1985 年 7 月 21 日；原载《人民日报》海外版，1985 年 7 月 13 日）

志在飞天真英雄

随着"神舟"五号胜利升空，中国第一位航天员杨利伟的名字在神州大地家喻户晓；而首次载人航天飞行的圆满成功，也使一大批为中国航天事业做出卓越贡献的科学家及科技人员从幕后走到台前，他们顽强拼搏、甘于奉献、勇于攀登的精神和业绩，正在广泛传颂。

不久前，诸多媒体都登载了中国载人航天工程总设计师王永志的访谈录，人们从中了解到中国载人航天工程跨越式发展的辉煌历程，航天科技人员严谨求实的科学态度，发愤图强的雄心壮志，爱国奉献的高尚品格，看到了支撑伟大祖国航天事业壮丽大厦的一个英雄群体。记得1990年5月，在中国长征三号运载火箭将亚洲一号卫星送入太空后不久，我也曾访问过为这次成功发射做出很大贡献、当时任中国运载火箭技术研究院院长的王永志。访问中，王永志只字不提自己，却以无限敬意谈到曾指导和带领他们在中国航天领域勇攀高峰的老一代专家："钱学森当年在美国的威望、地位很高，任新民在美国的生活条件非常优越，可是他们却抛弃了这一切，毅然回来建设自己的国家。他们是我们心中永远的楷模！"说起自己的同事，王永志同样充满深情："新中国自己培养的这些知识分子多少年来隐姓埋名，不为人知，年复一年地在艰苦环境里默默地奋斗，将自己的年华和智慧无私奉献给国家和民族。廖承志同志当年来我们研究院参观，他感慨地说道：你们在这么艰苦的条件下做了这么多的事，可你们的名字我一个都不知道，你们是真正的无名英雄！"

那一次访问时，江泽民同志的"五四"讲话刚刚发表，王永志引用江泽民同志的话自励："继承和发扬爱国主义精神，要体现在实际行动中，要树立高度的民族自尊、自信、自强精神。"王永志说："爱国，就得自信、发奋；爱国，就要奉献、攀登！"这就是新中国几代航天人坚守不渝的爱国主义的伟大情怀！

爱国主义是中华民族的伟大精神传统，是中华民族实现伟大复兴的永恒动力。每一个中华儿女胸中都有一份爱国主义的热忱，有一步脚踏实地的行动，中华民族走向繁荣富强就会增添一份力量，我们就会共享伟大祖国的尊严与荣光！这就是中国航天人爱国奉献、为国争光的光辉实践给我们的最大启示。

今天，杨利伟应邀赴香港、澳门特别行政区访问，与他同行的还有一些为中国首次载人航天飞行成功做出贡献的科技人员。相信他们的"爱国，就得自信、发奋；爱国，就要奉献、攀登"的精神会深深感染港澳同胞；他们为祖国赢得的巨大荣誉和建立的功勋，会更加激励人们的爱国热情。四海一家的中华儿女，让我们携手共创中华民族的更大辉煌！

（原载《人民日报》海外版，2003 年 10 月 31 日）

"冒富大叔"出名之后

看电影《月亮湾的笑声》，谁都会被这样一些镜头逗得捧腹大笑：社员老冒富靠双手致富以后，时来运转，被记者追逐采访，又是照相，又是登报，还被拉上汽车疲于奔命地到处做报告，受宠若惊的冒富大叔被折腾得不亦乐乎。冒富大叔出名以后的境遇，叫人哭笑不得。细细品味，又发人深思。

当然，我们今天的情况同冒富大叔当年有根本上的不同，那种翻云覆雨、人妖颠倒的岁月随着林彪、"四人帮"的垮台已经成为过去。但是，冒富大叔出名以后围绕着他所搞的那一套做法，并没有随着那个年代的过去而完全消逝，在我们当今的现实生活中也不乏它的痕迹。请看：

有一个青年成名之后，报纸、杂志、电台、电视台的记者蜂拥而至，轮番采访，各种兼职和社会活动接踵而来，搞得这位青年狼狈不堪，甚至养病在家也未能幸免；

女排夺魁归来，征尘未洗，名目繁多的会议和活动就接连不断，大有难以招架之势，以致人们不得不大声疾呼"该暂停了"，有关领导同志下"死令"制止；

一位拥军模范走马灯似的参加自下而上举行的各种会议和活动，县里开后省里开，省里开完军区开，一直开到北京。如此频繁的活动，真不知这位农村老大娘能否受得了；

某建筑公司创造出好经验，报刊上做了报道，可仍然挡不住浩浩荡荡的前来"学习""参观"的人流。这股人流，有地方上的，有部队上的，大到中央和省市一级的施工单位，小到县里的建筑队，你来我往，川流不息。

我并不怀疑这些英雄模范和先进单位的事迹和经验，也同样认为对他们进行适当的宣传是必要的，召开几个会议，举行一些活动也是应该的；也不否认安排这些活动，进行采访报道的同志是好心。但是，历史的经验告诉我们，宣传模范人物、先进典型中的任何形式主义、华而不实的做法，都既不利于先进人物和先进单位的健康成长，也会影响生产、工作和学习。这种过分的热情，心是好心，实际上却帮了倒忙。这股风不刹住，就会有人竞相仿效，互比高低，一搞起来就花样翻新，层层加码，你"重视"，我比你更"重视"，你规格高，我比你更高，以致逐步升级，愈演愈烈，搞得越发难以刹住。

还要看到，这种风气往往同社会上的一些不正之风相伴而行。在这股不良风气的蔓延和掩护之下，以"学习""参观"为名，实则公费旅行、游山玩水者有之；怀揣个人动机，投人所好，借机显声扬名，捞取政治资本者有之；任意拔高、浮夸，搞"假、大、空"者有之；等等，不一而足。对于十年动乱时期应运而生的这种恶劣的做法，实在应当时时保持足够的警觉。

摈弃"一窝蜂"式的采访作风，对使人招架不住的频繁活动进行控制，丝毫也不意味着对先进典型的宣传畏首畏尾，或者少宣传。建设社会主义高度的物质文明和精神文明，需要成千上万个各行各业的，老的以及不断涌现出的新的英雄模范和先进典型。不仅要热情地宣传他们，而且要宣传得及时，宣传得恰当。广大读者要求有关方面真正下番功夫，在宣传先进典型方面闯出一条新的路子，摸索出一套新的经验和做法来。

（原载《人民日报》，1982 年 1 月 31 日）

甲肝、分餐及其他

　　上海市民食用未经卫生检验的毛蚶，致使甲型肝炎流行。一时，街谈巷议，大有"谈肝色变"之势。与此同时，一些被认为对防治肝炎有效的药品顿时身价百倍，有的甚至脱销；一些消毒性能强的洗涤剂大为畅销。与之形成强烈反差的是，市场上个体商摊的东西，诸如烤羊肉串、糖葫芦、馄饨等小吃少有人光顾。大饭店的生意也见冷清。一些或因身份或因工作关系，常赴宴会的老主顾，收到请柬后也掂量再三，踟蹰不前。

　　肝炎流行，也冲击着人们的卫生、饮食、生活等方面的观念、方式和习惯。见面握手以示亲热的老传统开始动摇。在外国艾滋病流传时，未有亲吻习惯的国人曾沾沾自喜，庆幸自己安全的问候方式，如今在甲肝流行时，又顿悟老祖宗抱拳作揖之妙用。一些饭店也一改七八双筷子一个盘碟夹菜、七八只汤匙一个碗里舀汤的用餐方式，实行公筷母匙制，有的干脆分餐：一人一碟，一碟一菜或一碟多菜。一向吃大团圆饭的家庭也受到冲击，据说，在甲肝风波袭来后，实行"中餐西吃"、分餐的不少。

　　由此看来，肝炎流行，冲击的不只是人们的健康本身，也促使国人的卫生、饮食、生活等方式发生变革，促使人们在观念等方面更多思考。套用一句老话来说，坏事变成了好事。

　　外国人评论，肝炎蔓延，说明"改革的浪潮没有冲击到'不赚钱'的卫生方面和市民的卫生观念，出现了'漏洞'"。这话不尽确切，但也不乏道理。自由市场和私人经济由于实行经济改革得以恢复，但包括卫生检疫方面的管理未跟上。个体摊贩乃至一些饭店所出售的东西许多未经严格卫生检验，甚至没有检验。香味扑鼻的烤羊肉串、热气腾腾的馄饨……闻着沁人肺腑，看着眼馋，但瞥一眼那脏腻腻的包装物，混混沌沌的刷碗水，令人望而却步。

肝炎的流行，使各地政府和官员们的视线开始扫向这些被遗忘的角落。连日来，又是发通知、讲话，又是组织左一个右一个检查团，风风火火地光顾饭店、旅馆和星罗棋布的摊群卫生。一时，被批评者有之，被罚款者有之，颇有大快人心之感。每当听到这些消息，笔者一则以喜，一则以忧。喜的是，如果坚持不懈地抓下去，何愁卫生不好，疫病不除？忧的是，国人做事，大多爱赶浪头，一阵风。风声紧时，见利忘义之所为会有所收敛，卫生状况会有所改观；风声一过，有人可能会依然故我。老百姓岂不又要倒霉？

实行分餐，是大势所趋，文明之使然。这次甲肝流行，把这一问题尖锐地提了出来，对实行分餐制的好处和必要似乎"盖棺论定"。几年前，《人民日报》和一些报刊就曾大声疾呼。记者调查所揭示的大团圆用餐方式之弊病，触目惊心。后来，一些饭店和会议餐桌上也设了公筷母匙，但形同虚设。人家都不动用，唯你讲究，倒让人疑心你是否有病，讨人嫌。现在，担心染上甲肝乙肝，连握手都怯，分餐，防止病从口入，怕是顺当得多了。

实行分餐，不仅是饮食方式的变革，对饮食服务也提出了新课题。现在宴会改革，反对大吃大喝，提倡"四菜一汤"。如果服务员一下子把四菜一汤全端上来，用"公筷母匙""同桌分餐"，虽比大团圆吃饭要卫生，但还不是严格的分餐。且出于客气和不愿让人嘲笑为贪嘴和小气，每次大盘大碟中都有剩余，谁也不愿吃人家挑剩下的，无形中造成浪费。如果把两菜或四菜盛在一碟内，或像外国那样一菜一碟，由服务员分几次送上桌，既讲卫生，又显得热闹。再加上主食、小菜、汤菜，蛮丰盛的。其实，外国人会餐还不就是那两三道菜？从送团圆饭到分餐，服务员也要加以训练，提高服务质量和水平，既不要怕麻烦，又要讲究礼节和艺术。

中国菜闻名遐迩，色香味俱佳，也很讲究造型之美。实行分餐，很多菜要化整为零，在制作上也要与之相适应。在变革中，怎样既保持原来的传统特色，又适应分餐之需要，倒是又一个新课题。

（原载《人民日报》海外版，1988 年 4 月 5 日）

忆昔看今说吃穿

现在市场上的食品琳琅满目，可不知从啥时开始，人们吃什么都不那么香了。过去，平时罕见，节庆日才能有个口福、解解馋的鸡鸭鱼肉，现在几乎见天吃，已刺激不起食欲了。精米细面吃得腻了的城里人，换换口味的却是昔日一天三顿的、吃得倒了胃口的粗杂粮。单位食堂隔三岔五蒸几锅窝头，很快被抢购一空，去晚了的还吃不着。我家附近的小摊点，5毛钱的玉米面贴饼子，比馒头还好销！不光城里，乡下人粗粮也吃得少了。我的老家在胶东，前几年回去，想熬点新鲜玉米面粥，满村里才找来一二斤，还是上年剩下的。

蔬菜、副食丰富了，粮食吃得精了，吃得少了，也吃得省事、方便了。市场上蒸熟的、烙好的成品、半成品一应俱全，谁还愿意徒费时间和精力去发啊，烙啊！于是，盛粮食的大缸小坛，发面和面的大盆小盆只好处理掉，舍不得扔的只得堆放在楼道、阳台或屋外的角落。

过去逢年过节，机关、企业一派忙碌，鸡鸭鱼肉、山珍海味猛采购，为的是让职工改善生活，也免除到外面起早贪黑排队拥挤之苦。可是，却苦了后勤部门，头一两个月就得张罗，四处撒网，煞费苦心。东西来了，还得发票、发物，于是又是一通忙乎。职工呢？虽然免了到外面排队之苦，还得忍受单位内排长队之累。有时，为那一两条鱼、几斤肉，一排就是大半天。如今，单位里发东西的少了。我所在的单位几年前就不发了。市场上东西多得很，也无须排队，何必多此一举、费力不讨好呢？

　　以往年节发东西，几天之内，鸡鸭鱼肉一大堆，苦于没地方存放，更无法保鲜。几代同堂的多口之家，更是愁上愁。有冰箱的，塞得满满的；放不进去的，马上炸出来，炖出来。没冰箱的，只盼着天寒地冻，让阳台、窗台临时当个天然大冰箱。有钱的，赶紧买冰箱、冰柜，可年节一过，只剩下了个空荡荡，还占个不小的地方。过去，小冰箱不够用，于是大冷冻室的冰箱应运而生，鸡、鸭、鱼、虾分类分档存放，一时也挺好销。可眼下人们又讲究吃鲜的，吃活的，谁还愿干那把软的鲜的放硬变味、把活的冻死的蠢事？于是，有了大冰箱的，冷冻室也多是闲置。

　　说起穿的，也伤脑筋。过去一家人也就是一个立柜、三两个箱子，衣服被褥全放进去了；如今又是大、小衣柜，又是组合柜的，东西反而放不下，于是只好把多余的送人。过去，衣服送人也好送，好歹什么衣服，人家千恩万谢的；如今送人，衣服还不能太次，以免有瞧不起人家之嫌。送了东西，还得感谢人家帮助你处理了积压物资。卖给收废品的，生不了那个气。挺好的衣服，百般挑剔，那意思简直就是说你白送他得了。

　　衣服多了，到节骨眼儿上，好像倒没什么可穿的。妻子每逢有外事、喜庆日，为挑选衣服颇费心思，试来试去，总觉得没可心的。于是，又去逛商店，见到合适的又买（当然高档的还买不起），买的总比穿旧、处理的多，形成"恶性循环"，衣柜焉能不"衣满为患"？

　　过去，家里来了客人，不招待顿饭，怕人说小气，蔬菜鱼肉买一大堆，满满登登做一桌子。主人下厨房，客人坐着等，顾得了吃顾不上说。杯盘狼藉之后，客人告辞，主人累个半死，几天之内还得强打精神打扫剩饭残羹。如今，你再做满桌珍馐美味，麻烦不说，人家还不见得有胃口。好在饭馆到处都有，机关食堂也办起了餐厅，花俩钱儿，点几个菜，宾主各取所需，吃得热乎乎，聊得尽兴，主人、客人心里都美滋滋的。

　　　　　　　　　　（原载《人民日报》海外版，1995 年 9 月 29 日）

"初一的饺子，初二的面……"

过春节，吃年饭。小时候天津的过年饭是"初一的饺子，初二的面，初三的盒子往家转"。

"饺子"，无须解释；"面"是捞面条，或炸酱面或打卤面；"盒子"是天津人爱吃的一种食品，上下两层面皮，中间放上或荤或素的馅，类似馅饼，只不过馅饼靠油煎，"盒子"要用饼铛或放在炉火上的有若干个圆眼儿用泥烧制的支炉儿上烙熟。

在食品匮乏、生活贫困的年代，饺子、捞面、盒子平常是不大能吃上的。以后，随着经济繁荣、菜篮子的丰富，饺子、捞面等已成为北方城里人的家常便饭，鸡鸭鱼肉成为年饭的"主角"。

近几年情况大变，鸡鸭鱼肉见天有，已引不起食欲，过年过节还上这些，娘家吃，婆家吃，今儿吃，明儿吃，吃得叫人起腻。于是，饺子、包子、面条、盒子，甚至窝头、咸菜、稀饭都摆上了一些人家年节的饭桌，而且还颇受欢迎。

民以食为天。饭菜是经济的晴雨表、贫富的见证。从前，吃窝窝头、啃咸菜，逢年过节才吃顿饺子、面条，是经济困难的必然；而如今饺子、面条、盒子之类的"卷土重来"，看似简单的回归，实则表明了人们生活水平在更高层次上的再提高。

"初三的盒子往家转"，意思是初三在娘家吃过年饭后回到自己的小家，这个年即算过去了。现在，初四、初五……都休息，都是过年，连天吃年饭。吃什么，怎么吃，提出了文明饮食和健康饮食的新课题。于是，有些人家对年饭进行改革，年饭做得少而精，粗（粗粮）而淡（清淡），既使吃者有食欲，又不徒费精力、浪费东西，还可腾出时间搞搞文体娱乐活动。全家人，老老少少，或看电视，或棋牌乐，或亲亲热热聊聊天，其乐融融，好不快哉！

（原载《人民日报》海外版，1999 年 2 月 26 日）

你我未来命运相与共

"浩瀚的海洋，在两岸之间，我俩已经相隔多少年，

巍巍的山岩，模糊的容颜，曾经为你流泪多少遍……

一样的大地，一样的天空，你我未来命运相与共，

一样的皮肤，一样的脸孔，心中拥有同是一个梦……"

这首《同是一个梦》，在祖国大陆，在宝岛台湾，两岸的和平小天使们不知唱了多少遍，至今已伴随着他们走过了 10 年的难忘历程。在这 10 年中，两岸和平小天使交流访问活动已举办了 6 届，近千名天真活泼可爱的孩子你来我往，情意融融。在祖国大陆的北京、内蒙古、陕西、重庆、云南、山东，在宝岛的台北、台中、高雄等地，孩子们参观历史文化古迹，游览名山大川，领略城乡风貌；相聚时刻，孩子们猜谜语、讲故事、做游戏、演节目，表达真挚感情，尽享骨肉团聚的欢乐；惜别之际，孩子们洒泪拥抱，难分难舍，唯愿"相见时难别亦难"的悲剧不再重演。在海峡两岸，和平小天使所到之处，无不受到民众的热烈欢迎，他们的歌声、笑声和泪水，无不令两岸同胞们怦然心动……

海峡两岸和平小天使的互访，是两岸社会团体和民间组织开展交流最早、持续时间最长的一项活动，这项活动在两岸之间架起了亲情和友谊的桥梁，播撒了期盼祖国早日实现和平统一的种子，成为涌动在两岸间亲情大潮中一朵十分活跃的浪花。目前，两岸的民

间交流已形成不可阻挡的滚滚洪流，在这当中，两岸间青少年的交流活动尤其频繁。今年七八月，除和平小天使的活动外，还有海峡两岸青少年"情系中山"夏令营、京台青年文化周、滇台少数民族学生夏令营、两岸青少年登山夏令营以及粤港澳台青年大会聚等活动都在陆续展开。海峡两岸的青少年通过交流，加深了解，相互学习，叙亲情、结友情，充分表达了期盼祖国统一、共同迎接美好明天的强烈心声。

海峡两岸青少年的这些交流活动，就像那象征着和平、吉祥的彩云，彩云所至，亲情友情洋溢，同根同源之音不绝。相互交流访问给两岸青少年留下了美好而难忘的记忆，增长了他们的爱国主义情怀和民族自豪感。正如台湾青少年所说："我们为我们的长城自豪，为我们是中国人自豪。两岸同学因共同的命运走到了一起，因为我们是相亲相爱的一家人!"两岸同胞同根同源，习相近，血相融，相互之间没有天然的障碍可以阻隔，只有共同的利益和命运应该紧紧相连。两岸青少年们的交流活动告诉人们，两岸同胞加强交流，密切往来，共同推动祖国和平统一事业的完成，是增进两岸人民共同福祉的唯一选择。两岸青少年们说得好：百闻不如一见。只有交流，你来我往，才能真正体会到同胞之情、手足之爱，才能真正感受到祖国和平统一对我们有着多么至关重要的意义和价值!

海峡两岸青少年在自己的歌声中，都在诉说着同一个梦：期盼祖国早日统一，让明天更美好!

孩子们的梦，也是两岸同胞的梦。为了孩子们也为自己，两岸同胞应当更快更紧地携起手来，让我们的梦想成真!

（原载《人民日报》海外版，2001 年 8 月 20 日）

愿熊猫赴台路不再崎岖

8月9日，对热切期望大熊猫早日落户宝岛的两岸同胞来说，既是一个具有纪念意义的日子，也是一个凝聚两岸亲情、寄予同胞厚望的和善之举的开端。

这一天，在四川卧龙大熊猫保护研究中心举行的向台湾同胞赠送大熊猫优选工作启动仪式，标志着向台湾同胞赠送大熊猫工作正式启动。

大熊猫赴台牵动两岸同胞心！

自今年5月3日，大陆宣布向台湾同胞赠送一对象征和平、团结、友爱的大熊猫后，"可爱的大熊猫要来台湾了！"立即传遍全岛，岛内掀起了一股"熊猫热"，刮起了"熊猫旋风"。温顺可爱、憨态可掬的大熊猫，成为岛内曝光率最高的"新闻人物"；3家动物园争相表示愿意接收，民间组织发动万人签名活动支持大熊猫来台安家，岛内媒体民调显示，超过七成的民众乐观其成；台北上千名小学生冒雨绘熊猫；有关专家迅疾进驻卧龙，考察大熊猫的生活习性、学习大熊猫的养护技术……

虽然还没有大熊猫何时登陆台湾的确切消息，两岸同胞早已按捺不住急切的心情，在许多网站和报纸上为还没选出来的熊猫起了许多亲切可爱的名字："团团、圆圆""同同、胞胞""和和、平平""陆陆、湾湾"……就像年轻的父母给刚出生的心爱的宝宝起名。

成立专家组、启动挑选程序、被选大熊猫征名、聘请大熊猫形象代言人、专家赴台实地考察、设立大熊猫基金会……这一连串将要做的事情，就像给结婚的儿女精心准备嫁妆、操办喜事，两岸同胞在即将赴台的大熊猫身上寄予了充沛的情感。

台湾和大陆都是中华儿女的共同家园，自然也应是中华民族瑰宝大熊猫生活的乐园。大熊猫赴台，体现了骨肉同胞的亲情，表达人们希望和平安详的善意，带去的是情趣和欢乐。跨越海峡的大熊猫赴台安家落户、生儿育女，将会给岛内同胞尤其是可爱的小朋友带来多少快乐和童趣，是不言而喻的。

岛内同胞尤其是小朋友喜爱动物的情景，笔者有亲身感受。记得 2003 年 2 月笔者在台采访期间，正逢台北市动物园的"镇园之宝"、被小朋友亲切地称为"林旺爷爷"的大象病逝。这头于抗战末期从缅甸经大陆辗转赴台的大象，曾给几代台湾同胞带来欢乐，走完 86 年的传奇一生。"林旺爷爷"病重期间，牵动多少人的心！台北动物园里满是鲜花、蜡烛和祝福的话语；当"象瑞"去世之时，许多人伤心落泪。"林旺"病逝后，台湾朋友与笔者交谈时，曾多次表达渴望大熊猫赴台，抚慰台湾同胞的心灵，让台湾人民目睹她的风采，感受她的快乐。当时，我们谁都不敢设想大熊猫真的能到台湾，更没想到这一天竟会来得这么快！

当这一天真的到来的时候，两岸同胞可谓惊喜交加。大陆同胞向台湾同胞赠送大熊猫所表达出的骨肉亲情和善意，日月天地可鉴。这种亲情和善意，相信岛内同胞也会看得到，感受得到。

"潮平两岸阔，风正一帆悬。"现在，大熊猫赴台的航船将要扬帆起航，但愿熊猫赴台路不再崎岖。

（原载《人民日报》海外版，2005 年 8 月 10 日）

五 05

新闻研讨篇

加强策划　改进文风

——浅析《日月潭》专栏文章

　　对台宣传要加强策划，改进文风，使媒体上发表的文章更有针对性和有效性，一直是对台宣传部门和媒体所致力追求的目标。2001年11月，在国务院台湾事务办公室（以下简称"国台办"）的支持和帮助下，《人民日报》海外版推出了一个名为"日月潭"的言论专栏。此专栏旨在立足于做台湾人民的工作，针对台湾民众的心态，就两岸关系及岛内重大事件，快速反应，及时评论。所刊发文章以短评、杂文为主，文风平实，说理性强。按照国台办的要求，此专栏力争办成对台宣传战线上的精品栏目。

　　从2001年11月7日至2002年4月23日，《日月潭》专栏已刊登25篇言论。本文对此专栏的开办以及至今刊登的文章，介绍些情况，做些分析，谈几点感想。

一、策划是提高有效性的基础

　　近几年，《人民日报》海外版针对台湾局势和两岸关系，在国台办的指导和部署下，参与了对台舆论斗争，从批李登辉访美到批"两国论"，从批陈水扁、吕秀莲的分裂言行到批"渐进式台独"，陆续撰写和组织了一些文章，推出了几个专栏。这些文章和专栏在宣传"一国两制，和平统一"方针和批判"台独"分子的舆论斗争中发挥了重要作用。但在对台宣传实践中，我们感到形式不够多样，方法和手段不够灵活，时效性不强。如篇幅长、块头大的社论、评论员文章比较多，短小精悍的短论和杂文很少。这些文章在准确宣传我对台方针政策和对分裂势力形成强大的震慑力方面确实发挥了很大的作用，但这些文章是否说到台湾民众的心里，使他们感到熟悉亲切，能够听懂接受呢？我们心中没有底。另外，这些文章从选题、布置、撰写、送审到发表，关口多，时间长，也在一定程度上减弱了宣传效果和影响力。

在学习中央对台方针政策、落实中央对台会议精神，研究对台宣传问题时，大家迫切希望有一档栏目，刊登短小精悍的文章，对两岸关系和台湾的重大事件以及台湾民众关心的问题，及时评论，快速反应。这些文章应文风平实，篇幅短小，一事一议，无须面面俱到，长则千把字，短则三五百字，它集短论和杂文于一身，取各自所长。作者为两岸问题专家学者、媒体编辑记者、台港澳知名人士和海外华侨华人等。作者文责自负，编辑部把关，除个别需要送审的外，这些言论一般不须送有关领导和部门审阅。

为了能使台湾民众感到熟悉亲切，我们在栏目的名称上颇费脑汁。起初，有同志建议叫"落山风"。"落山风"是台湾恒春半岛所特有的一种季风，起名"落山风"，台湾民众会感到熟悉。但经我们查阅资料，"落山风"其实就是一种台风，此风来时强劲，能给当地民众生活带来许多不便。此名显然不妥。我们又想到了"日月潭"。作为宝岛名胜，日月潭海内外闻名，一提"日月潭"就知与台湾有关，台湾老百姓会感到亲切。另外，"潭""谈"同音，一语双关。经国台办审定，最后用"日月潭"做了这个言论专栏的名称。

为了办好《日月潭》，有一个好的开局，去年11月15日，《人民日报》海外版召开座谈会，邀请国台办领导和部分台湾问题专家学者与会研讨。国台办副主任周明伟在讲话中认为，《人民日报》海外版推出《日月潭》言论专栏的时机和定位很好，是落实中央对台宣传工作会议的一个重要成果。他希望这个栏目细水长流、经久不衰地办下去。文章要短小精悍、辛辣讽刺。要办出个性和特色，创出品牌。他还提出，在对台宣传上要充分发挥人民日报的人才优势，与新华社等媒体和中央、地方对台宣传研究部门形成合力，协同作战。国台办主任助理、新闻局局长张铭清提出，对台宣传的言论是弱项，希望《人民日报》海外版先开一片试验田，借此专栏有所突破。要做到文风平实，说理性强，言简意赅，使对台宣传言论能做到入情、入脑、入耳、入心，他还建议海外版建立一支对台言论的作者队伍，经常召开吹风会，研究题目，加强策划。李家泉、乐美真、何标、端木来娣、朱显龙、杨立宪等专家学者在发言中认为，开辟《日月潭》专栏是对台报道方式上的一个突破，是一个好的创意，增强了对台宣传的层次，丰富了形式。希望这个专栏注重着眼于台胞特别是岛内的台籍人士，根据岛内的社会结构，顺势操作，因势利导，在坚守导向的基础上，用台湾老百姓易于接受的语言说理，少一些熟语套话，"离经不叛道"。选题要多样，篇幅要短小，语言要有感情，要增加文章的信息量，文章既要有政治也要有文化。海外版的领导要求我们要想想文章写给谁看、怎么写的问题，要把文章写得短一些、活一些，口气要温和，不要用训人的口吻，要和风细雨，入情入理，同读者促膝谈心。

策划，推出了好的栏目；好的栏目既是好文章的载体，又为它提供了施展才华的舞台。

二、文风是增强有效性的关键

按新闻体裁来分，《日月潭》文章属于短论。近代报纸的评论，随着报道面的扩大，社会问题的深化，舆论反映的加重，不但数量增多，而且品种、形式、名称趋向多样化。短论，作为仅次于社论和评论员文章的评论，发表之时多与新闻配合，或者是就题发挥，作为新闻主题的深入，就新闻中的某一事实或某种观点发表意见；或者是借题发挥，以新闻为例证，评论与此有关的社会现象。

从已经发表的25篇《日月潭》文章看，这方面的特点很鲜明。文章选题范围很广，写作风格多样，就两岸关系和岛内局势发表分析性的见解，臧否功过，评论得失。这些文章大多为批评性的评论。我们遵循以下三个原则：在多样性与统一性统一的基础上强调统一性；在客观性和主观性统一的基础上强调客观性；在动态与静态统一的基础上强调动态性。

在多样性与统一性统一的基础上强调统一性。在我们刊登的这些文章中，统一的标准就是坚持一中原则，宣传"一国两制，和平统一"的方针。多样性指的是在文章的写法、观点的表述上不规范模式，不求千篇一律，而且鼓励创新、"出彩"。

在客观性和主观性统一的基础上强调客观性。作为表达作者见解的言论自然带有一定的主观色彩，但所表达的观点要让读者能够接受，要强调和尽量保证论事说理的客观性。

在动态与静态统一的基础上强调动态性。对台言论在政策性、策略性和时间性上要求很高。形势瞬息万变，宣传要闻风而动，往往是我们在撰写文章时，情况又发生了变化。因此，需要作者和编辑部在撰写和组织对台言论时，坚持发展的观点，即充分肯定事物的发展和变化，而不仅仅以当前发生的现实为唯一的依据，应该"一只眼睛盯着现在，另一只眼睛盯着未来"。这样写出来的言论就不僵硬，给人以动态感。

短论作为评论的一种，它的特色是宣传信息和新闻信息兼有，选题有度。短论，选题宜小，立意、取例、论说都力求简明精练。

在国台办的指导下，经过作者和编辑部的共同努力，《日月潭》专栏的文章，初步形成以下几个特点：

深入浅出，以小见大

如《宝岛，为何可望而不可即》（远猷 3月26日）、《布袋偶人的背后》（陈键兴 4月23日）、《陈水扁给台湾民众送了什么?》（心月 1月21日）。《宝岛》一文从迫于岛内各界的压力，台湾当局从今年1月开放大陆人士赴台旅游，列举大量事实说明这件不应有任何障碍，本是情理中的事，台湾当局却以种种借口百般阻挠。文章对照祖国大陆对台湾民众开放旅游的做法尖锐指出在两岸"三通"的问题上，岛内某些人的分裂主义意识在作怪。《布袋》一文列举"台湾团结联盟"一系列制造分裂、挑起事端的行径，深入剖析这些所谓"反卖台联盟"实际上是在"谋杀台湾"。文中有一段颇为精彩的论述："福建和台湾一带民众多喜欢看'布袋戏'，戏中偶人的姿态、言语全靠后台艺人的手和嘴控制。时下的'台湾团结联盟'实际上就是有着'麻烦制造者'之称的李登辉手中的布袋偶人。'台湾团结联盟'在台上的'演出'，是在贯彻李登辉一贯的'台独'路线，反映的也是下台后李登辉那'不死的台独情结'。这也正是'台湾团结联盟'一伙人如此肆无忌惮的重要原因。"

观点鲜明，一针见血

如《陈水扁的"司马昭之心"》（杨梓　2001年12月13日）、《渐进"台独"的学问》（子沐　1月18日）、《自取灭亡的"渐进台独"》（思维文　1月22日）、《到底为谁谋"方便"?》（严峻　1月23日）。如《陈水扁》一文开门见山、一针见血地指出："最近，陈水扁声称将把'反对一国两制'纳入选后筹组的'国家安定联盟'的纲领内容，此举完全暴露了陈决意与祖国大陆对抗到底、拒绝一个中国原则、反统促'独'的真面目。""看来，'一国两制'具有强大的生命力，已使奉'台独'如'神明'的民进党倍感威胁，使他们食不甘、睡不宁，视若'洪水猛兽'，必欲除之而后安。""一旦时机成熟，（他们）就会宣布'公民投票、重新制宪、更改国号'，将'中华民国'称号去之，进而从'事实独立'迈向'法律独立'。这是陈水扁的'司马昭之心'。这种伎俩能骗人于一时，不能骗人于永远。"《自取灭亡》一文在列举一系列事实后指出："台湾当局企图以'渐进式台独'的做法，积小变为大变，积量变为质变，为最终的'台湾独立'做铺垫，以圆'台独梦'。"作者在文章结尾痛快淋漓地写道："陈水扁采取化整为零的渐进手法，一步一步地向'台独'迈进，他自以为得计，殊不知，这是在自掘坟墓。'渐进式台独'也罢，'激进台独'也罢，都是挑战一个中国原则的玩火行为。'渐进式台独'蚕食的是和平，推动的是灾难，违背的是包括台湾同胞在内的全体中国人民的根本利益。企图撼动的是和平统一的基础。'渐进式台独'每走一步，便离灾难的深渊更近。"

语言亲切，情感交融

如《抱憾而去的英子》（何标 2001 年 12 月 11 日）、《毕竟血浓于水》（廖翊 4 月 3 日）。作为林海音先生的亲属，作者在《抱憾》一文中从对她的深情怀念和哀悼，写到她对祖国的热爱和她的终生未了的心愿，有情有感："早在 35 年前台海两岸被严密封锁隔绝之时，林海音就写下：'台湾是我的故乡，北平是我成长的地方。总希望有一天，喷射机把两个地方连接起来，像台北到台中那样，朝发而午至，那时就不会有心悬两地的苦恼了。'但是，直到她离开人世，这一两岸直航的盼望仍未能如愿。""'英子'去了，再也没有'心悬两地的苦恼'，然我辈芸芸众生，依然在两岸间辗转奔波，劳神劳力又伤财，徒有喷射机又奈何！"《毕竟》一文写到台湾刚刚发生的地震牵动大陆同胞的心，写到祖国大陆和台湾同胞血浓于水的骨肉亲情。作者在一一叙述了两岸同胞相互牵挂、相互支援的感人事例后，笔头一转，写道："在刚刚于深圳结束的两岸关系论坛上，台湾学者说了一段话：'自1895 年以来，台湾人民始终关注着祖国的一切，自觉地将自己的命运与祖国的命运联系在一起；面对祖国任何一次历史事件，台湾人民从来没有缺席过。'这一番话语，令全场热泪盈眶，掌声雷动。这是对台湾人民对祖国及自身责任高度认同的真实概括。反观大陆同胞，又何尝不是如此呢？"

文笔生动，条分缕析

如《台湾开放大陆人士旅游的对话》（泰文 2001 年 11 月 27 日）、《陈水扁释放的是什么"善意"？》（李家泉 2001 年 11 月 28 日）。《旅游》一文是一篇语言生动、形式活泼，写作风格独特的力作。文章以两个人对话、一问一答的方式，谈台湾当局刚刚宣布的将从 2002 年元旦起开放大陆人士到台湾观光旅游，对两岸关系中的这件颇引人关注的事情条分缕析，层层递进，说得透透彻彻。一问一答看似很轻松，实则写起来很不容易，需要作者既要对情况有清楚的了解，在政策上有准确的把握，又要有相当高的驾驭文字和新闻体裁的能力。文章以轻松、亲切、自然的问答开头："王：老兄，听说台湾从明年元旦起开放大陆人士到台湾观光旅游啦。李：怎么？你老兄想去台湾走走？王：可不是吗？不瞒您说，咱中国大陆的大部分省区市我都去过了。唯独咱们的宝岛台湾还没去过哪。李：你老兄可别高兴得太早，虽然台湾方面宣称从明年元旦起开放大陆人士赴台观光，但离你我能成行还远着哪！王：（着急状）那为什么呢？李：你是只知其一，不知其二。王：怎么还有其二？李：且听我慢慢道来……"这样的文风，这样的开头自然能吸引读者看下去。对于我们的对台宣传有误解和抵触心理的一些台湾民众，包括一些有偏见的上层人士，我想他们也会看下去的。文章接着从台湾当局的"局部试办"、开放"3 类人"、办理的时间表等方面深入剖析，令人信服地戳穿了台湾当局所谓的开放大陆人士赴台观光旅游，不过是"水中月"和"镜中花"。《"善意"》一文逻辑严密，条理分明，用一连串的精彩剖析，将陈水扁的"善意"驳得体无完肤："否定两岸是一国，自然就要使之成为'两国'；否定两岸过去和现在都是'一国'，自然就要使之成为不确定的'未来一个中国问题'。否定了'一个中国'，即使允许你去福建'寻根'，那也是某一'国家'的华人到另一个国家的华人住区去'寻根'。否定了'一个中国'，两岸共同参加 WTO，那就不是中国主体与其独立关税区的关系，而是变成两个国家之间的关系。否定了'一个中国'，两岸领导人怎么可能出现'握手的一刻'？"

笔调优美，议论风生

这些文章大多文笔优美，并运用对比、比喻、联想等方法，使文章增色，且有较强的感染力。如《政治之热与经济之冷》（姚小敏　武侠　2001 年 11 月 7 日）、《棒球赛与选战》（孙升亮　2001 年 12 月 7 日）、《蚕食与鼠窃》（化青　2 月 5 日）、《"渐进台独"乃"慢性中独"》（李家泉　3 月 11 日）。《政治》一文是本报赴台驻点记者从台湾发回来的一篇时评。我们接到后感到比较符合《日月潭》言论的要求，就在座谈会召开之前登了出来，作为栏目的开篇，以便大家评论，并起到"投石问路"和"抛砖引玉"的作用。这篇文章在座谈会上受到大家的好评。标题《政治之热与经济之冷》生动准确地概括了台湾

"选战"的"热"与经济疲软之"冷"。文章从秋末冬初的台湾气候谈起："时序进入秋末冬初，北国已是白雪飘飘，冰霜满树；位处东南一隅的台湾，却依然林木葱茏，和风细雨，凉爽怡人。此乃自然界之气候景象。"笔锋一转："然则，记者此次来台采访，体会到了台湾社会的另类现象——高温深寒，忽冷骤热，交攻夹击，备受煎熬。不知百姓如何消受得起？"紧接着，文章一气呵成地用了两个排比论述："台湾很热，热的是政治气候。……""台湾又很冷，冷的是经济景气。……"之后，又用强烈的对比表述台湾老百姓的心态："台湾民众就在'冷'与'热'的煎熬中，焦急，愤怒，彷徨。"结尾，作者写道："需要指出的是，政治的'口水'挽救不了节节衰退的台湾经济，却有可能浇灭民众的希望与信心。"《棒球》一文将球赛与选战这两件看似风马牛不相及的事情巧妙地联想，发人深省地指出：与充满激情，顽强拼搏、积极向上的棒球赛相比，台湾的"立委"、县市长选举，"是一幕议题失焦、人物失格的荒谬的场景，是一场礼仪与理性缺场的政治恶斗"。《蚕食》一文引用《诗经》当政者"重敛"，"蚕食于民"；"贪而畏人，若大鼠也"，以"蚕食"之法、"鼠窃"之为揭露台湾当局领导人图谋不轨，处心积虑推行"渐进台独"的行径和做贼心虚的心态。《渐进》一文将台湾分裂势力"渐进台独"的内化和深化以及手法步骤和特点，刻画得入木三分，并突发奇想，将"渐进台独"的危害性与"666"农药联系："过去有一种名叫'666'的农用药物，对人体有伤害。但这种伤害是逐渐而又看不见的，积少成多伤害人体，名为'积累性中毒'，实际是'慢性中毒'。如今的台湾分裂势力搞所谓'渐进式台独'，企图积'小独'为'大独'，殊不知就像使用'666'对人体造成伤害一样，积'小毒'为'大毒'，终至一朝毙命，不可不防也！"

辛辣喻讽，切中要害

如《话说"爱台湾"》（李家泉　2001年11月22日）、《"悲情""悲情"，多少罪恶假汝之名以行》（何标　2001年11月29日）、《理性缘何不归？》（孙升亮　2001年12月18日）。《爱台湾》一文先是引用一句俗语"美不美家乡水，亲不亲故乡人"，说明"爱台湾"本是无可厚非的，但作者在一一剖析了李登辉、吕秀莲、金美龄这几位自称"爱台湾"人士的言行后，一针见血地指出："他们名为'爱台湾'，实为'爱台独'；名为'爱台湾'，实为'爱洋人'；名为'爱台湾'，实为'爱选票'；名为'爱台湾'，实为'害台湾'。他们把'台独'与台湾画上等号，这实在是天大的骗局。"《悲情》一文以日据时期台湾著名民歌《雨夜花》的一段歌词和法国罗兰夫人的名句"自由，自由，多少罪恶假汝之名以行"，揭露李登辉、陈水扁之流偷换台湾人"悲情"的历史含义，制造所谓的"悲情"，用以压制岛内要求改善两岸关系日益高涨的呼声，转移岛内经济大幅下滑引起的强烈不满，企图在"选举"中捞取选票的伎俩。《理性》一文就一个民进党"立委"，在"国会殿堂"上，以不堪入耳的语言对一位女性新科"立委"赤裸裸的人身攻击，辛辣讽刺，文笔犀利："这种事出在怪、力、乱、神充斥的台'立法院'本不算什么新闻。此人以前也曾有过类似的表演，如此作为也算是见怪不怪。只不过，这一次的表现形式更加等而下之，更为低俗露骨，因而引起了公愤，也出尽了民进党与'立法院'的洋相。""要说这是选举的后遗症，当然也对。选举期间，候选人为求胜选，以恶意攻击别人为能事，民进党更是个中高手，虽然执政绩效奇差，但却能以不实言辞混淆视听，以攻为守，被讥为最擅长'拼选举'的'伟大的候选人'。""台当局领导人甚至也坦承，选举结束后才会有'理性的开始'。只不过，'选战'烟尘虽息，恶斗惯性不止，哪里还有理性抬头的机会？"

引经据典，谈古论今

如《郑成功忠于谁》（宋志坚　3月22日）、《中国，两岸同胞的祖国》（何标　2001年11月26日）。《郑成功》一文是一篇说服力极强、不容置疑、易被读者认同、能入耳入心的佳作。它引用郑成功忠于祖国的历史事实，强调："他的忠不仅是对某一个皇朝，某一个政权，更不是某一个皇帝，他忠的是他的祖国。"讲明这样一个道理："祖国是不可更改的……就像一个人的父母不可更改一样。"告诉人们一个结论："郑成功最值得后人纪念的，就是他忠于自己的祖国。"文章的最后才联系现实，写下了点睛之笔："由于历史的原因，当年被郑成功收复的台湾，如今尚未与祖国大陆统一。邓小平提出的'一国两制'被海峡两岸有识之士认为是解决台湾问题的唯一出路，其实也是因为它突破了'一定的范畴'。只要是中国人，都不该在这个问题上再有任何的犹豫彷徨。为一己或一小集团之私利而置祖国二字于不顾，是要被世世代代的中国人唾骂的。郑成功被后人怀念有多远，他们被后人唾骂也会有多远。"

《中国》一文引用历史学家范文澜的论述："中国"的称号，早在西周初年就开始使用了，它的含义就是祖国。"朝代有兴亡，一个代替一个，中国本身总是存在并发展着。"用历史学家权威性的话和历史事实，批驳台湾当局领导人关于"一个中国"的说法，颠三倒四，语焉不详；揭露他们和民进党偷梁换柱，把"中华民国"当作他们心目中"台湾独立国"的代名词，妄图去除"中国"的阴谋。

三、效果是检验有效性的标准

按照新闻学的说法，评论选题的标准主要是：一、欲评论的事物或者问题的价值，即它们已对并将对社会产生的影响程度；二、为说服人们采取相应的对策所讲道理的正确程度。从这些文章选题的重要程度、文章的说服力，它们对读者对社会尤其对台湾有关方面的影响力（据说不少文章被转登和评论）来说，无疑都符合上述要求，也就是说有相当大的评论价值。

评论价值至少包括评论对象本身的价值和所说道理的价值。前者就是新闻价值，后者为宣传价值。从这些文章的内容看，应该说具有相当高的新闻价值；而宣传价值应该看宣传效果。由于我们未能注意收集反映，还不能准确和充分地评价它们在读者中的影响以及对推动两岸关系发展所产生的效果。但从作者而言，我认为是尽了相当大的努力，做了颇有成效的探索；对于我们编辑部门而言，是坚决贯彻了开办这个栏目的意图，也是尽了很大的努力。我们的努力和探索得到国台办领导和有关部门的大力支持。对此，我们深为感谢。特别使我们感动的是，李家泉、何标等老先生对这个栏目倾注了很多心血。座谈会刚刚开后，在两三天内，他们就写来了稿件，以后只要有合适的题目，就随时写来。我们按照国台办的部署，对他们有什么请求，他们也是有求必应。有几次，李家泉教授刚出差回来，不顾疲劳，在很短的时间内就写出了稿子，而且精益求精，字斟句酌，不厌其烦地修改。台研所的孙升亮、杨力宪等同志也很快写来了稿件，特别是孙升亮同志一连写出了好几篇。新华社的同行也给予了很大的支持，他们发来的"海峡时评"好像就是为《日月潭》量身定做的。尤值得一说的还有，国台办不仅对这个栏目的推出给予了很大的支持和帮助，而且亲自动手，写出了不少高质量的言论；并放手让我们组稿、发稿，对送审的稿件在百忙中及时审阅。

我们知道，由于我们的水平和力量所限以及努力不够，距离开办这一栏目的要求，尚有不小的差距。我借这次"对台舆论宣传工作理论研讨会"的机会，对《日月潭》栏目进行回溯，对已发表的文章做些粗浅的分析，为的是希望得到各位专家学者的帮助，听到大家的高见，以使我们把这一栏目办好，真正办成精品；同时，殷切希望大家把这个栏目看成是自己的天地和施展才华的舞台，为我们踊跃赐稿。

（2002 年 5 月）

徐蕾作品浅评

徐蕾这次选了6篇作品，包括三篇人物专访：《郭台铭：我是山西人》《女儿眼里的连战和连方瑀》《李昂：写作伴我一生》；两篇综述：《"红色经典"缘何热台湾》《陈哲男背后的大老鼠揪得出吗?》；一篇言论：《台湾当局怕什么?》。

人物专访的特点之一是，材料鲜活，文笔泼辣，语言生动。

《郭台铭》这篇可谓是代表作。对话亲切，生动，口语化。如记者开门见山问他为什么接受采访，郭回答："因为你说我是山西人，你也是'山西媳妇'。"

"记者直言问道：'您的微笑为什么这么少?'郭台铭一愣，突然笑了，笑得很灿烂：'我不经常笑? 或许是习惯了。'""记者也笑了，接着问：'您的身上有一股霸气，但我感觉其实您的微笑很亲切。'郭台铭再次大笑：'很多人第一眼见我，都会觉得我有霸气，其实我只是比较严肃。这是我的缺点，看来我要改一改这个习惯，多些微笑了。'"这种风格在徐蕾的人物通讯和专访中俯拾即是。

特点之二是，注意观察细节，用细节穿插对话，看似无心实则有意，常常"搂草打兔子"，引出被采访者精彩的话语。如在《郭台铭》中："刀削面端上来，郭台铭吃得津津有味，一点不浪费。这时他的电话响起。记者发现，那是一款很普通的老款手机。'我还以为您的手机一定很先进很时髦呢。'记者打趣道。'时髦是你们年轻人的喜好，山西人嘛，务实。手机只要能用就行。'"

细节穿插的可贵之处或者说价值在于很自然地引出了郭台铭的一番高论："山西重商，重商的人讲务实。你注意到了吗? 山西的大院外表看来并不富丽堂皇，但是里面的功能却很齐全。山西人的特点，'不形于外而藏于内'。"

在《女儿眼里的连战和连方瑀》中，记者问："我们注意到，在很多场合你的父母总是手牵着手，很恩爱。""连惠心笑起来很好看，一对大眼睛月牙一样清澈。'有没有人说你长得像母亲?'记者问道。她调皮地笑了：'我的父母很有意思，疼我的时候，就会说我像他（她）；生我的气的时候，就会说我像对方。'"细节也引出有情趣的内容。这就好比勘探找矿，事先并不知道有多少储藏，只有钻探开挖后，才能预测储量。善于采访的记者，往往在仔细观察和巧妙对话中，意外地挖掘出"富矿"，令人欣喜的是，徐蕾表现出这方面的潜力和才能。

《"红色经典"缘何热台湾》《陈哲男背后的大老鼠揪得出吗?》分别作为"特别报道"和"记者观察"来写的，可以归纳为综述类。自2004年年底《人民日报》海外版改版以来，这类稿件成为"台港澳侨版"的重头稿。写好这类稿件是需要功力的，既要熟悉台情，掌握好方针政策，又要在语言上避免简单生硬，文章要有说服力。对于从事对台报道不久、至今未去过台湾的徐蕾来说，写这类的稿子难度较大。但徐蕾勇于迎难而上，写出了许多篇。这两篇有一定的代表性，但肯定不是佼佼者。

"红色经典"的可贵之处在于写出了"毛主席语录"热销台湾的几点原因：两岸形势出现了重大变化、台湾社会价值观念反思、民众对岛内目前政治经济局面失望，从"毛主席语录"在台湾热销，从在台湾发行《毛主席语录》的出版人接受媒体采访，扩大引申对"红色经典"热销台湾这一现象的解读，给读者提供了更多的信息和思考。

《台湾当局怕什么?》是《日月潭》言论。这个栏目是在国台办的支持下，作为对台重点言论推出的，力求成为名牌。《日月潭》言论短小精悍，辛辣喻讽，要有说服力，能打动人。

按照这个要求，徐蕾的这篇尚有较大的差距。但可贵的是她敢于尝试，勇气可嘉。同样是写台湾当局拒绝大熊猫入岛，第二天，连锦添在《望海楼》发表的《大熊猫是"卧底干探"?》就老辣得多，堪为佳作。徐蕾的这篇缺点是叙述多，议论少，但第四自然段的议论可圈可点，直抒胸臆，一气呵成："台湾老百姓很久以来就期盼能在岛内看到人见人爱的大熊猫，向台湾赠送两只大熊猫饱含着祖国大陆对台湾同胞的一片情谊。这样一件简单明白的好事，却被居心叵测地涂抹政治油彩，弄得一塌糊涂，令人无可奈何之余不免有些愤愤然。台湾老百姓感叹：'政治操弄，全民无福气看到熊猫。'台湾小朋友纳闷地问：'为什么？'人们看到，在台湾当局那里，民意不需要被尊重，只会被利用！两只熊猫又不会对台湾老百姓高喊'统一口号'，台湾当局怕什么？"酣畅淋漓，痛快！

徐蕾的最大特点，或者说可贵之处是工作有激情，有冲劲，不怕疲劳，敢打硬仗，"初生牛犊不怕虎"。一向拒记者于千里之外的郭台铭就是被她这个有冲劲儿的"山西媳妇"攻克的。她是"有心人"，勤于和善于从会议中抓新闻，挖人物，抓住稍纵即逝的机会，采写出好文章，"一鸣惊人"。如采写郭台铭和连惠心等。她是兴奋型的记者，喜欢表扬和自我表扬，这是她成功的动力；但听表扬多了，她就有些飘飘然了，有时写得多了，"萝卜快了不洗泥"，活儿有点"糙"。要给她泼点冷水，常敲打敲打，加点压力。泼点冷水，使她头脑清醒，看到自己的不足；敲打敲打，使她步子走得更正，进步得更快；压力变为动力，能使她写出更多的好作品。

我认为，沿着这条路走下去，徐蕾会成为好记者，甚至名记者的。我希望今天点评的田丽、吴月辉和海外版的年轻同行们都有更大的发展，做出更骄人的业绩。

在这里我还回忆一段往事，谈一点感想。

往事也是作品研讨会。那是 1997 年 12 月 19 日上午，在报社 5 号楼 2 楼大会议室召开海外版女编辑记者作品研讨会，点评 3 个人：钟嘉、张稚丹、戴露。这是人民日报组织的第四次编辑部的研讨会，也是报社妇委会和海外版妇委会联合组织的第一次海外版女编辑记者作品研讨会。到会的有人民日报总编辑范敬宜、副总编辑张虎生（原海外版总编辑）、副总编辑兼海外版总编辑武春河以及海外版蒋荫安、郑荣来副总编辑等（人民日报副总编辑周瑞金留下书面发言）。可见规模和重视的程度。总编辑范敬宜因当天上午出去开会，会前留下个书面发言，但在会议结束前他又赶来了，又讲了他的看法。张虎生、武春河、蒋荫安、郑荣来、孟晓云和李绪萱等同志都发表了相当精彩的点评。虽然事情过去将近 10 年，但我觉得他们讲的很多重要的观点，在今天对我们仍然有启迪。

根据当时我的记录，我简要转述他们中的几个人的一些观点，讲几点个人的感想。

范敬宜总编辑在发言中说，女编辑、女记者是新闻的重要力量。人民日报历史上出现过许多著名的女记者，如杨刚、金凤、柏生等，特别是杨刚。出名记者，这是人民日报的一大特点，是人民日报的优秀传统。然后他谈到海外版，首先感慨海外版的人才真多，说对一个人的熟悉从作品熟悉，"文如其人"。通过作品认识人更深一些。他说海外版编辑部的女同志不到 20 人，是各部的骨干。其中，解波、孟晓云是老一点的，钟嘉是中年，后起之秀，张稚丹、戴露业务上进步很快。最后他用了三个"气"细说钟嘉、张稚丹、戴露的作品特色：钟嘉的"乡土气"，文风朴实，平实，喜欢写农村，愿意反映农民，饱含着一种情感；张稚丹的"灵气"，着重写文化界的专家、学者，人物典型，着墨不多，精神面貌反映得很好；戴露的"文气"，文字造诣较深，有一种文化气、书卷气。这三个"气"，我认为非常准确、传神。在发言的最后，范敬宜总编辑说："人生有崖艺无崖。"他向大家推荐不久前出版的《杨刚文集》，建议读她的新闻作品、政论及文学作品评论，认为她最大的特点是有文学修养。他希望人民日报出新一代的杨刚、子冈（彭子冈）。

武春河总编辑抓住特色，用简明生动的语言概括几个人的写作特色。钟嘉："朴实无华真境界"。文章构思好，让人看不出痕迹。思想挖掘得深，文字生动，朴实自然。戴露："用心感受用心写"。生动地写出自己的独特感受，让读者身临其境。特点是用描写来提炼思想，用生活包着思想。张稚丹："朴拙中见真情"。文章有哲人的思考，用思想包着生活，用思想带动文字。

郑荣来副总编辑说钟嘉是"新闻记者型"，张稚丹、戴露是"文学记者型"。孟晓云说钟嘉是"记者型"的记者，张稚丹、戴露是"作家型"的记者。"文学记者型"的记者、"作家型"的记者的作品既有记者的敏锐又有作家的独特观察和感受。但无论是"记者型"还是"作家型"，两者到极致，都能写出美文佳篇。

蒋荫安副总编辑说三个人的共性是：精品意识、创新意识。说时代呼唤多出精品，多出名人。鼓励大家既要有勇气，不畏艰难，又要脚踏实地攀登。

我的感想之一，写作要有特色，有个性。"乡土气""灵气""文气"，是钟嘉、张稚丹、戴露作品的个性和特色。沿着"三气"这个思路，我想，海外版女记者的作品还可以形成若干个"气"。如徐蕾的作品透着一股"锐气"。有个性，就是与众不同；形成特色，只看文章不看署名就知是谁写的。如解波、孟晓云就是如此。在我们港澳台侨部，陈晓星、李炜娜和徐蕾也是如此，或者说初步形成这种特色和个性，至少表现出了这种趋势和潜力。

感想之二，要勇于当名记者。历史上，人民日报出了许多名记者，而且特别出女名记者。如范敬宜总编辑提到的杨刚和我们大家所熟悉的柏生、金凤以及年轻同志不大熟悉，但我认为还应该提到的原农村部主任的李克林。从海外版来说，老一点的就有解波、孟晓云等。人民日报这块土壤特别适宜女记者的培育和成长。就这点来说，足以让我们男同胞羡慕不已。我希望年轻的同志珍惜这个条件和机遇，能虚心向老记者、名记者学习，也包括向身边的同事学习。如从我们部来说，徐蕾就要向陈晓星、李炜娜也包括向男同胞学习。从海外版和报社来说，要学习的人就更多了。我记得郑荣来副总编辑曾在一次会上提倡要当作家型、学者型、专家型记者以及新闻记者型的记者。不仅在人民日报这个大院，而且要在新闻界和社会上打响知名度。我认为，现在无论是海外版还是人民日报，都创造了适宜名记者脱颖而出的气候和条件。

感想之三，要勤于积累，善于思考。这是李庄总编辑在我的新闻作品集《春天的耕耘》"序"中所谆谆教导的。在"序"中，李庄同志告诫我们要当"有心人"，要勤于积累资料，善于思考问题。在这方面，尽管他自谦"由于环境动荡和个人短见……未能养成用自己的脑子思考问题、保存与运用现实和历史资料的习惯"，但我认为，至少在他的晚年，他不仅弥补了这个缺憾，而且为我们做出了表率。他那厚厚的《李庄文集》就是"勤于积累，善于思考"和笔耕不辍的证明！

从海外版来说，许多同志就是勤于积累、善于思考的"有心人"。如解波写的《叶浅予传》，就是她多年注意积累，用心血写作的结晶；孟晓云写的铁凝人物专访，很传神，虽然是一挥而就，一气呵成，但从时间跨度上可以说写了将近20年，可以说是近20年的交往、观察和积累的结晶；徐建中的摄影、资料工作做得相当到位，他可以把历史和现实相对照，可以随时根据需要提供早年拍摄的照片，赶写出当年采访的经历；我们所熟悉的老郑——原副总编辑郑荣来，他近年来不断写出的书和一篇篇文章，都可以为勤于积累、善于思考和耕耘不辍做出注脚。我感觉，我们一些年轻记者不太注意积累资料。大家善于从网上搜索资料，但不勤于积攒资料，尤其是自己的资料。往往是采访完、发表后就把材料扔了。特别是记者部的记者，"万金油""突击队""游击队"，打一枪换一个地方，不容易、不注意或不善于、不勤于积累资料。我想，如果要想做名记者、好记者、称职的记者，就要做"有心人"，勤于和善于积累资料，勤于和善于思考问题。

李庄同志在"序"中还告诫我们要"读永远有用的书，做问心无愧的事"，这是他半个多世纪革命、建设和新闻生涯的经验之谈，今天对我们仍有振聋发聩的作用。借此机会重温老前辈的教导，希望与年轻同志共勉。

（2007 年 3 月 2 日）